Stefan Koenig

Kuriose Zeiten 1999 etc.

Zeitreise-Roman
Band 14

Aus dem Deutschen
ins Deutsche übersetzt
von Jürgen Bodelle

Verlag Pegasus Bücher
Umschlaggestaltung:
GRAPHIC-FACTORY, Hungen
Druck: Totem, Polen
Erste Auflage

ISBN: 978-3-9824515-6-5

Lektorat:
Markus Bender, Lohra

Mail-Kontakt
zu Verlag und Autor:
juergen.bodelle@t-online.de

Postadresse:
Pegasus Bücher
Postfach 1111
D-35321 Laubach

Irgendwie irgendwo irgendwann

Im Sturz durch Raum und Zeit
Richtung Unendlichkeit
Fliegen Motten in das Licht
Genau wie du und ich

Irgendwie fängt irgendwann
Irgendwo die Zukunft an
Ich warte nicht mehr lang
Liebe wird aus Mut gemacht
Denk nicht lange nach
Wir fahren auf Feuerrädern
Richtung Zukunft durch die Nacht

Gib mir die Hand
Ich bau dir ein Schloss aus Sand
Irgendwie irgendwo irgendwann
Die Zeit ist reif für ein bisschen Zärtlichkeit
Irgendwie irgendwo irgendwann

Im Sturz durch Zeit und Raum
Erwacht aus einem Traum
Nur ein kurzer Augenblick
Dann kehrt die Nacht zurück

Irgendwie fängt irgendwann
Irgendwo die Zukunft an
Ich warte nicht mehr lang
Liebe wird aus Mut gemacht
Denk nicht lange nach
Wir fahren auf Feuerrädern
Richtung Zukunft durch die Nacht

Gib mir die Hand
Ich bau dir ein Schloss aus Sand
Irgendwie irgendwo irgendwann
Die Zeit ist reif für ein bisschen Zärtlichkeit
Irgendwie irgendwo irgendwann

Gib mir die Hand
Ich bau dir ein Schloss aus Sand
Irgendwie irgendwo irgendwann
Die Zeit ist reif für ein bisschen Zärtlichkeit
Irgendwie irgendwo irgendwann

Irgendwie irgendwo irgendwann
Irgendwie irgendwo irgendwann
Irgendwie irgendwo irgendwann

Song von Nena, 1984

Stefan Koenig

Kuriose Zeiten 1999 etc.

Pegasus Bücher

Inhalt

1999 **Seite 11**
Wie weckt man ein Pubertier? * Wie schreibt man einen Roman? * Postels Briefe aus dem Knast * Natascha Kampusch allein im Verlies * Nachtaktive Immobilienhaie * Steuervorteile mit Nachteilen * Falsche Väter & richtige Gangster & zwischendurch die NATO * Helmut Kohls Ehrenwort & seine Hinrichtung durch Angie * Unterwegs auf dem Mittelaltermarkt * Ins Mittelalter zurückgebombt: ein Krieg mitten in Europa * Der Familienbetriebsrat * Joschka Fischer & der Farbbeutel * Ein Schulroman & ein Sturm im Wasserglas * Gustl Mollath, die HypoBank & Mollaths Ehefrau * Ein Anlagebetrüger flüchtet ins südafrikanische Paradies * Im Nachtzug von Venedig nach München * Lebenslanges Unrecht: Monika Böttchers letzter Prozess * Silvesterparty im Schloss * Peterchens Apollo-Mondfahrt & Lo-Lu-Elia & Händel * Stefan Raabs TV-Total & der Maschendrahtzaun *

2000 **Seite 203**
Ron Sommers Telekom-Sturzflug ***** Nostradamus hat **versagt *** Die Computer funktionieren noch * Ein Vaterersatz namens Uwe Ochsenknecht * Die Dotcom-Blase platzt * Stefan Raab dreht durch & der Thriller »maschendrahtzaun« spült Geld in die Kasse * Harksens Begegnung mit dem Tod * Beckenbauers Begegnung mit dem Geld * Heinrich Wille auf der Spur eines wichtigen Zeugen * Postels lustige Briefe von seinem lustigen Prozess mit erinnerungslosen Zeugen * Ein Verlag erkennt sein eigenes Buch nicht wieder * Extrem-Chillen & Dissen & Küssen & die letzte Schnitzeljagd am Ramsberg *

2001 **Seite 339**
Unterwegs als Notgeschäftsführer einer Pumpenfabrik * Der OPEC-Prozess & die Terroristen & Joschka Fischer & die Mordpistole von Heinz Herbert Karry * Der Riester-Betrug & die Renten * Die Fünferbande des George W. Bush * Weiße Lieferwagen im World Trade Center * Wille kommt nicht weiter * Die CIA blockt & Bin Laden lebt *

Dank **Seite 413**

Statt eines Vorworts kein Vorwort

1999

Es war März und ein Tag wie jeder andere. Mein Tag fängt in der Woche um Viertel vor sieben Uhr an, wenn der Wecker klingelt. An jenem Donnerstag fehlte die Viertelstunde und es war bereits sieben Uhr, weil eines der Kinder am Abend zuvor meinen Wecker in die Hand genommen hatte, um festzustellen, dass der ja noch gar nicht digital sei. War er aber. Jedenfalls wanderte er von Kinderhand zu Kinderhand. Von der sechzehnjährigen Karola zum fünfzehnjährigen Luca bis hin zur sechsjährigen Jenny.

Wer immer am Vorabend am Rädchen gedreht haben mochte, jetzt hatte ich den Salat. Ich hatte es verdammt eilig. Am frühen Morgen sind fünfzehn fehlende Minuten so lange wie die gefühlte Wartezimmerzeit beim Doktor.

Alle schliefen noch selig. Ich stand auf und schaute aus dem Fenster. Noch war dieser Märztag trocken, aber in den ZDF-Nachrichten von gestern Abend hatte man Regen angesagt. Als erstes machte ich Emma mit einem sanften Küsschen auf die Stirn wach und bat sie, Karo zu wecken und sich anschließend um Jenny zu kümmern, während ich den schläfrigen Luca ins Visier nahm. Ich weckte ihn das erste Mal um Punkt zwei Minuten nach sieben Uhr. Um diese Zeit drängeln bereits achtzig Prozent unserer Mitbürger vor Badezimmern und begehren Einlass oder befinden sich im Inneren des Badezimmers und ignorieren beharrlich das beharrliche

Klopfen. Oder sie setzen in der Küche Kaffee- oder Teewasser auf und vergessen dabei den Herd anzustellen. Die restlichen zwanzig Prozent haben Urlaub oder befinden sich im Stau oder haben sich krankschreiben lassen und schaffen es einfach nicht aus dem Bett. Oder sie befinden sich in der Pubertät.

Ich schaltete die Deckenbeleuchtung in Lucas Zimmer an, aber das Pubertier reagierte darauf nicht, denn es befand sich zu neunzig Prozent unter der coolen Homer-Simpson-Bettdecke, unter der es noch stockduster sein musste. Ich ging nun auf das Bett zu und stolperte dabei über ein unter dem Bett hervorragendes Skateboard. Ich fing mich gerade noch ab und landete mit der rechten Hand jedoch in einer Plastikschüssel, in der sich entweder eine merkwürdig riechende Seifenlauge, garniert mit kleinen Gummistückchen, oder ein mehrere Tage altes Müsli befunden haben musste. Ich verzichtete bei Unterdrückung eines morgendlichen Würgegefühls auf eine Untersuchung und brach den Versuch, bis zu meinem schlafenden Pubertier vorzudringen, vorerst ab.

Stattdessen ging ich zum Fenster, öffnete es, zog den Rollladen hoch und sang dazu so schräg ich nur konnte den Nana-Mouskouri-Song »Guten Morgen Sonnenschein«. Schräg singen kann ich gut. Und Texte verhunzen gelingt mir auch, insbesondere, wenn ich damit Pubertiere ärgern kann. Also sang ich:

Guten Morgen, guten Morgen
Guten Morgen, Lucalein
Diese Nacht blieb dir verborgen

Doch du darfst nicht traurig sein
Guten Morgen, Lucalein
Nein du darfst nicht traurig sein
Und jetzt komm‘, oh Sonnenschein
Weck ihn auf und komm herein

Alles kannst du ja sehen
Auf dieser Erde, auf dieser Erde
Doch nun ist es geschehen
Dass ich auch ohne dich glücklich werde
Die allerschönsten Stunden
In meinem Leben, in meinem Leben
Hab ich heut Nacht gefunden
Du hast geschlafen, so ist das eben

Spätestens bei dieser Strophe wäre ich als Fünfzehnjähriger damals hellwach geworden und hätte neugierig den Kopf aus der großen Homer-Simpson-Windel gewunden. Aber nein, Luca wälzte sich nur von einer zur anderen Seite, und ich hörte aus seiner Richtung ein fernes Murren und Knurren. Wahrscheinlich werde ich für diesen Song später zur Strafe nicht im Altenheim besucht. Oder man enthält mir die Enkel vor. Ich ging in die Küche und begann das Frühstück für uns alle vorzubereiten.

Fünf Minuten später stand ich wieder vor seinem Bett. Diesmal in rutschsicherer Entfernung. Das Pubertier schlief tief und fest. Ich stellte seinen CD-Player an und Xavier Naidoo erschallte mit seichtem Stimmlein »Sie sieht mich nicht«. Das passte irgendwie zur Situation, obwohl ich eindeutig ein Er bin. Aber jetzt wühlte ich mich todesmutig durch fremdes Gelände, durch Bettzeug, schmutzige Wäsche, frische Klamotten und eine Unmenge Magazine und Heftchen, um schließlich am Ende des Dschungels das Pubertier am Ohr zu kitzeln. Das wurde vom Pubertier als akzeptable Weckmethode nicht anerkannt. Es zog sich weiter in seine Bett-Windel zurück. Es war jetzt bereits 7:12 Uhr.

In hilfloser Verzweiflung erging drei Minuten später meine „letzte Aufforderung“, jetzt aber wirklich der Nacht gute Nacht zu sagen und dem Morgen einen guten Morgen zu wünschen. Um 7:17 Uhr erfolgte der dritte Weckversuch mittels Kitzeln der Fußsohle, was sieben tausendstel Sekunden später zur erhofften, explosionsartigen Aktivität des Pubertiers führte. Jetzt zeigte Luca seine sportliche Ader, indem er mit einer einzigen athletischen Bewegung die Decke zurückschlug, aufsprang und mit dem Kissen eine Korbball-Attacke ins Ziel, nämlich gegen meinen Kopf, startete. Aber ich war schneller. Ich gab ihm einen Korb und verschwand mit den Worten: „Das Frühstück steht schon auf dem Tisch und der Bus fährt in achtzehn Minuten.“

Natürlich gab es keine Busverbindung zwischen der Andree Allee 8, wo unser Zuhause war, und der Andree Allee 14, wo die Schule stand. Die eine Minute Gehweg war locker zu Fuß zu schaffen. Aber Luca konnte über meinen Scherz nicht lachen.

Emma und die beiden Mädels saßen derweil beim Frühstück und schauten mich fragend an. „Was ist?“, sagte ich und dachte an mein gerade beendetes Abenteuer.

„Warum hast du die Kochplatte nicht angestellt? Glaubst du, das Wasser wird von alleine heiß?“, fragte Karola.

Diesmal war ich schlagfertig, gestählt durch den Kurztrip in einen versifften Dschungel, und antwortete meiner computerbegabten Tochter, die diesbezüglich stets update war: „Ich dachte, dass du als hochtechnologisch-geschulte MacIntosh-Expertin einen Trick herausgefunden hättest, wie man den Herd automatisch ansteuern kann. Ich war davon ausgegangen, dass du unsere Frühstückszeit samt der Kochzeit des Wasser bereits einprogrammiert hast.“

„Du wirst dich wundern, aber in einigen Jahren funktioniert so etwas wirklich.“

Ich lachte. „Natürlich, du hast ja den Blick in die Zukunft abonniert. Hatte ich total vergessen.“

Emma entschärfte das kurze Wortgefecht und fragte: „Gibt es nicht mal etwas Schönes zu berichten?“

„Das männliche Pubertier hat offene Augen, sagt, man habe es viel zu früh geweckt und verbreitet neben Mundgeruch eine gute Portion schlechte Laune. Es ist also hellwach.“

Emma und Karo schüttelten verständnislos den Kopf, und Klein-Jenny schaute fragend zur Tür. Auch ich schaute hin – und dann begriff ich: Luca hatte sich noch einmal hingelegt. Genervt erschien ich erneut in seinem Zimmer, wagte ein paar Schritte ans Bett, riss die Bettdecke weg und schmiss mit Worten um mich, die keines Autors würdig sind. Das bereits angekleidete Pubertier sprang nun putzmunter aus dem Bett und verließ unter Protest, dass es nicht einmal in Ruhe frühstücken könne, das Haus.

Merkwürdiger Weise ist es noch nie zu spät in die Schule gekommen.

Nachdem die Kids außer Haus und – wie wir hofften – gut untergebracht waren, setzte ich mich traditionell mit Emma noch einmal an den Frühstückstisch, um bei einer Tasse Kaffee in Ruhe den vor uns liegenden Tag zu besprechen. Wir teilten die Arbeit ein und auf uns auf. Dieses Mal brauchte ich nicht darum kämpfen, dass meine Schreibarbeit tatsächlich Arbeit und kein Vergnügen ist. Emma sieht das manchmal anders, einfach deshalb, weil mir meine Arbeit Freude bereitet.

„Das ist ein Hobby und keine echte Arbeit, du könntest mal wieder die obere Etage putzen", sagt sie dann.

Da ich erst vor drei Tagen alle drei Etagen gesaugt und die Treppen nass gewischt und dabei meine Klamotten total verschwitzt und sogleich in die Waschmaschine gestopft und aufgrund der unmäßigen Masse an verdreckter Kinderkleidung drei Waschgänge getätigt hatte, konnte ich heute also beruhigt meiner Schreibarbeit nachgehen. Meine Frau war nachsichtig.

Beunruhigend ist allerdings, dass selbst unsere klugen und ach so intellektuellen Freunde aus Laubachs Honoratiorenkreis meine Arbeit heimlich belächeln, weil auch sie denken, einen Roman zu schreiben sei so schrecklich einfach, so schrecklich schön, erholsam und so genüsslich, wie einen Film anzuschauen. Eigentlich eine Sache, die man aus dem Handgelenk schüttelt. Beim gestrigen Treffen hatte ich jedenfalls diesen Eindruck.

Da hat man jedoch meine Ausführungen offensichtlich gründlich missverstanden. Ich hatte gesagt, dass sich beim Schreiben ein Film abspult, den man jedoch als Regisseur samt seinen Romanfiguren – in der Rolle als Schauspieler – regelrecht vorab aufwendig planen muss. Sehr detailliert planen muss! Sonst erntet man Chaos. Und erst dann folgt die mühsame Umsetzung mittels Schreibarbeit. Erst wenn man als Autor im eigenen Kopf während des Schreibvorgangs eine bildhafte Sprache wie in einem Film entwickelt hat, kann sich später im Kopf des Lesers ein eigenständiger (Roman-)Film entwickeln. Das sei allemal kreativer und emotional tiefer gehend als einen Kino- oder TV-Film bloß zu konsumieren, dozierte ich. Denn im konsumreifen Film ist die Bildsprache bereits umgesetzt, gefiltert und wird dem bequemen Betrachter vorbereitet serviert. Beim Lesen eines Romans ist der Leser zwar ebenfalls Konsument, Text-Konsument, aber zugleich ist er eigenständiger Kopf-Film-Produzent – und das macht's!

Ich hätte genauso gut vor einem Kreis aus Winterreifen dozieren können. Nur hätten die nicht so mild gelächelt, aber immerhin Profil gezeigt.

Der bisher trockene Märztag wandelte ab neun Uhr sein Gesicht und es begann zu schütten. Ich nahm mir ein Stövchen und eine Kanne Jasmin-Tee mit nach oben in die Schreibstube. Heute schrieb ich weiter an meinem Schulroman »Nina N.«. Ich hatte die Idee, meine Leserschaft mit auf die Reise des

Schreibenlernens zu nehmen. Zugleich war ich selbst ja noch ziemlich unbedarft als Romanautor und hatte eine gute Portion zu lernen. Wenn ich meine Protagonistin Nina im Romangeschehen einen VHS-Schreibkurs besuchen ließ, weil sie ihre Memoiren niederschreiben wollte, dann würden meine Leser mitverfolgen können, was in solch einem Schreibkurs vermittelt wird – und Nina könnte ihre Zeit, bis sie einen Job als Lehrerin gefunden hat, sinnvoll füllen.

Auch ich könnte mich somit parallel weiterbilden. Jedenfalls hinsichtlich der Frage, wie man einen spannenden Roman zu schreiben hat – also hätte ich wahrscheinlich drei Fliegen mit einer Klappe geschlagen. Ich trank einen Schluck meines Lieblingstees und legte los:

***Es war kurz vor Kursbeginn, als Nina auf die kreisförmige Zufahrt des rotfarbenen Backsteinbaus abbog. Die Sonne war bereits hinter den kleinen Fachwerkhäusern untergegangen, aber der Himmel war noch hell. Sie fühlte sich energiegeladen und stieß die Tür zum Seminarraum eine Spur zu kräftig auf. Alle Blicke richteten sich auf die Neue. Ihr Haar hatte sie heute zusammengebunden. Sie trug ein Kostüm in ihrer Lieblingsfarbe, dunkelblau, dazu in gleicher Farbe Wildlederschuhe mit dezenten, halbhohen Absätzen. Es war bereits der zweite Seminarabend. Nina setzte sich auf einen freien Platz in der ersten Reihe. Die Tische standen in einem geschlossenen Kreis. Vorne, an der Stirnseite der Wand, wo das Flipchart vor den Bücherregalen stand, saß der Dozent.

»Was glauben Sie, ist das Wichtigste an einer Geschichte?«, fragte er, nachdem er mit einem Kopfnicken die Neue auf seiner linken Seite registriert hatte. »Die Formalitäten erledigen wir im Anschluss«, flüsterte er ihr zu, denn sie saß nur zwei Sitze von ihm entfernt.

Auf dem Flipchart hinter ihm standen mehrere Begriffe und Stichworte, die mit Strichen und Einrahmungen in Verbindung standen – FIKTIONALE LITERATUR – WETTEIFERN MIT GOTT – ERSCHAFFUNG FASZINIERENDER MENSCHEN – HANDLUNGSAUFBAU – SCHMELZTIEGEL – SPANNUNG.

»Dass die Geschichte stimmt, also die Glaubwürdigkeit der ganzen Sache«, antwortete eine brünette Mittzwanzigerin, die Nina gegenübersaß. Beide sahen sich an, und Nina nickte ihr zustimmend zu.

»Richtig. Noch etwas?«, fragte der Dozent.

»Na ja, spannend muss die Story sein. Wenn es früher dem Medizinmann nicht gelang, seine Zuhörer in gespannte Erwartung zu versetzen und er dennoch seinen Text herunterleierte, so wurde er zum Teufel gejagt. Und das ist heutzutage nicht anders«, meinte der dunkelhaarige Mann neben Nina. Er mochte so um die Dreißig sein.

Der Dozent nickte.

»Uns geht es viel besser als allen Medizinmännern zusammengenommen«, brummte der Mann neben Nina mit einem angenehmen Bass in der

Stimme. »Wenn es uns nicht gelingt, das Interesse unserer Leser zu wecken, droht uns schlimmstenfalls das Schicksal, keinen Verleger für unser Manuskript zu finden.«

»Sie sind auf dem richtigen Weg«, ergänzte der Dozent, »auf dem Weg der Spannung, denn Spannung ist das A und O der Handlung einer jeden Geschichte.«

Der Dozent hieß Dr. Leo Breitenbach und war vierundfünfzig Jahre alt, hauptberuflich Abteilungsleiter beim Staatlichen Schulamt, zuständig für Personaleinstellungen an den örtlichen Grund- und Gesamtschulen sowie den Gymnasien. Seit dem Tod seiner Frau vor zwölf Jahren war er alleinstehend und besserte sein Gehalt, seinen Lebensinhalt und seine Selbstbestätigung durch diese Passion auf.

»Sie können eine fabelhafte Phantasie haben und mit faszinierendem Stil schreiben und Figuren der Superlative erfinden, aber wenn Sie den Leser nicht bald an seiner unersättlichen Neugier packen, wird er Ihre Geschichte zur Seite legen und nie wieder weiterlesen«, dozierte Dr. Breitenbach, und er fuhr mit den viel zu kurzen Beamtenfingern durch den Rest seines Haares.

Eine Teilnehmerin räusperte sich und wollte etwas sagen. Dr. Breitenbach ermunterte sie durch ein sanftes Nicken.

»Ich habe vor zwei Wochen einen Roman gelesen, den ich nicht mehr weglegen konnte.«

»Mir ging es so ähnlich«, ergänzte eine andere. »Ich konnte meinen Lieblingsroman immer erst dann aus der Hand legen, wenn ich aufs Klo musste.« Die Kursteilnehmer lachten und redeten für einen kurzen Moment durcheinander.

Der Dozent lächelte zufrieden. Das wollte er hören. »Genau darauf kommt es an. Der Leser muss sich so in Ihre Geschichte vertiefen, dass er das Buch nur aus der Hand legt, wenn sich die Realität mit Gewalt bemerkbar macht.«

»Aber ist es nicht unfair, den Leser irrezuführen und auf die Folter zu spannen, nur um Spannung zu erzeugen?«, fragte Nina Nowak. Doch die Unruhe im Raum machte ihr deutlich, dass sie den ersten Kurstermin versäumt hatte.

Dr. Breitenbach stand auf, sah sie an, blätterte eine Seite des Flipcharts zurück und zeigte aus zwei Metern Entfernung mit seinem silbergrauen Laserpointer auf die mit grünem und rotem Stift geschriebenen Stichworte: AUTOR ERZEUGT SPANNUNG – NICHT AUFLÖSEN – DROHENDE GEFAHR NUR ÜBERWINDEN, UM UNVERMITTELT MIT NOCH GRÖßERER GEFAHR ZU KONFRONTIEREN – AUFGABE DES AUTORS IST ES, BOSHAFT ZU SEIN – LESER NERVENKITZEL VERSCHAFFEN, DEN ER IM BUCH SUCHT UND IM WIRKLICHEN LEBEN VERABSCHEUT – ERWARTUNGEN DES LESERS IMMER WIEDER ENTTÄUSCHEN.

»Machen wir Schluss für heute«, sagte er. »Überlegen Sie sich bis zum nächsten Mal eine spannende Story, am besten etwas Fiktives, das real sein könnte – vielleicht eine mysteriöse Geschichte aus ihrem eigenen Leben.«

Was Dr. Breitenbach jedoch nicht wusste, war, dass eine seiner Teilnehmerinnen keine Geschichte erfinden musste. An diesem Abend, Ende April, als er von Nina die Kursanmeldung annahm und sie ansah, fing er das erste Mal nach Jahren der Abstinenz wieder Feuer.***

Es war jetzt zwölf Uhr. Ich war nun zwei geschlagene Stunden mit jenem Buch für angehende Romanautoren beschäftigt gewesen, das mir unsere Freundin Elke empfohlen hatte: »Wie schreibe ich einen spannenden Roman«. Dann hatte ich mit dem Schreiben begonnen und weitere sechzig Minuten für knapp drei Seiten gebraucht. Ich war vorerst zufrieden, aber ich hatte mir für heute zwanzig Seiten vorgenommen. Ich musste also noch mindestens sechs Stunden schreiben. Doch erfahrungsgemäß ging es auch flotter, wenn ich mich erst im Schreibfluss befand. Gerade wollte ich meinen Künstler-Freund Meise in Hamburg kurz anrufen, denn um diese Zeit war er ganz sicher wach und zu Hause noch gut erreichbar. Ich wollte ihn fragen, wann er hier aufzuschlagen gedenke, als ich Emma im Treppenhaus nach mir rufen hörte. Ich ging hinunter, wo sie aufgeregt an der Haustür stand.

„Ich glaube, Adele liegt im Sterben. Schau mal.“ Sie zeigte vor das Garagentor, und wir eilten sofort zu unserem Neufundländer-Liebling. Adele war es seit einigen Monaten nicht mehr gut gegangen, sie hatte häufig Urin verloren, war von Mal zu Mal orientierungsloser geworden und hatte noch nicht einmal mehr Lust auf ein kleines Gassi mit mir oder mit Emma über den nahegelegenen Ramsberg. Das war immer ihr bevorzugtes Revier gewesen. Seit zwei Tagen hatte sie das Fressen verweigert.

Unser Tierarzt in Freienseen hatte uns seelisch darauf vorbereitet, dass damit eine Abschiedszeit eingeläutet sei und er dann, wenn es für Adele quälend werden würde, die erlösende Spritze geben würde.

„Ich glaube, es ist so weit“, sagte Emma.

Ich nickte und kniete mit Emma neben Adele. Adele lag auf der Seite, atmete schwer und röchelnd und bewegte sich in einer völlig ungewohnten Weise, als wolle sie etwas aus sich herausdrücken. Es war offensichtlich, dass sie sich quälte. Wir riefen den Tierarzt an. Er wolle bald kommen, allerdings dauere es noch einen Moment, wir sollten bei Adele bleiben. Das war für uns selbstverständlich. Der Moment zog sich für uns hin, aber dann erschienen auch schon Karola und Luca, die Schulschluss hatten. Sie kamen sofort zu uns und wir klärten sie über die Situation auf. Beide knieten sich neben Adele, streichelten sie liebevoll und schmusten noch so lange mit ihr, bis der Arzt kam. Dann schickten wir sie ins Haus.

Adeles Erlösung erlöste auch uns, denn wir hätten ihre Qual nicht länger mitansehen können. Der Tag war damit gelaufen. Ich ließ das Schreiben an diesem Tag ruhen. Die Trauer war zu groß. Fünfzehn Jahre lang hatte uns das treue Tier begleitet und unser Familienleben mitgeprägt. Luca, der sich wohl am meisten mit Adele verbunden fühlte, war völlig daneben. Aber auch Karola und Jenny trauerten und gingen an diesem Tag nicht aus dem Haus bis Adele am Abend abgeholt wurde.

Mir fiel eine Songsequenz von Reinhard Mey ein, aus seinem 1987 veröffentlichten Antikriegslied »Nein, meine Söhne geb‘ ich nicht«. In dieser Sequenz erzählt er, was er seinen Söhnen mit auf den Lebensweg gegeben hatte: *„Ich habe sie die Achtung vor dem Leben, vor jeder Kreatur als höchstem Wert gelehrt. Ich habe sie Erbarmen und Vergeben und – wo immer es ging – lieben gelehrt.“*

Ja, alle drei Kinder liebten Tiere und die Natur. Was sie noch nicht kannten, waren Künstlertypen wie meinen zehn Jahre älteren Freund Meise.

Am nächsten Vormittag kündigte Meise seine Ankunft für das Wochenende an. Er strömte stets eine künstlerische Aura aus, ergänzt von seinem lockeren Humor. Gerade in diesen Tagen, wo uns Adele so arg fehlte, war es gut, ihn um uns zu haben.

„Hoffentlich hast du den angekündigten Brief von Gert Postel dabei“, sagte ich, denn Meise war manchmal vergesslich, und ich hatte ihn nicht mehr auf das Papier des inzwischen verurteilten Hochstaplers angesprochen. Postel, von Beruf Postbote, war ein Aufschneider und Possenreißer, über den man, wenn es nicht zum Nachteil mancher Zeitgenossen gewesen wäre, nur hätte lachen können. Zuletzt war „Dr. med.“ Postel, der gelernte Briefausträger, als leitender Oberarzt in einer psychiatrischen Klinik tätig gewesen.

„Na klar“, sagte Meise, „ich habe es dir versprochen! Es sind inzwischen übrigens drei Briefe, die er mir aus dem Knast geschrieben hat.“

Er hatte von Postel, den er seit langem kannte, ausführliche Berichte zu dessen Prozess erhalten. Postel suchte für seine Storys eine Veröffentlichungsplattform. Aber ich hatte zu dieser Zeit nur meinen kleinen „Eigentor-Verlag“ und keinerlei andere Verlagsverbindungen. So musste ich Meise bei dessen Marketinghilfe für Postel absagen.

Seit Tagen regnete es, und Meise sagte beim gemeinsamen familiären Abendbrot: „Wir werden eines Tages noch am steigenden Grundwasserspiegel ersaufen. Was im Südgürtel der Erde fehlt, haben wir hier im Übermaß.“

„Das muss nicht so bleiben“, wandte Karola ein. „Eines Tages könnte auch bei uns das Wasser knapp werden.“

„Unser Wasserreichtum in Mitteleuropa wird noch Jahrhunderte halten, das wette ich“, antwortete Meise.

„Erfolgreiche Wetten sind wohl nicht gerade die Stärken eines Künstlers“, sagte Karo etwas schnippisch, bevor sie fortfuhr: „Aber mich würde interessieren, wie man zur Kunst gelangt und welche Ideen und Ziele man dabei im Kopf hat.“

„Hast du künstlerisches Talent und willst eines Tages mal die Muse küssen?“ Meise sah Karo neugierig an.

Emma und ich zwinkerten uns zu.

„In Kunst gehöre ich nicht gerade zu den Vorzeigeformaten. Ich stehe eher auf die Naturwissenschaften“, sagte Karo.

„Natur ist Kunst pur“, meinte Meise.

Jedenfalls verstanden sich die beiden auf Anhieb und kamen in ein angeregtes Dauerplaudern. Auch unser sportbegeisterter Luca, der erst im letzten Zeugnis im Schulfach Kunst mit »sehr gut« abgeschnitten hatte, dem aber hauptsächlich die Kunst des Fußballspielens am Herzen lag, beteiligte sich an der Ausforschung des Künstlerlebens unseres Hamburger Freundes. Nur Jenny zog sich in ihr Zimmer zurück, um sich ein wenig in praktischer, aber urtümlicher Kunst zu üben – sie malte irgendwelche Dinosaurier, die sich zwischen Blitzen und Vulkanausbrüchen tummelten.

Später am Abend schickte ich Meise zu den Kindern in ihr Zimmer, die ihm vorm Schlafengehen noch viele Fragen zu seinem künstlerischen Werdegang und gegenwärtigen Leben stellen wollten. Gut, dass ich das nicht für ihn ertragen musste – es ging ja schließlich um sein Leben. Sollten sie ihn doch grillen. Ich war außen vor. Wahrscheinlich hätte ich auch viel zu viel in solch ein Comic-Kunst-Leben hineininterpretiert und damit Meises Leben vermutlich fehlinterpretiert.

Dafür war ich nun mittendrin, was Gert Postels Prozess betraf. Ich las seinen Brief an Meise:

»Lieber Meise,

heute also mein erster Brief aus dem Knast an dich. Vorab: Keine Sorge, mir geht es den Umständen entsprechend gut. Kann hier jedoch karrieretechnisch leider nicht zum Gefängnisdirektor aufsteigen, da mir die Kopiermöglichkeiten und Stempel fehlen. Ansonsten wäre ich längst wieder draußen und säße bei dir auf der Couch. Dann könntest du mich mit deiner Comic-Kunst vielleicht sogar therapieren.

Zuletzt hatten wir uns gegen Ende meines Prozesses gesehen. Da lief übrigens nicht alles korrekt. Wäre es nach mir gegangen, so hätte mein Prozess praktisch unter Ausschluss der Öffentlichkeit, auf jeden Fall in bescheidenem Rahmen, stattgefunden. Mir wäre es durchaus recht gewesen, wenn ich in einem kleinen Saal in Anwesenheit von dir und einigen schläfrigen Rentnern und eines halbinteressierten Lokalreporters vor meine Richter hätte treten können. Ich legte absolut keinen Wert darauf, fotografiert oder gar gefilmt zu werden. Das habe ich den Vorsitzenden auch mehrmals über meine Verteidiger wissen lassen.

Nicht, dass ich so etwa den Grundstein für neue Straftaten legen und verhindern wollte, dass aktuelle Portraitfotos von mir in Umlauf kämen, die mir meine künftige kriminelle Tätigkeit erheblich erschweren würden. Solche Gedanken waren mir angesichts meiner festen Vorsätze, späterhin ein straffreies Leben zu führen, vollkommen fremd. Ausgenommen natürlich die aktuelle karrieristische Idee in puncto Knastdirektor. Aber das war nur ein kurz aufflackerndes, durchaus legitimes Freiheits-Fanal, das sich vorzugsweise in eingeschränkten Lebensphasen bemerkbar macht.

Mir ging es einzig darum, den Prozess nicht zu einem Medienrummel ausarten zu lassen, dafür Sorge zu tragen, dass in der Hauptverhandlung wirklich der Angeklagte, also ich, als Mensch, der gefehlt hatte, im Mittelpunkt steht und dass meine Richter, mein Staatsanwalt und meine Verteidiger keine Fensterreden zu der versammelten Massenpresse hielten, sondern sich auf das konzentrierten, was ihnen unsere Rechtsordnung aufgab.

Leider, so muss ich gestehen, bin ich mit meinem Vorhaben, meinen Prozess dezent und bescheiden zu gestalten, vollkommen gescheitert. Meine Verteidiger ließen mir insoweit nur halbherzige Unterstützung zuteilwerden. Angesichts des schmalen Salärs, das der Freistaat Sachsen ihnen als Pflichtverteidiger zahlte, sahen sie sich offenbar nur durch eine gehörige Portion Scheinwerferlicht angemessen entschädigt. Damit will ich nicht sagen, dass ich gleichsam von zwei eitlen Fatzkes verteidigt worden wäre, die mein Mandat nur deshalb übernommen hätten, um sich in der öffentlichen Aufmerksamkeit ein wenig zu sonnen. Aber es ist nun einmal Tatsache, dass gerade bei Strafverteidigern Idealismus und Eigennutz eng beieinander liegen und dass sich die Vertreter dieser Zunft ab einem gewissen Qualitätslevel im Wesentlichen darin voneinander unterscheiden, mit welchem Grad an Eleganz sie den Dienst am Recht mit der Darbietung ihrer beeindruckenden Persönlichkeit und dem Füllen ihres Geldbeutels zu kombinieren wissen.

Wollte man eine Typologie der Strafverteidiger entwerfen, so fielen mir, der ich diesen Berufsstand auf meinen Reisen durch die Bundesrepublik immer wieder in diversen Hauptverhandlungen aufs genaueste beobachten konnte, folgende Charaktere ein (Ich hoffe, ich langweile dich nicht!):

Als erstes der große Schweiger. Aus unerfindlichen Gründen hoch angesehen. Er sagt wenig, aber wenn er etwas sagt, hat es Gewicht. Sogar Banales gewinnt aus seinem Mund Bedeutung. Er reist durch die Republik und verteidigt die Elite der deutschen Wirtschaft.

Der brillante Steuerexperte, moderat und durch und durch ein Meister des Common Sense. Er gibt sich beeindruckend bescheiden. Von den Gerichten verlangt er nie zu viel.

Der hanseatische Star, brillant und unerbittlich. Immer perfekt, aber ohne Maß.

Der exzentrische Vielfrager. Kein Prozess unter einem Jahr. Literarische Ambitionen.

Der sensible Beziehungsspezialist. Kann sich in die Tötung des Intimpartners immer von neuem richtig gut einfühlen.

Der gut aussehende Revisionsanwalt. Geht beim Bundesgerichtshof ein und aus. Maßvoll in seinen Ansichten, genial in seiner Technik und deshalb ungemein erfolgreich.

Der vulgäre Großverteidiger mit dem abgestandenen Pathos. Erscheint häufig nur zum ersten Verhandlungstag, um die Honneurs einzuheimsen. Hat schon bessere Tage gesehen.

Der hochintelligente Alkoholiker. Immer, wenn man ihn gerade unterschätzt, schlägt er zu.

Der linksliberale Warentermin-Experte. Konvertierter Terroristenverteidiger. Hat sich seine Überzeugungen im Innersten bewahrt.

Der protestantische Pfarrerssohn. Fundiertes Wissen, gediegene Schriftsätze, eine Spur zu innerlich. Neigt zu Rechthaberei.

Der Professor, ein Wissenschaftler, der den Kontakt zur Praxis sucht. Berühmt, leicht weltfremd, aber voller Charme.

Unterhalb dieser nationalen Elite residieren die Provinzfürsten, die es in ihrem Sprengel zu einem gewissen Ansehen gebracht haben, sich aber nicht dauerhaft überregional etablieren konnten. Es gibt unter ihnen recht ordentliche Verteidiger, aber man spürt schon, wie es an ihnen nagt, dass sie es nicht zu landesweiter Prominenz gebracht haben.

Aus dieser Liga kamen die beiden Herren, die mir beistanden. Dr. Fischer aus Frankfurt, mit der fundierten juristischen Bildung, in der er sich allerdings auch manchmal verhedderte, und Herr Becker aus Berlin, ein nicht uneitler Generalist mit einigem Situationsgespür.«

An dieser Stelle legte ich den Brief zur Seite und wartete auf Meise, denn ich kannte Dr. Fischer persönlich und hätte gerne gewusst, ob Meise ihn beim Prozess erlebt oder gar gesprochen hatte. Jürgen Fischer war Mandant und zugleich juristischer Berater der Hagenau Treuhand- und Wirtschaftsprüfungs-Gesellschaft mbH, HTG, die mein alter Schulfreund und Alt-68er Ronny betrieb. Bei dieser Kanzlei war ich nunmehr seit zwei Jahren angestellt, und für sie war ich derzeit als Fonds-Betreuer von sogenannten Aufbau- und Steuerspar-Modellen in den neuen Bundesländern tätig. Es handelte sich um Immobilienfonds, Wohn- und Geschäftsanlagen, in Magdeburg, Halle und Halberstadt. Und einer der finanziell höchst engagiertesten Anleger dieser Fonds war der HTG-Sondermandant Jürgen Fischer. Dass er nebenbei auch noch Postel verteidigt hatte, war mir bisher nicht bekannt gewesen.

Gemeinsam mit seinem Mit-Investor aus dem Milieu der mehr oder minder seriösen Werbeagenturen, Herrn Ahnenhold, war mir Fischer allerdings bestens bekannt. Sie waren die einzigen beiden der rund 60 Investoren, die sich nicht scheuten, mich um Mitternacht aus dem Schlaf zu reißen und in aufputschenden Telefonaten ihrer Sorge Ausdruck zu verleihen, dass aus den Steuersparmodellen ein riesiges Verlustgeschäft werden könnte. Was dann auch so kam. Doch dazu später.

„Herr Koenig, was haben Sie in der letzten Woche gegen den Leerstand der Gewerbe-Immobilien unternommen?“, fragte zum Beispiel Fischer immer mal wieder.

„Herr Koenig, haben Sie eigentlich schon Makler kontaktiert?“, fragte Ahnenhold auch gerne zu mitternächtlicher Stunde.

„Haben Sie die Mieter vom Auszug abbringen können?“; „Haben Sie …?“; „Konnten Sie …?“ und so weiter

Dabei berichtete ich monatlich ausführlich in einem Anlage-Letter über den Sachstand und die unternommenen Aktivitäten, um den geldgierigen krähenden Hähnen und gackernden Hühnern etwas mehr Ruhe im Hühnerstall ihres Anlagevermögens zu verschaffen. Aber die Lage war nun einmal problematisch. Das Fondsmodell sah vor, dass die Mietgarantie nach fünf Jahren auslief. Das bedeutete, dass im ersten halben Jahrzehnt die Knete im Übermaß floss. Nicht nur füllten die lukrativen Steuerrückerstattungen der Finanzämter die Konten der Anleger, es kamen darüber hinaus vom Fonds garantierte Vollmieten für die Objekte hinzu, obwohl diese keinesfalls vollständig vermietet waren. Diese für die Fonds entstehenden Mietverluste wiederum konnten die Fonds bei den Steuerbehörden geltend machen, sodass letztlich der Staat, sprich: die Steuerzahler, für sämtliche Investitionen aufkamen, von denen die reichen westlichen »Investoren« profitierten.

Doch nach fünf Jahren entfiel die Mietgarantie und die Verluste mussten von da an von den bisherigen Anlage-Profiteuren aus ihrem laufenden Einkommen ausgeglichen werden. Was sie zwar wiederum steuerlich geltend machen und absetzen konnten – aber Verlust bleibt Verlust. Und das tat den hauptberuflichen Geizhälsen überaus weh. Und ich war nun nicht mehr nur ihr Interessenvertreter gegenüber der Immobilienverwaltung, gegenüber Mietern, Hausmeistern und Maklern, sondern in gewisser Weise auch ihr psychologischer Betreuer. In Gottes und in Ronnys Namen. Gemäß Ronnys Anweisung sollte ich den weltfremden Geizhälsen vorgaukeln, dass alles in bester Butter sei und sich Ostland bald im Wirtschaftswunderrausch befinden würde wie dereinst nach dem Krieg die Westrepublik.

„Ich werde den Leuten keinesfalls blühende Landschaften vorgaukeln, wie es der Kanzler anno dazumal tat“, sagte ich zu Ronny.

„Nein, das meine ich nicht. Du sollst nur einige realistische Perspektiven immer wieder in deine Berichte einbauen. So ist es doch völlig logisch, dass zum Beispiel in Magdeburg der Wirtschaftssektor und damit der Bedarf an Gewerbeimmobilien wachsen wird.“

„Woher nimmst du diese Zuversicht?“

„Das stand erst kürzlich in der »Magdeburger Volksstimme«. Ein Bericht über eine IHK-Tagung“, sagte Ronny und schaute mich an, als sei ihm ein großer Coup gelungen.

Später, als ich wieder „on tour“ in Magdeburg war, gab ich mich als Journalist aus und interviewte den IHK-Geschäftsführer. Er legte mir Statistiken und Prognosen vor – und das sah alles andere als rosig aus. Er rechnete eher mit einer weiteren Abwanderungswelle von kreativen und unternehmerisch begabten jungen Leuten in den Speckgürtel von Berlin oder nach Bayern oder Sachsen.

Doch davon wollte Ronny nichts wissen, und das sollte ich bitte nicht in meinen Berichten erwähnen. Ich schrieb, dass meine Erkundigungen bei der IHK nicht zu eindeutigen Ergebnissen geführt hätten. Dafür seien im vergangenen Monat mit Hilfe von zwei Maklern vier Vermietungen von Büros zustande gekommen. Das stimmte zwar, aber der unausgesprochene, jedoch suggerierte Trugschluss, dass dies ein Trend sei, war – rein werbetechnisch gesehen – eine moralisch vielleicht nicht ganz lautere, aber gerade noch zulässige Methode positiver Selbstdarstellung.

Zurück zu den nächtlichen Ruhestörern, Dr. Fischer und seinem Werbefuzzi, Herrn Ahnenhold. Egal ob ich in jenen Nächten, in denen sie mich aus dem Schlaf der Gerechten rissen, gähnte oder die Aktivitäten akribisch aufzählte, sie waren in solchen Situationen nur schwer zu beruhigen. Ich nehme an, dass sie in jenen für sie beunruhigenden Zuständen unter schweren Albträumen litten, in denen ihnen Dagobert Duck begegnete und ihnen den Vogel zeigte, bevor er sich hämisch lachend in seinen von Golddukaten überquellenden Tresor stürzte. Natürlich unterdrückte ich mein Gähnen bei diesen nächtlichen Attacken und musste an Karolas Erlebnis von vor vier Wochen denken.

Sie hatte sich, wie ich annehme, in einen Jungen aus ihrer Klasse verguckt. Ich weiß es nicht sicher. Ansprechen darf ich so etwas nicht. Jedenfalls hörte ich zufällig ein Telefonat, das sie im Wohnzimmer des Erdgeschosses mit einem gewissen Jonas führte. Alle anderen Familienmitglieder waren ausgeflogen, außer mir. Und mich vermutete sie zwei Stockwerke höher im Büro. Also sprach sie völlig frei von der Leber weg.

Aber ich war auf dem Weg in die Küche gewesen, um mir meinen Lieblingstee zu holen. Da hörte ich den Satz: „Meine Eltern sind auch manchmal echt oberpeinlich.“ Daraufhin erstarrte ich zur Salzsäule und verharrte an Ort und Stelle, sah zufällig meine Schuhe vor der Garderobe stehen und zog sie an, ging in die Hocke und schnürte mir nun die

Schuhe zu und wieder auf und wieder zu und wieder auf – so lange wie das Gespräch dauerte. Bei Entdeckung konnte ich unschuldig tun.

So bekam ich mit, dass sie Jonas eines ultraschweren Vergehens beschuldigte: Er hatte gegähnt, während sie ihm etwas erzählte. „So was geeeht überhaaauuupt nicht!“, sagte sie in rügender Dehnung des Satzes.

Ich hoffe, dass sie diesen aktuellen neuropsychologischen Wissensstand in Sachen Gähnen nicht von mir erfahren hat. Ich hatte gerade dazu nämlich im letzten P.M.-Monatsmagazin etwas aufregendes gelesen. Danach wird das Gähnen offenbar von ziemlich primitiven Hirnregionen gesteuert. Affen gähnen, Hunde gähnen, Wellensittiche und Quallen eher nicht. Dazu stand eine Menge mehr in dem Artikel, aber ich konnte ihn wieder mal nicht zu Ende lesen, weil jemand dringend auf die Toilette musste, obwohl noch drei andere Klos zur Verfügung standen.

Ich selbst gähne auch, das mag ich überhaupt nicht bestreiten. Ich kenne also diesen Zustand aus ureigener Erfahrung, auch wenn mir der wissenschaftliche Hintergrund noch immer verschlossen ist. Doch achten meine diversen herumliegenden Gehirnlappen gewissenhaft darauf, dass ich absolut nicht zur falschen Zeit – und wenn, dann nur in unterdrücktem Modus – gähne. Strafrechtler Fischer und der Werbefuzzi hätten mich wahrscheinlich verklagt oder mindestens beim HTG-Chef angeschwärzt, wenn ich bei ihrem Mitternachtsplausch in irgendeiner Weise hörbar gegähnt hätte: „Er gähnt in wichtigen Besprechungen und wirkt wie abwesend …“ Dass diese „wichtigen Besprechung“ telefonisch mitten in der Nacht stattfinden, würden sie Ronny freilich vorenthalten.

Wenn mir wirklich mal ein Gähner herausrutscht, ist er garantiert geräuschlos und zeigt sich nur durch einen gequält zugekniffenen Mund. Von primitiv kann bei mir also keine Rede sein. Umgekehrt wird ein Schuh draus: Ich bin ein sehr schlauer Gähner, denn eines weiß mein Gehirn sehr genau: dass es mich niemals zum sicht- oder hörbaren Gähnen anstiften darf, wenn meine Frau etwas erzählt. Da könnte sich Jonas mal eine Scheibe von abschneiden: Niemals gähnen, wenn Frauen reden. Das gehört übrigens zum maskulinen Allgemeinwissen, aber wie soll der junge Bursche das in Erfahrung bringen, wenn er mich, den alten Hasen, noch nie kennen lernen durfte. Ich hätte es ihm hundert Pro als allerérstes gesteckt.

Irgendwann beendete Karola das missglückte Telefonat abrupt und stolperte fast über mich, der ich gebückt vor der Tür hockte und am Schuhe schnüren war. „Wollte gerade mal einkaufen gehen“, stammelte ich verlegen, wie man halt so stammelt, wenn man gerade ertappt wurde. Um die Situation zu retten, fügte ich einen verhängnisvollen Satz hinzu: „Mir scheint, die Jungs sind heutzutage ultrakrasse endlaser.“ Mir war schnuppe, ob die Worte einen Sinn ergaben. Aber für Karo ergaben sie offenbar einen, denn sie sah mich zu Tode erschrocken an und sagte etwas, was sich etwa so anhörte:

„Lass das, Papa, sag nie wieder so abscheuliche Worte!"

Das war nun einen Monat her, aber ich entsann mich sehr gut.

Als Meise jetzt gähnend aus dem Kinderzimmer kam und sich zu Emma und mir an den knisternden Kamin setzte, während der Regen an die Fenster prasselte, wurde er langsam wieder wacher. Ich berichtete von meinen Fischer-Postel-Erkenntnissen.

„Zufälle gibt's", sagte er trocken.

Ich nickte zustimmend und meinte: „Das kann man wohl sagen, denn in Fischers Kanzlei wirkt seit kurzem beiläufig auch noch Rupert von Plottnitz mit. Auch er ist HTG-Mandant. Und ihn kennen wir beide doch noch aus den Endsechziger Jahren, aus dem Club Voltaire, erinnerst du dich?"

„Ich kenne ihn sogar noch aus der Studienzeit. Gleichzeitig mit mir trat Rupert von Plottnitz 1968 dem Sozialistischen Deutschen Studentenbund bei."

„Ich habe diese aufregende Zeit, als das Land seine braun-graue Trübung verlor und bunter durch uns wurde, als Schüler erlebt", sagte ich. „Den SDS kannte ich natürlich, aber wer von euch Älteren nun zu dieser Art revolutionärer Denkfabrik gehörte, konnten wir Gymnasiasten im Club nicht erkennen. Wir vermuteten, dass alle, die im Voltaire verkehrten, SDSler waren – aber so war es nicht."

Emma kannte diese Zeit und die damaligen Großstadtereignisse nur vom Hörensagen, denn sie war sechs Jahre jünger als ich – eine entscheidende Zeitspanne in jenen Jahren. Und sie war in einem fränkischen Dorf groß geworden, das erst später durch sein kapital- und strahlungsbringendes AKW an Bedeutung erlangte: Neue Straßen, neue Laternen, eine neue Bibliothek, ein neues Kirchendach, neuer Kindergarten, neue Spielplätze. Alles strahlend neu in Grafenrheinfeld. Jetzt goss uns Emma Rotwein ein und wir prosteten uns zu und sie fragte Meise, ob die Kids anständig gewesen seien.

„Sie haben mich ausgequetscht wie eine Zitrone, und ich habe alles gegeben. Ich glaube, dass sie demnächst bei euch anfragen, wie man Künstler wird und ob ihr bereit seid, ihren Start ins Berufsleben als Künstler zu sponsern."

„Weiter!", sagte ich ungerührt.

„Nix weiter. Dann habe ich halt den Spieß umgedreht und sie ausgequetscht. Dazu hatte ich zufällig genügend Wissen im Zugabteil zwischen Hamburg und Gießen getankt. Da hatte ein Teenie seine »Bravo« vergessen. Ich habe sie durchgeblättert und fand sie eigentlich ganz schön fad gegenüber jener »Bravo« aus den 1970er-Jahren. Alles voll mit Robbie Williams und Britney Spears. Wenn unsere Jugend auch so öde gewesen wäre, wären wir heute wahrscheinlich cracksüchtig."

„Soll ich Crackers aus der Küche holen?", fragte Emma lachend.

„Jedenfalls konnte ich ganz schön mithalten mit meinem bravourösen Wissen. In der Rubrik »Stars unter vier Augen« hatte ich ein Interview mit Eminem gelesen und noch frisch in Erinnerung, und so fragte ich Luca und Karola, von wem wohl der Spruch stammt: »Gott hat mich gesandt, um die Welt anzupissen«. Karola tippte auf Madonna, und

Luca tippte auf Lou Bega – aber beide lagen falsch. 1:0 für mich."

„Entweder hassen sie dich jetzt dafür oder du steigst in ihrer Achtung weit über dein Künstlerdasein hinaus", meinte ich.

„Dann fragte ich sie, ob sie mir sagen könnten, von wem jener Satz stammen würde: »Es ist wirklich schwer, ernste Songs auf der Bühne zu singen, wenn man dauernd BH's und Slips an den Kopf geworfen bekommt.« Ich gab ihnen drei Auswahlmöglichkeiten: Ronan Keating, Robbie Williams oder Rex Gildo. Sie tippten auf letzteren, aber es war natürlich Robbie. Also stand es 2:0 für mich. Weiter wollte ich die Demütigung eurer lieben Kids allerdings nicht treiben. Bin hier ja nur als Gast."

„Es spricht doch eigentlich für unsere beiden Teenager, dass sie die »Bravo« nicht auswendig kennen, oder?", sagte Emma. Wir mussten alle lachen.

Eigentlich hatten wir unser Gespräch in Sachen Dr. Fischer und Rupert von Plottnitz unterbrochen, und mir war noch etwas dazu eingefallen: „Ich erinnere mich, dass Rupert von Plottnitz 1977/78 am »Internationalen Russell-Tribunal zur Situation der Menschenrechte in der Bundesrepublik Deutschland« mitwirkte. Daran hatten wir beide teilgenommen, damals in Frankfurt-Harheim, Meise, erinnerst du dich?"

„Stimmt", bestätigte Meise. „Später schloss sich Plottnitz den Grünen an und wir beide hatten uns überlegt, dass wir keiner Partei beitreten wollten, obwohl wir die Grünen super und dringend notwendig fanden. Aber ich wollte mich als Künstler partout nicht parteipolitisch fesseln lassen. Und du als geborener …"

„… ich als geborener Freigeist und als unabhängiger Journalist und als wissenschaftlicher Mitarbeiter am Wissenschaftszentrum Berlin wollte auf keinen Fall ein Parteiemblem am Revers tragen."

„Du hast damals gewiss keine Anzüge getragen, wie ich vermute", sagte meine Frau, und sie hatte natürlich recht.

Später, zu GTU-Zeiten, jener Zeit meiner Umweltbildungs-Institute, hatte ich gelegentlich Anzüge getragen, zum Beispiel zur Eröffnung des Umweltzentrums Rhein-Main. Von 1983 bis 1987 hatte Rupert von Plottnitz übrigens die Position eines ehrenamtlichen Stadtrats im Magistrat der Stadt Frankfurt am Main inne. Als Vertreter der Stadt Frankfurt hatte er im Oktober 1986 einen Gruß des Oberbürgermeisters an das von mir aus der Taufe gehobene Umweltbildungs-Institut, GTU, im Rahmen der Eröffnung des Umweltzentrums Rhein-Main ausgerichtet und eine ermutigende und ökologisch engagierte Rede gehalten. Er war bei der Landtagswahl in Hessen 1987 in den hessischen Landtag gewählt worden und war dort später Vorsitzender der Grünen-Fraktion gewesen.

Am nächsten Morgen konnte Meise das tägliche Elend einer intakten pubertär-infiltrierten Familie miterleben. Ich nehme an, dass es ihn in seinem künstlerischen Einsiedlerleben als „sexloser Endlaser" auf Dauer bestärkt hat. Jedenfalls, so vermutete ich, würde er freiwillig niemals eine Familie gründen. Wenn Sie mich, liebe Leser, heute fragen, was ein

»Endlaser« ist, so verweise ich auf meinen Sohn Luca, der mich aufklärte, dass dieses krass grassierende Jugendwort drei Bedeutungen habe, nämlich toll, geil und eingebildet. Aber meistens meine man geil und toll – doch das seien einfach viel zu abgedroschene Worte, »endlaser« sei einfach eindeutiger.

Na ja, was soll ich dazu sagen? Hätten meine Großeltern nicht auch verständnislos den Kopf geschüttelt, wenn ich von »geil« und »cool« geredet hätte?

Meise fuhr an jenem Tag von Laubach nach Frankfurt, um dort alte Bekannte zu treffen. Er wollte drei Tage dort bleiben und am Rückreisetag noch einmal bei uns Station machen.

„Darf ich Postels Briefe behalten?", fragte ich.

„Ich habe Kopien davon, und du solltest überlegen, ob es nicht doch eine Möglichkeit der Veröffentlichung gibt, so Postels Bitte", antwortete Meise.

„Ich werde sehen."

„Hat ja auch Zeit. Er wird noch eine Weile im Knast schmoren und kann dort seine Erlebnisse niederschreiben. Dann lohnt sich eine Veröffentlichung wahrscheinlich eher."

Als Meise nach Frankfurt abgedüst war, nahm ich mir am Abend die Briefe vor und las weiter, was Postel über seinen Prozess zu sagen hatte:

»Ich kann nicht sagen, dass ich meine beiden Anwälte, Dr. Fischer und Becker, bewundere, aber angesichts der Ebbe in meiner Kasse und der Weigerung meiner reichsten Freundin, einer Kiefer-Chirurgin, sich an dem Verteidigerhonorar zu beteiligen, waren sie immer noch das Beste, was ich bekommen konnte. Und in der Rückschau muss ich auch zugeben, dass die Qualität meiner Verteidigung für das Ergebnis des Verfahrens wahrscheinlich gar nicht ausschlaggebend war. Ich glaube nämlich, dass mein Vorsitzender Richter, ein listiger und besonnener Schwabe, ungeachtet aller von den Verteidigern vorgebrachten juristischen Finessen von Anfang an auf das Ergebnis zusteuerte, das letztlich im Namen des Volkes auch als Urteil verkündet wurde, nämlich vier Jahre Gefängnis und Haftfortdauer.

Ich hätte mich also auch von Rechtsanwalt Freyvogel aus Grimma verteidigen lassen können, ohne dass es einen Unterschied gemacht hätte. Aber vom Unterhaltungswert, von der gesamten Präsentation her, waren die beiden mir schon adäquater.

Merkwürdiger Weise sahen sich die beiden in der Vorbereitung auf den Prozess mehrfach dazu veranlasst, mir langatmige Moralpredigten zu halten, mich zur »Umkehr« aufzufordern, meine selbstgefällige Haltung in Bezug auf meine »ärztlichen Leistungen« zu brandmarken und mich immer wieder zu ermahnen, endlich eine einigermaßen realistische Zukunftsperspektive zu entwickeln. Diese humorlosen Predigten kamen hauptsächlich von Dr. Fischer, nachdem er sich Becker als Mitverteidiger zugesellte.«

Ich machte eine kurze Lesepause und schmunzelte, denn genauso kannte ich Jürgen Fischer, als ewig ernst und bedeutungsschwer dreinschauenden, humorlosen Anwalt. Dass er mir eines Tages im Gericht gegenüberstehen und gegen mich plädieren würde, konnte ich in diesem Moment nicht ahnen. Ich holte mir einen Tee und las weiter:

»Solange mich Becker alleine verteidigte, gab es bei den Mandantenbesprechungen immer genügend zu lachen. Auch er leugnete zwar nicht, ein Organ der Rechtspflege zu sein, aber er hatte nicht die Kraft angesichts des Gesprächsgegenstandes, dauernd ernst zu bleiben. Allerdings zeigte er bei der Vorbereitung große Angst, ich könnte als unerkannter Serientäter mit negativer Zukunftsprognose in Sicherungsverwahrung genommen, also auf unbestimmte Zeit weggeschlossen werden.

Ich teilte diese Sorge zunächst nicht, stimmte jedoch schließlich seinem Vorschlag zu, Dr. Fischer hinzuzuziehen, sozusagen als Rechtsexperten und als sachliche Versicherung gegen Beckers Ängste. Becker war es auch, der mir als Zielvorgabe für den Prozess einredete, es gelte in erster Linie die Sicherungsverwahrung zu vermeiden. Dafür müsse man auch bereit sein, eine etwas höhere Freiheitsstrafe in Kauf zu nehmen. An eine Schmunzelverteidigung, wie vor 15 Jahren in Flensburg, sei ohnehin nicht zu denken.

Vermutlich stand die gefürchtete Maßregel weder bei der Staatsanwaltschaft noch bei dem Leipziger Gericht je zur Debatte. Nicht unwahrscheinlich, dass meine famosen Verteidiger vor lauter Angst nicht einmal sauber geprüft hatten, ob die formellen Voraussetzungen dafür überhaupt vorlagen. Auf jeden Fall schafften sie es mit ihrem ständigen Gerede von der drohenden Sicherungsverwahrung, mir das wirklich bescheidene Ergebnis des Prozesses, zumindest vorübergehend, auch noch als Erfolg zu verkaufen. Die Institution des Verteidigers als Schmiermittel im Justizgetriebe ist wahrlich nicht zu unterschätzen.

Der Prozess war irgendwie eine Farce. Nicht dass wir etwa das exakte Ergebnis schon vorher gekannt und uns mit dem Gericht und der Staatsanwaltschaft vorher geeinigt hätten, wie die große Gisela Friedrichsen im »Spiegel« vermutete. Derartige Abreden gab es nicht. Aber wir kannten ungefähr den Korridor, in dem das Gericht eine gerechte Strafe finden wollte. Dieser Korridor war ziemlich eng. Er reichte von drei Jahren und sechs Monaten Gefängnis bis zu viereinhalb Jahren.

Lieber Meise, wie du weißt, besteht jede Gerechtigkeit eines Urteils darin, eine salomonische Entscheidung genau in der Mitte des Korridors zu finden, sozusagen den goldenen Schnitt im Strafmaß. Nun ist natürlich allgemein anerkannt, dass jede Strafzumessungsentscheidung ihre irrationalen Elemente in sich birgt, weil es mit Verstandesüberlegungen überhaupt nicht zu rechtfertigen ist, weshalb man anstelle von drei Jahren und elf Monaten jetzt zum Beispiel vier Jahre und einen Monat verhängt. Diese Differenz von zwei Monaten gehört in den Bereich, wo der Tatsachenrichter aus dem Bauch heraus entscheiden darf, ohne dass ihm irgendeine Berufungsinstanz ernsthaft hineinreden könnte.«

Meine Augenlider wurden allmählich schwer und bevor mir der Brief aus der Hand glitt, ging ich ins Bett. Demnächst könnte ich weiterlesen. Vielleicht morgen schon.

*

Es war März und das Jahr, in dem die zehnjährige Natascha Kampusch entführt worden war, war seit drei Monaten vorüber, und sie war immer noch in einem Kellerverlies gefangen. Die Welt draußen rückte allmählich immer weiter weg. Die Erinnerungen an ihr früheres Leben wurden schemenhafter und schienen ihr immer unwirklicher. Es fiel ihr schwer zu glauben, dass sie noch vor weniger als einem Jahr ein Volksschulkind in einem Wiener Vorort gewesen war, das am Nachmittag spielte, Ausflüge mit seinen Eltern machte und ein normales Leben führte.

Sie versuchte, sich mit dem Leben, in das sie hineingezwungen worden war, so gut es ging abzufinden. Das war nicht immer leicht. Die Kontrolle des Täters war weiterhin absolut. Seine Stimme in der Gegensprechanlage raubte Natascha die Nerven. Sie fühlte sich in ihrem winzigen Verlies, als ob sie meilenweit unter der Erde und zugleich in einem Schaukasten leben würde, in dem man sie bei jeder Bewegung beobachten konnte.

Aber nun fanden ihre Besuche oben im Haus regelmäßiger statt. Etwa alle zwei Wochen durfte sie oben duschen und manchmal ließ sie ihr Entführer abends bei sich essen und fernsehen. Sie freute sich über jede Minute, die sie außerhalb des Verlieses verbringen durfte – doch im Haus hatte sie immer noch Angst.

Sie wusste zwar inzwischen, dass er dort allein wohnte und ihr kein Fremder auflauern würde, aber ihre Nervosität nahm kaum ab. Der Entführer sorgte mit seiner eigenen Paranoia dafür, dass selbst ein kurzer Moment der Entspannung unmöglich war. Wenn sie oben war, schien sie wie mit einer unsichtbaren Leine an den Täter gebunden. Sie musste immer im gleichen Abstand zu ihm stehen und gehen – einen Meter, nicht mehr, nicht weniger, sonst rastete er sofort aus. Er verlangte, dass sie immer den Kopf gesenkt hielt, den Blick nie hebe.

Natascha war nach den endlosen Stunden und Tagen, die sie völlig isoliert im Verlies verbrachte, sehr anfällig für seine Anweisungen und Manipulationen. Der Mangel an Licht und menschlichem Umgang hatten sie so geschwächt, dass sie ihm nicht mehr entgegensetzen konnte als einen gewissen Grundwiderstand, den sie nie aufgab und der ihr half, die Grenzen zu ziehen, die ihr selbst ihr kindlich geprägter Instinkt als unabdingbar signalisierte.

An Flucht dachte sie kaum noch. Es schien, als würde die unsichtbare Leine, an die er sie im obigen Wohnbereich legte, immer realer werden. Als wäre sie tatsächlich an ihn gekettet und physisch nicht imstande, sich mehr als einen Meter von ihm weg- oder zu ihm hinzubewegen. Er hatte die Angst vor der Welt da draußen, in der man sie nicht suchte, nicht liebte, sie nicht vermisste, so tief in ihr verankert, dass sie fast größer wurde als ihre Sehnsucht nach Freiheit.

Wenn sie im Verlies war, versuchte sie, sich so gut wie möglich zu beschäftigen. An den langen Wochenenden, die sie allein verbrachte, putzte und räumte sie nach wie vor stundenlang, bis alles glänzte und frisch duftete. Sie malte viel und nutzte noch das kleinste Fitzelchen Papier auf ihrem Block für Bilder: ihre Mutter in einem langen Rock, ihr Vater mit seinem dicken Bauch und seinem Schnurrbart, sie lachend dazwischen. Sie malte die strahlend gelbe Sonne, die sie seit vielen Monaten nicht mehr gesehen hatte, und Häuser mit rauchenden Schornsteinen, bunte Blumen und spielende Kinder, Phantasiewelten, die sie für Stunden vergessen ließen, wie ihre Wirklichkeit aussah.

Eines Tages brachte ihr Entführer ein Bastelbuch. Es war für Vorschulkinder und stimmte sie eher traurig, als dass es sie aufheiterte. Das lustige Papier-Flieger-Fangen war auf fünf Quadratmetern schlicht nicht möglich. Ein besseres Geschenk war die Barbie-Puppe, die sie wenig später bekam, und ein winziges Näh-Set, wie sie manchmal in Hotels ausliegen.

Natascha war unendlich dankbar für diese langbeinige Person aus Plastik, die ihr nun Gesellschaft leistete. Es war eine Reiter-Barbie mit hohen Stiefeln, weißer Hose, rotem Gilet und einer Gerte. Sie bat ihren Entführer tagelang, ihr ein paar Stoffreste zu besorgen. Es konnte manchmal sehr lange dauern, bis er einem solchen Wunsch nachkam. Und auch nur dann, wenn sie seine Anweisungen strikt befolgte. Wenn sie etwa weinte, strich er ihr für Tage alle Annehmlichkeiten wie die lebensnotwendigen Bücher und Videos. Sie musste, um etwas zu bekommen, Dankbarkeit zeigen und ihn für alles, was er tat, loben – bis hin zu der Tatsache, dass er sie eingesperrt hatte.

Schließlich hatte sie ihn so weit, dass er ihr ein altes T-Shirt brachte. Ein weißes Poloshirt aus weichem, glattem Jersey mit einem feinen blauen Muster. Es war das Shirt, das er am Tag ihrer Entführung getragen hatte. Sie wusste nicht, ob er das vergessen hatte oder das Shirt in seinem Verfolgungswahn einfach loswerden wollte. Aus dem Stoff des Shirts nähte Natascha für ihre Barbie ein Cocktailkleid mit feinen Spaghettiträgern aus Fäden und ein elegantes, asymmetrisches Top. Aus einem Ärmel bastelte sie sich mit Hilfe einer Schnur, die sie bei ihren Schulsachen gefunden hatte, ein Etui für ihre Brille. Später konnte sie den Täter noch überreden, ihr eine alte Stoffserviette zu überlassen, die beim Waschen blau geworden war und die er nun als Putzlappen verwendete. Daraus wurde ein Ballkleid für ihre Barbie, mit einem dünnen Gummiband um die Taille.

Später formte sie Topfuntersetzer aus Drähten und faltete kleine Kunstwerke aus Papier. Ihr Entführer brachte ihr Handarbeitsnadeln ins Verlies, mit denen sie häkeln und stricken übte. Draußen, als Volksschulkind, hatte sie das nie richtig gelernt. Wenn sie einen Fehler gemacht hatte, verlor man rasch die Geduld mit ihr. Nun hatte sie unendlich viel Zeit, niemand wies sie zurecht. Sie konnte immer wieder von vorne anfangen, bis ihre kleinen Arbeiten perfekt waren.

Diese Handarbeiten bewahrten sie vor dem Wahnsinn der einsamen Untätigkeit, zu der sie gezwungen war. Und sie konnte dabei beinahe meditativ an ihre Eltern denken, während sie kleine Geschenke für sie herstellte – für irgendwann, wenn sie wieder frei sein würde. Dem Täter gegenüber durfte sie allerdings mit keinem Wort erwähnen, dass sie etwas für ihre Eltern gebastelt hatte. Sie versteckte die Bilder vor ihm und sprach seltener von ihnen, denn er reagierte immer ungehaltener, wenn sie von ihrem Leben draußen und von der Gefangenschaft sprach.

„Deine Eltern lieben dich nicht, denen bist du egal, sonst hätten sie doch für dich Lösegeld bezahlt", hatte er sie anfangs noch verärgert angeblafft, wenn sie davon sprach, wie sehr sie ihre Eltern vermisste. Dann, irgendwann im Frühjahr, kam das Verbot. Sie durfte ihre Eltern nicht mehr erwähnen und von nichts sprechen, was sie vor der Gefangenschaft erlebt hatte. Ihre Mutter, ihr Vater, ihre Schwestern und Neffen, die Schule, der letzte Skiausflug, ihr zehnter Geburtstag, das Ferienhaus ihres Vaters, ihre Katzen. Die elterliche Wohnung, ihre Gewohnheiten, das Geschäft ihrer Mutter. Ihre Lehrerin, ihre Schulfreunde, ihr Zimmer. Alles, was vorher war, wurde zum Tabu. Ihre persönliche Geschichte wurde Orwell-mäßig ausgelöscht.

Das Sprechverbot über ihre persönliche Geschichte wurde zu einem fixen Bestandteil der Besuche von Nataschas Entführer in ihrem Verlies. Wenn sie ihre Eltern erwähnte, bekam er einen Wutanfall. Wenn sie weinte, drehte er das Licht ab und ließ sie so lange in völliger Dunkelheit, bis sie wieder »brav« war. Brav-sein, das hieß: Sie sollte dankbar dafür sein, dass er sie von einem Leben vor der Gefangenschaft »befreit« hatte.

„Ich habe dich gerettet. Du gehörst jetzt mir", sagte er immer wieder. Oder: „Du hast keine Familie mehr. Ich bin deine Familie. Ich bin dein Vater, deine Mutter, deine Oma und deine Schwestern. Ich bin jetzt alles für dich. Du hast keine Vergangenheit mehr", bläute er ihr ein. „Du hast es so viel besser bei mir. Du hast Glück, dass ich dich aufgenommen habe und mich so gut um dich kümmere. Du gehörst nur mir. Ich habe dich erschaffen."

Es schien, als habe die Europäische Union die Korruption auf höher entwickeltem Niveau neu erfunden, als gehöre Europa allein den EU-Managern, die zu diesem Zweck das EU-Gebilde erschaffen hatten. Mitte März erklärten zwanzig EU-Kommissare ihren Rücktritt, nachdem in einem Bericht fünf unabhängige Prüfer der gesamten Kommission Korruption und Misswirtschaft vorgeworfen hatten.

Als ich das Thema mit Karl, meinem HTG-Arbeitskollegen, beim italienischen Mittagstisch erörterte, meinte er, dass es ihn nicht wundere. Dann sagte er: „Im Moment finde ich etwas anderes sehr viel bedenklicher."

„Nämlich?"

„Mehr als mysteriös ist, dass sich Bundesfinanzminister Oskar Lafontaine von seinem Amt sowie als SPD-Vorsitzender und als Bundestagsabgeordneter ohne Angaben von Gründen so abrupt verabschiedet hat. Das ist kein gutes Zeichen. Was ist da faul im Land der Mitte?"

„Land der Mitte?" Ich sah Karl verständnislos an.

„Na, wir sind doch in jeglicher Hinsicht der Bauchnabel Europas und führen uns auch entsprechend auf. Insbesondere das neue Duo Schröder und Fischer.“

Es machte Klick. „Du meinst sie haben Lafontaine ausgetrickst?“

„Erinnerst du dich an die Meldung vom Februar? Lafontaine hatte doch Schröder vorgeworfen, ihn in den Wochen zuvor mehrfach ohne Absprachen vor vollendete Tatsachen gestellt zu haben. Und welche Entscheidungen waren da gefallen?“

„Die gravierendste Entscheidung war wohl die Zustimmung zur militärischen Einmischung in den innerstaatlichen Jugoslawien-Konflikt und die Zustimmung zur bevorstehenden Einbindung der Bundeswehr in ein völkerrechtswidriges Vorgehen.“

Karl nickte und sagte: „Und die Osterweiterung der NATO! Gerade zu diesem Zeitpunkt, vor ein paar Tagen, am 12. März, wo es auf dem Balkan brennt! Dass man jetzt entgegen aller Zusicherungen, die vor zehn Jahren den Russen gegeben worden waren, die Polen, Ungarn und Tschechen in das Bündnis aufgenommen hat! Das ist ja eigentlich ein No-Go der NATO. Das hat Oskar gewiss nicht befürwortet. Da kann ich mir sehr gut vorstellen, dass er sich überrumpelt gefühlt hat. Zur Bande der Wortbrecher gegenüber Russland will er wahrscheinlich nicht gehören.“

Nur ein paar Tage nach unserem Mittagstisch beim Italiener, am 24. März, war es so weit. Der Nachrichtensprecher hat mittags den bevorstehenden Angriff auf Jugoslawien angekündigt. Völkerrechtliche Grundlage? Keine. Die NATO, gerade osterweitert, will Stärke zeigen. Das Völkerrecht ist nur für die anderen verbindlich.

Die ersten Kampfflugzeuge hoben zum Feindflug ab. Die US-amerikanische Außenministerin Madeleine Albright teilt im Fernsehen mit, dass der „Kampfeinsatz eher Tage als Wochen“ dauern werde. Sie wird sich täuschen. Bis Juni wird der von der NATO entfesselte Krieg dauern und rund 1.500 Flugzeuge, darunter 14 Tornados der Bundeswehr, werden mit mehr als 13.000 Bomben die gesamte kritische Infrastruktur der Bundesrepublik Jugoslawien samt Lebensmittelfabriken und ziviler Einrichtungen wie Schulen, Wohngebäuden und Krankenhäuser zerstören. Die von den USA geführte NATO wird ein Land, das stets blockfrei-neutral und als soziales Mitbestimmungsmodell ein europäisches Vorbild war, als Trümmerhaufen hinterlassen.

Einen Tag später trafen sich mein Freund Hörbi und ich im Frankfurter Club Voltaire zu einer Diskussionsrunde mit Heiner Halberstadt, der in der hessischen Friedensbewegung eine Rolle spielte. Er führte ins Thema ein: „Als sich 1941 Jugoslawien, anders als Ungarn, der Osterweiterung des Militärbündnisses der Achsenmächte Deutschland, Italien, Japan verweigerte, fielen Bomben auf Belgrad. Nun also wieder.“

Ellen Weber, eine bekannte Vertreterin der Arbeiter- und frühen Anti-Atom-Tod-Bewegung, ergänzte seine Einleitung: „Wir haben es in den letzten Jahren kommen sehen, haben gewarnt, demonstriert, geschrieben – und es letztlich doch nicht für möglich gehalten. Jetzt führen wir Deutsche wieder einen richtigen Angriffskrieg! Ohne ein läppisches UNO-Mandat, versteht sich. Wer 1952 in der Auseinandersetzung um die deutsche Wiederbewaffnung voraussagte: »Deutsche Soldaten bedeuten neuen Krieg!«, wurde als »Kryptokommunist«, bestenfalls als »Friedensspinner«, abgetan. Viele standen dafür vor Gericht, gingen in den Knast. Der junge Arbeiter Philipp Müller wurde dafür erschossen. Ach, hätten wir doch nicht recht behalten!"

In der Veranstaltungspause holten Hörbi und ich uns am Tresen eine Käsebretzel und ein Bier. Dort stand auch Diether Dehm, mein ehemaliger Schulkamerad, der inzwischen stellvertretender Parteivorsitzender der PDS war. Und natürlich führten wir die Diskussion fort.

„Das Niederschmetternste ist, dass dieser Krieg koalitionsintern von meinen einstigen sozialdemokratischen Genossen und von den einst friedensbewegten Grünen nahezu widerspruchslos gestartet wurde. Kohl hätte das nie so glatt geschafft", sagte Dehm.

„Bei der SPD ist es klar: die historische Stammrolle seit 1914", warf Hörbi ein. „Aber die Grünen? Auf jeder Demo hätten sie sich noch vor wenigen Monaten – also ich meine: vor der Wahl! – vorgedrängelt, um vom CDU-Kanzler Frieden und sofortigen NATO-Austritt zu fordern. Wie steht es im 98er-Wahlprogramm der jetzigen Olivgrünen: Militärische Friedenserzwingung und Kampfeinsätze lehnen wir ab!"

„Das sind alles unterwanderte Umfaller, versetzt mit der Würze des üblichen Wahlbetrugs", sagte ich. „Die neue rosa-grüne Bundesregierung hat, von der Öffentlichkeit weitgehend unbemerkt, sogar das Amt des Abrüstungsbeauftragten aufgelöst. Das sagt doch alles ..."

Diether Dehm erzählte uns von einem Treffen mit dem Kabarettisten Dietrich Kittner: „Er hatte kurz nach der Bundestagswahl mit einem bekannten Grünen-Politiker aus der Vorstandsebene telefoniert. Wegen der bevorstehenden Kosovo-Debatte. Kittner hatte gesagt: »Bedenkt bitte, wenn ihr für den Krieg stimmt, heißt das im Klartext: Es sollen Menschen sterben.« – »Na, und?«, war die knappe Antwort. – »Ich habe morgen ein SPIEGEL-Interview. Darf ich das zitieren?« – »Wenn du das tust, verklage ich dich. Dann wirst du deines Lebens nicht mehr froh.« – »Aber *du* stehst doch zu deinem Wort, wie du immer betonst. Und du hast es doch eben gesagt, oder?« – »Dieses Gespräch hat nie stattgefunden. Ende.« – So weit war die Arroganz der Macht schon gediehen, als die neue Regierung noch nicht einmal stand!", fasste Dehm diese Kittner-Anekdote zusammen.

*

An nächsten Tag las ich nach dem Frühstück in Postels Brief weiter. Mich interessierte brennend, ob er noch etwas über meinen rührigen HTG-Bekannten und nachtaktiven Ost-„Investor", Rechtsanwalt Dr. Fischer, zu berichten hatte.

„Zurück zu meinem Konzept des bescheidenen Prozesses abseits der Öffentlichkeit, das mir so gründlich missraten ist, lieber Meise. Wärst du nur mein Gerichtsassessor gewesen – oder was auch immer – du hättest kurzen und leisen Prozess gemacht und gemeinsam mit mir die Justiz und die Gerichtsreporter aus- und totgelacht. Aber so hatten sich für die Hauptverhandlung 64 Journalisten akkreditieren lassen, mehr als für den Reichstagsbrandprozess gegen van der Lubbe, Dimitroff und Torgler, der vor 65 Jahren direkt gegenüber im Reichsgericht stattgefunden hatte, wie der Leipziger Justizsprecher kundig zu vermelden wusste.

Unter den Journalisten – so wurde mir hintertragen – habe es hinter den Kulissen ein heftiges Gerangel um die besten Plätze im Zuschauerraum gegeben. Wie hatte es beispielsweise die große *SPIEGEL*-Gerichts- und Sensationsreporterin Gisela Friedrichsen nur geschafft, den Idealsitz reserviert zu bekommen, von dem aus sie mich im Halbprofil betrachten konnte und der sich doch gleichzeitig in Flüsterweite zu dem von ihr so geschätzten psychiatrischen Sachverständigen Prof. Dr. Leygraf befand?

Und wie konnte die ebenso große Edith Kohn (früher bei Joschkas pseudo-revolutionärem »Pflasterstrand«, vor Beginn meiner Prozesszeiten »Stern«, neuerdings »Welt«) verwinden, dass sie als Vizekönigin der Gerichtsreporterinnen nur eine Sitzposition ergattert hatte, von der aus sich lediglich mein Profil, also die Hälfte meines Gesichtes und damit auch nur die Hälfte meines hochinteressanten Mienenspiels beobachten ließ? Warum musste der große Jakob Augstein mit einer halben Stunde Verspätung den Sitzungssaal mit einem kleinen Rucksack aus US-Flaggentuch auf dem Rücken betreten?

Und warum blieb der für die journalistische Hauptfigur des Verfahrens, für Volker Zastrow von der FAZ, reservierte Stuhl während des ganzen Prozesses leer? Vornehm und bedeutsam war das Fernbleiben von Zastrow allemal. Er, der Allwissende, konnte mit seiner Abwesenheit eindrucksvoll zum Ausdruck bringen, dass er von dem Prozess keine Neuigkeiten erwartete. Demonstrativ schickte er einen unscheinbaren FAZ-Jüngling, der eigentlich über einen ausgezeichneten, aber leider völlig unbekannten Romancier aus den baltischen Staaten arbeitete, als Beobachter nach Leipzig.

Glaub mir, lieber Meise, ich war über Zastrows unentschuldigtes Fehlen zutiefst enttäuscht. Womit hatte ich diesen Affront verdient? Schließlich hatte er mir versprochen zu kommen, mir in dieser meiner schwersten Stunde beizustehen. „Ein Zastrow steht nicht bei, ein Zastrow berichtet", würde er wahrscheinlich erwidern.

»Beigestanden« im wahrsten Sinne des Wortes haben mir allerdings die Fernsehkameraleute und Fotografen zu Beginn des Prozesses. Als ich in den großen Leipziger Schwurgerichtssaal hereingeführt wurde, stürzte sich eine riesige Horde wild gewordener Männer mit ihren elektronischen Apparaten buchstäblich auf mich. Gleißendes Scheinwerferlicht blendete mich mit einer Intensität, gegen die ein Verhör unter den üblichen CIA-Bedingungen eine wahre Erholung sein muss. Gott sei Dank blieb mir das als Erfrischung angepriesene Waterboarding-Bad erspart.

Erst seit ich diese aggressive Paparazzi-Meute erlebt habe, kann ich verstehen, warum der Chauffeur von Lady Di derart massiv gegen die Pariser Geschwindigkeitsbegrenzungen verstoßen hat. Sie benahmen sich wie Jäger, ohne Achtung vor der Würde des Gerichts, oder gar vor der hinter dem Vorsitzenden-Stuhl nach US-Vorbild aufgepflanzten Flagge des Freistaats Sachsen. Ganz zu schweigen von meinen Persönlichkeitsrechten.

Hemmungslos bestiegen sie, um einen noch originelleren Blickwinkel auf mich zu gewinnen, die ehrwürdigen Tische, an denen sonst die Organe der Rechtspflege ihrer Pflicht nachgehen. Den Vogel schoss ein schmächtiger, abgerissener Reporter von Spiegel-TV ab, der, während die Fotoapparate klickten, die Kameras surrten und die tausend künstlichen Sonnen mich blendeten, hektisch von der Seite immer wieder auf mich einschrie: »Herr Postel, warum quälen Sie Frauen? Herr Postel, warum quälen Sie Frauen? Herr Postel, warum quälen Sie Frauen?«

Meine ehrenwerten Verteidiger hatten sich zu meinem Schutz vor den medialen Bedrängern mir zur Seite gestellt, was für sie den angenehmen Nebeneffekt hatte, mit mir zusammen fotografiert zu werden. Dr. Fischer raunte mir zusammenhanglose Sätze ins Ohr, als ob sie mich während dieses Blitzlichtgewitters auch noch juristisch beraten wollten. Einen Augenblick lang zweifelte ich an der Echtheit von Doktor Fischers Doktortitel. Schließlich war es sehr gut vorstellbar, dass auch er Zugang zu einem guten Farbkopierer gehabt hatte.

Jedenfalls hatte das Ganze wenig Würde. Ich grinste etwas blöde und, wie ich nachher feststellen musste, sogar etwas selbstgefällig in die Kameras. Ich dachte damals, Grinsen ist immer noch besser, als sich wie ein Triebtäter ein Aktenstück oder eine Zeitung vors Gesicht zu halten und dann mit dieser ängstlichen Geste abgelichtet zu werden."

Auch ich musste jetzt grinsen, als ich den Satz über Jürgen Fischer gelesen hatte und legte Postels Brief an Meise zur Seite. Auch deshalb, weil mich gerade meine kleine Jenny mit treuem Augenaufschlag unterbrochen hatte und fragte, was ich da lese. Ich dachte, dass sie als Erstklässlerin schon mal wissen müsse, was Hochstapelei sei, und so versuchte ich mich im Erklären: „In diesem Brief berichtet ein Mann, der ein falscher Arzt war …", setzte ich an.

„Was war denn an dem Arzt falsch?", unterbrach mich Jenny.

„Er hat den Beruf nicht gelernt."

„Aber er war doch Arzt?"

„Ja, er hat …" Mir schwante plötzlich, wie weit ich jetzt hätte ausholen müssen, um eine kindgerechte ordentliche Erklärung abzuliefern, aber in diesem Moment lachte wie auf Befehl die falsche Sonne in unser nachmittägliches Beisammensein hinein. Falsche Sonne deshalb, weil es ein völlig verregneter Tag war und das kurze Sonnenlächeln nur durchbrach, um uns an schönere Tage zu erinnern. Gemein, so gemein wie ein falscher Arzt. Aber immerhin zeigte sich jetzt für eine faszinierende Minute lang ein Regenbogen. Und schon war Jenny abgelenkt. Doch nur für sechzig Sekunden.

„Du bist ein falscher Vater“, sagte Jenny nach diesem kurzen Ablenkungsmanöver.

„Ich habe das Vatersein aber gelernt“, antwortete ich.

„Wo denn?“

„Bei deiner Mutter.“

„Ah so. Aber richtige Väter verbieten nicht immer alles“, gab sie kontra.

Ich hatte ihr untersagt, mitten am Tag Nickelodeon einzuschalten, einen privaten TV-Sender für Gehirnamputierte und alle, die es noch werden wollen. Sie sieht sich darin manchmal die »Power Rangers« an. Ich glaube nicht, dass es weltweit etwas Dämlicheres im Fernsehen gibt. Dagegen ist jede Volksmusiksendung ein Rat der Weisen. Außerdem ist das keine Sendung für Jenny. Das ist was für ältere Doofe, finde ich. Aber oft finden meine Kinder wohl, dass ich der einzig Doofe auf der Welt bin. Jedenfalls vermute ich das.

Ich habe mir den Power-Mist der Power-Ranger einmal angeschaut. Als eine Armee verschrumpelter, komischer Aliens auf die Erde losgelassen wird – von wem auch immer – und alles Leben bedroht, wird ein Power-Ranger-Team mit der Kraft urzeitlicher Dinosaurier aufgestellt, um gegen die Bedrohung anzukämpfen. Total lächerlich. Aber Jenny strahlt, wenn sie das sieht. Ich warte darauf, dass sie sich einen davon ausguckt, um ihn später zu heiraten. Auf solch einen Angeber als Schwiegersohn kann ich liebend gern verzichten.

Es war ein langweiliger Samstag, die beiden älteren Geschwister waren bei Freunden. Meine Frau unternahm mit unserer Freundin Elke einen Shoppingtag in Gießen, und so langweilte sich Jenny bei mir. Ich finde jedoch, Kinder in diesem Alter sollen sich erst ab 18 Uhr langweilen und nicht schon nachmittags. Also kein Fernsehen. Sie verzog sich murrend, und ich hörte länger nichts. Nach 30 Minuten ging ich auf Suche nach ihr. Sie war nicht bei ihrer Kristallsammlung und auch nicht bei ihren Urzeitkrebsen, vor deren Glas sie manchmal sitzt und grübelt, wie es sein kann, dass diese Tierchen schon existierten, als es noch nicht einmal Dinosaurier, sondern nur Vulkanausbrüche und gigantische Unwetter gab und viel mehr Leben noch nicht existierte. Das hatte ihr Luca erzählt, der sich als neun Jahre älterer Bruder immer sehr schlau tut und seine Erkenntnisse Potz-Blitz aus den Ärmeln schütteln kann. Manchmal stimmen sie sogar.

Nur in der Schule geht er mit seinen Kenntnissen sehr sparsam um. Mündliche Beteiligung? Vergiss es!

Jenny lag auf dem Bett ihres Bruders und spielte mit seinem Nintendo. Obwohl er aus dem Alter heraus war, war es für ihn ein wichtiges Erinnerungsstück, an das er seine kleine Schwester nicht heranlassen wollte. Er hatte es ihr verboten. Nicht ich. Ich erinnerte sie daran. Mürrisch zog sie von dannen und murmelte so etwas wie „blöder Bruder“.

Als ihr blöder Bruder noch so jung war wie Jenny, wollte er mich mal schlachten, weil ich ihm verboten hatte, mit der Zwille die Spatzen von der Linde vor unserem Haus abzuschießen. Damals war mein Sohn hin- und hergerissen zwischen dem Wunsch, Tierschützer, Bauer oder Jäger zu werden.

„Warum willst du ausgerechnet mich umbringen?", hatte ich scheinheilig gefragt. „Bring doch deine Mutter um, die ist genauso böse wie ich und verbietet auch alles, was dir gefällt."

„Aber du bist alt."

Na, herzlichen Dank. Ich bin alt und böse und schlachtreif.

„Was willst du denn ohne Vater anfangen? Wer geht mit dir auf den Ramsberg und erklärt dir das Leben im Urwald?"

„Das hast du mir doch schon erklärt. Und dort in den Wald ziehe ich hin und wohne da."

„Ohne Teletubbies und Nintendo?"

„Das nehme ich alles mit in den Wald."

„Und wer liest dir abends vor?"

„Ich kann bald selber lesen."

„Und wer kocht für dich?"

„Ich brate mir ein Eichhörnchen."

„Und was machst du, wenn es dunkel wird? Bekommst du da nicht Angst, ganz allein im Wald?"

Er erklärte mir, dass er sich vor Einbruch der Dunkelheit einfach neue Eltern suchen werde. Solche wie der Nicki sie habe. Die Eltern von Nicki erlauben alles. Sie essen mit den Kindern jeden Tag ein Glas Nutella leer und gehen so oft sie wollen zu McDonald's. Und auch werktags dürfen alle fernsehen, wann immer sie wollen. Ehrlich gesagt, sehen die Eltern von Nicki auch ganz genauso aus.

Das also waren damals die Wunscheltern meines Sohnes. Na super. Ich hoffte, dass jetzt nicht auch Jenny sich bei all ihrer Langeweile solche Eltern wünschte. Meine Hoffnung gründete sich auf der Annahme, dass Mädels den Jungs begriffsmäßig immer etwas voraus sind. Als Jenny nun das brüderliche Nintendo wieder auf das Bett zurücklegte, sagte ich ihr, dass sie sich gerne wünschen könne, wonach ihr sei, aber dass man sich im Leben damit abfinden müsse, wenn sich manche Dinge einfach nicht ändern ließen. Jenny ging in ihr Zimmer, um dort die Spongebob-Ananas als Handgranate zu gebrauchen. Meine Jüngste ist halt sehr kreativ.

Andererseits hat sie das Militaristische an dieser Aktion ganz sicher nicht von mir geerbt, denn ich bin Pazifist und Kriegsdienstverweigerer und habe schon damals, zu Wehrdienstzeiten 1969, den ollen, verdödelten Bundespräsidenten Heinrich Lübke veralbert, der im Bilderrahmen über der Gewissensprüfungskommission hing und mich dämlich angrinste, während die gewissenlosen, aber verbeamteten Gewissensprüfer versuchten, in meinem Gewissen herumzustochern. Eine Spongebob-Ananas hätte sich in ihrer Bürokratenfresse gut gemacht. Na ja, wahrscheinlich hat Jenny doch ein ganz klein wenig von mir und meinem subtilen Militarismus geerbt, wollen wir uns darauf einigen, liebe Leser?

Aber Gott sei Dank waren diese Zeiten vorüber und solch erniedrigende Prozeduren abgeschafft.

Jetzt saß ich am Kamin, in dem ich ein beruhigendes Feuerchen angeworfen hatte, und dachte über die Unabänderlichkeiten unseres Lebens nach. Danach wünschte ich mir die Erfindung von Kinderzimmern mit eingebauter klassischer Erziehung. Wegen mir auch mit eingebautem Montessori und Waldorf, vielleicht sogar von IKEA produziert. Ich träumte von einer Fernsehzeitschrift, in der nur die Sendungen stehen, die ich sehen will. Ich wünschte mir einen Familienroboter mit automatischer Langeweile-Vertreibung.

Und ich ersehnte mir das Verbot des revanchistischen »Bundes der Vertriebenen« mit dieser schrecklich durchtriebenen Vertriebenen, jener erzkonservativen Erika Steinbach, als Präsidentin. Wenn die im Fernsehen sprach, musste ich immer an irgendwelche Angriffskriege irgendwelcher alter Schachteln und alter, dummer Männer denken. Und dann stellte ich mir vor, wie sie allesamt knietief im sibirischen Sumpf versanken. Also, gemein denken, das kann ich schon. Aber Panzer gehen gar nicht. Es sei denn, sie rollen über bestimmte Fernsehsendungen, was aber, wie mir ein Techniker erklärte, irgendwie rein technisch gar nicht funktioniert. Sendungen könne man nicht niederwalzen. Nur Sendehäuser. Allerdings glaube ich bis heute, dass er sich getäuscht hat – es gibt auch Gedankenpanzer.

Es gab noch so viel mehr fantastische Wünsche, aber leider musste ich Holz nachlegen. Da der Holzkorb leer war, musste ich hinters Haus und Nachschub holen, und dabei verflogen meine hübschen Gedanken.

Ein einziger, wichtiger Gedanke jedoch blieb erhalten: Allen Eltern wünschte ich Kinder, die nicht aus Langeweile ihren Eltern nach dem Leben trachten und ihnen stattdessen einen kleinen, liebevoll zubereiteten Snack servieren. Werde ich alles nicht bekommen.

Als einige Zeit später die restlichen Familienmitglieder erwartungsvoll eintrafen, hatten Jenny und ich leider kein warmes Abendessen vorbereitet, wie es eigentlich ausgemacht war. Wir fuhren allesamt zu McDonald's, und Jenny bekam zur Feier des Tages – und aus Gründen der Vater-Tochter-Versöhnung – einen Big Mac. Sie schaute mit ihren großen Augen über den Tresen und sagte ganz höflich: „Hi, ich möchte bitte einen Dick Mac."

Selten hat jemand das Wesen amerikanisierter Kalorienzufuhr derart zutreffend gebündelt.

*

In dem Jahr, als Natascha Kampusch elf wurde, nahm ihr Entführer, Wolfgang Priklopil, ihr ihre Geschichte und ihre Identität. Sie sollte nichts mehr sein als ein Stück weißes Papier, auf das er seine kranken Phantasien schreiben konnte. Er verweigerte ihr sogar ihr Spiegelbild. Wenn Natascha sich schon nicht im sozialen Umgang mit anderen Menschen als dem Täter spiegeln konnte, so wollte sie zumindest ihr Gesicht sehen können, um sich nicht ganz zu verlieren. Aber er lehnte ihren Wunsch nach einem kleinen Spiegel immer wieder ab.

Konnte er sie tatsächlich neu erschaffen? Dreizehn Jahre später wird sie sich diese Frage stellen und wird sie nicht eindeutig beantworten können. Ich werde das Interview mit ihr sehen, aber greifen wir der Geschichte nicht vor.

Einerseits hatte der Entführer die falsche Person erwischt. Das elfjährige Mädchen hatte ihren eigenen Kopf, er konnte sie nicht brechen. Andererseits fielen seine Versuche, einen neuen Menschen aus ihr zu machen, gerade bei ihr auf fruchtbaren Boden. Sie hatte in der Zeit vor ihrer Entführung ihr Leben satt und war so unzufrieden mit sich, dass sie selbst beschlossen hatte, etwas zu ändern. Nur Minuten, bevor er sie in seinen Lieferwagen zerrte, hatte sie sich ja noch lebhaft ausgemalt, sich vor ein Auto zu werfen – so sehr hasste sie das Leben, zu dem sie sich gezwungen sah.

Natürlich machte Natascha das Gebot des Entführers, ihre eigene Vergangenheit, ihre Geschichte verleugnen zu müssen, unendlich traurig. Sie empfand es als tiefe Ungerechtigkeit, dass sie nicht mehr sie selbst sein konnte. Und da war zudem noch der Schmerz, nicht mehr über den elterlichen Verlust sprechen zu dürfen. Ihre Geschichte bestand nur mehr aus Erinnerungen, die mit der echten Welt, die sich weiter drehte, nur wenig zu tun hatten. Ihre Volksschulklasse gab es nicht mehr, ihre kleinen Neffen hatten sich weiterentwickelt und würden sie vielleicht nicht einmal erkennen, wenn sie irgendwann plötzlich vor ihnen stehen würde.

All diese Gedanken gingen ihr in dieser Zeit durch den Kopf.

Sie grübelte viel: Vielleicht waren ihre Eltern doch erleichtert, weil sie sich nun die langen, nervigen Streitereien über ihre elfjährige Natascha ersparen konnten. Der Entführer hatte, indem er Natascha von allem abgeschnitten hatte, die perfekte Grundlage dafür geschaffen, dass er ihr diese ihre Vergangenheit überhaupt erst nehmen konnte. Sie grübelte über seine ständigen Vorhaltungen nach, denen zufolge sie froh sein könne, dass er sie gerettet habe. Das sickerte immer mehr in ihr Unterbewusstsein. Es war für sie im Grunde ja auch viel erträglicher, den Täter als Retter zu begreifen, nicht als Verbrecher und als bösen Kindesentführer.

Im verzweifelten kindlichen Versuch, der Gefangenschaft positive Seiten abzuringen, um nicht daran zu zerbrechen, sagte sie sich: *Es kann zumindest nicht mehr schlimmer kommen.* Anders als in den vielen Fällen, von denen sie aus dem Fernsehen erfahren hatte, war der Täter in den vergangenen Monaten glimpflich mit ihr umgegangen, und er hatte sie weder vergewaltigt noch körperlich geschunden oder verletzt. Er hatte ihr auch nicht mit dem Tod gedroht.

Natascha entwickelte allmählich ein Gefühl, das auf den ersten Blick seltsam anmuten mag: Sie fühlte sich zum ersten Mal in ihrem jungen Leben unbelastet von Vorurteilen, fühlte sich freier als zuvor – ein scheinbar unverständlicher und paradoxer Zustand, befand sie sich doch in absoluter Gefangenschaft. Und dies großenteils sogar in einem Kellerverlies. Aber hier war sie nun nicht mehr nur ein kleines Mädchen in einer Familie, in der die Rollen längst verteilt waren und in der man ihr die Rolle des ungeschickten Pummelchens zugedacht hatte. Eine Rolle, in der sie zum willkürlichen Spielball zwischen den Erwachsenen degradiert worden war, deren Entscheidungen ihr größtenteils unverständlich blieben.

Jetzt war sie zwar in einem System vollkommener Unterdrückung gefangen, hatte ihre Bewegungsfreiheit verloren und ein einziger Mensch bestimmte über jedes Detail in ihrem Leben. Doch diese Form der Unterdrückung und Manipulation war direkt und klar. Der Täter war kein Typ, der subtil agierte – er wollte offen und unverblümt Macht ausüben. Im Schatten dieser Macht, die Natascha alles vorschrieb, konnte sie paradoxer Weise zum ersten Mal in ihrem Leben sie selbst sein.

Ein Indiz hierfür war die Tatsache, dass sie seit ihrer Entführung nie mehr ein Problem mit dem Bettnässen hatte – obwohl sie einer unmenschlichen Belastung ausgesetzt war. Doch eine bestimmte Art von Stress schien von ihr abgefallen zu sein. Wenn sie ihre Geschichte abstreifte und sich dem Täter fügte, war sie erwünscht – zum ersten Mal seit langem.

Auch Gerhard Schröder ist endlich erwünscht. Am 12. April wird der neue Bundeskanzler auf einem Sonderparteitag der SPD in Bonn als Nachfolger des im März zurückgetretenen Oskar Lafontaine zum „Großen Vorsitzenden" gewählt. Jetzt hat der talentierte Zaunrüttler zwei mächtige Ämter inne und kann seine Pascha-Zigarre in Ruhe weiter rauchen.

Einen Tag später stirbt der ehemalige Ministerpräsident der DDR, Willi Stoph, in Berlin. Ich erinnere mich an diesen bescheidenen Menschen und an die *BILD*-Hetzjagd, als man ihn wegen angeblicher Bereicherung am sozialistischen Eigentum unter Anklage stellte. Der Grund? Er hatte in seinem Privathaus 300 Flaschen Wein gelagert. Dort hat er oftmals auch Staatsgäste empfangen. Wie viele Flaschen Wein hatten wohl die Bundespräsidenten und Kanzler der alten Bundesrepublik in ihren Kellern gebunkert, fragte ich mich. Die Anklage gegen Stoph – eine Lachnummer.

Meine Berliner Freundin aus alten Zeiten, Tamara, ehemals SED-Mitglied und nach einem Technikstudium an der Moskauer Lomonossow-Universität zur Heldin der Arbeit in der Metallbaubranche der DDR avanciert, flanierte einige Wochen später mit ihrem russischen Ehemann durch den Habichtweg in der lauschigen Waldsiedlung bei Wandlitz, gut zwanzig Kilometer nördlich von Berlin. Vor dem Haus Nummer 5, einem zweistöckigen, gelb getünchten Gebäude einfacherer Bauart, verharrten sie.

„Hier wohnte Erich“, sagte sie.

„Honecker?“, fragte ihr Mann.

„Ja.“ Schweigen. „Kaum zu glauben, oder?“

Er nickte. Wieder Schweigen. Dann schlenderten die beiden weiter.

„Dort war Walter Ulbricht zu Hause“, fuhr Tamara fort, auf die Nummer 1 deutend. „Und da hinten wohnte der kürzlich verstorbene Willi Stoph mit seiner Familie, Bussardweg 6.“

So ging es weiter. Zwanzig Häuser säumten die drei ruhigen Gassen, errichtet in schlichtem Stil irgendwo zwischen sozialem Wohnungsbau und Prachtvilla. Ganz nett, aber nichts Herausragendes aus heutiger bundesdeutscher Sicht. Früher war alles noch eine Ecke grauer, spießiger und gespenstisch still – viel ruhiger als die Reha-Klinik mit Kurpark, die 1990 genau dort entstand, wo die wichtigsten SED-Funktionäre zwischen 1960 und 1989 gelebt hatten.

„Ein Apparatschik-Paradies war dieses bescheidenen Stückchen Land gewiss nicht", schrieb mir Tamara. „Wenn auch nur ein einziger Manager eines mittleren Betriebes in solch bescheidenen Umständen leben würde, wäre der Kapitalismus in der öffentlichen Debatte ein gutes Stück sympathischer."

In der öffentlichen Debatte geht es im Moment aber um angebliche Parteispenden und schwarze Kassen. Im Fernsehen, im Radio, in der Presse. Helmut Kohls Ex-Geliebte, Beatrice Herbold, spricht über die Spendenaffäre, die seit Neuestem die CDU in ihren Grundfesten erschüttert. Sie will im Herbst ein Buch veröffentlichen. Die Affäre zieht einen unrühmlichen Schlussstrich unter die Ära Kohl. Nun behauptet also die ehemalige Geliebte des Altkanzlers in der Ankündigung ihrer Memoiren, ein paar jener Spender zu kennen, die Kohl bei seinen ersten Vernehmungen eisern verschwieg. Aber gab es diese wirklich?

„Ich glaube, dass das Geld aus anderen unlauteren Quellen stammt. Selbstlose Spender, denen man ein Ehrenwort auf ewige Verschwiegenheit gegeben hat – puh, das klingt alles andere als glaubwürdig", sage ich beim Frühstück zu Emma, als uns eine weibliche Radiostimme aus Herbolds angekündigten Vorab-Memoiren vorliest.

Emma meldet Zweifel an, und ich gebe zu bedenken: „Spender wollen doch eine Spendenbescheinigung und sich großartig fühlen."

„Du denkst eher an das Schwarzgeld aus den verqueren Rüstungsgeschäften des CSU-Mannes Schreiber und des ehemaligen CDU-Funktionärs Holger Pfahls?"

„Zum Beispiel."

Vom Kennenlernen in der Sauna über einen leidenschaftlichen Kuss im Fahrstuhl bis zum Nacktbaden im schicken Pool des Bonner Kanzlerbungalows: Beatrice Herbold plaudert ausführlich über ihre Liebesaffäre mit dem Ex-Bundeskanzler. Neu ist diese Beziehung nicht, bereits vor drei Jahren ging Herbold damit an die Öffentlichkeit.

Nun kündigt sie an, diese Geschichte in ihrem Buch noch einmal auszuschmücken, verrät nebenbei aber auch ein paar Details zu politischen Themen – etwa zur Spendenaffäre der CDU. Diese sei der »Liebestod« ihrer Beziehung gewesen, sagt Herbold im Interview mit RTL und n-tv. „Wir haben zu diesem Zeitpunkt auch die Schwere unserer Liebe erlebt." Nach Herbolds Worten sagte Kohl schon 1998 zu ihr, dass da was gegen ihn im Gange sei. „Das hatte er immer im Hinterkopf. Nach der Bundestagswahl hat er befürchtet, dass jetzt irgendwas passieren wird."

Die CDU mit ihrem Vorsitzenden Wolfgang Schäuble und der Generalsekretärin Angela Merkel distanzierte sich im Zuge der Affäre von Kohl. Tatsächlich sorgte die Enthüllung schwarzer Konten und einer illegalen Spendenpraxis unter Kohl ab diesem Frühjahr für einen handfesten politischen Skandal. Die »Schwarzgeldaffäre« wurde gar zum Wort des Jahres. Die Christdemokraten, die im Jahr zuvor aus der Regierung gewählt worden waren, erlebten eine Krise ungeahnten Ausmaßes. Schließlich sagten sie sich von ihrem Altkanzler los – der von seinem Amt als Ehrenvorsitzender zurücktrat – und schlugen mit Angela Merkel als Parteichefin ein neues Kapitel auf.

„Was wird aus der Spendenaffäre?", fragte mich Emma.

„Sie wird ab jetzt allmählich im Nebel des Mysteriösen untertauchen", antwortete ich.

„Wie wird Frau Merkel reagieren? Was wird sie im Namen der CDU zu ihrem Ex-Kanzler sagen?" Emma sah mich mit großen Augen an.

„Woher soll ich das wissen? Vielleicht wird sie sich taub stellen."

Es war inzwischen Mai und ich hätte Emma etwas anderes wissen lassen können: Denn was würde Queen Mom zu ihrem britisch-deutschen Göttergatten sagen? Prinz Philip hatte gerade ein Festival in Cardiff besucht und gesellte sich zu einer Gruppe junger Taubstummer. Auch diesmal stapfte der tapfere Prinzgemahl der Queen in das für ihn bereit stehende Fettnäpfchen, und er sagte – laut dem anwesenden BBC-Reporter – zu den taubstummen

Jugendlichen mit Hinweis auf die überlaute Band: „Taub? Wenn ihr da so nahe dran seid, kein Wunder, dass ihr taub seid.“

Der Prinzgemahl war und blieb ein Mann mit Gespür für außergewöhnliche Situationen. Und gerade da fiel mir wieder Postels Brief an Meise ein.

„Wo sind eigentlich die Briefe, die mir Meise dagelassen hat?“, fragte ich meine Frau.

„Den einen hast du für mich liegen lassen. Er lag wochenlang hier auf dem Kaminsims und ich habe ihn, nachdem ich ihn schmunzelnd gelesen habe, endlich in den Sekretär weggeräumt.“

An jenem Abend kam ich zum Weiterlesen; es ging immer noch um den Beginn seines Prozesses in Leipzig: »Schade, lieber Meise, dass du zu Beginn der Sache nicht da warst. Ein einmaliges Szenario. Niemand hatte in dem ganzen Trubel bemerkt, dass das Gericht inzwischen den Saal betreten hatte. Als endlich die auf mich gerichteten Scheinwerfer erloschen, sagte der Vorsitzende ganz ruhig, fast etwas schüchtern: „Wir würden jetzt gerne mit der Hauptverhandlung beginnen.“

Sofort durften wir einen neuen Aufgang der Scheinwerfersonnen, diesmal auf die Strafkammer gerichtet, erleben. Geblendet starrten die überwiegend bebrillten Richter in die Kameras. Soviel Aufmerksamkeit hatten sie wohl noch nie genossen. Während man sie ablichtete, lächelten sie nicht. Eine gewisse Demut lag in ihren Gesichtern. Vielleicht dachten sie darüber nach, dass die Pressefreiheit ein wichtiger Bestandteil der Demokratie sei und dass man sie deshalb auch in ihren extremen Auswüchsen ertragen müsse, gerade in Leipzig.

Schließlich sagte der Vorsitzende mit ähnlich sicherem Zeitgespür, wie es ein Parlamentspräsident aufbringt, wenn er nach Ablauf einer Schweigeminute bei einer Trauerfeier die Abgeordneten sich wieder zu setzen bittet, jetzt sei es ja wohl genug und nun bitte er das Fotografieren bis zur Urteilsverkündung im Gerichtssaal einzustellen. Die Fotografen und Kameraleute gehorchten ohne Zögern. Sie schienen irgendwie erleichtert, dass ihnen jemand sagte, dass sie ihr hektisches Treiben einstellen dürften. Auch Kinder sind manchmal ganz dankbar, wenn man ihnen nach heftigem Toben plötzlich Grenzen setzt.

Mir war von dem Blitzlichtgewitter noch ganz schwindlig, sodass ich die ersten Stunden des Prozesses nur ganz schemenhaft miterlebt habe. Ich weiß nur noch, dass ich nach meinen Personalien befragt wurde und wie in Trance als Beruf Postschaffner und als Wohnort die JVA Leipzig angab, obwohl ich ja schon seit geraumer Zeit bei meiner geliebten Roswitha in Böblingen polizeilich gemeldet war. Meinen Richtern war das aus der Kontrolle unserer täglich gewechselten Liebesbriefe wohlbekannt. Sie waren aber mit meinen Anwälten übereingekommen, die Existenz Roswithas vor der gierigen Massenpresse geheim zu halten. Ehrenwert, oder?

Ach, Meise, bei der Verlesung der Anklageschrift wärst du gewiss, ebenso wie ich, eingeschlafen. Selbst mein Staatsanwalt, offensichtlich ein juristischer Hoffnungsträger, leierte meine Untaten und ihre juristische Einordnung mit tonloser, leicht hastiger Stimme herunter, sodass am Ende seiner lieblosen Vorlesung alle, er, ich und dazu mein gesamter juristischer Anhang, inklusive der Richter, innerlich aufatmeten.

An der Anklage stimmte so ziemlich alles, zumindest was die Fakten angeht. Man hätte sich die Sache also leicht machen und erklären können: Ja, es ist wahr, was mir vorgeworfen wird. Ich bin kein Arzt. Ich habe meine Zeugnisse gefälscht. Ich habe als Oberarzt gearbeitet. Ich habe 200.000 Mark Gehalt bekommen und ich habe 36 Gutachten für sächsische Gerichte erstellt. Ich bitte um Bestrafung.

Dann wären wir nach einer Stunde fertig gewesen. Einen so schnellen Prozess wünschte jedoch keiner der anderen Verfahrensbeteiligten. Gericht wie Staatsanwaltschaft wollten krampfhaft den Eindruck vermeiden, hier werde etwas unter den Teppich gekehrt. Aber die Peinlichkeiten, die sich im Zusammenhang mit mir im Sozialministerium und bei der Gutachten bestellenden Justiz ereignet hatten, kehrten sie nach kurzer Befassung dann doch unter die Matte. Das konnte ich, innerlich lächelnd, durchaus verstehen.

Fischer und Becker wiederum verfolgten das Konzept, ich solle mich zu Anfang nicht zu den Anklagevorwürfen äußern, erst wolle man die beiden Zeugen, Dr. Gutfreund und den Ministeriumsvertreter Blechen, hören. Und erst, wenn dann eine gewisse Peinlichkeitsschwelle erreicht sei, solle ich zu aller Erlösung ein wohlformuliertes Geständnis ablegen. Die beiden juristischen Schlitzohren wollten nämlich zeigen, dass man mir das Betrügen ungewöhnlich leicht gemacht habe und dass deshalb entgegen der Anklage kein besonders schwerer Fall des Betruges gegeben sei.

Diese Masche hatten sie sich vom Prozess gegen den Baulöwen Jürgen Schneider abgeguckt, wo die Vertreter der Deutschen »Peanuts«-Bank so lange als oberflächliche Hasardeure vorgeführt worden waren, bis auch dem letzten Zuhörer klar war, dass es den Biedermann Schneider wenig kriminelle Raffinesse gekostet haben dürfte, bei diesen Herren immer wieder mehrstellige Millionenbeträge locker zu machen.

Wir verbrachten den Vormittag des ersten Prozesstages mit der Verlesung irgendwelcher Urkunden und mit höchst bedenkenswerten Einwendungen des Dr. Fischer. Er versuchte beispielsweise dem Gericht klarzumachen, dass, als ich als ehrenwerter Sachverständiger beim Landgericht Dresden in der Hauptverhandlung angegeben hatte, ich sei Arzt, dies ja zu diesem Zeitpunkt auch mein tatsächlich ausgeübter Beruf gewesen sei, und ich ja schließlich nicht danach gefragt worden sei, ob ich diesen Beruf auch zu Recht ausübte.

Der Vorsitzende hörte sich Dr. Fischers rabulistische Kunststücke mit vergnügtem Interesse an, weil er offenbar sonst mit derartigen juristischen Soufflés in Leipzig nicht verwöhnt wurde und weil er als Schwabe natürlich wusste, wie schnell man beispielsweise einen gelungenen Käseauflauf auch wieder zum Zusammensinken bringen kann. Er wolle darüber nachdenken, beschied er höflich und verschmitzt meinen brillanten Verteidiger.

Als sich die von der Verteidigung vorgebrachten schweren Bedenken gegen einige nebensächliche Anklagepunkte häuften, wurde der Staatsanwalt allerdings recht unruhig. Würden meine Anwälte sein schönes Anklagegebäude nach und nach zum Einsturz bringen, sodass unter den Ruinen nur ein mildes Strafmaß übrig bliebe? Er wurde richtig maulig und drohte mit irgendetwas. Die Sitzung wurde unterbrochen und nach einigem Gemauschel zwischen den Juristen anschließend einigermaßen versöhnt fortgesetzt.

Der Vorsitzende nahm diese kleinen Scharmützel gelassen zur Kenntnis. Ihm war klar, dass die Hakeleien zwischen Verteidigung und Anklage im Wesentlichen auf sozialen Problemen beruhten, weil der Staatsanwalt, dieser sächsische Hoffnungsträger, sich angesichts des juristischen Wirbels, den der großstädtische Dr. Fischer entfaltete, als Underdog vorkam. Dabei übersah er, dass es sich bei Fischers Pirouetten letztlich um Scheinaktivitäten handelte, die keineswegs dazu führen mussten, dass sich am geforderten Strafmaß des Hoffnungsträgers etwas ändern würde.

Ich beobachtete das Agieren meiner Anwälte mit Wohlwollen. Sie machten ihre Sache wirklich recht nett und ließen den Hoffnungsträger ziemlich unbeholfen aussehen. Mir war schon klar, dass ich letztlich – und nicht sehr milde – verurteilt würde. Aber es ging ja auch darum, ein gewisses Niveau zu demonstrieren.

Dann kam der Zeugenauftritt meines ehemaligen Chefs und Gönners, Dr. Gutfreund. Doch darüber berichte ich dir lieber ein anderes Mal, sonst wird mir dieser Brief zu lang und dir wird langweilig. Das muss ja nicht sein. Insbesondere, weil die Gutfreund-Story mir in ausführlicher Weise erzählenswert scheint.

Für heute, lieber Meise, mache ich Schluss und freue mich auf deine Antwort, noch besser: auf deinen Besuch.

Bleib sauber und mach 'nen Comic aus meiner Story, Dein Gert«

*

Außerhalb der Welt der schriftlichen Privatberichterstattung geht alles seinen gewohnten Gang. Jenny darf ausnahmsweise die »Teletubbies« gucken. Es ist der Titel einer neuen Fernsehserie für Kleinkinder. In Deutschland begann der Kinderkanal *KiKA* am 29. März 1999 mit der Ausstrahlung. Jennys Freundinnen gucken den Mist schon seit langem. Jenny hat gedrängelt, und ich habe nachgegeben. Ich gucke natürlich gemeinsam mit ihr die erste Sendung und finde, dass sie vielleicht etwas für Föten und Babys bis drei Wochen ist – aber die sollten sowieso noch mit dem Fernsehen ein Jahrzehnt warten. Mit ihren sechs Jahren ist Jenny eindeutig überqualifiziert für die dämlichen Teletubbies. Es handelt sich dabei um vier rundliche Figuren, welche sich durch ihre Körperfarbe und die Form der Antennen auf ihrem Kopf unterscheiden. Auf ihrem Bauch haben sie einen aufgemalten Bildschirm. Sie leben in einer surrealen Gartenlandschaft mit dem Teletubby-Haus als Mittelpunkt.

Alle Folgen sind nach demselben Muster produziert. Am Anfang, nachdem sich die vier Figuren vorgestellt haben, dreht sich ein kleines Windrad, was den Beginn einer neuen Geschichte ankündigt. Diese wird auf dem Bildschirm eines der Teletubbies erzählt. Nachdem die Geschichte abgeschlossen ist, folgt der Ausspruch „Nomal, nomal!“, zu Deutsch: „Nochmal, nochmal!“ Daraufhin wird die bereits erzählte Geschichte wiederholt. Nach Meinung der Entwickler soll dies die Erinnerungsfähigkeit und die Verarbeitung der Sendung unterstützen. Jenny ist nach der ersten Sendung enttäuscht und sagt: „Das ist was für Babys!“

Ich glaube, sie wird langsam erwachsen.

Werden auch die US-Politiker endlich erwachsen oder geht drüben überm Teich alles seinen gewohnten Gang? Tja, alles geht den gewohnten Gang des Unheimlichen. Es passiert, was schon immer passierte, was aber nicht passieren dürfte. In einer Schule im amerikanischen Littleton, Colorado, töten zwei schwerbewaffnete Jugendliche einen Lehrer und zwölf Schüler. Weitere 28 Schüler werden verletzt. Anschließend erschießen sich die beiden Attentäter selbst. Nach dem Massaker werden in sämtlichen US-Schulen die Schutzmaßnahmen verstärkt. Noch mehr Waffen, zum Beispiel für die Lehrkräfte, sollen ab jetzt größere Sicherheit schaffen. Eine Verschärfung der Waffengesetze bleibt trotz ähnlicher Bluttaten aus.

Ende Mai, zu Beginn eines dreitägigen Gipfels feiert die NATO in Washington ihr 50. Gründungsjubiläum. Auf der Konferenz wird ein Konzept verabschiedet, das den Truppeneinsatz auch außerhalb des Bündnisgebietes vorsieht. Noch mehr Waffen außerhalb Europas sollen ab jetzt weltweit mehr Frieden schaffen. Wo bleibt die „Verschärfung von Friedensgesetzen", falls es sie denn wirklich geben würde? Historische Erfahrungen in Sachen unendlicher Aufrüstung bleiben in den Tresoren der Rüstungsindustrie.

Am nächsten Tag musste ich nach Magdeburg und Halberstadt aufbrechen. Mein Arbeitskollege Karl war bereits zwei Tage zuvor nach Magdeburg gereist, um dort im Treff-Hotel die Revision durchzuführen, und ich sollte am dritten Tag nachreisen, um die zahlreichen Direktoren-Anfragen an unser HTG-Büro zu klären. Anschließend waren meine Betreuungsaktivitäten für die Immobilienfonds in Magdeburg und Halberstadt gefragt.

Als ich nun – wie immer vor meinen Reisen – meine Ablage sortierte, stieß ich auf einen Packen Schulunterlagen unserer beiden älteren Kids. Karolas Zeugnis wies eine Durchschnittsnote von 1,4 auf, ihre Einser-Stärken hatte sie in Reli, Musik, Bio, Mathe, Physik und Sozialkunde. Luca hatte eine glatte 2, und seine Einser-Stärken zeigten sich in Kunst, Mathe und Sport. Aber das war nicht das, was mich beim Wegsortieren faszinierte. Das erste Mal sah ich in die Sozialkunde-Hefte meiner beiden Ältesten hinein. Obwohl sie nur ein Lebensjahr auseinander lagen, hatten wir Luca aufgrund seines späten Geburtstages im September ein Jahr später eingeschult. Es lagen also zwei Schuljahrgänge zwischen den beiden. Im 6. Schuljahr hatten sie zufällig den gleichen Lehrer. Und wie Lehrer nun einmal sind, nutzen diese ihre Hausaufgaben-Vorlagen gerne mehrfach.

In Karolas Sozialkundeheft stand im Jahr 1996 die Frage: Wovor hast du Angst?

Ihre Antworten: Computerausfall; Waldsterben; Asteroideneinschlag.

Zweite Frage: Wodurch wird dir die Angst genommen?

Karos Antworten: Durch Vernunft und Information. Außerdem beschützen mich meine Eltern und Geschwister. Und ich beschütze sie. Das nimmt das Angstgefühl. Aber gegen einen Asteroideneinschlag kann man trotzdem nichts machen.

In Lucas Heft aus der sechsten Klasse, im März 1998, fanden sich die gleichen Fragestellungen: Was macht dir Angst?

Lucas Antworten: Drogenabhängige, Kinderschänder, einen Toten zu sehen, Krieg, Atombomben und Atomtests.

Zweite Fragestellung: Was nimmt dir die Angst?

Lucas Antworten: Wenn mir irgendjemand Mut macht; meine Eltern; wenn ich mit Mehreren zusammen bin; wenn ich von anderen von der Angst abgelenkt werde; wenn mich am Morgen die Sonne weckt.

Aufgabe: Mache aus deinen Antworten eine kurze Geschichte. (In Karolas Heft stand diese Aufgabe nicht.)

Lucas Story im Original: »Joachim hat vor einem Albtraum Angst, weil er ihm erscheint wie wenn er echt ist. Joachim baut seine Ängste ab, in dem seine Eltern das Licht im Flur anlassen und bei ihm bleiben, bis er richtig schläft. Sie machen in ihr Schlafzimmer eine Glocke an einer Schnur und wenn Joachim aufwacht und Angst hat, zieht er an der Schnur. Natürlich müssten die Eltern ihm auch den Schrankschlüssel geben, denn Joachim vermutet, dass die Nachtvögel aus dem Schrank kommen. Aber morgens ist alles wieder gut, denn da scheint die Sonne und Joachim kann nach der Schule mit seinen Freunden Fußball spielen.«

Mitte Mai ist die Sonne über Jugoslawien verdüstert und die NATO-Nachtvögel fliegen über Belgrad und feuern versehentlich Raketen auf die chinesische Botschaft, wobei drei Botschaftsangehörige ums Leben kommen. Das höre ich im Autoradio, als ich abwechselnd Kaugummi kauend, Apfel, Birne und/oder Banane essend Magdeburg entgegen fahre. Dann höre ich eine Reportage über einen Mittelaltermarkt. Das ist gerade in Mode gekommen, und ich denke voller Scham an den Besuch eines ähnlichen Spektakels im vergangenen Herbst. Wir waren zu einem Ritterturnier gefahren.

Ich hatte gedacht, dass sei so schön wie der Auftritt Winnetous und Old Shatterhands zwei Jahre zuvor im sauerländischen Elspe, als Pierre Brice mit seinem Pferd und der Silberbüchse über den Schultern die Freilichtbühne auf und ab galoppierte und auf seinen weißen Freund Old Shatterhand wartete. Aber dann kamen Sam Hawkens, Tante Droll, Old

Shurehand und Old Firehand – lauter Oldies, die sich auf Winnetous Seite stellten und gegen den bösen Buben kämpften, der den Schatz im Silbersee rauben wollte. Das war noch wahre Freilichtkunst, und es waren wahre Geschichten, an die ich – als Old Leseratte von Karl-May-Storys – immer noch gerne glaubte. Oder fast glaubte oder vielleicht oder wahrscheinlich glaubte. Jedenfalls, wenn es um den antirassistischen Charme von Karl Mays Geschichten ging.

Dagegen zeichnete sich das Ritterturnier als merkwürdiges Sammelbecken für schwer identitätsgeschädigte Fantasyfans aus. Wir hatten manche Besucher nicht von den Kleindarstellern des Turniers unterscheiden können. Schon auf dem Parkplatz begegnete uns ein zottelbärtiger Familienvater in voller Landsknecht-Montur mit ausgebeultem Eierbecher als geniale Schutzvorrichtung seiner Genitalien. Mit mittelalterlichem Gehabe öffnete er den Kofferraum seines japanischen Mitsubishis, um Schwert und Kinderwagen zu entnehmen. Prompt rollte der Kinderwagen samt Kind einige Augenblicke später einem herannahenden VW Golf entgegen. „Man halte ihn!“, brüllte der Landsknecht seiner Gemahlin zu. Die warf sich im Burgfräulein-Gewand auf das rollende Gefährt und konnte es gerade rechtzeitig zum Stehen bringen.

Das eigentliche Festgelände betraten wir durch ein großes klappriges Holztor, hinter dem manch fröhlich Gaukeley auf uns wartete sowie Pfannengyros und erbärmliches Kunsthandwerk. Auf meine Frage, was denn das Gyros koste, antwortete ein in braunes Leinen gehüllter Marketender: „Für dieses gottgesegnete Mahl erbitte ich von Euch vier Taler und ein Taler Pfand."

Pfand? Im Mittelalter? Ich bat meine mir von Gott angetraute und untergebene Frau um gefällige Zückung des Geldbeutels und Herausgabe der erbetenen Taler – unter Zurückhaltung der Dukaten. Sie musste noch oft an diesem Tag den Beutel zücken. Luca bekam zum Beispiel eine Ritterrüstung aus Pappe sowie einen Morgenstern, mit dem er seiner großen Schwester auf den Hintern drosch. Diese begehrte ein Burgfräulein-Kostüm aus rotem Samt für nur 80 Taler, für das man im wahren Mittelalter wahrscheinlich ein ganzes Vierteljahr rund vierhundert Schwerter auf dem Amboss hätte behämmern müssen.

Ich kaufte ihr das Kostüm nicht. Ob ich nun Geizhals oder Spielverderber war – es juckte mich nicht, aber dieses bescheuerte Gewand verstieß gegen jeden Geschmack und ließ meine hübsche Karo wie eine dämliche Tonne aussehen. Schon in einem Jahrzehnt wird sie mir dankbar dafür sein, dass kein einziges Foto von ihr in diesem doofen Kleid existiert.

Emma kaufte ihr stattdessen einen Azurit im Lederbeutelchen an einem Hanfbändchen, das sie sich umhängte, um hernach auf Wunder zu warten. Aber als wir im Autos saßen, sagte sie unvermittelt: „Das ist doch alles Quatsch. Wunder konnte nur Jesus vollbringen."

„Und der Landsknecht auf dem Parkplatz, der den Kinderwagen zum Halten bringen konnte“, sagte Luca.

Ich schwieg. Emma sah mich von der Seite an und setzte schon zu einer frauengerechten, emanzipierten Antwort an, als Jenny schrie: „Mama, *wir* müssen noch ein Bild für die Schule malen. Kannst du mir eine Ritterin auf einem Pferd malen, die einen Kinderwagen hinter sich herzieht?“

Wie früh Kinder schon vom »Ich« zum »Wir« übergehen, wenn es kompliziert wird, dachte ich damals und hatte in den dritten Gang geschaltet.

Jetzt aber, ein halbes Jahr später, bremste ich, indem ich runterschaltete. Pinkelpause kurz vor Magdeburg. Danach ging es mit Autoradio weiter. Am Donnerstag, dem 13. Mai, so hörte ich gerade, hat sich auf dem Sonderparteitag der Grünen in Bielefeld eine große Mehrheit der Delegierten dafür ausgesprochen, dass die NATO ihre Luftangriffe auf Jugoslawien einstellt. Aber Außendingsbums Joschka Fischer hat sich „entschlossen der Mehrheit entgegengestellt“ und für weitere Bombardierungen plädiert, „damit dort bald Frieden herrscht“. Und dafür hat der Herr Außenminister nun einen Farbbeutel an den Kopf bekommen, berichtet in beschwichtigendem Tonfall der MDR-Nachrichtensprecher. Ich vermeine, seiner Nachricht einen leicht zustimmenden Unterton entnehmen zu können.

Karl empfing mich freudig. Er war zwar, wie wohl alle Wirtschafsprüfer, ein ausgesprochener Einzelgänger, aber zu viel Einsamkeit machte ihm doch zu schaffen. Ich setzte mich zu ihm und wir tranken einen Tee, wobei er mir nebenbei erzählte, dass neulich ein Amtsrichter im Büro angerufen und gefragt habe, ob man in der Lage sei, kurzfristig einen Notgeschäftsführer für einen Mittelstandsbetrieb zu stellen.

„Ich hatte da schon an dich gedacht, aber Ronny braucht dich für die Fonds, wie er meint."

„Kommt das öfter vor?", fragte ich.

„Bisher kam es in den letzten fünf Jahren, seit ich bei der HTG bin, vielleicht vier oder fünf Mal vor."

„Und wozu benötigen Amtsrichter Notgeschäftsführer?", fragte ich, ohne zu ahnen, dass ich schon in einem Jahr dazu eine äußerst konkrete Antwort von einem Amtsrichter in Trier erhalten würde.

„Zum Beispiel, wenn bei einem größeren Betrieb mit mehreren Gesellschaftern ein Geschäftsführer unerwartet verstirbt und sich die Gesellschafter nicht so schnell oder überhaupt nicht auf einen neuen Geschäftsführer einigen können. Aber der Betrieb muss ja weitergeführt werden, wenn er nicht ebenso unerwartet dahinscheiden will."

„Und wer entscheidet darüber, sich ans Amtsgericht zu wenden?"

„Meistens der Betriebsrat."

Ich musste lachen.

„Was gibt es da zu lachen?", entrüstete sich Karl.

„Weißt du, ich habe zu Hause jetzt auch einen Betriebsrat. Allerdings bin ich nicht drin, denn ich gelte in meiner Familie als Chef, auch wenn ich keine Chefrechte genieße: Ich kann niemanden feuern, nicht einmal abmahnen darf ich, geschweige denn ermahnen. Eigentlich darf ich gar nichts mehr. Und daran bin ich selber schuld."

Ich erzählte ihm die ganze Geschichte, deren Elend damit begann, dass ich mit meiner kleinen Tochter die Nachrichten sah, was man nicht machen sollte. Sechsjährige Mädchen sollen sich die Welt besser weiterhin von der Maus erklären lassen oder die Sesamstraße gucken und nicht die Tagesschau mit Susanne Daubner, die von Themen spricht, die zu verhängnisvollen Fragen animieren, wie zum Beispiel: „Papa, was ist denn diese Mitbestimmung?"

Ich war auf Anhieb richtig stolz darauf, dass Jenny so etwas Wichtiges wissen wollte. Es gefiel mir auf alle Fälle besser als Fragen wie etwa: „Hat der Satan einen Vornamen?" oder „Kannst du mich mal in die Sesamstraße Nummer 10 fahren?"

Also erklärte ich meiner Kleinen, worum es bei der Mitbestimmung geht und dass es erste Bestrebungen dazu schon vor rund 140 Jahren gegeben habe. Natürlich sagte diese Jahresangabe Jenny nichts, rein gar nichts! Denn für Kinder bis 32 Jahren beginnt die Welt erst mit ihrer Geburt – so jedenfalls ist meine Erfahrung.

Ich erklärte es ohne Jahreszahlen:

Heute sei es gesetzlich vorgeschrieben, dass Firmen mit mehr als 50 Mitarbeitern einen Betriebsrat wählen. Doch auch Betriebe mit weniger Mitarbeitern könnten sich ohne weiteres einen Betriebsrat zulegen, wenn die Betriebsleitung es gestatte. Mein Pech war, dass um diese Minuten herum, als diese Sätze fielen, meine große Tochter in unserer Nähe herumschlich und mithörte. Damit nahm sie auf ihre

Art ein Mithörrecht, das nahe der Mitbestimmung angesiedelt war, in Anspruch.

„Wenn du so etwas als segensreich und als Beispiel für Modernität unserer Gesellschaft preist, warum bekommen wir dann keinen Betriebsrat?“, mischte sie sich plötzlich ein. „Du sagst doch immer, unsere Familie sei so schwer zu managen wie eine kleine Firma. Und überhaupt müssten wir alle an einem Strang ziehen, wie in einem Betrieb.“

„Einen Moment bitte!“, rief ich in den Raum, um Zeit zu gewinnen. Bevor ich auf Karos historisch und juristisch unausgewogenen Einwand einging, dozierte ich noch einige Minuten über die Arbeiterbewegung, über August Bebel, Rosa Luxemburg und Karl Liebknecht – und über die Geschichte der einst revolutionären Sozialdemokratie. In diesem Moment kamen auch noch Emma und Luca hinzu. Doch für die SPD interessierte sich niemand aus dem Kreis meiner Zuhörer, womit sie sich – zumindest in diesem Punkt – nicht vom Rest der Deutschen unterschieden.

Am nächsten Tag kam Emma auf mich zu und fragte, was ich unseren Kindern denn da erzählt habe. Karola sei dabei, einen Betriebsrat für die Familie zu gründen. Ich lachte und sagte: „Lass sie doch, das ist durchaus ein vernünftiges Praxisexperiment, angewandtes Wissen.“

Und Emma sagte: „Sie hat mich gefragt, ob ich kandidieren will.“

„Und, willst du?“, fragte ich, immer noch amüsiert.

„Ich glaube schon.“

Spätestens da hätten bei mir die Alarmglocken schrillen müssen. Doch ich dachte in all meiner unschuldig-naiven Mitbestimmungsmentalität nicht im Entferntesten an etwas Böses. Obwohl ich es besser hätte wissen können. Denn damals, als ich die Berliner UTB-Umweltbildungsgesellschaft abwickeln musste, war ich schon einmal gutgläubig auf einen selbstbewussten und sehr dummen Betriebsrat reingefallen. Etwa die Hälfte von 60 Arbeitsplätzen wäre zu retten gewesen, aber der fünfköpfige Betriebsrat und sein eierköpfiger Vorsitzender hatten die Parole ausgegeben: »Alle oder keiner!«

Natürlich hatte keiner gesiegt und kein einziger Arbeitsplatz blieb erhalten.

Doch das war schon lange her und daran hatte ich in jenem Moment nicht gedacht.

Kurz nach dem von Maria, unserer russlanddeutschen Haushaltshilfe, zubereiteten russischen Mittagessen – Borschtsch und Piroschki, das sind Teigtaschen mit Kartoffeln – wurde gewählt. Ich wollte zum Dessert gerade einen Cappuccino wählen, als Karola an die anderen Familienmitglieder Zettel verteilte. Darauf stand: Wahlzettel für die Wahl zum Familienbetriebsrat am 22. Mai 1999.

Stimmberechtigte waren meine Göttergattin, unser fünfzehnjähriger Sohn Luca, die sechsjährige Jenny und ihre sechzehnjährige Schwester, Frau Karola Koenig, die auch als Wahlvorsteherin fungierte. Ebenfalls wahlberechtigt war Maria, die ganz aufgeregt war, weil dies die ersten Wahlen waren, bei denen Wladimir Putin nicht kandidierte.

Wen wird sie wählen, dachte ich, *wenn niemand „so einen sexy Knackarsch" hat wie Putin?* So jedenfalls hatte sie sich mal geäußert. Als ich sagte, dass Maria, so sehr ich sie schätze, nicht zur Familie gehöre, wurde darüber abgestimmt, ob man ihre Familienzugehörigkeit formal anerkenne, was im Handumdrehen geschah. Demonstrativ hakten sich Emma und Karo bei Maria unter. In der unmoralischen Politik nennt man das manchmal Annexion. Danach musste Maria nur noch in freier Selbstbestimmung ihre Zugehörigkeit zur koeniglichen Föderation erklären. In der Politik ist damit dann die Annexion wieder hinfällig, weil es dann Wiedervereinigung heißt.

Ein weiterer Einwand von mir bezog sich auf Marias Arbeits- und damit Anwesenheitszeit. Es handelte sich nur noch um eine Teil-Mitarbeit in unserem Familienbetrieb. Wir hatten ihre Arbeitszeit auf drei Tage in der Woche beschränkt, erstens wegen der Finanzen. Zweitens wegen der zunehmenden Russifizierung der Muttersprache unserer Kinder, das rollende R wurde immer mehr zu einem Bestandteil ihrer hessischen Mundart. Drittens wegen Emmas Eifersucht, denn angeblich guckte Maria nicht nur auf Putins, sondern auch gelegentlich auf meinen Arsch. Aber das ging mir völlig an selbigem vorbei.

Schließlich teilte mir der Wahlvorstand, Karola, kurz vor der Abstimmung in einem Eilbescheid mit, ich solle mich bitte nicht in externe Wahlen einmischen.

Selbstverständlich wurde Karola Betriebsratsvorsitzende und Mutter Emma ihre Stellvertreterin.

Sie klatschten sich ab, und schon eine Viertelstunde später lernte ich den neuen Betriebsrat kennen. Ich stand in der Küche und machte mir einen Tee. Luca kam vorbei, öffnete wortlos die Speisekammer, fuhr mit der rechten Hand in eine bunte Tüte aus dem ALDI-Sortiment und stopfte sich mindestens drei Dutzend Gummibärchen in den Mund.

„Hast du neuerdings eine kleine Meise?"

„Wir haben neuerdings einen Dingsda. Und wenn du so etwas sagst, beschwere ich mich da!"

„Ich glaube ja, bei dir piepst es."

Er ging tatsächlich zum Dingsda, um sich über mich zu beschweren, ganz nach dem Motto: Angriff ist die beste Verteidigung.

Die Betriebsratsvorsitzende und ihre Stellvertreterin haben mich dann zu einer Aussprache zitiert und mich ermahnt, Luca nicht mehr zu ermahnen. Das sei Mobbing. Mobbing sei ganz schlimm, das wisse die Betriebsratsvorsitzende aus eigener Erfahrung. Ihre Stellvertreterin nickte dazu vielsagend und bestätigte, dass auch sie als ganz junge Jugendliche schon gemobbt worden sei und dass dies nicht erlaubt sei. Erlaubt sei lediglich die Formulierung »Du hast wohl einen Clown gefrühstückt«, denn dies könnten Teenager durchaus als Nichtbeleidigung gelten lassen.

Dann klärte man mich über eine Verbotsliste auf. Sie sei einstimmig vom Betriebsratsvorstand gefasst worden. Demnach war ab sofort verboten: Stimme erheben, mehrmaliges nervendes Auffordern zum Tischdecken, Zimmeraufräumen, Kloschüssel bürsten, Händewaschen oder Zähneputzen

– und Vergleichbares. Ich darf alles nur noch einmal sagen, und zwar bitte freundlich. Bei Nichteinhaltung würde ich abgemahnt. Die Stellvertreterin amüsiert sich köstlich dabei.

Selbst Maria fühlte sich irgendwann bemüßigt, sich über mich zu beklagen, weil ich ihr Kochwasser ausgeschaltet, ihren Einkaufszettel eigenmächtig ergänzt und Präsident Putin als »den Schröder Russlands« bezeichnet hatte. „Putin ist rischtige Maaan, kein Zaunrüttel-Maaan ohne Krawatt-Geschmack", hatte sie geantwortet. Diese Beleidigung unseres Basta-hasta-la-vista-Kanzlers ließ das Betriebsratskomitee unbeanstandet. Alle meine Erklärungen hingegen wurden als typische Chefideologie abgetan und „gehören allesamt auf den Müllhaufen der Geschichte", wie die Betriebsratsvorsitzende mir in einem schriftlichen Communiqué mitteilte.

Karl hatte die Geschichte schmunzelnd zur Kenntnis genommen, und einige Stunden später beim kleinen Hotel-Abendessen erzählten wir uns noch einige Familienstorys. „So etwas werde ich nie erleben", sagte Karl etwas wehmütig. „Unser Kinderwunsch ging nicht in Erfüllung."

„Ich kann dieses Gefühl, etwas versäumt zu haben, verstehen – aber ob man tatsächlich etwas versäumt, das steht eigentlich in den Sternen."

„Du hast gut reden …"

„Ich weiß. Aber mal angenommen, ich wäre auf dem Trip, unbedingt zu den Superreichen gehören zu wollen, dann könnte mein Gefühl mir ebenso einen Strich durch das Leben machen und mich zu der irrealen Vorstellung zwingen, was ich doch alles ohne Knete versäume in meinem kleinen einmaligen Leben: keinen Pilotenschein und keinen dazugehörigen Helikopter, keine 40-Millionen-Yacht, keine Villen am Meer und keine auf den Gipfeln der Alpen, kein Sortiment an goldenen Uhren und Ringen und goldigen Frauen et cetera."

„Na ja, das ist ein schwieriges Thema. Anna ist manchmal von einer auf die andere Minute traurig, weil sie weiß, dass sie niemals das Gefühl als Mutter erleben wird. Alle andere Frauen kennen ein Mutterdasein, nur sie nicht. Und ihre Traurigkeit nimmt mich wiederum sehr mit."

„Ihr habt die vielen Seiten dieser Situation gewiss schon oft betrachtet und abgewogen, wie es so oder anders hätte kommen können. Ja, es ist nicht einfach zu ertragen, wenn die Natur oder das Schicksal nicht gewährt, was man selbst sich wünscht und unbedingt will."

„Und du? Bist du glücklich, dass alles so kam, wie es gekommen ist?"

„Sicherlich hätte ich die gleichen Fragen gestellt, die sich alle Nichteltern stellen: *Was habe ich versäumt? Welche und wie viele Kinder hätte ich großziehen können? Wie wäre wohl ihr Wesen, ihr Charakter gewesen? Was wäre aus ihnen geworden?* Eine Urlaubsbekannter hat mal gesagt: »Wie Kinder sind und wie sie werden und ob sie glücklich oder wir Eltern mit ihnen glücklich sind, das alles ist ein Glücksspiel.« Das Thema birgt viele Fragen in sich. Ich kann dir nicht sagen, ob sich diese Fragen im Laufe der Jahre aus meinem Kopf verflüchtigt hätten. Ich kann nur aus heutiger

Sicht sagen: Das Leben hat so oder so seine schönen wie auch schwierigen Seiten. Nichts ist komplizierter als die einfachste Komplexität. Und was wir aus komplexen Situationen machen, können wir in gewissem Maße zwar auch selbst bestimmen, aber eben nicht alles."

„Aber unsere Gefühle … unsere Gefühle …"

„Du hast recht – aber unsere Gefühle …"

*

Als wir um 19:00 Uhr Feierabend machten, verabredeten wir uns für 22:00 Uhr an der Bar. Ich ging wie üblich für 40 Minuten joggen, duschte, trank meinen Tee, setzte mich an den Laptop, öffnete das Word-Dokument mit der Bezeichnung »Pegasus-Romane, Nina N.« und legte los.

Noch immer ging es um den Schreibkurs. Ich wollte heute die beginnende Freundschaft zwischen zwei Protagonistinnen, den beiden Frauen Nina und Nora, thematisieren. Außerdem beabsichtigte ich, meine Leserschaft ein Stück weit mit auf die Reise des Schreibenlernens zu nehmen.

Ich begann das vierte Kapitel, Ninas Besuch des VHS-Schreibkurses:

Diesmal war sie fast pünktlich, und doch war der Platz, wo sie letztes Mal gesessen hatte, bereits belegt. Aber gegenüber, neben der brünetten Mitt- oder Endzwanzigerin, war noch ein Stuhl frei.

»Darf ich?«, fragte Nina die Brünette und deutete auf den freien Platz.

»Na klar«, antwortete sie mit einem sympathischen Lächeln.

»Ich heiße Nina.«

»Und ich Nora.«

»Das passt ja super«, sagte Nina und murmelte: »Nina und Nora – fast zum Verwechseln!« Und sie sah ihrer Nachbarin beinahe schon vertraut über die Schultern. »Schön brav gewesen und Hausaufgaben gemacht?«, fragte sie lächelnd.

Nora hatte gerade noch an ihrem Skript geschrieben. Jetzt legte sie den Stift zur Seite. »Mir ist nichts eingefallen. Und Dir?«

»Es ist schwieriger, als ich dachte.« Nina hielt ihr Manuskript beschwörend hoch, als könne ihre Story wie durch Zauberhand zu Ende geschrieben werden.

Der Dozent räusperte sich, und alle Blicke richteten sich nach vorne. Nina hatte jetzt schon über fünf Minuten lang nicht mehr an den Jungen mit den grün gesprenkelten Augen gedacht. Dr. Breitenbach schrieb gerade so etwas wie eine Formel an die Tafel: H + Z + O = K.

»Guten Abend, meine Damen und Herren, wissen oder ahnen Sie, was das bedeuten könnte?« Er zeigte hinter sich.

Verlegen schauten die meisten Teilnehmer vor sich auf den Tisch, doch der Dozent hatte nichts Schlimmes mit ihnen vor, wenngleich er ihnen offenbar einen Schreck mit dieser mathematikähnlichen Formel versetzte.

»Lassen Sie Ihrer Phantasie freien Lauf. Vielleicht denken Sie an unser heutiges Thema«, meinte Dr. Breitenbach schmunzelnd.

Der circa dreißig Jahre alte Dunkelhaarige, neben dem Nina letztes Mal gesessen hatte, saß ihr diesmal gegenüber. Statt eines braunen Rollkragenpullis trug er heute einen dunkelgrünen. Passend dazu trug er gleichfarbige Jeans. Der andere, etwas korpulente Mann war vielleicht fünf oder sechs Jahre älter als Nina und hatte einen Anflug von Grauschimmer in seinen braunen Haaren. Er meldete sich zu Wort.

»Bitte, Herr Janson«, sagte Dr. Breitenbach und nickte in Richtung des Mannes mit dem kleinen Bierbauch.

»Ich kann mir das nur so erklären …«

Nina hörte nicht zu, sondern kritzelte auf ihren Schreibblock: HONIG + ZITRONE + OBST = KOMPOTT. Sie schob den Block in sich hineinlächelnd zu Nora hinüber. Nach einer Weile schob Nora den Block leise kichernd zurück, und jetzt war zu lesen: HÄHNCHEN + ZITRONEN + ORANGEN = KÖSTLICHKEIT. Und laut sagte Nina: »Heinz und Zora und Olivia sind Kinder.«

Die Teilnehmer lachten, nur Dr. Breitenbach tat etwas affektiert. »Es sei Ihnen verziehen, Sie waren ja das erste Mal nicht hier.«

»Sie sprachen von der lebenswichtigen Rolle der Opposition in jedem Roman, und Sie erklärten das am Beispiel dieser Comicfigur. Niemand würde sich einen Trickfilm ansehen, in dem der spinatschluckende Popeye den schwachen Pechvogel Wimpy zusammenschlägt. Und am Ende der Stunde stellten wir fest: Es kann keinen Wettstreit, keinen Kampf, keine Geschichte ohne ebenbürtige Gegner geben.

Also in der Formel könnte O für Opposition stehen«, sagte Herr Janson.

»Genau«, bestätigte ihn der Kursleiter. »Die Schöpfer dieses Comics folgen dem sogenannten Oppositionsprinzip. Popeye wird erst richtig auf die Probe gestellt, wenn er einem fast ebenbürtigen Gegner gegenübersteht, nämlich Bluto. Dann erst wird die Sache konfliktgeladen und damit spannend. Wofür könnten die anderen Buchstaben der Formel stehen? Bitte schön, Herr Albach.«

Herr Albach wickelte seinen Rollkragen ein wenig runter. »K steht auf alle Fälle für Konflikt und H müsste Hauptperson bedeuten. Aber was Z heißt, also …«

»Zielbestimmung der Hauptfigur«, warf eine ältere Dame mit graumelierten Dauerwellen ein.

»Na sehen Sie, Sie haben die Aufgabe doch gelöst: Hauptfigur + deren Ziel + Opposition = Konflikt. Prima!«, sagte Dr. Breitenbach und war stolz auf seine Kursteilnehmer. »Und diese Formel bringt Spannung in Ihre Geschichte. Heute möchte ich mit Ihnen gerne nach der Methode des Rollenspiels arbeiten. In der Fachsprache nennt man das ACTORS STUDIO. Die Methode des ACTORS STUDIOS versetzt Sie in die Lage, Spannung in den Handlungsentwurf zu bringen.«

Zwei Kursteilnehmer sollten eine Szene improvisieren, für die es kein Drehbuch gab. Nina und Nora gingen freiwillig nach vorne, die anderen Kursteilnehmer saßen nun als Hobbyautoren im Zuschauerraum und lernten nach Aussage Dr. Breitenbachs anhand dieser Übung eine der wertvollsten Techniken kennen, deren sich ein Schriftsteller bedienen kann.

Nina musste die Direktorin einer Privatschule für die Kinder der gehobenen Gesellschaft spielen. Nora war die Mutter eines Jungen, dem die Direktorin einen Schulverweis erteilt hatte. Das war alles, was das Publikum wusste. Dann zog Dr. Breitenbach Nina außer Hörweite von Nora und erklärte ihr, dass die Mutter des von der Schule verwiesenen Jungen sie aufsuchen und zweifellos versuchen werde, sie dazu zu bringen, ihren Sohn wieder aufzunehmen. Der Junge sei unbelehrbar, habe den Unterricht massiv gestört und die Ermahnungen der Pädagogen in den Wind geschlagen. Auf gar keinen Fall dürfe sich Nina erweichen lassen, ihn wieder aufzunehmen.

Dr. Breitenbach nahm nun Nora beiseite, und alle Anwesenden, Nina eingeschlossen, erfuhren erst nach der Übung, was er ihr ins Ohr flüsterte.

»Sie spielen die Mutter eines wohlerzogenen, intelligenten Jungen. Die Direktorin hat jedoch mehr für Mädchen übrig und ist ihrem Sohn gegenüber äußerst voreingenommen. Sie hat ihn diskriminierend behandelt. Sie müssen unbedingt darauf bestehen, dass Ihr Junge wieder in der Schule aufgenommen wird.«

Nina und Nora wurden nun aufeinander losgelassen und mussten die Szene vor den Kursteilnehmern improvisieren. Nina beharrte auf ihrem Standpunkt, dass Noras Sohn ein Widerling, schlecht erzogen und völlig unreif sei, während Nora keifend ihren Jungen verteidigte und sich persönlich angegriffen fühlte, denn schließlich hatte sie ihn erzogen. Mit hochroten Köpfen schrien beide aufeinander ein, und der Konflikt entwickelte sich vor dem begeisterten Publikum.

»Sehen Sie«, brach Dr. Breitenbach das Rollenspiel ab, »der Konflikt konnte nur entstehen und die Sache spannend werden, weil sie unterschiedliche Regieanweisungen hatten. Jeder von uns kennt das aus seinem Alltag. Denn jeder hat gewissermaßen sein eigenes Drehbuch, auf das er sich bei einem Dialog mit einem anderen bezieht. Daraus entwickeln sich mit schöner Regelmäßigkeit Missverständnisse, Meinungsverschiedenheiten und Konflikte, was im wirklichen Leben freilich höchst unangenehm ist.«

»Und das soll in der Literatur schön sein? Ich liebe Romanzen und Harmonie«, warf Nora ein.

»Nun ja«, antwortete Dr. Breitenbach, »Romane über Liebe, Romanzen und harmonische Sehnsüchte funktionieren nur, wenn die Liebe bedroht ist, wenn die Romanze zerbricht oder zu zerbrechen droht, wenn die Harmonie durch Dissonanzen ins Schwanken gerät. Was im Leben unangenehm ist, der Konflikt, ist in der Literatur dagegen von unschätzbarem Wert. Denn der Konflikt ist ein Element, das szenische Spannung erzeugt.«

Nina musste plötzlich wieder an den jungen Mann denken. Ob er in Lomberg lebte? Ob er noch zur Schule ging? Wahrscheinlich. Aber wo? Was mochte ihn wohl begeistern? Was mochte sein Sternzeichen sein? In welcher Familie er wohl lebte? Ob er schon eine Freundin hatte?

Nora schubste sie an und riss sie aus der Welt des Träumens. »Willst du mitmachen? Du hast doch schon einiges zu Papier gebracht.«

Dr. Breitenbach erzählte gerade von der Technik des heimlichen Schnappschusses, die den Leser in die Lage versetzt, die Romanfiguren nicht von außen, sondern von innen heraus zu betrachten. Nina hatte seine Ausführungen versäumt. Nora zwickte Nina sachte in den Arm.

»Wer von Ihnen hat bereits seine Geschichte zu Papier gebracht?«, fragte er die zehn Frauen und Männer, aber niemand getraute sich so recht.

»Komm, du hast doch schon eine Menge geschrieben, wag' es doch«, sagte Nora halblaut und schubste ihre Nachbarin zart an. Nina meldete sich halbherzig.

»Es muss ja nicht die ganze Geschichte sein«, meinte der Dozent und bat Nina zu ihm nach vorn. Noch einmal zuckte Nina der Gedanke an den jungen Mann durch den Kopf, dann nahm sie ihren Schreibblock und ging mit leicht federnden Schritten nach vorne. Ihr blondes Haar trug sie offen, und es sah aus wie ein goldener Rahmen, der einem Gemälde den besonderen Glanz verleiht.

»Danke, dass Sie auf dem *heißen Stuhl* Platz nehmen. Es wird natürlich nichts so heiß gegessen, wie es gekocht wird«, sagte Dr. Breitenbach mit leichtem Amüsement in der Stimme. »Worum es in dieser Übung geht, ist, dass wir die Gefühle des Lesers erreichen, ihn emotional berühren müssen. Der heimliche Schnappschuss ist also eine sehr intime Angelegenheit.«

Im Raum trat eine gespannte Ruhe ein. Als der Schweiß auf der Stirn des dicken Herrn Janson langsam zu perlen begann und er ein Taschentuch aus seiner Westentasche holte, hörte es sich in dem Bibliotheksaal an, als würde eine Kolonne Lastwagen nachts durch eine Fußgängerzone brausen.

»Ich möchte Sie, Frau Nowak, bitten, an etwas zu denken, das so intim ist, dass Sie es nicht in der Brieftasche mit sich herumtragen würden, damit es im Falle eines Unfalls nicht zufällig in die Hände eines Arztes gelangen könnte.«

»Und *das* soll ich hier erzählen?«

»Der Schnappschuss, den wir brauchen, ist einer, den Sie weder Ihrem Mann noch Ihrer besten Freundin zeigen würden. Schon gar nicht einer Nachbarin. Und nicht einmal einem Familienangehörigen.«

»Ist der Schnappschuss ein Bild, an das ich denken soll?«, fragte Nina.

»Ich sage Schnappschuss, weil ich möchte, dass Sie oder andere Autoren mit etwas Sichtbarem beginnen. Ein typischer Schnappschuss, den sich eine Autorin einmal vorstellte, war zum Beispiel eine rote Rose, die sie eines Tages auf ihrem Schreibtisch fand, ohne jemals zu erfahren, von wem sie war. Ein anderer Schnappschuss bestand im Auftritt eines Autoren vor einem Auditorium, vor dem er sich unsäglich blamiert hatte. Das Bild, wie er stotternd und nichtssagend vor einer Menge Leute rumsülzte, wurde er jahrelang nicht los.«

Manche Kursteilnehmer begannen unruhig auf ihrem Sitz herumzurutschen. Aus Sicht des Dozenten war das ein gutes Zeichen.

»Ich weiß nicht, ob ich hier den Mut habe, meine intimste Angelegenheit der allgemeinen Erörterung preiszugeben«, erklärte Nina, und vor ihrem geistigen Auge flogen blitzschnell die Ereignisse der letzten Stunde, das Ereignis ihrer Entlassung, der Namensänderung auf dem Standesamt, Geschehnisse in der Vollzugsanstalt, ihr Prozess und natürlich die Sache von damals vorbei.

»Ich kann Sie beruhigen, Frau Nowak«, antwortete Dr. Breitenbach. »Den wenigsten Menschen ist es in den Schoß gelegt, sich vor Fremden zu offenbaren, und Autoren bilden keine Ausnahme. Eine Methode des Schreibenlernens besteht darin, sich anzusehen, was der eigene bestgehütete geheime Schnappschuss zeigt, und eben dies zu Papier zu bringen.«

»Ich hatte Sie so verstanden, als sollten wir unsere eigene Geschichte mit Fiktivem mischen. Wenn ich mich auf meine Story beziehe«, sagte Nina und deutete auf das vor ihr liegende Manuskript, »dann ist der Schnappschuss etwas aus meiner Kindheit, als meine Eltern mich zu einer, wie sie sagten, Routineuntersuchung in eine Anstalt steckten. Ich war damals gerade mal acht oder neun Jahre alt. Und da machte sich der Anstaltschef an mich heran und …« Nina hatte die letzten Sätze stockend erzählt und brach jetzt ab.

Dr. Breitenbach ging ermunternd ein paar Schritte auf Ninas Stuhl zu. »Nur Mut, es ist für Ihre

Story besser, wenn Sie jetzt nichts dazu erfinden oder schummeln. Nehmen Sie den Schnappschuss, den Sie tatsächlich zu verbergen suchen.«

Draußen prasselte Regen an die Fenster, plötzlich war ein Frühlingsgewitter aufgezogen, und es blitzte und donnerte. Mit einem heftigen Schlag wurde ein nur halb geschlossenes Fenster von einem Windstoß aufgerissen. Nina schaute verwirrt in die Runde ihrer Zuhörerinnen und der Männer, die an ihren Lippen zu kleben schienen.

»Ich kann nicht«, stammelte Nina und ließ ihre Haare vor ihr Gesicht fallen. Sie spürte noch, wie sie aufstand und sich auf ihren Platz neben Nora setzte. Nora nahm sie in ihren Arm, und obwohl Nina eine starke Frau war, tat es ihr gut, von Nora getröstet zu werden. Die Kursteilnehmer redeten nach einer betretenen Ruhepause nun aufgeregt durcheinander, und Dr. Breitenbach hatte Mühe, sich verständlich zu machen.

»Niemand bekommt Ihren Schnappschuss zu sehen, jedenfalls noch nicht. Vielleicht auch niemals. Was Ihre Leser sehen, ist das Ergebnis, wenn Sie den passenden Schnappschuss getroffen haben.«

»Sollten wir hier nicht besser nur mit völlig fiktiven Personen und absolut frei erfundenen Ereignissen hantieren?«, fragte der korpulente Herr Janson mit der brummenden Bassstimme und rückte seinen Hemdkragen zurecht. Und als Nina seine Stimme hörte, warf sie ihre Haare zurück und sah mit festem Blick in die Runde der anderen.

»Wissen Sie«, antwortete Dr. Breitenbach und dachte dabei an sein langweiliges Dasein als Personalchef des Schulamtes, »in Romanen, die von Lektoren abgelehnt werden, wimmelt es von Dingen, über die wir bereitwillig schwadronieren.

Es sind die zahllosen Bilder aus den zahllosen Fotoalben unseres Lebens, die wir bei Partys und unter Berufskollegen unseres bürgerlichen Alltags herumzeigen. Die Leser wollen aber solche Fotoalben nicht sehen, denn sie haben sie selber kistenweise auf dem Dachboden liegen. Die Leser wollen sehen, was sich auf dem Schnappschuss-Foto verbirgt, das Sie hinter dem Rücken verstecken.«

*

An diesem Punkt machte ich an jenem Abend Schluss und klappte den Laptop zu. Es war Punkt 22:00 Uhr als ich hinunter an die Bar ging, wo Karl bereits auf mich wartete und an einem Cocktail nippte.

„Und? Hast du dein Schreibpensum für heute Abend geschafft?“

„Ja, zehn Seiten. Ich bin froh, wenn ich mich seitenweise vorwärtsrobbe“, antwortete ich und bestellte eine Pina Colada.

„Nimmst du dir einen Schriftsteller als Vorbild, um dich zum Beispiel an seiner stilistischen Vorlage orientieren zu können – oder macht man das nicht, weil es sich nicht gehört?“

„Stilistische Nachahmung ist eine notwendige Sache. Sie ist eine völlig ehrenwerte Möglichkeit, um die ersten Schritte als Romanautor zu tun.“

„Das ist eigentlich in jedem Beruf genauso oder so ähnlich. Man orientiert sich an dem, was bereits vorhanden und erprobt ist. Sonst müsste man ja das Rad jedes Mal neu erfinden."

„Nun ja, der Mensch will natürlich auch Neues schaffen, etwas Außergewöhnliches, etwas, von dem er meint, die ganze Welt warte nur darauf, weil man die herkömmlichen Produkte oder Arbeitsweisen zur Genüge kennt. Das ist wie ein Forscherdrang. Und der ist natürlich auch beim Schreiben vorhanden."

„Ich stelle mir das sehr schwierig vor. Sind die Schreibstile, aber auch die leidigen Themen, der Kampf zwischen Gut und Böse, nicht irgendwo alle gleich oder ähnlich?"

„Sicher, und du liegst richtig: Jede neue Entwicklungsstufe eines Schriftstellers zeichnet sich durch eine Art von Nachahmung aus. Was man jedoch nicht imitieren kann, ist die Herangehensweise eines einzelnen Autors an ein bestimmtes Genre, auch wenn das, was dieser Schriftsteller tut, noch so einfach aussieht."

„Wie meinst du das?"

„Anders gesagt: Man kann mit einem Buch nicht zielen wie mit einer Cruise Missile. Ich kenne Autoren, die beschlossen haben, mit Imitaten der Bestseller von bekannten Autoren ein Vermögen zu verdienen. Aber das klappt freilich nicht. Im Großen und Ganzen produzieren sie nur einen schwachen Abklatsch, denn Wortschatz ist nicht mit Emotion gleichzusetzen, insbesondere wenn die Handlung

Lichtjahre von Glaubwürdigkeit entfernt ist. Kopf und Herz erkennen das."

Karl kratzte sich wie automatisch am Kopf und sagte: „Eigentlich können Leute wie ich keine Schriftsteller werden." Er lachte kurz auf, bevor er fortfuhr: „Ich habe ja leider nichts zu berichten, rein gar nichts. Als Steuerberater und Wirtschaftsprüfer kann ich mit keinen aufregenden Themen aufwarten."

„Das stimmt so nicht. Du erlebst schon einiges, was die Menschen interessieren würde. Man sollte es nur in Geschichten interessant verpacken."

Karl musste lachen und sagte: „Fehlt nur noch, dass du mich jetzt ermutigst, bei dir einen privaten Schreibkurs zu buchen."

„Damit kann ich dir leider nicht dienen. Aber ich kann dich ermutigen: Schreibe, was du willst, hauche deinem Text Leben ein und verleihe ihm seine einzigartige Note, indem du deine persönlichen Erfahrungen mit dem Leben, mit Freundschaften, Beziehungen, Sex und Arbeit einfließen lässt. Gerade die Arbeit! Die Leute lesen gern über die Arbeit. Der Himmel weiß, warum, aber es stimmt."

Nachdenklich wiegte mein Kollege den Kopf. „Ich könnte ja tatsächlich über Weiße-Kragen-Kriminalität berichten, aber worüber könnte wohl ein Klempner schreiben?", fragte er mit einem spitzbübischen Lächeln.

„Einem Klempner würde ich raten: Wenn Sie als Installateur gerne Science-Fiction lesen, überlegen Sie sich doch mal einen Roman über einen Installateur an Bord eines Raumschiffs oder auf einem fremden Planeten. Klingt absurd?"

Karl zuckte mit den Schultern und sagte: „Hast du ein Beispiel?"

„Der vor elf Jahren verstorbene Clifford D. Simak schrieb ein Buch mit dem Titel »Ingenieure des Kosmos«, Originaltitel: »Cosmic Engineers«, das dem ziemlich nahekommt. Und es ist ein tolles Buch. Man muss nur im Gedächtnis behalten, dass es einen entscheidenden Unterschied gibt zwischen dem bloßen Dozieren über dein Wissen und dem Anreichern der Geschichte mit deinem Wissen. Letzteres ist gut, Ersteres nicht."

Wir bestellten noch Cocktail-Nachschub und der Barkeeper zwinkerte uns zu, was bei mir augenblicklich eine tiefsitzende Erinnerung wachrief. Damals, 1972, war ich mit meinen zweiundzwanzig Jahren nebenher eine Zeitlang in Rolf Edens Jugend-Disco am Berliner Kurfürstendamm, im »Big Eden«, als Barkeeper tätig gewesen und wurde von den Gogo- und Disco-Mädels umschwärmt – wahrscheinlich ging es ihnen meist um einen heimlich spendierten Drink, was Mr. Eden, der millionenschwere, aber geizhalsige Playboy, nicht unbedingt mitbekommen durfte.

Eines frühen Morgens, als ich den Tresen abräumte und alles dichtmachte, hing sich eine wunderschöne junge Frau auf hochhackigen Schuhen bei mir ein und sagte frech: „Ich muss mit dir, habe im Moment Stress zu Hause. Geht doch, oder?" Sie hatte mich bereits die ganze Nacht über fixiert und mehrere alkoholfreie Drinks bei mir geordert. Zum

Reden waren wir nicht gekommen, denn die Bar florierte.

Ich liebte freche Frauen, und so landeten wir in meinem Bett. Die Überraschung war groß, als die Hose fiel. So rüde und prüde wie ich damals reagierte, ging mir die Sache noch bis zum heutigen Tag nach. Ich erzählte es Karl und wir lachten und sprachen darüber, wie sich doch gerade auch in Sachen Transsexualität die Zeiten geändert haben. Es ist liberaler und aufgeklärter geworden.

Doch dann kehrten wir zu unserem hochseriösen Literaturthema zurück und ich fragte Karl, ob er zufällig von John Grishams Roman »Die Firma« gehört habe.

„Ja klar, ich habe Anna hat das Buch sogar vor zwei Jahren zu Weihnachten geschenkt. Sie hat es verschlungen."

„Du hast es nicht gelesen?"

„Sie hat es mir empfohlen und jeden Abend davon erzählt, aber ehrlich gesagt: Ich bin ja kein Romanleser, das weißt du doch."

„Es geht um einen jungen Anwalt", erklärte ich. „Und der normale Anwaltsberuf an sich ist ja eigentlich stinklangweilig, könnte man denken. In John Grishams Story findet ein blutjunger Anwalt heraus, dass seine erste Anstellung wirklich zu schön ist, um wahr zu sein. Er arbeitet für die Mafia. *Die Firma,* spannend, fesselnd und mit halsbrecherischem Tempo erzählt, hat sich über neun Millionen Mal verkauft. Das Publikum schien das moralische Dilemma zu interessieren, in dem sich der junge Anwalt befindet: Für die Mafia arbeiten ist schlecht, logisch, aber die Bezahlung ist saumäßig gut! Man bekommt einen BMW, und das ist nur der Anfang."

Karl schaute mich amüsiert an: „Und du meinst, ich arbeite für die Mafia und müsse mir nun Gedanken machen und es auch noch zu Papier bringen?"

Wir lachten und ich antwortete ihm: „Egal, was ich meine, aber Grishams Story ist fest verankert in einer ihm vertrauten Welt. Ich wette Haus und Hof, dass John Grisham niemals für die Mafia gearbeitet hat …"

Karl unterbrach mich.

Er hob den Zeigefinger und sagte in verschwörerischem Ton: „… was du aber nicht mit Bestimmtheit weißt, oder?"

„Nein, natürlich nicht. Aber er war einmal ein junger Anwalt, und offenbar kann er sich noch gut an all die Schwierigkeiten erinnern. Er hat auch nicht vergessen, wo sich die verschiedenen Fallstricke und Fußangeln verstecken, die den Bereich des Körperschaftsrechts so schwierig gestalten. So entwirft er, aufgelockert durch erfrischenden Humor als brillantem Kontrapunkt, aber ohne in hohle Phrasen abzugleiten, eine Welt von Darwinscher Brutalität, in der die Wilden dreiteilige Anzüge tragen."

„Anna hat mir erzählt, dass sie es faszinierend fand, wie realitätsnah er die Geschichte gestaltet hat."

„Du siehst: Man nimmt ihm diese Welt einfach ab. Grisham kennt das Terrain, er hat Land und feindliche Positionen ausspioniert und einen umfassenden Bericht abgeliefert. Er sagt die Wahrheit über das, was er kennt. Seine fiktive Geschichte ist unglaublich überzeugend, weil sie fest in seiner erlebten und gut recherchierten Berufswelt begründet ist."

Karl sagte schmunzelnd: „Die Geschichte über Nina N., an der du gerade sitzt, bezeichnest du als »Schulroman«. Das ist aber ganz und gar nicht deine Berufswelt. Was befähigt dich eigentlich dazu? Weil du mal selber Schüler warst?"

„Ha, ha, ha – guter, leider jedoch äußerst abgedroschener Witz aus der Klamottenkiste frustrierter Lehrer, die mit Kritik nicht umzugehen wissen."

„Neuer Anlauf, mit der Bitte um Kurzfassung: Wie kamst du zu deinem Thema?"

„Im Sommer des Jahres 1998 las ich im Literaturteil der *Frankfurter Allgemeinen Zeitung* einen Artikel mit der Überschrift »Es wird Zeit für einen neuen Schulroman«. Darin hieß es: »Die Schule muss zwei Seiten gehabt haben, eine tragische und eine komische. Der Schulroman ist verschwunden, und zwar nicht erst seit gestern, sondern seit vielen Jahren. Aber es wird nicht lange dauern, bis der Schulroman wiederkommt. Und er wird nichts Angenehmes zu berichten wissen.«

Ich entschloss mich damals, den Roman als »Schulroman« zu klassifizieren, und so bezog ich mich in der zu erzählenden Geschichte in weiten Teilen auf ein mysteriöses Schulgeschehen, legte schulimmanente Schwächen offen und Alternativen dar. Dabei half mir meine praktische pädagogische Erfahrung als Gründer und Geschäftsführer von privaten Bildungsinstituten. Du kennst ja meinen beruflichen Werdegang."

Karl nickte zustimmend, und ich fuhr fort: „Ferner half mir die in zehn Jahren als gewählter Elternvertreter gesammelte Schulerfahrung in Grundschule und in Förderjahrgängen; drei Jahre hiervon als Vertreter der Schulelternschaft an einer hessischen Gesamtschule. Eine stets vertrauens- und äußerst hoffnungsvolle Zusammenarbeit mit dem Lehrerkollegium und den jeweiligen Schulleitungen prägten diese ehrenamtliche Arbeit, bis eines Tages durch meine intensiven Recherchen ein Studienrat, ein ewiger Stein des Anstoßes bei Eltern und Schülern, aufflog – ein Lehrer, den seine Kollegen jahrelang regelmäßig in seinem verheerenden Wirken gedeckt hatten. Hoffnung und Vertrauen waren schlagartig perdu. Ein Systemversagen wie das persönliche Versagen der Lehrerkollegen war offensichtlich geworden. Hatte ich dir von Studienrat Köttner niemals erzählt?"

„Nicht dass ich wüsste", antwortete Karl. Der Barkeeper kam und brachte uns eine Schüssel mit Salzstangen und Nüssen.

„Köttner hat die Schüler fünf lange Jahre lang, Jahrgang für Jahrgang, absichtlich vor den Klausuren gegen die Wand rennen lassen und sie in die Irre geführt. Er ergötzte sich an seinen massenhaft verteilten Fünfen und Sechsen. Ein gestörter Mensch."

„Unfassbar."

„Ja, das ließ mich selbstverständlich nicht los. Als ich den Roman im September 1998 begann, berührte mich das erlebte Schulgeschehen und der wahrnehmbare Bildungsverfall aufs Äußerste. Die erste weltweite, länderübergreifende Studie – auch zum miserablen deutschen Bildungsstand in Mathematik und in den Naturwissenschaften, TIMSS – war gerade erschienen und hatte meine persönlichen Eindrücke und Erfahrungen bestärkt. Aber es waren ebenso die drei anderen Komponenten, der Fall Monika Böttcher, die angeblich ihre beiden Töchter umgebracht haben sollte, das Versagen der Justiz und die Amoral politischer Eliten, die mich bewegten."

Es war bereits Mitternacht, und ich drängte darauf, dass wir zum Ende der Diskussion kamen.

„Eines muss ich dir noch zu bedenken geben, mein lieber Kollege", sagte Karl und sah mich bedeutungsschwer an. „Wenn du es geschafft hast, einen unsäglichen Kollegen aus der Mitte eines unsäglich lethargischen Lehrerkollegiums und einer untätigen beziehungsweise unfähigen Schulleitung zu reißen und wenn dies zu dessen Versetzung geführt hat – was von den anderen natürlich als Strafversetzung wahrgenommen wird und somit als potentielle Gefahr, die auch ihnen drohen könnte – dann hast du es mit ihnen wahrscheinlich gründlich verscherzt. Insbesondere, wenn du darüber einen zeitgeschichtlichen Roman schreibst und nebenbei das ganze Desaster unserer Bildungslandschaft porträtierst."

„Bisher spüre ich davon nichts. Eher sind sie überfreundlich und ein wenig wie … wie … Ich weiß nicht, wie ich es beschreiben soll …"

„Wie unterwürfig?"

„Genau."

„Oh Stefan, das ist kein gutes Zeichen. Sie können nichts gegen dich unternehmen, sind aber im

Innersten total wütend über solch einen aufmüpfigen Elternvertreter. Sie werden dir bei passender Gelegenheit die Quittung geben. Spätestens dann, wenn dein Schulroman vorliegt und sie von deinen Offenbarungen erfahren. Ich wette darauf, dass sie es dir heimzahlen.“

Wie recht Karl behalten sollte, konnte ich mir an jenem Abend nicht vorstellen.

*

In Nürnberg saß Gustl Mollath todtraurig am Wohnzimmer-Esstisch, vor sich ein leeres Blatt Papier. Er fragte sich, was er noch unternehmen müsse, um seine Ehe zu retten. Er kam gerade aus seinem Laden. Er betrieb ein mittelprächtig laufendes Geschäft für Motorradzubehör und Fahrzeugrestaurationen, Oldtimer aufpolieren und zum Laufen beziehungsweise zum Fahren bringen. Ja, er und seine Petra benötigten Geld, aber Geld ist nicht alles, sagte er sich. Nach einer Weile nahm er einen Stift und begann mit der ersten Zeile: „Meine Liebste, ich schreibe dir, weil ich dich, und nur dich, so tief liebe. Ich habe Angst um dich wegen der Sache mit der *HypoBank* und weil es schon seit einiger Zeit unser beider Liebe zerrüttet …“

Die *»HypoBank«*, von der Mollath hier schreibt, war die Bank, bei der seine Frau Petra seit Jahren arbeitete: die Bayerische Hypotheken- und Wechselbank. Eine Bank, die auf Initiative von Ludwig I. gegründet worden war und 1835 in München ihr Geschäft eröffnet hatte. Ihr historisch begründetes

Renommee als Staatsbank, auch wenn der Staat Bayern jetzt nur noch mit einem kleinen Anteil an ihr beteiligt war, verschaffte ihr eine unangefochtene Reputation.

Diese Reputation wirkte selbst dann noch fort, als die *HypoBank* – wie andere Großbanken auch – begann, im großen Stil Gelder ihrer Kunden von den deutschen Konten und Depots in die Schweiz zu transferieren. Irgendein Unrechtsbewusstsein regte sich weder bei den Spitzen der Banken noch bei den an der Geldfront arbeitenden Mitarbeitern. Das war der Zustand vor zehn Jahren. Damals, Ende der achtziger Jahre, erfolgte die Anlage der Gelder bei der schweizerischen AKB Bank, einer hundertprozentigen Tochter der Bayerischen Hypotheken- und Wechselbank.

Auch die Bayerische Vereinsbank, mit der sich die Bayerische Hypotheken- und Wechselbank vor einem Jahr, 1998, zur Bayerischen HypoVereinsbank zusammenschloss, hatte frühzeitig eine eigene Tochterbank in der Schweiz. Das war die *WPZ*, die Wirtschafts- und Privatbank Zürich. Hierhin reiste Petra Mollath mehrmals im Monat und schaffte kofferweise Bargeld der *HypoBank*-Kunden über die Grenze.

Da die Kundengelder zu großen Teilen aus unversteuerten Quellen stammten, es sich also um Schwarzgeld handelte, sahen sich die Bankmitarbeiter ermuntert, dieses Kapital für hochspekulative Geschäfte zu nutzen. Es war der Beginn des rotierenden Casinokapitalismus, ab Ende der Achtziger drehte sich das Casinokarussell immer schneller, beschleunigt vom zuströmenden großen Geld aus dem Ausverkauf der westlichen Industriestandorte an die billigen, verlängerten Werkbänke im fernen Osten.

Im Falle eines Fiaskos war von den Kunden wegen der vielfach dubiosen Herkunft der Anlagen kaum Protest und schon gar kein gerichtliches Einschreiten zu erwarten. Eine der aufgeflogenen Aktionen hängt mit dem Namen Juerg Walker zusammen, der Anfang der neunziger Jahre regelmäßig Bayern bereiste, mit leeren Koffern zur Bayerischen Vereinsbank kam und mit gefüllten Koffern ging. Er bekam deshalb von Petra Mollath und den anderen Bankern den Spitznamen »Johnnie Walker«.

Das ihm anvertraute Geld investierte er in sogenannten Freiverkehrswerten, zum Beispiel in Aktien der amerikanischen College Bounds Inc., die Mitte der Neunziger nichts mehr wert waren. So verloren allein in Augsburg zahlreiche Geschäftsleute, die ihr Geld von der Tochter der Bayrischen Vereinsbank verwalten ließen, zig Millionen Mark.

Gustl Mollath, ein politisch wachsamer, kritischer und gut informierter Bürger, kannte dieses Fiasko. Und er mochte es überhaupt nicht, dass seine Petra in diesem unredlichen Spiel mitspielte. Wie oft hatten sie darüber gesprochen, heftig diskutiert und er hatte ihr ins Gewissen geredet.

„Warum schaffst du das Geld deiner Kunden in bar und persönlich im Koffer nach Zürich?“, hatte er sie gefragt.

„Um für meine Kunden das Geld zu vermehren und selbst davon einen kleinen Brocken abzubekommen. Auch du profitierst davon!“

„Du weißt, dass das illegal ist."

„Alle Banken machen das. Das ist normales Geschäft und nicht verboten."

„Warum dann dieser Umstand? Warum mit Bargeld sich auf den umständlichen Weg machen und in die Schweiz fahren. Ich habe dich manchmal begleitet, weil es dir nicht geheuer war. Warum also diese abenteuerlichen Umwege?"

„Um unnötige Nachfragen zu ersparen und auf dem einfachsten Weg für Geldvermehrung für unsere Kunden zu sorgen."

„Ich will dir klar sagen, warum die Banken diese Umwege machen und ihre Mitarbeiter dazu missbrauchen: Der Geldtransfer in die Schweiz erfolgt, um für eure Kunden eine Kapitalanlage zu eröffnen, die es ihnen ermöglicht, die Erträge der Anlage gegenüber dem deutschen Fiskus zu verschweigen und unversteuert zu lassen, insbesondere die Erhebung der Zinsabschlagssteuer zu vermeiden."

„Gustl, dein Gesicht läuft rot an, wenn du dich so ereiferst. Ich glaube es ist besser, wenn du dich mit einer so komplizierten Materie, von der du wenig verstehst, nicht befasst. Vergiss doch einfach alles, was du dir da zusammenreimst. Du brauchst auch nie wieder als Security mit mir zu reisen."

Gustl dachte jetzt über jene Wortgefechte nach. Tja, seine Frau hatte bereits so viel Routine, dass sie seine Gegenwart bei ihren kofferschweren Reisen nicht mehr benötigte. Sie war sich sicher. Sie hatte genug Erfahrung und wusste, dass nichts passieren würde. Selbst wenn unter ihrer Verantwortung Kapital wie bei Johnnie Walker massenweise den Bach runter gehen würde. Auch er hatte das Desaster gut überstanden und war nicht belangt worden. Die Sühnung der Steuerhinterziehung traf die Anleger. Die helfenden Hintermänner blieben unbehelligt.

In sein Tagebuch schrieb Gustl Mollath: „Ich versuchte, ihr wieder einmal klarzumachen, dass das alles nicht in Ordnung ist. Sie verändert sich aber mehr und mehr, Schritt für Schritt in eine skrupellose Person. Noch liebe ich sie sehr, aber ich weiß nicht, wie lange dieses Gefühl sich aufrecht erhalten lässt. Sie ist die einzige Person, der ich vertraut habe. Selbst wenn man kritisch ist und nicht aus Bumshausen. Als ich ihr aus Sorge um sie sagte, sie solle das lassen, antwortete sie: »Da wird nie was passieren.« Ob sie da langfristig vielleicht sogar recht haben wird, kann ich heute nicht beurteilen."

In Südafrika residiert mit hochherrschaftlichem Sitz und dem Blick auf die legendären Tafelberge vor Kapstadt ein Mann, der sich mit Kapitalgeschäften, mit Tricks, Betrügereien, Schneeballsystemen und krummen Bankgeschäften auskennt wie kein anderer. Er heißt Jürgen Harksen. Er ist der Mann, der es – im doppelten Wortsinn – »märchenhaft« versteht, den Reichen mit aufgetischten Geschichten das Geld haufenweise aus der Tasche zu ziehen. Ende 1993 hatte er sich mit seiner Frau und den drei Kindern nach Südafrika verzogen. Es war zwar eine Flucht, doch er war strikt darauf bedacht, es nicht als solche aussehen zu lassen.

Von Kapstadt aus dirigierte Harksen sein immer noch funktionierendes Finanzimperium und betreute den an ihn glaubenden Anlegerkreis. Nur war er jetzt zunehmend auf gefälschte Unterlagen angewiesen, unter denen die eidesstattlichen Versicherungen einen besonderen Rang einnahmen.

Als ihn heute seine Frau auf die zahlreichen »Erklärungen an Eides statt« anspricht und ihn fragt, wozu das ganze Theater gut sei, erklärt er es ihr: „Meine Anleger wollen Beweise sehen. Die kann ich ihnen mit diesen Versicherungen frei Haus liefern."

„Ist das was Ehrliches, Jürgen? Ich mag nicht, wenn du …"

„Natürlich. Anders handele ich nicht. Aber es gibt freilich eine gewisse graue Zone zwischen Wahrheit und Missverständnis."

„Wie meinst du das?"

„Die meisten Menschen glauben, mit einer eidesstattlichen Versicherung ein beweiskräftiges Dokument in Händen zu halten. Das ist jedoch ein großer Irrtum. Eidesstattliche Versicherungen behaupten bestenfalls etwas, was zu dem Zeitpunkt, an dem sie abgegeben werden, der Wahrheit entspricht. Im nächsten Moment kann es schon wieder unwahr sein."

„Hm, das ist offenbar zu hoch für mich …"

„Stell dir vor: Ich stehe zwei Meter entfernt von dir, sagen wir um 17 Uhr 38. Das kannst du in Form einer eidesstattlichen Erklärung versichern. Stelle dir nun vor, eine bestimmte Person, etwa der Präsident einer arabischen Geschäftsbank, bestätigt in einer eidesstattlichen Versicherung, eine bestimmte Geldsumme – etwa 800 Millionen – befände sich am Tag dieser Versicherung auf einem bestimmten Konto.

Er würde damit die Wahrheit sagen. Dass dieses Geld am nächsten Tag wieder von diesem Konto abgehoben wird, muss er nicht sagen. Ebenso wenig muss er erklären, dass dieses Konto mit mir nicht in Verbindung steht."

Harksens eidesstattliche Versicherungen waren aufgemotzt durch großartige echte Stempel, mit denen nichts anderes bewiesen wurde, als dass die Person, die unterschrieb, auch diese Person war. Er gab sie bei der Polizei zur Beglaubigung ab, wo er sich ohnehin melden musste. Da stand dann: »Station Commander Peterson im Weinberg Court«, wo die Polizeistation untergebracht war. Dann klebte er noch Revenue-Stamps drauf, wie sie bei Gebührenzahlungen im Verkehr mit Ämtern verwendet werden. Das führte bei seinen Kunden in Deutschland zum Stille-Post-Effekt: „Hast du gehört, er hat bei der Polizei unterschrieben!"

„Er hat bei Gericht unterschrieben!"

„Wo war denn das?"

„Im Weinberg-Court."

„Er hat unter Eid bezeugt!"

„Also war es eine richterliche Vernehmung!"

Dieses Vorgehen diente Harksen auch der Entlastung seines Gewissens, nach dem Motto: Wenn ihr euch nicht mal die Mühe macht, die Formalien zu prüfen, seid ihr selbst schuld.

Während des ganzen Jahres versuchte er seine Anleger mit Rundschreiben bei Laune zu halten:

„Ich hatte im vergangenen Jahr durch ein Re-Investment einen Inselkauf in den Vereinigten Staaten vornehmen wollen. Aufgrund der Devisenexporterlaubnis in den USA wäre es theoretisch möglich gewesen, dieses Geschäft durchzusetzen. Mir hatten auch namhafte Kaufleute aus Hamburg bereitwillig zugesagt, sich an diesem Inselgeschäft zu beteiligen. Im Endergebnis sah es so aus, dass ich keine Devisenexporterlaubnis des dazu nötigen Betrags erhielt, weil die oben erwähnten Hamburger Kaufleute irgendwann vergessen hatten, dass sie mir eine Partnerschaft in die Hand versprochen hatten. Ich hatte sogar mit einigen von ihnen Verträge geschlossen, und hätte ich sie juristisch ausgefochten, wäre es sicherlich erfolgreich für mich ausgegangen. Das Dumme daran war nur, dass einige dieser Kaufleute auch Kunden an dem Investment meiner *Nordanalyse Hamburg* waren und dann sicher Druck auf mich ausgeübt hätten. Somit musste ich die Suppe allein auslöffeln."

Geschichten dieser Art hatte Harksen zu Hunderten auf Lager. Seiner Kundschaft musste das alles plausibel erscheinen, weil sie aus eigener Erfahrung – als Täter und Opfer – wussten, dass der sprichwörtliche hanseatische Kaufmann in der Realität längst zu einer Maske geworden war, unter der sich gerissene Gierhälse gegenseitig übers Ohr hauten.

Schuldzuweisungen an andere standen bei Harksen ebenfalls hoch im Kurs. Und so erhielt ich Ende April eines seiner Rundschreiben, die auch mich erreichten, weil er immer noch gedachte, mich aufgrund der persönlichen Bekanntschaft einfangen zu können. Er schrieb:

„Viele meiner Kunden und Gläubiger haben meine Not in den letzten fünf Jahren bis zum Äußersten schamlos ausgenutzt. Sie haben mir auch mit Strafanzeige gedroht und gesagt, sie würden ihre Version der Geschichte vom Investment der Presse verkaufen. Des Weiteren drohten mir die Kunden und Gläubiger mit der Stellung eines Konkursantrages, und sogar vor persönlicher Lebensbedrohung wurde nicht Halt gemacht. Ich habe bedauerlicherweise diesem Druck nicht standgehalten. Ich bin immer wieder auf die Forderung weiterer Gelder eingegangen. Heute frage ich mich wirklich, warum ich es getan habe."

Ich dachte darüber nach – rechtlich gesehen hatte er tatsächlich keinen Grund dazu, denn die mit ihm abgeschlossenen »Beitrittserklärungen« sahen keinen bestimmten Termin für die Auszahlung der Spekulationsgewinne vor. Auch mit Klagen über die Behörden, auf die jeder Spekulant schon aus Prinzip schlecht zu sprechen ist, hielt er nicht hinterm Berg, und er schrieb:

„Ich habe über meinen Rechtsanwalt den Versuch gestartet, mich bei den deutschen Behörden von hier in Kapstadt aus zu erkundigen, wie viele meiner Kunden strafrechtlich gegen mich vorgegangen sind beziehungsweise sich betrogen fühlen. Einer meiner Rechtsanwälte hat jetzt Strafanzeige gegen die Behörden gestellt, weil man uns Akteneinsicht verwehrt hat. Wir sind an einer Akteneinsicht interessiert, weil der Presse und den Medien zu entnehmen ist, dass einige meiner Kunden sich betrogen fühlen.

Allerdings lagen bis zu meiner Abreise nur zwei Kündigungen vor, und auch jetzt sind erst zwölf

Kündigungen eingegangen. Deshalb ist für mich natürlich interessant zu erfahren, wo das Problem eigentlich liegt. Die Behörden sind jedoch nicht bereit, die Namen der Kunden zu nennen, weil dies eventuell mein Verfahren in Deutschland zu meinen Gunsten beeinflussen könnte. Es sei nur am Rande erwähnt, dass dabei die Kunden wieder auf der Strecke bleiben."

Die Botschaft, die ich dahinter vernahm, war immer die Gleiche: Leute hört, ich, der arme, reiche und rechtschaffene Herr Harksen werde von allen Seiten verleumdet.

Am 23. Mai, als die Bundesversammlung den SPD-Politiker Johannes Rau zum achten Bundespräsidenten wählt, haben wir in Deutschland eine Temperatur von zirka 25 Grad. Die Wahl selbst ist nicht sonderlich heiß, obwohl gegen den Technokraten Rau eine echte Alternative zur Wahl steht: Die Mitbewerberin Uta Ranke-Heinemann, Tochter des verstorbenen Ex-Bundespräsidenten Gustav Heinemann, beide stets engagiert in der bundesdeutschen Friedensbewegung, unterliegt dem Politbürokraten Rau.

In Südafrika war jetzt Herbst, ein sonniger, warmer südafrikanischer Herbstraumtag, zirka 26 Grad Celsius, ähnlich warm wie bei uns. Jürgen Harksen saß mit seinem Anwalt Christopher Lyle auf der Terrasse seines Hauses in Constantia, vor ihnen ein spiegelglatter Pool, hinter ihnen der Tafelberg. Plötzlich klingelte das Telefon, ein Mann sagte auf Deutsch: „Guten Tag, Herr Harksen, wer ich bin, spielt keine Rolle. Ich wurde beauftragt, Sie umzubringen. Erst mal soll ich ein Exempel statuieren: Sie oder eines ihrer drei Kinder entführen und gegen Lösegeld wieder freilassen. Das Lösegeld beträgt zehn Millionen Mark. Wenn ich vorab die Hälfte bekomme, könnte ich auf alle Maßnahmen verzichten. Meine Auftraggeber wären auch damit einverstanden.“

Bei dem halbstündigen Gespräch gewann Harksen den Eindruck, es mit einem Trittbrettfahrer zu tun zu haben, der eine schnelle Mark machen wollte. Er schlug ihm also vor, sich am nächsten Tag erneut zu melden. Dann informierte er die südafrikanische Polizei, die den Vorfall bei der deutschen Polizei meldete. Sein Telefon wurde inzwischen für Aufnahmezwecke umgerüstet. Harksen, seine Anwälte und die Polizei besprachen das weitere Vorgehen.

Dem Erpresser gegenüber machte der Finanzbetrüger am nächsten Tag alle gewünschten Zugeständnisse. Ein gewisser Herr Elstner, erkennbar an Koffer und Jackett, sollte das Geld an einer Telefonzelle am Hamburger Flughafen übergeben. Bei seiner Landung am Hamburger Flughafen wurde Herr Elstner dann unauffällig von einem Sonderkommando der Polizei abgeholt und mit einer schusssicheren Weste ausgestattet. Auf die Frage, ob er diesen Termin wirklich wahrnehmen wolle, sagte er nur ein einziges kleines Wort: »Ja.« Sein Mut erfüllte Harksen noch lange mit Dankbarkeit, wie er in einem seiner Reports schrieb.

Überall am Flughafen waren Zivile postiert, auf den Dächern lagen Uniformierte mit Schusswaffen und Fernrohren. Sobald Herr Elstner seine Brille von der Nase herunternähme, sollte der Einsatz starten. Alles lief wie geplant: Der Mann wurde ohne Komplikationen gefasst und im Anschluss zu einer mehrjährigen Gefängnisstrafe verurteilt. Während des Prozesses bestätigte sich Harksens Vermutung, dass der Erpresser nicht im Auftrag irgendeines Gläubigers gehandelt hatte. Sein Lebenslauf hatte sogar Ähnlichkeit mit dem von Jürgen Harksen: Er hatte Anfang der neunziger Jahre in Bremen eine Diskothek gekauft und große Schickimicki-Partys gefeiert, bis er eines Tages Pleite ging und auf einem Haufen Schulden saß, die Harksen ihm durch die geplante Erpressung nun refinanzieren sollte. Dumm gelaufen.

Einige Zeit später hat Harksen erneut einen Erpresser an der Strippe. Seine Story hatte das gleiche Strickmuster. Nur bestand dieser darauf, dass Harksen das Geld persönlich übergebe. Der Übergabetermin war im Hotel Lord Charles in Sommerset West, eine halbe Stunde von Kapstadt entfernt. Die Polizei sollte vor Ort unauffällig versteckt sein. Harksen wurde von der Polizei mit einer schusssicheren Weste ausgestattet. Nach einer Stunde vergeblichen Wartens ging er zu seinem Wagen zurück. Als er losfahren wollte, klingelte sein Handy. Ein Polizist sagte: „Herr Harksen, Sie haben doch die Telefonnummer des Erpressers. Wir glauben, dass er hier irgendwo auf dem Parkplatz ist. Wir haben überall unsere Leute in den Autos versteckt. Rufen Sie ihn jetzt an, damit wir es klingeln hören.“

Harksen tat wie ihm geraten war, während sein Auto langsam vom Parkplatz rollte. Tatsächlich, es klingelte in einem der Parkplatzautos. Ein deutsches Ehepaar ging in die Falle. Gegen die beiden wurde sofort Haftbefehl erlassen. In der U-Haft besuchte Harksen sie und ließ sich breitschlagen, die Anzeige zurückzuziehen – die Frau brachte ihre Kinder ins Spiel.

Ihr Mann war zwar nichts weiter als ein Trittbrettfahrer, aber er unterschrieb eine eidesstattliche Versicherung, wonach Harksens Konkursverwalter, deren Namen er aus der Presse kannte, ihn zu der Aktion getrieben hätten, um die Liquidität des Finanzjongleurs auszutesten. Später wurde Harksen daraus ein Strick gedreht. Er sollte die Lage ausgenutzt haben, um ihn zu dieser Erklärung zu erpressen und auf diese Weise die Konkursverwalter in Erklärungsnot zu bringen.

*

Die Gedanken verloren sich im Moment: Meine Generation war so sehr in das Berufs- und Familienleben eingespannt, dass es schwer fiel, alte Freundschaften, Schul- oder Berufsbekanntschaften zu pflegen und aufrechtzuerhalten. Lange habe ich nichts von ihnen gehört. Da war mein ehemaliger Frankfurter Nachbar und GTU-Prokurist, Gunnar. Da war einer unserer beliebtesten Dozenten zwischen 1986 und 1990, Herbert Pfaff-Schley; oder Richy und Rolf aus den Berliner Clausewitz-Zeiten 1970. Da waren Quiny, Gerd und John alias Stephen Carry aus den Mittsiebzigern. Da war mein hochbetagter, hochgeehrter Graf von Westphalen, jener honorige, fachkundige und gleichermaßen so menschliche und pädagogisch hervorragende Dozent der Zeit zwischen 1991 und 1993. Und da waren Frau Wenzel, Frau Janetschke, und Sonja Dubbke, meine drei zuverlässigen und loyalen Sekretariats- und Generalorganisatorinnen der Umweltbildungs-Institute in Frankfurt am Main, Bad Langensalza und Berlin. Und da waren Schriftstellerkollegen wie Hannes Schwenger und Künstler wie Monika Sieveking und Christoph Krämer.

Die einen oder anderen hielten zumindest gelegentlich Kontakt per Post. Dann erreichten mich eine Ansichtskarte oder ein kurzer Brief, und ich empfand dabei ein innigeres Verhältnis zu ihnen und zu ihren Worten als wenn wir nur in hastigen – und zumeist ungünstigen – Momenten miteinander telefonierten. Wenn ich Elke anrief, oder sie mich, dann klang ihre Stimme immer gehetzt, und sie vermittelte den Eindruck einer äußerst vielbeschäftigten Person, obwohl sie schon mit Ende Vierzig wie eine Rentnerin lebte. Aber wie ich mitbekam, hatten ja auch Rentner kaum Zeit und hatten es stets eilig. Sie waren Weltmeister im Vordrängeln an den Einkaufskassen; und das zur besten Verkehrsaufkommenszeit, dann also, wenn die Berufstätigen ihren Feierabendeinkauf machten.

Elke war ständig auf Urlaubsreisen, lebte von auskömmlichen Apanagen, hatte es aber immer außergewöhnlich eilig – was immer sie trieb. Dieses Mal war sie mit dem Nachtzug von Venedig nach München unterwegs gewesen. Sie schrieb mir:

„Worum geht es im NATO-Krieg gegen Jugoslawien wirklich? Um irgendwelche »Minderheiten- und Menschenrechte« kann es nicht gehen. Sonst hätte die NATO schon vor 15 Jahren Ankara bombardieren müssen. Eben habe ich in der bürgerlichen österreichischen Zeitschrift »profil« zurückgeblättert. Sie lag in meinem Zugabteil. Da stand unter den Monaten August/September 1995: »Die Krajina brennt.« 250 000 Serben auf der Flucht vor der ethnischen Säuberung durch die US-unterstützte kroatische Armee. Die hier abgedruckten UNO-Berichte über Mord und Gräuel als staatliches Vertreibungsprinzip, über offiziell gedeckte Massaker an Zurückgebliebenen, über brennende Dörfer und geplünderte Häuser, lesen sich erschreckender noch als das, was heute aus dem Kosovo berichtet wird. Doch damals haben die deutschen Medien geschwiegen. Unverzeihlich, diese Doppelmoral. Unverzeihlich auch die Strategie, die sich dahinter abzeichnet: Man will die Serben zu den Schuldigen erklären, um die Zerschlagung der jugoslawischen Republik, die einigen als soziales Vorzeigegebilde ein Dorn im Auge ist, zu legitimieren."

Als wir einige Wochen später in Laubach zusammensitzen, erzählt sie mir, dass zwei Österreicher an die anderen Fahrgäste des Nachtzuges nach München Antikriegsflugblätter als „Zuglektüre" verteilt hätten. Nur ein Reisender, ein älterer Herr mit Schnurrbart, habe sich für Bombenangriffe auf Jugoslawien ausgesprochen. Deutschland sei nämlich wegen seiner dortigen Anwesenheit im Zweiten

Weltkrieg moralisch verpflichtet, »endlich Ordnung auf dem Balkan zu schaffen.«

„Woher er das wohl hat?“, frage ich rein rhetorisch, und Elke erzählte weiter:

Den Morgenkaffee habe sich der Mann vom jugoslawischen Schlafwagenschaffner servieren lassen. Der war Albaner aus dem jugoslawischen Kosovo und sagte, er habe Angst. Denn seine Familie wohne drei Kilometer vor Pristina, dort, wo die NATO „militärische Ziele“ bombardiert. „Man hätte länger verhandeln müssen, nicht Krieg machen“, sagte der Albaner auf Serbokroatisch zu Elke. „Die Bomben machen schließlich keinen Unterschied.“

Als der Schaffner weg war und Elke noch einmal auf die Angst des Mannes aus Pristina zu sprechen kam, wurde vom Befürworter einer deutschen Balkan-Ordnung nur zurückgefragt: „Serbe oder Albaner?“

An diesem Punkt von Elkes Reisebericht, erinnerte ich mich an meine Reiseerlebnisse vor zwanzig Jahren. Damals hatte ich in Prizren im Kosovo einen Gesprächspartner gefragt, ob er Albaner sei. „Nein, ich bin Christ“, hatte er geantwortet. In »ethnischen Zweifelsfällen« – und das sind nach Jahrhunderten die meisten – entscheidet auf dem Balkan nämlich häufig die Religionszugehörigkeit. Während des Zweiten Weltkrieges zwang die faschistische kroatische Ustascha unter ihrem Poglavnik – das heißt »Führer« – Ante Pavelic zigtausende Serben , in Massen-Zwangstaufen vom orthodoxen zum römischkatholischen Glauben überzutreten.

Anfang der 1990er-Jahre sprach der jetzige kroatische Präsident Franjo Tudjman, ein CIA-gesteuerter kroatischer Autokrat und Ultranationalist, öffentlich ein Dankgebet aus: „Ich danke meinem Schöpfer, mit keiner Serbin oder Jüdin verheiratet zu sein“ – ich war damals entsetzt gewesen.

„Dieser Radikalinski wird bis heute von den USA unterstützt“, sagte ich zu Elke. „Und er hat seinem faschistischen Vorbild Ante Pavelic ein Denkmal setzen lassen. Unglaublich!“

„Wo?“, fragte Elke.

„In Jasenovac, dem Auschwitz des Balkans, wo Pavelic 600 000 Serben und Juden ermorden ließ.“

„Wirklich unglaublich, welche Monster wir Demokraten schützen und – noch schlimmer – wen wir sehenden Auges protegieren“, entrüstete sich Elke.

„Wenn es gegen die Idee des Sozialismus geht, immer!“

„Aber mit Antisemiten und Nazis?“

„Na sicher, das ist uns Alt-68ern doch längst bekannt!“, sagte ich. „Im Fall des Massenmörders Pavelic muss man nur noch eines wissen: Er flüchtete nach dem Krieg 1945 zusammen mit dem Judenmassenmörder Eichmann nach Österreich, wo er sich versteckte, bis er sich schließlich nach einer gewissen Zeit des Untertauchens im Schoß der katholischen Kirche verkroch. Wohlbehütet lebte er von 1946 bis 1948 in einem vatikanischen Priesterseminar und starb 1959 in Frieden im Spanien des Hitlerfreundes Franco in einem Kloster.“

„Oh, Manno“, stöhnte Elke auf.

Und ich sagte: „Amen.“

Elke schaute mich ein wenig verständnislos an: „Habe ich richtig verstanden: Amen?"

„Ich meine: Arisches Amen", sagte ich voller Inbrunst.

Im Kriegsgeschrei, von den Medien fast unbeachtet, haben die Abgeordneten des Bundestags sich schnell die Diäten um rund 1000 Mark monatlich erhöht. Laut SPD-Bundestagspräsident Thierse sind sie „dazu verdammt", ihre Bezüge selbst zu beschließen. Ist die Erhöhung eine Art Kriegszulage? Oder hat man wieder einmal nur die Gunst der Stunde genutzt? Gelegenheit macht Kassierer.

Auch die Rüstungs- und Erdölaktien haben kräftig angezogen. In Jugoslawien haben die freiheitlichen NATO-Bomber eine Fabrik für Elektroherde zerstört. Das wird wohl langfristig auch belebend auf Bosch- und Siemens-Aktien wirken.

All diese Zusammenhänge – insbesondere jene rund um die NATO und die westliche Kolloborationspolitik gegenüber den neuen Nazis – wird Elke, die jetzt so hellwache Freundin, 23 Jahre später vergessen haben.

*

Manchmal sitze ich am Schreibtisch und versuche mich an meine Kindheit zu erinnern. Wie es gekitzelt und geschmerzt hat, wenn ich mir voreilig den Schorf alter Wunden vom Knie geknibbelt habe. Wie ich mit dem Fahrrad um die Wohnblocks der Gießener Straße gegenüber der Ami-Kasernen gejagt bin – auf der Suche nach Abenteuern, im Blick die vier Panzer auf dem kasernierten Gelände jenseits des Stacheldrahtzauns.

Oder ich versuche mich an das Gefühl zu erinnern als ich bei der Mutprobe meine Hand in den Ameisenhügel legte und das Bitzeln und Brennen der Ameisensäure spürte. Oder wie es sich angefühlt hat, in Badehosen durch den warmen Sommerregen zu laufen.

Es ist schwer, sich noch einmal in diese längst vergangenen Wonnen einzufühlen. Doch gerade eben sitze ich unterm großen Dachfenster im Büro und schreibe an meinem Monatsbericht für die Fonds im Osten. Dieser Report ist eine einzigartige, weil lesbar einzunehmende Psychopille für die politisch schlafwandelnden, aber hochbegüterten Frankfurter Immobilienanleger. Es ist Nachmittag und eigentlich lockt draußen ein herrliches Wetter. Die Kinder sind mit den Hausaufgaben fertig. Ich sehe einige Wolken über mir am Sommerhimmel. Zuerst fallen ein paar einsame Tropfen auf das Dachfenster und klopfen an. Dann klopfen sie immer heftiger, und unten im Hausflur rufen plötzlich die Kids aufgeregt wild durcheinander. Sie fordern mein Einverständnis: „Papa, dürfen wir mit Badesachen raus auf den Ramsberg? Der Regen ist ganz warm!“, ruft Karo lautstark.

„Jaaa!“, brülle ich von oben zurück und renne nach unten, um mir auch eine Badehose anzuziehen. Jetzt ist *die* Gelegenheit, das alte Gefühl von damals zu reaktivieren. Es ist das erste Mal in diesem Jahr, dass uns ein Sommerregen beglückt.

Karo, Luca, Jenny und ich rennen barfuß durch den warmen Regen, der immer stärker wird und allmählich in dicken Rinnsalen neben uns den Hang hinunterschießt, Richtung Park. Der Himmel hat jetzt ganz schön seine Pforten geöffnet. Es gießt in Strömen, lauwarm, eine schöne Duschmassage auf der Haut. Und am Horizont hat die Sonne längst schon wieder die Wolken durchbrochen und ein Regenbogen spannt sich über das Städtchen.

„Kehrt Marsch!", ruft Karo im Pfadi-Kommandoton, um den prasselnden Regen zu übertönen. „Hier geht's hoch zum Ramsberg!"

„Lasst uns lieber runter zum Park laufen. Da können wir den Bachlauf bis zum Schlossparkweiher verfolgen. Es ist spannender zu sehen, wie die Laubach jetzt sprudelt und springt und wirbelt!"

In diesem Moment war meine eigene Kindheit und Jugend wieder präsent. Wir tobten glücklich durch den warmen Regen.

Anderes hingegen bleibt verschollen in der Ferne der Erinnerung, denn ich käme nicht auf die Idee, meine Hand jemals wieder in einen Ameisenhügel zu legen, um ... Stopp, jetzt sage ich nicht die Wahrheit. Im letzten Herbst hatte ich mit Jenny eine Wette abgeschlossen. Wir wanderten auf dem Ramsberg-Rundweg und hatten einen der inzwischen raren Ameisenhügel entdeckt. In meinen jungen Jahren gab es – wenn mich meine Erinnerung nicht trügt – an jeder Waldecke einen Ameisenhaufen.

Wir wetteten nach dem altbekannten Muster »Schnick, Schnack, Schnuck«. Wer verlor, musste seine Hand für eine Minute auf den Ameisenhügel legen. Ich verlor, und dann spürte ich noch einmal, was ich damals als Kind verspürt hatte, das Prickeln und Brennen der Ameisensäure. Jenny bewunderte meinen Heldenmut. Ich ermunterte sie, für einige Sekunden ein paar Ameisen auf ihre Hand krabbeln zu lassen, da würde sie merken, dass dies keines Heldenmutes bedarf. Lächelnd folgte sie meinem Rat und schüttelte dann die zwickenden Tierchen von ihrer Hand ab.

„Mutprobe bestanden?", fragte sie.

„Mutiges Mädchen: Alleine gegen zwölf Ameisen!" Dann lachten wir.

Zu Hause ging ich in die Bibliothek, holte den Brockhaus hervor, um der Frage nachzugehen, ob Ameisensäure tatsächlich bei Arthrose hilfreich sei, wie kürzlich unsere alte, etwas sonderliche Nachbarin, Frau Vomstein, gemeint hatte. Sie schwor auf Ameisenhaufen.

Im Brockhaus las ich: »Gegen akute und chronische Gelenkschmerzen können außerdem Ledum palustre (Sumpfporst), Rhus toxicodendron (Giftsumach) und Formica rufa (Ameisensäure) helfen.« Also hatte die gute alte Frau Vomstein doch das gute alte Wissen aus den Urzeiten ihrer Ureltern richtig wiedergegeben. Trotz aller Gesundheitsvorsorge waren ihre Lebenstage gezählt. Als sie der Bestatter in jenem Sommer abholte, gedachten wir ihrer liebevollen Art gegenüber unserer vier Monate zuvor gestorbenen Adele, unserem geliebten Neufundländer.

Frau Vomstein hatte sie immer mal wieder heimlich gefüttert. Erwartungsvoll und geduldig hatte Adele ein oder zwei Stunden auf der großen

Wiese vor dem Küchenfenster des kleinen Hexenhäuschens gelegen und darauf gewartet, dass sich das Fenster öffnete. Dann war es soweit, und wir hörten, wie unsere Nachbarin halblaut aus dem Fenster rief: „Na, Adele, du hast doch wieder sooo einen großen Hunger. Bekommst du zu wenig? Komm, da hab' ich wieder etwas für dich." Und dann flog ein Suppenfleischknochen oder eine halbe Leberwurst über den Zaun auf die Wiese.

Heutzutage brauche ich keinen Schorf ab zu pulen, denn ich habe schon seit dreißig Jahren keinen Schorf mehr auf den Knien gehabt. Wenn ich mit dem Fahrrad unterwegs bin, steuere ich ganz ordentlich den Bäcker an oder fahre brav auf einem Rundweg ohne Sehnsucht nach einem Abenteuer in Form einer phantasierten Flucht vor amerikanischen Panzern, die führerlos durch die Gegend walzen. Die real untermauerten Phantasien sind weg. Das macht es mühsam, den Gefühlen, den Farben, Geräuschen und Gerüchen von vor dreißig Jahren nachzuspüren.

Aber manchmal kehren die Erinnerungen an die eigene Kindheit wieder, obwohl es scheinbar keinen aktuellen Bezug gibt. Hin und wieder fallen mir Bilder ein: Wie mein Freund Frankiboy, er war der böse Räuber, auf der Flucht vor mir, dem Gendarmen, von der Rutschbahn fällt und sich den Arm bricht und ich das volle Notrufprogramm im Hinterhof unseres Wohnblocks abgerufen habe. Dann mein schlechtes Gewissen, dass ich schuldlos schuldig sei.

Und später, wie wir im Frankfurter Huthpark mit einem Picknickkorb auf der Wiese sitzen und im Sommerlicht unter einer Baumgruppe lange Grashalme kauen. Mit einem Zweig rührten wir den Kakao um, damit sich die Schokolade nicht auf dem Boden absetzte. Frankiboy vermutete, der Zweig könne vielleicht giftig sein, und wir müssten den Kakao wegkippen. Aber ich war sein Vorkoster wie bei so vielen anderen Dingen. Ich trank zur Probe und überlebte, sodass auch er unbesorgt trinken konnte.

Seine Dankbarkeit hielt sich stets in Grenzen. Diesen Charakterzug besaß er übrigens noch zwanzig Jahre später. Seit zehn Jahren habe ich keinen Kontakt mehr zu ihm. Er ist umgezogen, ohne seine neue Adresse zu hinterlassen. Das, jedenfalls, ist eine recht neue Erinnerung, die mir gerade gegenwärtig ist, weil Frankiboy von Beruf Gymnasiallehrer geworden und dann zum Schuldirektor aufgestiegen ist. Und genau diese ethnische Personengruppe ist ja im Moment mein Romangegenstand. Deshalb, nur deshalb, denke ich jetzt an ihn und an unsere gemeinsame Kindheit.

Wenn ich jedoch zufällig Musik aus der Zeit meiner Kindheit und Jugend höre, dann gelingt es mir ziemlich problemlos, Einzelheiten aus dem Keller der Erinnerung hervorzukramen. Doch es sind nur knappe Szenen, nichts womit sich Kindheit noch einmal erfahren ließe. Ich habe sie jedoch zur Genüge mit meinen Kindern erfahren und habe sie bis heute genossen – wenn auch manches Mal unter schwierigen Bedingungen. Zum Beispiel wenn ich mich mit ihnen in tiefe Höhlen abseilte und mich fragte, wie wir da jemals wieder lebend heraus kommen. Oder wenn ich mit ihnen durch die stinkenden Kanalschächte unseres gräflich geprägten Residenzstädtchens kroch und nicht immer wusste, wo wir abzweigen mussten, um hinaus in die freie Freiheit unserer kleinen Kleinstadt zu gelangen.

Auch die Zeit mit den Pfadfindern war eine Zeit des Wiederauflebens von alten Jugenderinnerungen. Allerdings beschloss ich heute – in meinem denkwürdigen Erinnerungstoben – die ehrenamtliche Tätigkeit als Pfadfinderführer aufzugeben. Zwei Monate wollte ich noch durchhalten, hatte es mit meiner Pfadi-Sippe bereits besprochen. In zwei Monaten, an meinem Geburtstag im September, sollte es soweit sein. Es war doch sehr anstrengend, meine Reisetätigkeit in Sachen Ost-Immobilienfonds und Treff-Hotels mit den wöchentlichen Sippentreffen unter einen Hut zu bringen. Außerdem waren die Mädels und Jungs jetzt alt genug, um sich eine Sippenführung aus den älteren Jahrgängen anderer Stammes-Sippen oberhalb des 18. Lebensjahres zu wählen. Demokratie will früh geübt sein.

Ich glaube, dass jedem in meinem Alter die Kindheit mit den Jahren abhandenkommt. Ich weiß, was ich wissen muss, um heute mit meinem Kollegen Karl, der privat mein Steuerberater ist, über schwierige Steuerprobleme zu sprechen. Aber welche Ängste ich hatte, als einmal mein rechter Fuß in einem matschigen Gelände stecken und der Stiefel unrettbar darin hängen blieb, das weiß ich nicht mehr. Ich nehme an, dass es ähnliche Befürchtungen waren wie heute in Gesprächen mit Karl, wenn er mir von Steuernachzahlungen berichtet.

Ein Stockwerk unter mir spielt Jenny selbstvergessen in ihrem Zimmer. Genau wie ich früher. Ich konnte mich als Kind sehr gut selbst beschäftigen. Ich benötigte keine Bespaßung. Mir reichten Pappkarton, Kleber, Butterbrotpapier und Schere, um etwas zu basteln. Es waren anspruchslose Zeiten. Wie zehn Jahre zuvor bei Luca, so sind mir auch jetzt bei Jenny bestimmte Spiele ein Rätsel. Ich beherrsche »Mau-Mau« und »Dame« und »Mühle« und »Elfer raus«. Natürlich spiele ich mit ihr Federball. Und alle meine Drei habe ich im jeweiligen Schaukel-Alter so weit angeschubst, dass Emma manchmal schrie, es sei zu heftig und ich solle daran denken, dass sie keinen Fallschirm anhätten.

Aber was die Kleine in ihrem Zimmer spielt, das findet offenbar in einem anderen Universum statt, und zu diesem haben Erwachsene absolut keinen Zutritt. Sie macht hinter der Kinderzimmertür merkwürdige Geräusche, spricht mit verstellter Stimme im Namen von merkwürdigen Figuren.

Sie heißen He-Man, Battle Cat, Skeletor und Orko. Es sind die Spielfiguren, mit denen früher Luca kriegerisch herumfuchtelte. Für ein Mädchen völlig ungewöhnlich spielt Jenny mit den *Masters oft the Universe.* Ich klopfe sachte und trete ein.

„Was machst du?“, frage ich sie. Jenny freut sich über meinen Besuch und erklärt mir, dass die Princess of Power gerade den Mantisaur gefangen genommen hat. Neben sich hat sie aus Legosteinen eine Umzäunung gebaut, in der sich einige Figuren befinden.

„Hordak und Spydor hat sie schon gefangen", sagt sie und deutet auf zwei scheußliche Figuren.

„Und was passiert mit denen?" Ich zeige auf zwei andere, die außerhalb des Gefängnisses am Boden liegen.

Wie beiläufig sagt sie: „Das sind Snake Face und Fright Zone, die sind schon außer Gefecht gesetzt. Die hat King Randor besiegt."

King Randor und Princess of Power sind die einzigen stehenden Figuren. Sie sind die Sieger im Kinderzimmer meiner Tochter – wie unsere Kings im wahren Leben.

*

In Wien fühlte sich Wolfgang Priklopil wie ein King; er konnte über seine elfjährige Gefangene Natascha Macht ausüben, absolute Macht, so viel er wollte. Sie war in seinem Besitz, und in diesen Tagen würde er das »Abstreifen« ihrer Identität vollenden. Er hatte ihr befohlen, sich einen neuen Namen auszusuchen: „Du bist nicht mehr Natascha. Du gehörst jetzt mir."

Sie hatte sich lange geweigert, auch weil sie fand, dass die Nennung eines Namens ohnehin unwichtig war. Es gab nur sie und ihn, und ein »Du« genügte, um zu wissen, wer gemeint war. Aber den Namen »Natascha« zu erwähnen rief so viel Wut und Unmut in ihm hervor, dass sie schließlich nachgab. Und außerdem – hatte sie diesen Namen nicht schon immer nicht gemocht? Er hatte für sie, wenn ihre Mutter ihn tadelnd rief, einen hässlichen Klang nach unerfüllten Erwartungen und Ansprüchen, die an sie gestellt wurden und denen sie nie genügen konnte.

Schon früher hatte sie sich einen dieser Namen gewünscht, mit denen die anderen Mädchen gerufen wurden: Stefanie, Jasmin, Sabine. Alles, nur nicht Natascha. In Natascha steckte alles, was sie an ihrem früheren Leben nicht gemocht hatte. Alles, was sie loswerden wollte, was sie loswerden musste. Priklopil schlug »Maria« als neuen Namen für sie vor, weil seine beiden Omas so hießen. Obwohl ihr der Vorschlag nicht gefiel, stimmte sie zu, weil Maria ohnehin ihr zweiter Vorname war. Das wiederum ging dem Entführer gegen den Strich, da sie ja einen gänzlich neuen Namen bekommen sollte. Er drängte sein Opfer, ihm etwas anderes vorzuschlagen. Und zwar sofort.

Sie blätterte durch ihren Kalender, der auch Namenstage enthielt, und stieß am 2. Dezember auf den Eintrag »Bibiana«. Für die nächsten sieben Jahre wurde Bibiana zu ihrer neuen Identität, auch wenn es dem Täter nie gelang, ihre alte ganz auszulöschen.

Der Krieg des Westens gegen den jugoslawischen Vielvölkerstaat endete am 11. Juni. Der USNATO war es nicht gelungen, die Idee eines liberal-sozialistischen Mit- und Selbstbestimmungsstaates auszulöschen, denn das war – neben dem strategischen Ziel der Schwächung Russlands – das eigentliche Anliegen. Aber der Bombenterror hatte 15 000 Tote mit unzähligen zivilen »Kollateralopfern« gefordert, hatte eine zerstörte Industrie, eine demolierte Infrastruktur und eine durch Uranmunition mit tödlichen Langzeitfolgen verseuchte Landwirtschaftsfläche hinterlassen.

Insgesamt waren durch den jahrelangen Aushöhlungs- und Zersplitterungskrieg des Westens gegen die Bundesrepublik Jugoslawien über 200.000 Tote zu beklagen. Hinzu kamen mehrere Millionen Flüchtlinge und Vertriebene.

„Die Schwächung Russlands durch die Vernichtung des antifaschistischen Tito-Staates und Diskreditierung beziehungsweise Auslöschung der sozialistischen Idee alleine tun es nicht. Deine Analyse ist nur zum Teil zutreffend“, meinte mein Freund Hörbi, als ich ihn in Frankfurt besuchte. „Denke bitte auch an die bevorstehende Einführung des EURO. Washington stemmt sich vehement dagegen!“ Er zog einige bekannte US-Zeitungen wie die *Washington Post* aus seinem Zeitungsstapel und deutete darauf. „Hier wird gegen den EURO total Stimmung gemacht. Man sieht eine Konkurrenz-Gefahr für die Weltleitwährung, den Petrodollar.“

„Was hat das mit Jugoslawien zu tun?“

„Der Kosovokrieg soll Europa spalten und in einem hektischen Dauerbeschäftigungsmodus mit sich selbst beschäftigen – eine Art Selbstzerfleischung, die von einer soliden Währungspolitik ablenkt und generell viel zu viel politische Kraft und Aufmerksamkeit frisst, die anderweitig produktiver zum Nutzen der europäischen Einigung eingesetzt werden könnte.“

Zu Hause las ich mich in das Thema mit der Uranmunition ein; in einem Artikel des Friedensforums wurde dazu berichtet:

«Wenn Urangeschosse ihr Ziel treffen, verbrennt das verwendete abgereicherte Uran zu winzigsten Partikeln. Dieser „Todesstaub“ kann eingeatmet in alle Organe gelangen, weil er 100 Mal kleiner ist als rote Blutkörperchen und so auch die Mutter-Kind-Schranke überwindet. Die Uranteilchen verseuchen im Irak und überall dort, wo diese Waffen bisher von der NATO eingesetzt wurden, zudem den Boden, die Luft und das Wasser. Sie verursachen Krebs. Viele Generationen werden über Jahrhunderte geschädigt, weil sich ihr genetischer Code verändert.»

«Eine Studie der britischen Atomenergiebehörde aus dem Jahr 1992 besagt, dass beim Einsatz von 40 Tonnen dieser Munition in bewohnten Gebieten bis zu 500 000 Todesopfer durch radioaktive Verseuchung zu erwarten sind. Im Krieg 1991, dem Zweiten Golfkrieg, wurden allein 320 Tonnen dieser Munition eingesetzt. Wie furchtbar mögen also die Folgen der Uranwaffen in Bosnien (1995) und in Jugoslawien (1999) sein, wo insgesamt circa 2.200 Tonnen eingesetzt wurden? Es gibt alarmierende Hinweise, dass hier die Zivilbevölkerung wieder einmal als Versuchskaninchen missbraucht wurde.»

*

Es war inzwischen Ende August und ich hatte meinen großen Erstlingsroman »Nina N.« mit 636 Seiten beendet. Jetzt war es Zeit, eine Druckerei für den Dezember ausfindig zu machen. Die Korrekturphase hatte ich mit zwei Monaten eingeplant. Die Erstauflage sollte mit 2.000 Exemplaren starten. Bald war die Druckerei gefunden und der Drucktermin Mitte Dezember stand fest. Die Veröffentlichung konnte also gut vorbereitet Anfang des neuen Jahrtausends starten.

In meiner Geschichte ging es für Alice Schneider alias Nina Nowak gut aus und die Wahrheit siegte. Im wahren Leben hatte die Staatsanwaltschaft Einspruch beim Bundesgerichtshof gegen den Freispruch von Monika Böttcher, ehemals Weimar, eingelegt. Insbesondere ging es um die Zeugenaussage der alten Dame aus der Nachbarschaft, die ein inniges Verhältnis zu Reinhard Weimar ausgezeichnet hatte. Sie war eindeutig befangen und hatte gegen besseres Wissen gegen die Angeklagte ausgesagt. Das Gießener Landgericht hatte die gegen die Angeklagte eingenommene Nachbarin erst gar nicht vereidigt. Die Staatsanwaltschaft machte dies nach dem Freispruch jedoch zur strittigen Sache und bestand darauf, dass diese Zeugin noch einmal gehört werden müsse.

Die letzte Revisionsinstanz, das Oberlandesgericht in Frankfurt am Main, eröffnete das Revisionsverfahren. Ich hatte meine Akkreditierung inzwischen erhalten und konnte das Verfahren in meiner Geburtsstadt verfolgen. Elisabeth Nordheim ist an diesem Morgen des 2. September eine wichtige Frau. Wie in den Prozessen davor, wird es hauptsächlich von ihr, der 64-jährigen Hausfrau aus Philippsthal bei Bad Hersfeld, abhängen, ob ihre einstige Nachbarin Monika Böttcher noch einmal wegen Mordes ins Gefängnis muss.

Die Hauptbelastungszeugin demonstriert den Zweiflern in Saal 165 C des Frankfurter Landgerichts mit fester Stimme, in knappen Sätzen und im Detail, dass sie sich „ganz, ganz sicher“ ist. Sie „könnte schwören“, dass sie am Morgen des 4. August 1986 die beiden Mädchen, die zu diesem Zeitpunkt als vermisst galten und später tot aufgefunden wurden, noch lebend von ihrem Fenster aus auf dem Spielplatz gesehen hat. Erst habe sie Melanie und Karola auf dem Spielplatz gesehen. Dann „hat Melanie sogar noch bei uns geklingelt und gefragt, ob mein Sohn Pascal zum Spielen herauskommt.“

Der Vorsitzende Richter fragt, warum sie zwar den Blick auf den Spielplatz damals sofort zu Protokoll gegeben habe, das Gespräch mit dem Mädchen aber erst Tage danach. „Das ist schwer zu verstehen“, sagt er, und ein ironischer Unterton ist nicht zu überhören.

Elisabeth Nordheim lässt sich nicht aus der Ruhe bringen: „Ich habe einem Polizisten gesagt, dass sie geklingelt hat. Aber ich glaube, die haben das nicht protokolliert.“

Natürlich gibt es keinen Namen zu dem Polizisten und leider keine weiteren Nachforschung seitens des Gerichts dazu. Mit an Sicherheit grenzender Wahrscheinlichkeit hätte man zum wiederholten Mal eine unwahre Aussage der Zeugin aufgedeckt.

Schon viele Male hat die Frau zum Mord an den Mädchen Melanie und Karola Weimar ausgesagt.

Nicht immer so bestimmt und eindeutig, wie sie nun versucht aufzutreten. Ausgesagt hat sie direkt nach der Tat im Herbst 1986. Später war allerdings herausgekommen, dass sie die vernehmenden Ermittler ebenso persönlich kannte wie Reinhard Weimar die Beamten kannte. Dann zeigte sich, dass sie die Freiwillige Feuerwehr veranlasst hatte, vor der Ortsbesichtigung durch das Fuldaer Gericht den großen Busch, der unmittelbar vor ihrem Fenster stand und den Blick zum Spielplatz verstellte, abzusägen.

Beim ersten Mordprozess gegen Monika Böttcher sagte sie 1988 in Fulda unter Eid aus. Aufgrund dessen endete dieser Prozess mit einem Lebenslang für die Mutter der ermordeten Töchter. Neun Jahre später, 1997 in Gießen, wo das Verfahren wegen eines neuen Gutachtens wieder aufgenommen worden war, vereidigte man Frau Nordheim nicht mehr. Die Angaben der Zeugin seien „objektiv wenig zuverlässig", schrieben die Richter des Gießener Landgerichts in ihrem Urteil, und Monika Böttcher wurde freigesprochen.

Doch vor einem Jahr, 1998, wurde das Urteil vom Bundesgerichtshof aufgehoben. Das empfand ich für die von einer mangelhaft ermittelnden Justiz arg geplagte Frau, die bis dahin bereits elf Jahre im Preungesheimer Frauengefängnis hatte verbringen müssen, als eine Art Justizfolter. Die Begründung des Bundesgerichtshofs lautete: Die Richter in Gießen hätten die Aussagen jener Zeugin unzureichend gewürdigt, denn sie habe doch angeben, an jenem Vormittag des 4. August 1986 die Kinder noch gesehen zu haben. Deshalb hatte ihre Aussage jetzt eine neue, gewaltige Brisanz bekommen.

In Frankfurt musste sich Monika Böttcher nun vier Verhandlungstage lang den Fragen des Gerichtsvorsitzenden stellen. Richter Heinrich Gehrke glänzte zwar mit Genauigkeit und Esprit im Prozess gegen den Immobilienhändler und Kreditbetrüger Jürgen Schneider, aber ich merkte sehr schnell, dass er von Psychologie und von der Interpretation psychiatrischer Gutachten wenig Ahnung hatte. Doch genau darauf kommt es in diesem Fall an. Seine Art der Befragung war die reinste Katastrophe.

Auf den ersten Blick ist es eine ziemlich einseitige Angelegenheit, die sich da zwischen dem Richter und der Angeklagten abspielt. Monika Böttcher, psychisch nicht die Stabilste und trotz aller Gerichtsroutine schüchtern wie eh und je, sieht sich einem Vorsitzenden Richter gegenüber, der lispelt, väterlich und scheinbar gemütlich wirkt – und den-noch unentwegt bohrt und drängt, zweifelt und nachfragt, der selbst redet und redet und redet. Die Angeklagte hingegen kann sich wenig erklären und fühlt sich offensichtlich in die Enge getrieben. Denn Gehrke stellt Fragen, die so unsäglich oberflächlich und ganz nach dem Muster gestrickt sind, wie sie es hinreichend von den hastig formulierten Milchmädchen-Fragen aus Fulda kannte.

Nur selten dringt Gehrke zu seiner Gesprächspartnerin durch. Ganz offensichtlich findet der Richter das Verhalten von Monika Böttcher in den Stunden und Tagen nach der Mordtat merkwürdig. Immer wieder merkt er in diesen ersten Verhandlungstagen an: „Ich kann das nicht glauben". Und: „Es verwundert, dass …" Die Reaktionen, die er von der blassen, schnell erschöpften Angeklagten nach vielen langen Pausen bekommt, befriedigen den exzellenten Rhetoriker ganz offenbar nicht. Dieser will Vergessenes und Verdrängtes, Unerklärtes und Unerklärliches mit dem sogenannten »gesundem Menschenverstand« des Otto Normalverbraucher und mit unermüdlicher Energie kontern.

Monika Böttcher gibt heute wie früher an, sie sei damals, in der Nacht vom 3. auf den 4. August 1986, von einem Treffen mit dem Liebhaber nach Hause gekommen. Habe ihren Mann am Bett der toten Kinder gesehen, sich für den Tod der Kinder mitverantwortlich gefühlt, sich wie benommen tatenlos auf die Couch gelegt, denn neben ihm habe sie nicht ruhen können. Sie habe mitbekommen, wie das Auto wegfuhr und nach einer Weile wiederkam. Am Morgen habe sie festgestellt, dass die toten Kinder weg waren. „Wo hast du sie hingebracht?", habe sie gefragt. Und er habe ihr den Parkplatz genannt.

Zu diesem Zeitpunkt habe sie Reinhard Weimar, den Täter, noch schützen wollen, denn sie habe sich schuldig gefühlt, weil sie ihn mit ihrem Scheidungsersuchen in die Enge und zu dieser schrecklichen Tat getrieben habe. Deshalb habe sie wochenlang Falschaussagen gemacht.

Die psychologische Gutachterin Elisabeth Müller-Luckmann hatte dazu aufgeschrieben, die Angeklagte sei durch einen Mangel an Spontanität gekennzeichnet: Sie fresse „das Meiste in sich hinein." Es sei sehr gut vorstellbar, dass sie am Tag der Tat und noch danach wie gelähmt gewesen sei. Dennoch insistiert Gehrke beinahe fassungslos: „Sie kommen in der Nacht nach Hause. Sie sehen zu Ihrem Entsetzen: Beide Kinder sind offenbar tot. Jeder hätte jetzt einen Schrei erwartet, ein Herbeirufen der Verwandtschaft: »Helft mir, der Reinhard hat etwas Schreckliches gemacht!« Wenn ich Sie richtig verstehe, haben Sie nichts von dem gemacht?"

Monika Böttcher, tonlos: „Nein."

Der Vorsitzende fragt, warum sie nicht als Erstes einen Notarzt geholt habe.

„Weshalb haben Sie keine Wiederbelebungsversuche gemacht? Wie konnten Sie nach dem Tod der Kinder Alltägliches verrichten?"

Alles schrecklich einfach klingende Fragen, die alle schon in den vorigen Prozessen über sie hinweg geflutet waren. Die Angeklagte antwortet: „Ich weiß nicht, wie ich mich damals verhalten habe. Es ging automatisch, irgendwie." Sie vergisst zu sagen, dass sie unter starkem Valium stand.

Der Richter redet sich in Rage: „Nach dem Eindruck, den wir aus Ihrer Erzählung haben, war die Liebe erloschen. An dem Zustand der Ehe, wie er sich darstellte und der dann dazu führte, dass Sie sich anderen Männern zuwandten, waren nicht Sie schuld, sondern er war es. Er hat sich nicht um die Kinder gekümmert. Er hat Sie geschlagen." Und in einer solchen Situation, so Gehrke, habe sie ihren Mann vor den Konsequenzen eines von ihm begangenen Verbrechens bewahrt? „Warum?"

„Die Kinder sind doch tot gewesen", sagt sie zaghaft, „für was sollte ich noch kämpfen?"

Selten einmal bricht es aus der Angeklagten heraus. In einem Wortschwall erzählt sie dann, was sie damals bewegte: Dass sie immer „alles falsch gemacht habe“, immer „schlecht“ war, nicht wieder diejenige sein wollte, die schuld sei am Schrecklichen. Sie hatte doch einen Geliebten, nicht er eine Geliebte. Sie ergänzt, dass niemand die Vorwürfe ermessen könne, die sie damals habe aushalten müssen wegen ihrer Liebesaffäre, weil sie den Mann so oft alleine ließ, weil sie gegen seinen Willen arbeiten ging und weil sie sich habe scheiden lassen wollen.

„Ich kann Ihnen solche Situationen nicht näher erklären.“ Dann fällt sie wieder in sich zusammen.

Richter Gehrke hatte ganz offensichtlich erwartet, dass Monika Böttcher von einem großen Zusammenbruch, von unermesslich vielen Tränen und überwältigenden Gefühlen unmittelbar nach der Tat berichten würde. Aber hätte er, wie ich, den ARTE-Dokumentarfilm über Auschwitz von neulich gesehen, wäre seine schmale und gutsituierte Vorstellungswelt ins Wanken geraten. Es handelt sich um eine Dokumentation über einen SS-Fotografen. Anhand seiner Fotos werden detailliert die grausigen Nazi-Verbrechen an den ahnungslosen Menschen aufgezeigt.

Zwischen den gezeigten Bildern berichten Augenzeugen aus den Reihen der Täter wie aus den Reihen der Opfer, wie die Mordmaschine funktionierte. Eine jüdische Überlebende schildert etwa, dass sie zur Zwangsarbeit ausgesondert worden war, während ihre arbeitsuntaugliche Mutter und die drei kleinen Geschwister zu den Gasöfen geschickt wurden

– was weder die Berichtende noch die Opfer damals ahnen konnten. Die SS-Schergen täuschten den Opfern vor, es gehe zum Duschen. Auf diese Weise wollte die SS Widerstand und Unruhe vermeiden, um die Deportierten mit System und Ordnung zur Schlachtbank zu führen. Bereits fünf Stunden nach ihrer Ankunft waren die Mutter und die Geschwister vergast. Eine reibungslose deutsche Organisation. Tricksen, verstellen, täuschen, töten. Kurz danach, am Abend, fragte die Überlebende, so schildert sie in der Dokumentation weiter, einen Kapo – einen Funktionshäftling der SS – wo ihre Mutter und ihre Geschwister verblieben sind.

„Wann sehe ich sie wieder?“

„Gar nicht mehr“, antwortete er in brutaler Offenheit. „Sie sind tot.“

Der Doku-Reporter fragt die Überlebende im Film: „Was haben Sie in diesem Moment gefühlt?“

Sie antwortet: „Nichts. Ich selbst war wie tot. Meine Gefühle waren wie erloschen.“

„Hatten Sie keinen Weinkrampf oder eine andere Art von tiefer Trauer?“

„Nichts. Gar nichts war mehr in mir. Erst nach mehreren Wochen oder gar Monaten brachen sich meine Trauer und die Tränen ihre Bahn. Aber das musste naturgemäß verheimlicht werden.“

Richter Gehrke, weit entfernt von jener Art von Verständnis, vertieft – und verheddert sich zugleich – in seine Vorstellung von einer »angeblich normalen Gefühlsreaktion einer Mutter«. Allerdings zu Lasten der Angeklagten. Die beiden psychiatrischen

Gutachten waren, so stellte ich bitter fest, zum Fenster hinaus geworfenes, nicht beachtetes Know-how, zum Fenster hinausgepfeffertes Steuerzahlergeld. Das neue, dritte und letzte Urteil – nach Fulda ein weiteres Fehlurteil – lautete auf „Lebenslang".

Zu Hause kann ich es immer noch nicht fassen. Ich setze mich an den PC und beginne zu schreiben, möchte noch schnell das druckreife Manuskript von »Nina N.« mit einem Nachwort versehen. Das frische Urteil ist derart irreal, dass mir nur eine noch irrealere Story dazu einfällt. *Ich lasse dieses verdammte Lügenmaul von Zeugin einfach sterben.* Und ich schreibe, scheinbar sachlich:

»In meiner Geschichte ging es für Alice Schneider alias Nina Nowak gut aus und die Wahrheit siegte. Im wahren Leben legte die Staatsanwaltschaft Einspruch gegen den Freispruch ein. Insbesondere ging es um die Zeugenaussage der alten Dame aus der Nachbarschaft, die ein inniges Verhältnis zu Reinhard Weimar ausgezeichnet hatte. Sie war eindeutig befangen und sagte gegen besseres Wissen gegen die Angeklagte aus. Das Gießener Landgericht hatte die Dame der Lüge überführt. Die Staatsanwaltschaft machte dies nach dem Freispruch jedoch zur strittigen Sache und bestand darauf, dass diese Zeugin noch einmal gehört werden müsse.

Die letzte Revisionsinstanz, das Oberlandesgericht in Frankfurt am Main, ließ sich darauf ein und eröffnete das Revisionsverfahren. Inzwischen war die alte Frau jedoch verstorben. Wenn eine Zeugin aus einem vorherigen Strafverfahren nicht mehr zur Verfügung steht, tritt nach deutschem Strafrecht folgende Situation ein: Es existiert zwar das alte Urteil, in dem auf die Zeugenaussage begründend Bezug genommen wurde. Es existiert fernerhin das Gerichtsprotokoll mit der Zeugenaussage aus dem vorherigen Verfahren – aber beides darf *nicht* an Stelle einer bezeugenden *natürlichen Person* Ersatz antreten.

Es darf jedoch der Vorsitzende jenes vorherigen Verfahrens die Tatsächlichkeit der damaligen Zeugenschaft und der damaligen Aussagen der nicht mehr aussagefähigen Person bezeugen. Das heißt, nun war im Frankfurter Revisionsverfahren der frühere Gießener Gerichtsvorsitzende als einzig ersetzender Zeuge formaljuristisch in der Lage und deshalb berufen, die damalige Zeugenaussage der alten Dame in das Revisionsverfahren einzubringen.

Ein paar Tage vor dem für Monika Böttcher existentiell wichtigen Zeugenauftritt dieses Richters, verunglückte der Mann samt seiner Familie bei einem Verkehrsunfall tödlich. Es gab somit – formaljuristisch – keine Entlastung für die Angeklagte und es musste auf die völlig überholte und ungerechte erstinstanzliche Entscheidung in Fulda zurückgegriffen werden. Ein Drama für Monika Böttcher. Ein tragisches Ende nicht nur einer Richterfamilie, sondern auch eines Verfahrens, in dem es letztlich nur noch um formaljuristische Finessen ging. Frau Böttcher sollte weitere sechs Jahre in Haft und somit die juristische Gesamthöchstzeit von 15 Jahren in Gefängniszellen verbringen.«

Ich hatte Hörbi am Telefon.

„Das kannst du so nicht schreiben – nicht in einer Nachbetrachtung. Das stimmt ja überhaupt nicht", meinte Hörbi, dem ich meinen verzweifelt unwahren Text vorlas. „Das ist eine glatte Lüge."

„Dann ist es eben eine Lüge so wie die Aussage dieser verbitterten alten Ziege eine Lüge ist. Wie auch das Urteil und seine Begründung aus glatten Lügen besteht. Außerdem ist es nur ein Roman. Ich brauche mich nicht an die Realität zu halten."

„In diesem Falle ist ein Nachwort kein Bestandteil deiner Story!", ermahnte mich Hörbi.

„Egal", antwortete ich wütend, nahm jedoch das Nachwort im letzten Moment aus dem Druckmanuskript. Im privaten Originaltext ließ ich das Nachwort stehen. Es wird 23 Jahre später immer noch dort stehen.

Der 2. September 1999 war ein todunglücklicher Tag. Dieses unsägliche Urteil. Untergangsstimmung.

Ja, es war wirklich ein todunglücklicher Tag und es herrschte, weiß Gott, keine Götterdämmerung, vielmehr dämmerte mir, dass nun der Justizirrtum im Falle Weimar/Böttcher endgültig sei.

Das entsprach in etwa den vielen Untergangsszenarien dieser Tage, die von Katastrophen-Propheten zur bevorstehenden Jahrtausendwende verkündet wurden. »Im Jahr 2000 kommt der König des Terrors« schrieb der *Spiegel*. Woher die Redaktion solch zutreffende Informationen wohl hatte? Direkt aus der Hölle des Pentagon? Woanders hieß es, das Ende der Welt sei nahe, der »Antichrist« dräue ausgerechnet aus dem orthodoxen Russland und üble Stern-Konstellationen würden die Erde zerreißen.

Wieder einmal droht uns das Prophetie-Kartell mit der letzten Stunde.

André, mein Freund aus der Pfadfinderschaft, der ebenso wie ich als Jugendleiter tätig war, trägt den Nachnamen des bayrischen »Waldpropheten« Alois Irlmaier, ist aber nicht mit ihm verwandt. Dennoch sammelt er alles, was Alois Irlmaier jemals von sich gab.

„Hat dein Namensvetter verlauten lassen, ob wir 1999 überleben?“, frage ich am Telefon, als wir am Ende unserer Expeditionsbesprechung für unsere beiden Sippen sind.

André erzählt mir, dass der 1959 verstorbene Alois »ganz deutlich« hellgesehen hat, wie „ganz schwarz eine Heeressäule von Osten hereinkommt.“

„Das hat er für das Ende dieses Jahrhunderts vorausgesehen?“

„Da hat er sich nicht genau festgelegt. Aber er sah eine »große Finsternis, die 72 Stunden dauert«, und es hebt an Potz, Blitz, Donner, Erdbeben: »Die Panzer fahren noch, aber die darin sitzen, sind tot.«, so schreibt er hier.“ André liest mir weiter vor: „Denn »draußen geht der Staubtod um. Wer den Staub einschnauft, kriegt einen Krampf und stirbt«.

Natürlich muss ich jetzt an den Todesstaub der NATO-Uranmunition denken.

Was der Hellseher noch sieht: Alle »offenen Wasser werden giftig und alle Speisen«. Sein hellseherischer Rat: »Macht die Fenster nicht auf, lasst die geweihte Kerze brennen und betet.« Am Ende des Weltenbrandes sieht er »ein Zeichen: der Gekreuzigte mit den Wundmalen«. Soweit mein Namensvetter, der sich aber nicht genau zum Ereigniszeitraum äußern mag“, sagt André.

„Vielleicht sah er das rückblickend für das Jahr 1945 voraus“, sage ich mit ironischer Stimmlage.

Am anderen Ende der Leitung lacht André, und damit beerdigen wir das leidige Thema. Am Abend berichtet mir Emma von ihrem Treff mit unserer Freundin Elke, die der Esoterik gegenüber von jeher aufgeschlossen war. Sie steht auf der Seite der Furchtsamen, die in Betracht ziehen, dass die Welt das neue Jahrtausend nicht mehr erlebt.

„In Krisenzeiten kommt Okkultismus in Mode, biblische Heilserwartungen brechen auf und Frust stärkt die Lust am Untergang“, sage ich.

Meine Liebste nickt zustimmend. „Im Radio haben jetzt immer wieder mal irgendwelche Texte eines alten Mystifax Konjunktur. Der Pest-Arzt Nostradamus wird genüsslich zitiert. Sensationshaschereien.“

Auf einer meiner letzten Magdeburg-Fahrten im September höre ich im Autoradio einen Beitrag über einen weiteren Hellseher, der den Weltuntergang vorhergesehen hat. So aufs Jahr genau konnte der steiermärkische Musikus Jakob Lorber, der 1800 bis 1864 lebte, die Endzeit nicht festlegen. Der »Schreibknecht Gottes«, wie er sich selber pries, empfing, via »innerer Stimme«, von Jesus die Botschaft: »Es werden bis dahin von nun an (Christi Zeit) tausend Jahre und nicht noch einmal wieder tausend Jahre vergehen.« Untergangs-Termin mithin: vor dem Jahre 2000.

In 24-jähriger Fron, auf mehr als 10.000 Druckseiten, hatte Lorber niedergelegt, was der Herr ihm diktierte. Er äußerte sich über einen der Evangelisten: Lukas war ein »erpichter Neuigkeitskrämer«. Aber auch über Adam und Eva wusste er zu berichten: »Sie unternahmen größere Reisen« und vor allem über die letzten Dinge, wenn Gottes Gericht naht: Ein »Blitzmeer« soll die Erde einhüllen, ein »Feind aus den Lüften angefahren kommen«, »große Teuerung und Hungersnot« gehen voraus; der »zu sehr überhandgenommene Unflat« wird von der Erde entfernt und »in eine Reinigungsanstalt kommen, an denen es in meinem ewig großen Reich wahrlich keinen Mangel hat«.

Ich schalte das Autoradio aus und lege eine CD von Joan Baez ein: *No Woman No Cry*. Sehr beruhigend.

In Magdeburg besuche ich die Nachtclubbesitzer und muss feststellen, dass sich die Umsätze dort tatsächlich in Grenzen halten und die volle Miete nicht leistbar ist, jedenfalls nicht so lange bis klar ist, ob die Welt weiterbesteht oder nicht. Mit dem Hausmeister zoffe ich, weil wahrscheinlich auch er an den Weltuntergang glaubt und denkt, er müsse die Hausflure nicht mehr reinigen.

In ganz Europa hatten Millionen von Menschen die letzte totale Sonnenfinsternis dieses Jahrtausends beobachtet. In Deutschland ließ sich das Naturschauspiel am besten in Karlsruhe, Saarbrücken und Stuttgart beobachten. Vielleicht war der Magdeburger Hausmeister davon ausgegangen, dass die Finsternis ewig anhält und man den Unflat sowieso nicht mehr sehen kann.

Ich reise weiter nach Halberstadt. Unser Immobilienverwalter hat inzwischen ein öffentliches Verhältnis mit der von ihm umschmeichelten und speziell verwalteten Dame. Die Sportclub-Betreiberin bekennt sich offen zu ihm und trainiert ihn. Trotzdem hat er noch immer die Form einer Tanne. Aber immerhin hat er ihr geschworen, sich scheiden zu lassen. Wenn ich mich recht erinnere, ist er gar nicht verheiratet. Wieder ein Wessi, der eine ahnungslose Ossifrau hinter die Fichte führt. In diesem Fall sogar hinter die Tanne. Das Pflegeheim *Vitalis* hofft immer noch auf kostendeckende Zuschüsse des Landkreises, und die weltfremden, wohlbetuchten Frankfurter Anleger hoffen immer noch vergebens auf höhere Mieteinnahmen.

In den Kinos rennt Lola. Tom Tykwer hat den Film zum Laufen gebracht. In Berlin wird ihm achtmal der heißbegehrte Deutsche Filmpreis verliehen. Die Hauptdarstellerin Franka Potente wird zur Schauspielerin des Jahres gekürt. Emma lädt mich ins Kino ein. Graf Karl von Solms hingegen lädt uns und die gesamte Laubacher Honoratioren-Bande ein Vierteljahr vor der Jahrtausendwende zu einer großen, aber privaten Silvesterfeier am 31. Dezember ins Laubacher Schloss ein. „Wegen rechtzeitiger Disposition" steht auf der Einladung. Emma und ich sagen zu.

Unser preisgekrönter Tennisspieler Boris Becker hat nach dem Turnier in Wimbledon seinen Rücktritt als Tennis-Profi bekanntgegeben. Auch Steffi

Graf kündet in Heidelberg ihren Rücktritt vom Turniertennis an.

Inzwischen hat der russische Wodkapräsident Boris Jelzin den Leiter des Geheimdienstes, Wladimir Putin, für seine Nachfolge im Kreml vorgeschlagen. Damit befindet sich Moskau endlich auf Augenhöhe mit Washington, wo schon seit längerem Ex-Geheimdienst-Chefs als Präsidenten Karriere machen.

Am 4. Oktober schenkt mir mein HTG-Chef Ronny mit süffisantem Lächeln auf den Lippen und den Worten „Das hat dein linker Lieblingspolitiker geschrieben“ ein Buch. Ronny hat das Buch gerade auf der Frankfurter Buchmesse erworben, frisch signiert. Es stammt vom früheren SPD-Vorsitzenden und Finanzminister Oskar Lafontaine und trägt den Titel »Das Herz schlägt links«. Darin erläutert er seine politische Arbeit der letzten Jahre und legt die wahren Beweggründe für seinen nur scheinbar unerklärlichen Rückzug aus dem sozialdemokratischen Leben dar. Die Veröffentlichung stößt auf heftige Kritik innerhalb und außerhalb der SPD. Man tritt halt gerne nach.

Es gibt in diesen Tagen viele unschöne Ereignisse.

Dennoch ist weit und breit keine Spur von Weltuntergang zu sehen.

Ende September herrschte noch schönes Wetter und so luden Emma und ich unsere ehemaligen Frankfurter Nachbarn, ehemalige Arbeitskollegen und unsere Laubacher Freunde zu uns ein – Nachfeiern meines Geburtstags. Es wurde eine große Party, die schon nachmittags im Garten begann und gegen Mitternacht endete. Ich hatte die Bibliothek zu einem kleinen Lichtbildraum umgestaltet. Nach dem Buffet gab es eine Diashow über unseren Urlaub vor einem halben Jahr, im März, als wir relativ spontan in den dreiwöchigen Osterferien nach Orlando in Florida geflogen waren.

Ich hatte für die Diashow nur eine Viertelstunde vorgesehen, denn ich erinnerte mich an die vielen gut gemeinten, aber ermüdenden Urlaubs-Diashows in den vergangenen Jahrzehnten bei all den lieben Freunden und Bekannten. Wie oft war ich dabei fast eingeschlafen. Das wollte ich unseren Gästen nicht antun. Lediglich Gesprächsstoff liefern. Und so kam es auch – später am Abend, als wir uns thematisch der Apollo-Mondfahrt näherten.

Erst einmal aber ging es um Orlando. Das ist eine Stadt mit über einem Dutzend Themenparks im Zentrum des US-Bundesstaats Florida. Unsere Kids wollten vor allem in die Walt Disney World mit den verlockenden Freizeitparks wie Magic Kingdom und Epcot sowie den Wasserparks. Ein weiteres Freizeitziel war für uns Universal Orlando mit den Universal Studios und Islands of Adventure. Auch das *KSC*, das Kennedy Space Center, der NASA-Weltraumbahnhof, stand auf unserem Besuchsprogramm. Also fuhren wir nach Merritt Island und bestaunten die Raketen, die Space Shuttles und die Ausstellungen. Von hier aus waren seit 1968 alle bemannten Raumflüge der USA gestartet.

Zunächst waren dies die berühmten Apollo-Missionen und ab 1981 schließlich die Space Shuttles, die teilweise an diesem Ort in Florida auch wieder landeten. Mit über 11.000 Mitarbeitern stellte es nun einen immensen Wirtschaftsfaktor für diese Region dar. Ob Mondrakete, Raumanzug und Weltraumfilme oder diverse Errungenschaften der Raumfahrt, das *KSC* hatte uns viel zu bieten. Ein klein wenig mehr als unser Laubacher Heimatmuseum.

Eine Weile nach der Diashow sprach mich Kurt Feustel, ein Bekannter aus dem Honoratiorenkreis, an. Er nahm mich beiseite. Der Kleinunternehmer, der mit handtellergroßen Öldruckventilen ein gutes Geld verdiente und immer noch mit der wichtigtuerischen Sprudelwasserfrau verheiratet war, sagte: „Stefan, wenn man ganz ehrlich ist, muss man doch eingestehen, dass wir und die ganze Welt von den Amerikanern verarscht werden, oder siehst du das anders?"

Erst nach etwa fünf Minuten stellte sich heraus, was er tatsächlich meinte. Während ich davon ausgegangen war, er nehme auf das allgemeine Kassemachen und die Abzocke in Floridas Showgeschäften Bezug, sprach er doch tatsächlich von Peterchens Mondfahrt, wie er den Apolloflug zum Mond bezeichnete: „Die waren gar nicht da oben, sondern in den Hollywoodstudios!"

„Hollywoodstudios?", fragte ich skeptisch. „Da hält doch keiner dicht. Das würde morgen in allen Klatschzeitungen der Welt stehen."

„Ich hab das mit Hollywood nur so flapsig gesagt. Natürlich sind die sogenannten Beweisaufnahmen in Wahrheit ganz professionell auf der geheimen Militärbasis Lookout Mountain bei L.A., in der Nähe von Hollywood, entstanden."

Ich erinnerte mich: Die Lookout Mountain Air Force Station, LMAFS, war eine Verteidigungsanlage im Laurel Canyon-Viertel von Los Angeles. Die Militäreinrichtung der USAF produzierte von 1947 bis 1969 Filme und Standbilder für das US-Verteidigungsministerium und die Atomic Energy Commission. Die 9.300 Quadratmeter große Anlage wurde 1941 als Luftverteidigungszentrum im Zweiten Weltkrieg errichtet, um die Radarinstallationen im Gebiet von Los Angeles zu koordinieren. Als das Studio 1947 gegründet wurde, wurde sein Zweck geheim gehalten. Das Studio bestand aus einer großen Tonbühne, einem Filmlabor, zwei Vorführräumen, vier Schneideräumen, einer Animations- und Fotoabteilung, einem Tonmischstudio und zahlreichen klimatisierten Filmgewölben. Mit der stets neuesten Ausrüstung konnte das Studio sowohl 35-mm- als auch 16-mm-Farbfilme sowie Schwarzweiß- und Farbfotos verarbeiten.

Ich schaute Kurt erstaunt an und sagte: „Ach so, du meinst …"

„Ich meine, wie kann denn die US-Flagge, die von den Astronauten in den Mondboden gerammt wurde, flattern, wenn es auf dem Mond keine Luft und somit keinen Wind gibt, der die Fahne zum Flattern bringen könnte?"

„Damit kenne ich mich nicht aus. Kann ich dir nicht beantworten", sagte ich.

„Hast du damals – also ich meine im Juli 1969 – die Mondlandung im Fernsehen gesehen?"

„Ja, schon …"

„Hast du da Sterne am stockdunklen Himmel gesehen?"

„Weißt du, an solche Details kann ich mich wahrlich nicht mehr erinnern."

So ging es in einer Tour weiter: „Stefan, auf vielen NASA-Aufnahmen sind Fadenkreuze der Kameras zu erkennen. Die Kreuze sind für Vermessungstechniken gedacht und wurden extra für die Apollo-Missionen in die Kamera integriert. Manche der Kreuze werden allerdings durch Objekte auf dem Mond überdeckt. Das sind Belege für Fotomontagen, sagen Experten."

Kurze Verschnaufpause, dann: „Oder die Sache mit den Schatten. Viele der Fotos, die auf dem Mond gemacht wurden, zeigen Schattenwürfe verschiedener Objekte, bei denen die Kritiker glaubten, Diskrepanzen zu entdecken. Die Schatten verlaufen nicht parallel und auch ihre Länge ist uneinheitlich. Wie ist das möglich, wenn die Sonne die einzige Lichtquelle ist?"

Ich musste Kurt, der ansonsten freundlich war, irgendwie loswerden. Was sollte ich schon dazu sagen? Damit hatte ich mich noch nie beschäftigt. Ich deutete in Richtung seiner Frau und meinte: „Ulrike macht einen sehr aufgeregten Eindruck, ich glaube wir müssen mal nach dem Rechten sehen. Nicht, dass es wieder Zickenkrieg gibt", unterbrach ich Kurts Redefluss. „Über Peterchens Mondfahrt müssen wir uns ein andermal unterhalten. Klingt sehr interessant."

Wir schlenderten zu Ulrike hinüber, die im Kreis einiger Frauen wild gestikulierte. Jedoch handelte es sich nicht um den befürchteten Zickenkrieg, wieder einmal machte sie sich lediglich mit ihrem Mineralwasser wichtig. Sie war Vertreterin eines Sprudelwasserunternehmens und ihre These lautete: „Meine Lieben, ob ihr es glaubt oder nicht, aber es ist so wichtig, Kohlensäure zu sich zu nehmen!"

Ich hatte immer gehofft, dass sie endlich einmal stilles Wasser konsumieren würde, um bei sich selber Stille einkehren zu lassen. Aber nein, Kohlensäure sei durchaus gesund!

Zu meiner Geburtstagsfeier hatte ich selbstverständlich auch meine Probeleserinnen von »Nina N.« eingeladen. Da der Roman in der hiesigen Gegend spielte und zu erwarten war, dass sich der eine oder die andere in die Stiefel von gewissen Romanfiguren stellen könnte, wollte ich mich vergewissern, dass mein Stoff keine Grenzen überschritt. Fünf Frauen aus dem Honoratiorenkreis und eine Dame aus dem kirchlich-choralen Gefüge, Annette Weck, hatte ich abschnittsweise mit den einzelnen Kapiteln versorgt und Rückmeldungen in mündlicher oder schriftlicher Form erhalten. Annette fand die Manuskripte „wunderbar geschrieben und so frisch, so lebendig. Die Schwächen im Bildungssystem gehören schon lange auf den literarischen Tisch."

Ihr Mann war pensionierter Pfarrer und äußerte sich mit keinem Wort, was ich auf die typische Männerkonkurrenz zwischen zwei Akademikern zurückführte. Dass er sich später in unchristlichster Manier äußern würde, hätte ich zu diesem Zeitpunkt nicht für möglich gehalten.

Die Zahnarztgattin Isolde hatte mir immer die orthografischen Fehler angestrichen und ansonsten „Klasse!“ drunter geschrieben. Marlene Clausewitz, die uns einmal auf amüsante Weise mit der Skulpturenkünstlerin Anni Weichelberg bekannt gemacht hatte, fand die Kapitel „spannend geschrieben und nachvollziehbar, da sehr realitätsnah“. Sie hätte – ich solle es verzeihen – das Manuskript auch an die Skulpturenkünstlerin ausgeliehen. Die habe sich köstlich amüsiert und gemeint: „Das spiegelt unser intrigantes Kleinstadtleben auf humoristische Weise wider.“

Da hätte ich aufhorchen müssen.

Die anderen Damen lobten die Texte in höchsten Tönen. Von kritischen Bemerkungen keine Spur. Aus meiner Sicht war alles unverfänglich. Die Schulsituation hier war, wie an allen anderen Schulen unseres Landes, stark verbesserungswürdig. Das war über die Kommunalgrenzen hinaus weit bekannt. Kein Geheimnis war zu lüften, kein Tabubruch zu befürchten gewesen.

Eigentlich wollte ich Justus, den Chef unseres örtlichen REWE-Marktes, ein Mann Mitte Dreißig, zur Party einladen. Seine Frau und ihr Sohn Niko, der in Jennys Klasse ging, kamen öfters zu uns zu Besuch, doch Justus war seit einigen Wochen nicht mehr im Geschäft gewesen und kränkelte, ohne dass er und seine Familie wussten, worunter er genau litt. Nun war er überraschend an Leukämie verstorben. Seine Frau und sein Sohn Niko hatten zwar kurz zuvor von der Art der Erkrankung erfahren, aber dass sie so schnell und tödlich enden würde, stellte sie plötzlich vor ein emotionales Nichts. Auch den Markt konnten sie nicht weiterführen.

Einige Partygäste machten sich Gedanken, ob man und wie man helfen könne. Natürlich bedauerte man auch, dass eventuell der einzige innerstädtische Lebensmittelladen verschwinden würde und man sogar wegen Butter und Milch hinaus auf die grüne Wiese fahren müsse. Aber das war hierzulande inzwischen üblich. Der Kern unseres Kleinstädtchens schrumpfte und verwaiste immer mehr. Welche Früchte würde das noch tragen? Doch ganz egal, welche Früchte die Zeit noch tragen würde, Rex Gildo würde davon nichts mehr mitbekommen. Er verstarb am 26. Oktober an den schweren inneren Verletzungen in Folge eines Selbstmordversuchs. Drei Tage zuvor war er aus dem Fenster seiner Münchner Wohnung gesprungen.

*

In Wien saß die junge Natascha Kampusch in ihrem Verlies. Der Entführer hatte ihr die Familie genommen, ihr Leben und ihre Freiheit, ihre ursprüngliche Identität. Das physische Gefängnis des Verlieses unter der Erde, hinter den vielen schweren Türen, wuchs Stück für Stück um ein psychisches, dessen Mauern immer höher wurden. Das auf den ersten Blick Verwunderliche war, dass Natascha begann, dem Gefängniswärter, der es baute, dafür zu danken. Doch es hatte einen Hintergrund. Denn Ende November erfüllte er ihr einen ihrer sehnlichsten Wünsche: einen Moment unter freiem Himmel.

Es war eine kalte, klare Novembernacht. Der Entführer, Wolfgang Priklopil, hatte Natascha schon Tage zuvor seine Regeln für diesen »Ausflug« mitgeteilt: „Wenn du schreist, bringe ich dich um. Wenn du rennst, bringe ich dich um. Ich töte jeden, der dich hört oder sieht, wenn du so dumm bist, auf dich aufmerksam zu machen."

Es genügte ihm nun nicht mehr, ihr mit ihrem eigenen Tod zu drohen. Er bürdete ihr zugleich die Verantwortung für den Tod von allen auf, die sie zu Hilfe rufen könnte. Sie glaubte ihm seine Mordpläne sofort und ohne nachzudenken. Sie war davon überzeugt, dass er imstande gewesen wäre, einen unbedarften Nachbarn zu töten, der zufällig auf sie aufmerksam geworden wäre. *Wer so viel auf sich nimmt, um sich eine Gefangene im Keller zu halten, schreckt auch vor Mord nicht zurück,* dachte sie sich.

Als er sie mit festem Griff am Oberarm packte und die Tür zum Garten öffnete, erfasste sie ein tiefes Glücksgefühl. Die kühle Luft strich sanft über ihr Gesicht und über ihre Arme, und sie spürte, wie der Geruch von Fäulnis und Isolation, der sich in ihrer Nase festgesetzt hatte, langsam wich und ihr Kopf freier wurde. Zum ersten Mal seit fast zwei Jahren spürte sie weichen Boden unter ihren Füßen. Jeder Grashalm, der sich unter ihren Sohlen bog, erschien ihr wie ein wertvolles, einmaliges Lebewesen. Sie hob den Kopf und sah in den Himmel. Die unendliche Weite, die sich vor ihr auftat, raubte ihr den Atem. Der Mond stand schräg am Himmel, und ganz oben funkelten ein paar Sterne. Sie war draußen. Zum ersten Mal, seit sie am 2. März 1998 in einen Lieferwagen gezerrt worden war.

Die Jugendliche legte den Kopf in den Nacken und versuchte mühsam, ein Schluchzen zu unterdrücken.

Der Entführer führte sie durch den Garten bis zu einer Ligusterhecke. Dort streckte sie die Hand aus und berührte vorsichtig die dunklen Blätter. Sie dufteten herb und glänzten im Mondlicht. Es erschien ihr wie ein Wunder, etwas Lebendiges mit der Hand zu berühren. Sie zupfte ein paar Blätter ab und steckte sie ein. Eine Erinnerung an die Lebendigkeit der Welt draußen.

Nach einem kurzen Moment an der Hecke führte Priklopil Natascha zum Haus zurück. Zum ersten Mal sah sie es, im Mondlicht, von außen – ein gelbes Einfamilienhaus mit abgeschrägtem Dach und zwei Schornsteinen. Die Fenster hatten weiße Umrandungen. Der Rasen, über den Natascha mit ihrem Peiniger zurückging, wirkte unnatürlich kurz und gut gepflegt. Plötzlich überfielen sie Zweifel. Sie sah Gras, Bäume, Blätter, ein Stück Himmel, ein Haus, einen Garten. Aber war das die Welt, so wie sie sie in Erinnerung hatte?

Alles erschien ihr zu flach, zu künstlich. Das Gras war grün und der Himmel hoch, aber man sah doch, dass es sich um Kulissen handelte!

Er hatte die Hecke, das Haus dorthin gestellt, um ihr etwas vorzuspiegeln. Sie war in einer Inszenierung gelandet, an einem Ort, an dem man Außenszenen einer Fernsehserie drehte. Es gab keine

Nachbarn, keine Stadt mit ihrer Familie nur 25 Autominuten entfernt. Stattdessen lauter Komplizen des Täters, die ihr vorspielten, sie wäre draußen, während sie die Gefangene auf großen Monitoren beobachteten und über ihre Naivität lachten. Die junge Frau schloss die Hand fest um die Blätter in ihrer Tasche, als könnten sie etwas beweisen: nämlich, dass dies Wirklichkeit war, dass *sie* Wirklichkeit war.

Aber sie fühlte nichts.

Nur eine große Leere, die wie eine kalte Hand unbarmherzig nach ihr griff.

Eine große kalte Angst griff weltweit um sich: Die Angst vor einem totalen Computer-Chaos durch den Wechsel ins Jahr 2000. »WLK« hingegen blieb cool. Am 4. November 1999 wurde Walther Leisler Kiep, der ehemalige Schatzmeister der CDU, erneut angeklagt. Die Staatsanwaltschaft Augsburg verdächtigte ihn, 1991 vom Waffenschieber Karlheinz Schreiber eine Million Mark im Zusammenhang mit der Lieferung deutscher Panzer nach Saudi-Arabien erhalten zu haben. Der Vorgang führte zur CDU-Spendenaffäre um Altkanzler Helmut Kohl. Das Geld von Schreiber war an die CDU geflossen, war allerdings nie im offiziellen Rechenschaftsbericht der Partei aufgetaucht. Die Ermittlungen führten zur Entdeckung des Kontensystems von CDU-Finanzberater Horst Weyrauch im Zusammenhang mit verschiedenen verdeckten Parteispenden an die CDU, die in erheblicher Höhe geflossen waren. Und gerade jetzt kam das Buch von Kohls Ex-Geliebter Beatrice Herbold auf den Markt.

Sie stieß die öffentliche Diskussion um die CDU-Spendenaffäre erneut an, indem sie in ihrem Buch drei Namen angeblicher Spender nannte, freilich ohne irgendeinen Beweis dafür vorzulegen. Sie begnügte sich damit, ihre Geschichte mit einer Reaktion Kohls bei einem gemeinsamen Essen im November 1999 zu unterfüttern: „Ich zählte also diese drei Namen auf: erstens, zweitens, drittens. Ich sprach noch, da fiel Kohl das schwere Messer aus der Hand", schreibt Herbold. „Das Silber krachte auf den Porzellanteller. Es schepperte gewaltig, was Kohl kaum wahrnahm."

Er habe sie danach erschrocken angeschaut und die Lippen aufeinander gepresst, „die Augen verengten sich zu Schlitzen – eine ungewohnte Mimik." Sie habe diesen Gesichtsausdruck bei ihm noch nie bemerkt. „Helmut Kohl nickte nachdenklich, sagte aber kein einziges Wort", heißt es in dem Buch, aus dem man in diesen Tagen auszugsweise in einigen Zeitungen lesen kann. Eine Bestätigung der Namen gab Kohl also nicht, aber im Interview mit RTL und n-tv erklärte Herbold, wie sie die damalige Szene interpretiere: „Er war erschrocken, eigentlich fassungslos und guckte mich an und ich sah auf seiner Stirn geschrieben: Mein Gott, jetzt hat sie die Namen genannt, Journalisten werden auch drauf kommen."

Kohl habe sich dann aber selbst beruhigt, indem er sagte: „Es gibt ja keine Beweise!"

Auch sie habe ja keine gehabt. Und es war ihr auch egal, wer die Spender waren. Ihr ging es um den Menschen, der vor ihr saß, „der wirklich gelitten hat", so Herbold.

Kohl war nach der Enthüllung der Spendenaffäre massiv unter Druck geraten. Er reagierte Anfang Dezember mit einem Fernsehinterview. Darin räumte er erstmals die Existenz schwarzer Konten ein und übernahm die politische Verantwortung. Zudem sagte er, dass er etwa zwei Millionen D-Mark verdeckter Spenden angenommen habe – an den Büchern der CDU vorbei und damit illegal. Namen dazu wollte er aber nicht nennen, weil er den Geldgebern sein Ehrenwort gegeben habe – eine Äußerung, die scharfe Kritik hervorrief.

Kohls Darstellung stieß bei Investigativ-Journalisten allerdings auf Skepsis. Sie zogen die Existenz von Spendern in Zweifel und gingen von einem Ablenkungsmanöver aus. Sie vermuteten eher eine Schmiergeld-Affäre aus Waffengeschäften. Auch deshalb äußerte sich Herbold wahrscheinlich so offen zu dem Thema, auch wenn sie keinerlei Anhaltspunkte für ihre Darstellung hatte: „Für mich war es wichtig, zu sagen: ›Es gab die Spender.‹ Denn es gibt heute Leute, die sagen: ›Es gab niemals Spender‹ – und das Ehrenwort war fiktiv, war ein Schutz für ihn, was auch immer. Und das stimmt nicht", sagte sie im Interview.

Journalisten, die in den 1980er-Jahren den Skandal um verdeckte Parteispenden des Flick-Konzerns aufgedeckt und auch Uwe Barschels Waffengeschäfte in einen Zusammenhang mit dem illegalen

Geldbeschaffungswesen der CDU gestellt hatten, sahen das Geschehen aus ihrem Blickwinkel: Seit damals hätte das Umfeld Kohls ein System schwarzer Kassen für die politische Arbeit betrieben, gespeist von Geldern aus der Industrie. Die zwei Millionen DM, für die die Ermittler keine Herkunft finden konnten, stammten demnach nicht von vier oder fünf Spendern, sondern aus jenen Kassen.

„Und was glaubst du?", fragte mich Emma beim Abendbrot.

„Keine Ahnung. Mein Gefühl sagt mir, dass seine Ehrenwort-Aussage eine Ausrede ist. Dann muss sich aber etwas Gewaltigeres als nur ein illegales Spenderwesen dahinter verbergen. Herbold jedenfalls stellt sich klar auf die Seite Kohls, ihres ehemaligen Geliebten. Auch wenn sie dafür nicht mehr Beweise als ein Silbermesser hat, das auf einen Porzellanteller krachte."

„Wahrscheinlich will sie es sich nicht mit ihrem Ex-Geliebten verscherzen und ihm im Nachhinein einen Gefallen tun", meinte Emma.

„Sehr gut vorstellbar."

Auch für Oberstaatsanwalt Heinrich Wille in Lübeck war gut vorstellbar, dass sich hinter Kohls Ehrenwort-Theater durchaus etwas verbergen könnte, was auf die eine oder andere Weise mit seinen Fall zu tun haben könnte. Aber private Spekulationen waren nicht Bestandteil seiner Ermittlungsarbeit in Sachen des angeblichen Freitods von Uwe Barschel, dem einstigen christdemokratischen Ministerpräsidenten Schleswig-Holsteins. Auch Barschel hatte mit

Waffenschiebereien zu tun. Konnte das ohne Duldung höchster CDU-Kreise, konnte das ohne Mitwisserschaft oder gar Beihilfe westdeutscher Geheimdienste geschehen?

Man hatte Barschel vor dreizehn Jahren, am 11. Oktober 1987, in der Genfer Nobel-Absteige »Beau-Rivage« tot in der Badewanne seines Hotelzimmers aufgefunden. Noch immer war der Fall ungelöst. Wille hat den Eindruck, dass von oben gedrängelt wird, den Fall an den Nagel zu hängen. Doch er will nicht aufgeben. In einem Vermerk an den Minister und eine Untersuchungskommission des Landtags schreibt er:

„Eine Prognose über die zeitliche Dauer des Ermittlungsverfahrens ist derzeit nicht möglich. Insbesondere ist die zeitliche Dauer der Erledigung von Rechtshilfeersuchen an ausländische Staaten nicht vorhersehbar. Sollten die durchgeführten Ermittlungen zwar dazu führen, dass von einem gewaltsamen Tod des Dr. Barschel auszugehen ist, der oder die Täter jedoch nicht ermittelt werden können, wird das Verfahren nach § 170 Abs. 2 StPO einzustellen sein. Da seitens der Familie Barschel Strafanzeige wegen Mordes erstattet worden ist, ist die Einstellung mit einem begründeten Einstellungsbescheid zu versehen, gegen den die Anzeigenden das Recht haben, Beschwerde einzulegen. Auf die vorstehend geschilderte Gesetzeslage habe ich deshalb besonders hingewiesen, da in der Berichterstattung der Medien in jüngster Zeit der Eindruck vermittelt wurde, das Ermittlungsverfahren könne jederzeit auf

Weisung der vorgesetzten Dienstbehörden eingestellt werden."

Das war indirekt eine Breitseite gegen die Drängler aus dem Justizministerium, die die Sache endlich auf kaltem Dienstweg vom Hals haben wollten. Wieder einmal spielten Medien eine begleitende Rolle im scheinbar undurchsichtigen Gestrüpp einer heimlichen Treibjagd gegen Wille. Als ich davon erfuhr, verdichtete sich der Verdacht, dass Einflussagenten aus gewissen Dienstkreisen in den Medien am Werk waren. Einmal mehr war es dem Schleswig-Holsteinischen Zeitungsverlag vorbehalten, die Messer gegen den unbeugsamen Oberstaatsanwalt zu schärfen. In diesem Zeitungsverlag erschienen das vielgelesene *Flensburger Tageblatt* und die *Schleswig-Holsteinische Landeszeitung*.

Darin erschienen unter der Überschrift »Willes Antworten sind gar keine« von Erich Maletzke gesammelte kritische Äußerungen der Untersuchungsausschussmitglieder des Landtages, die fraktionsübergreifend die Staatsanwaltschaft und Wille persönlich kritisierten. In einem dazugehörigen Leitartikel setzte Thomas Schunck noch einen drauf und bemängelte ausgerechnet die Tatsache, dass Wille den Hochstapler Gert Postel nicht noch einmal förmlich vernommen hatte. Es heißt in diesem Artikel:

„Der Generalstaatsanwalt des Landes, Heribert Ostendorf, muss sich fragen lassen, wie lange er sich dieses Laienspiel noch ansehen will. Wie lange will man Heinrich Wille, dem man in hohen Justizkreisen nachsagt, er habe sich beim Fall Barschel »in einer diffusen Geheimdienstsoße verrannt«, gestatten, ohne Berichtspflicht munter vor sich hin zu ermitteln? Die Anhörung Willes vor dem Ausschuss – in einer der nächsten Sitzungen geplant – muss endlich Fakten bringen. Wenn Wille dazu nicht in der Lage ist, gibt es nur zwei Möglichkeiten: Der Leitende Oberstaatsanwalt hat seine Schularbeiten nicht ge-macht oder das Todesermittlungsverfahren Barschel muss abgeschlossen werden. Weil nichts gegen Selbstmord spricht."

Mich verwunderte an dieser Art Presse, wie selbstgerecht und dreist versucht wurde, bestimmte Ermittlungsrichtungen vorzugeben. Woher wollte der Meinungsmacher wissen, dass „nichts gegen Selbstmord spricht"? Zumal viele Indizien auf das gerade Gegenteil hinwiesen. Da musste sich der Verdacht aufdrängen, dass dieser Journalist in fremdem Auftrag schrieb – auch wenn er sich die »dienstbeflissenen« Einflüsterungen zu eigen gemacht haben mochte.

Eine regelrechte Pressekampagne wurde gegen Wille entfacht. Sie zielte darauf ab, ein Meinungsklima herzustellen, das zur Verfahrenseinstellung führen sollte. Man benutzte als Instrument dazu auch die persönliche und fachliche Diskriminierung. Ein Interview mit dem Journalisten Kai-Uwe Drews von den *Kieler Nachrichten, KN,* jedoch stach positiv hervor. Unter der Überschrift »Barschel-Ermittlungen: Wille wehrt politische Kritik ab« las ich das Interview:

KN: „Unter uns: Glauben Sie, dass es Mord war?"

HW: „Für Glaubensfragen bin ich nicht zuständig. Dass ich eine persönliche Meinung habe, ist bekannt. Eine Publikation derselben halte ich nicht für förderlich."

KN: „Haben Sie noch ausreichend Distanz zum Verfahren?"

HW: „Selbstverständlich. Ich habe immer Distanz zu dem Fall gehabt, den ich im Übrigen von meinem Vorvorgänger übernommen habe."

KN: „Selbst CDU und FDP werfen Ihnen vor, mit der Stange im Nebel zu stochern. Wie werten Sie das?"

HW: „Es ist nicht Aufgabe von Politikern, die Veröffentlichung von Ermittlungsergebnissen zu fordern. Sie haben kein Recht auf eine Antwort. Wir führen kein offenes Verfahren. Wenn Politiker meinen, an unserer Arbeit herummäkeln zu müssen, dann sollen sie sich fragen lassen, ob das ihr richtiges Staatsverständnis ist."

KN: „Vielleicht will man Sie provozieren, kurz vor der Wahl mit Brisantem herauszurücken?"

HW: „Jeder, der meint, er könne mit diesem Verfahren ein politisches Süppchen kochen, den wird diese Meinung irgendwann als Irrtum einholen. Wir suchen hier die Wahrheit und orientieren uns nicht daran, was politisch opportun ist."

KN: „Es gibt einen bösen Spruch: Wo ein Wille ist, ist auch ein Mikrofon. Ärgert Sie diese Kritik an Ihrer Öffentlichkeitsarbeit?"

HW: „Ich bin Behördenleiter und nicht Oberermittler, wie fälschlich angenommen. Als solcher bin ich gegenüber der Presse zur Auskunft verpflichtet, wenn keine gewichtigen Gründe dem entgegenstehen. Das ist die Rechtslage."

KN: „Halten Sie es für möglich, dass man Ihnen den Fall Barschel entzieht?"

HW: „Nein, das lässt die Rechtslage nicht zu, solange wir unsere Pflichten erfüllen. Dass politisch-opportunistische Gesichtspunkte steuernd in Verfahren eingreifen, ist nicht zulässig."

KN: „These: Sie sind ein politischer Machtfaktor in Schleswig-Holstein. Einverstanden?"

HW: „Das möchte ich ausschließen. Ich halte die Ergebnisse unserer Arbeit, wie immer sie auch aussehen werden, für politisch neutral."

KN: „Ist das nicht naiv?"

HW: „Ein jeder wird versuchen, die Ergebnisse in seinem Sinne zu interpretieren. Damit muss ich leben."

KN: „Wann werden die Ermittlungsergebnisse abgeschlossen sein?"

HW: „Darüber denke ich etwas, aber sage nichts. Die Situation wird später sicher einmal so sein, dass diejenigen, die meinen, wir hätten nichts in der Hand, eines Besseren belehrt werden können."

KN: „Das klingt optimistisch."

HW: „Unsere Chance ist einmalig. Ich habe nicht vor, mir irgendwann vorwerfen zu lassen, etwas versäumt zu haben. Dass ich vielleicht hier und da etwas zu viel gemacht habe, damit kann ich als Staatsanwalt leben."

KN: „Gibt es politischen Druck auf Ihre Mannschaft?"

HW: „Es ist gelungen, das Verfahren von politischem Druck freizuhalten."

Nach dem Interview und dessen Veröffentlichung, gönnte sich Wille einen zweiwöchigen Weihnachtsurlaub, den er schon lange geplant hatte. In dieser Zeit sah er den Kennedy-Film mit Kevin Costner als Staatsanwalt, der in unheimlich beeindruckender Weise versuchte, Licht in das Dunkel des Kennedy-Mordes zu bringen. Letztlich ließ sich der Staatsanwalt im Film von seiner Arbeit so vereinnahmen, dass seine eigenen Kinder ihn kaum noch kannten.

Heinrich Wille schwor sich, dass ihm dies nicht passieren würde, und versuchte, nach diesem Motto zu leben.

„Wird dir das gelingen?", fragte seine Frau kritisch.

„Ich versuche es. Aber letztlich kann man immer nur hoffen, dass es gelingt", antwortete er.

Am nächsten Tag ging er in das nahe gelegene Reisebüro und fragte nach einem Last Minute Flug. Schon vier Tage später flogen sie mit ihren drei Kindern nach Teneriffa und verbrachten einen wunderbaren gemeinsamen Weihnachtsurlaub.

Ronny hatte kurzfristig einen Auftrag für mich. Es eilte. Drei Wochen vor Weihnachten düste ich nach Potsdam zum Treff-Hotel. Pannen bei der Vorbereitung zur Steuerprüfung waren zu beheben. Nach drei Tagen war der Auftrag erledigt. Auf der Rückfahrt hörte ich im Autoradio einen Song von einem gewissen Stefan Raab, das Lied stürme gerade die deutschen Charts, sagte der Moderator. Den Liedtitel kündigte er mit »Maschendrahtzaun« an. Den englischen Text verstand ich auf Anhieb nicht vollständig. Hauptsächlich aber konnte ich mit einigen Namen und der weiblichen Sprechgesangs-Einlage in breiter sächsischer Mundart wenig anfangen. Die eigentlichen Hintergründe der Moaschendroahtzaun-Einsprengsel blieben mir ein Rätsel. Was sollte das? Aber die Melodie war eingängig und lud zum Mitsingen gerade zu ein.

Ich bin ein einsamer Reiter
Ich bin ein echter Kerl
Ich sage dir, das Leben ist nicht einfach
Aber jeden Tag versuche ich es
Ich habe eine Million Orte gesehen

Baby, ich komme herum
Mit einem Sixpack Bier
Und mit einem Maschendrahtzaun
Und ich bin ein hart arbeitender Mann
Ich brauche nicht viel im Leben

Ich habe mein Pferd, ich habe meine Stiefel
Meinen Kopf und ein Messer
Alles, was ich wirklich brauche,
kann sicher gefunden werden
Ich brauche Mädchen, ich brauche Whiskey
Und einen Maschendrahtzaun

Maschendrahtzaun am Morgen
Maschendrahtzaun spät in der Nacht
Maschendrahtzaun am Abend
Maschendrahtzaun tut mir gut

Und wenn ich jemals König wäre
Und ich würde eine Krone bekommen
Dann wäre sie sicher aus Maschendrahtzaun
Alle Damen wollen mich haben
Ich bin ein hübscher Junge

Und so geht die Song-Story weiter: Weil er so ein hübscher Junge ist, wollen ihn auch alle Jungs vernaschen. Besonders Siegfried und Roy, denn der »lonesome rider« ist ein Sexmaschinenbaby. Schließlich hatte er mehr Mädchen als James Brown. Und er habe sie alle auf dem Maschendrahtzaun gefickt. Jetzt aber waren die Zeiten vorbei, denn ihm war etwas Dummes passiert. Er war nur noch halb der Mann, der er früher war. Früher war er der heißeste Mann in der ganzen Großstadt gewesen. Leider aber hat er sich nun am Maschendrahtzaun seine Eier aufgerissen. Und wenn er jetzt jemals König wäre und er würde eine Krone bekommen, ja, dann wäre sie sicher aus Maschendrahtzaun.

Unabhängig von der noch anzustellenden tiefgreifenden Songtext-Analyse kam ich vom Maschendrahtzaun-Song, der während der sechsstündigen Fahrt drei Mal im Autoradio gespielt worden war, völlig beschwingt zu Hause an. Ich fragte als erstes meine beiden Teenager, ob sie den Song und einen Sänger namens Stefan Raab kennen würden,

„Aber Papa!“, rief Karola aus. „Du wirst doch wohl Stefan Raab kennen!“

„Tut mir leid, aber ich kenne ihn nicht.“

„Stefan Raab kommt jeden Montag um 20 Uhr bei ProSieben“, ergänzte Luca.

„Ach, das ist ein Fernseh-Star?"

„Mensch Papa! Du musst doch diese Sendung kennen, sie ist einfach zum Totlachen und heißt *TV total*", entrüstete sich Karo.

„Dann kennt ihr wohl auch den Song *Maschendrahtzaun*?"

Luca nickte. „Der ist geil! Der verarscht voll die Tussi mit ihrem rosa Käppi."

„Die Tussi heißt Zindler", sagte Karo.

Ich ließ mir die Sache von meinen aufgeweckten Pubertieren erklären:

Im Oktober 1999 trat Regina Zindler mit ihrem damaligen Nachbarn, dem Herrn Gerd Trommer, in der Gerichtsshow *Richterin Barbara Salesch* im TV-Kanal »Sat.1« auf. Grund für diese Verhandlung war ein Nachbarschaftsstreit in der sächsischen Stadt Auerbach im Vogtlandkreis. Zindler verlangte von Trommer, einen auf seinem Grundstück wuchernden Knallerbsenstrauch zu entfernen, der ihren Maschendrahtzaun beschädige. An dem Strauch würden Tautropfen hängen bleiben, die ihren Zaun zum Rosten bringen würden. TV-Richterin Salesch gelangte zu dem Urteil, dass die Schäden nicht bedeutsam seien, weswegen Zindlers Klage abgewiesen wurde.

Der Fernsehmoderator Stefan Raab griff diesen kuriosen Nachbarschaftsstreit im selben Monat in seiner Sendung *TV total* auf. Das hatte ich natürlich nicht mitbekommen. Raab amüsierte sich köstlich zum einen über die Skurrilität des Verfahrens und zum anderen insbesondere über Frau Zindlers vogtländischen Dialekt und über ihre Aussprache der

Wörter »Maschendrahtzaun« und »Knallerbsenstrauch«.

Raab hatte in seiner Sendung eine Art Probe-Shot seines angedachten Songs vorgestellt, in dem er die Videotakes mit Zindler in der Strophe und im Refrain verwendete. Die Resonanz dieser Rohfassung war so groß, dass sich Raab entschloss, den zusammen mit Jens Bujar geschriebenen Song unter der Mitwirkung der Band *Truck Stop* im Countrystil zu produzieren. Dabei wurde die Originalaufnahme der Wörter »Maschendrahtzaun« und »Knallerbsenstrauch« aus der TV-Gerichtssendung von Zindler in das Lied hinein editiert. Mit dem Titel *Maschen-Draht-Zaun* entstand jene Maxi-CD, die ich im Radio gehört hatte und die bereits am 12. November 1999 erschienen war.

Leider hatte ich das alles erst drei Wochen vor Weihnachten mitbekommen. Doch jetzt begann mein Autorenherz wie verrückt zu hämmern. Mein Autorenhirn fantasierte inzwischen wild herum und malte sich bereits den Nachbarschaftsstreit in allen möglichen Variationen aus. Mehr oder minder der Tragweite meiner Entscheidung bewusst, zimmerte sich mein geistiges Hinterstübchen bereits ein abenteuerliches Romangestell zurecht. Und mein Unternehmerverstand kalkulierte bereits Vertriebs- und Werbekosten und wägte diese gegen den Erlös ab. Es sollte ein Glückstreffer werden, was ich jedoch noch nicht wissen konnte.

Als erstes jedoch schaute ich mir am folgenden Montag mit meinen beiden älteren Kids die Raab-Show an. Wenn ich zum Song einen Roman schreiben und am Höhenflug des Songs teilhaben wollte, dann musste ich mich sputen. Also zog ich mir schnell *TV-total* rein, um erst einmal das Sendeformat – und vielleicht meine spätere Lese-Zielgruppe – kennen zu lernen. Parallel dazu begann ich mit dem Schreiben.

TV total wurde mit einem Stand-up-Monolog eröffnet, in dem kuriose Szenen aus anderen Fernsehsendungen und aktuelle Schlagzeilen gezeigt wurden. Neben Talkgästen gab es diverse Einspieler sowie Auftritte von Comedians und Musikern. Letztere wurden oft von der Showband *Heavytones* begleitet, die auch die ganze Sendung musikalisch untermalten. Nach den schlechten Erfahrungen mit *Gottschalks Late Night* und um eine Konkurrenz zur *Harald Schmidt Show* zu vermeiden, wurde das Konzept an ein jüngeres Publikum angepasst und erweitert.

Die respektlose Auseinandersetzung mit Pannen und fragwürdigen Entwicklungen im deutschen Fernsehen war eine zentrale Komponente, was auch in Name und Logo der Sendung zum Ausdruck kam – einem Fernsehapparat mit Teufelshörnern.

Ich beschäftigte mich stattdessen mit dem Buchhandel. Die Erstauflage »Nina N.« hatte mir die Fuldaer Verlagsanstalt gerade ausgeliefert, und ich bereitete den Vertrieb über den Buchgroßhandel vor. Ronny hatte mir dafür den ganzen Januar bei vollem Gehalt freigegeben. Allerdings sollte ich die Immobilienfonds von zu Hause aus telefonisch weiterhin im Auge behalten, na, holla die Waldfee, das war quasi Heimarbeit. Befreit war ich lediglich von der Reisetätigkeit. Immerhin. Und jetzt kam noch mein neues Schnell-Schreib-Projekt mit dem Titel »maschendrahtzaun« hinzu. Es musste spätestens Mitte Januar als Manuskript fix und fertig vorliegen und bis Ende Januar gedruckt und Anfang Februar in den Vertrieb gegangen sein.

Ich hatte eine prima Idee: Meine Zielgruppe sollte das Kiosk- und nicht das Buchhändler-Publikum sein. Also ermittelte ich in Blitzeseile die Zeitungs- und Buch-Lieferanten für Kioske, schrieb die zwölf Pressegrossisten an, machte ihnen den Mund wässrig mit dem „Absoluten Horror-Thriller zum aktuellen Maschendrahtzaun-Chartsong" mit einem 50-Prozent-Erlös für sie. Über eines war ich mir klar: Das Büchlein musste ein möglichst Kiosk gerechtes Format aufweisen und sollte nicht zu viele Seiten haben. Ich wählte ein Format von 16 auf 11 Zentimeter und beschränkte die Story auf 190 Seiten. Schnell entwarf ich einen groben Umriss der Roman-Idee. Schließlich musste ich den Vertriebsexperten für die Kioskbelieferung »Butter bei die Fische« geben.

Für die Grossisten, die Kioskbetreiber und – sehr viel später – für die zukünftigen Leser bewarb ich den kleinen Thriller mit den Worten: »Wegen nachbarschaftlicher Verstrickungen gerät Regina Z. in den Sog unvorstellbarer Ereignisse. Mysteriöse Migräne-Anfälle, eine unheimliche Gehirn-Operation und ein Fernsehauftritt bei der TV-Richterin Barbara Tonweck stehen am Anfang. Dann wird ein Song des Liedermachers Stefan Rabs von *PRO SEX* zum Stolperstein ihres Lebens.

Überraschende, sich überstürzende Geschehnisse lassen sie und ihr Umfeld in den Strudel eines endlosen Horrors geraten. Und in einer Welt des Endstadiums lauern ungeheuerliche Ungetüme, Knallerbsmutanten, erbarmungslose, längst verdrängte Albtraum-Gestalten, die kein Maschendrahtzaun aufhalten kann.

Merkwürdige Dinge ereignen sich rund um Regina Z., die im Brennpunkt eines TV-Krieges zwischen *RDL*, *PRO SEX* und *SAD 1* steht.

Seltsames ereignet sich an Bord eines Flugzeugs, mit dem die Zaunkönigin schließlich nach Paris entführt wird. Seltsam deshalb, weil sich Raum und Zeit verschieben und ganz normale Dinge unversehens zu einer Odyssee ausweglosen Schreckens mutieren. Ein Aufschrei geht durchs Land: „Mama, ich will lieb sein …“

Und noch scheint nichts zu spät zu sein … bis die Schneidezähne der Knallerbsmutanten die Welt in Scheiben schneiden.«

Irrsinniger Weise waren die Presse-Großhändler vom Thema irrsinnig begeistert. Offenbar hatten sie den richtigen Riecher.

Als erstes, noch vor Weihnachten, einen Monat bevor der Thriller zum Verkauf stehen sollte, versuchte ich, bei Stefan Raab Aufsehen für mein Romanprojekt zu erregen und schrieb ihm:

Betrifft: Thriller »maschendrahtzaun«
Veröffentlichung in Kürze geplant

Lieber Herr Raab,

gerne würde ich in einer Ihrer Shows auftreten, um mein Thriller-Projekt vorzustellen, das Ihren hervorragend komponierten Song begleiten soll. In der Anlage übersende ich Ihnen eine Kurzbeschreibung des Buchprojektes. Ich habe selbstverständlich auf die erforderliche Verfremdung geachtet.

Ein frohes Weihnachtsfest und weiterhin viel Erfolg wünscht Ihnen und Ihrem Song
mit den besten, kollegialen Grüßen Stefan Koenig

Jetzt hieß es Geduld bewahren und warten, ob mich Raab zu seiner Show einladen würde, was für meinen Thriller freilich einen unwahrscheinlich tollen Werbe-Effekt bedeuten würde.

*

Als uns kürzlich Meise besucht hatte, hatte er Postels zweiten Brief mitgebracht, in dem dieser über seinen Prozess berichtete. Mich interessierte die Person Postel als Mensch. Wie konnte Postel seinem ehemaligen Förderer im Gerichtssaal von Angesicht zu Angesicht gegenüberstehen?

Meise hatte mir das Schreiben mit der Bemerkung gereicht: „Dieser Postel ist ein Phänomen."

Und jetzt nutzte ich die Warteschleife in der Vorweihnachtszeit und las: »Lieber Meise, menschlich schwierig wurde der Prozess an jenem Tag, als Dr. Gutfreund auftrat. Dieser Mann war wirklich gut zu mir gewesen. Er hatte mich geliebt wie seinen eigenen Sohn, sofern er einen hatte. Ich wiederum hatte in ihm zeitweilig einen zweiten Vater gesehen, in dessen Gesellschaft ich mich stets wohlgefühlt hatte und der für mein Selbstbewusstsein mehr getan hatte als jeder andere.

Diesem gütigen Pfeifenraucher hätte ich jetzt eigentlich wie ein verlorener Sohn zu Füßen fallen und ihn um Verzeihung bitten müssen. Wahrscheinlich hätte er, wie in der Bibel, sofort für mich ein Lamm geschlachtet und das eifersüchtige Ministerium darüber belehrt, dass ihm ein reuiger Postel mehr wert sei als tausend solide Ministerialdirigenten mit Bausparverträgen und Persilscheinen von der Gauck-Behörde.

Aber stattdessen musste ich mich in eine, von meinen Anwälten und der Presse vorgegebene, Choreographie einfügen, die es mir verbot, den Regungen meines Herzens nachzugeben. Dr. Gutfreund sollte vorgeführt werden als inkompetenter Klinikchef, der einem durchschnittlich begabten Postboten anderthalb Jahre auf den Leim gegangen war. Ich sollte unbeteiligt zuschauen, wie dieser Heilige der Lächerlichkeit preisgegeben wurde. Das bisschen, was ich noch an Anstand in mir hatte, sträubte sich gegen dieses Vorhaben. Aber genauso, wie bei jenen, die seinerzeit in die innere Emigration gingen, war mein Widerstand gegen das, was nun geschehen sollte, von außen nicht erkennbar.

Dr. Gutfreund betrat den vollbesetzten Saal, seine Pfeifentasche in der Hand. Unsicher schritt er zwischen den herzlosen Gaffern zu seiner Schlachtbank, dem Zeugentisch. Er schien mir um Jahre gealtert. Sein Gesicht wirkte fahl. Seine zufriedene Gelassenheit war verflogen. Beim Hinsetzen schenkte er mir einen verstohlenen Blick, wie mir schien, voller Verzweiflung. Bat er um Schonung? Da saß nun der Mann, in dessen Dienstzimmer ich so viele schöne und lehrreiche Stunden verbracht hatte, und berichtete über etwas Dummes, was ihm passiert war:

Also wie er den Herrn Postel kennen gelernt habe, das wusste er zunächst nicht so genau. War es im Ministerium oder war er schon vorher bei ihm in Zschadraß? Ach ja, da hatte ja ein Professor von Berg angerufen und ihn empfohlen.

(Was mich ziemlich verletzte, war die Lieblosigkeit, in der er meine Streiche erzählte. All die schönen Details waren ihm einfach entfallen.)

Und er hatte ja hervorragende Zeugnisse und er war ja Facharzt für … und er besaß ja auch den Zusatztitel. Der andere Bewerber, der konnte ja nicht mal ordentlich Deutsch. Wissen Sie, es gibt nicht viele qualifizierte Ärzte, die freiwillig nach Ostdeutschland gehen.

(Warum tat er jetzt bloß so, als ob er und das Ministerium sich einfach für das kleinere Übel entschieden hätten, sozusagen für den Einäugigen unter den Blinden? Konnte er nicht einfach zugeben, dass er schlicht von mir begeistert gewesen war, dass ich ihm damals wie ein Geschenk des Himmels erschienen war?)

Eigentlich suchten wir ja einen für den Maßregelvollzug. War das in der Ausschreibung überhaupt gesagt worden? Ja, wir suchten jemand für den Maßregelvollzug. Aber die Oberarzt-Stelle war doch auf Dauer angelegt und der Maßregelvollzug in Zschadraß sollte ja bloß abgewickelt und nach einem halben Jahr aus Zschadraß ganz verlegt werden? Ich bleibe dabei. Wir suchten jemand, der organisieren kann. Später sollte er ja die psychiatrische Tagesklinik aufbauen. Organisieren war die Stärke von Herrn Postel. Ja, das muss man sagen.

(Jetzt kam diese lächerliche Maßregelvollzugs-Organisations-Arie. So ein Unsinn. Wer von uns Ärzten interessierte sich schon für die psychisch kranken Straftäter? Jene Säufer, die erst mit vier Promille im Blut es wagten, ihre Frau umzubringen. Organisation? Sicher sollte er sein, der Maßregelvollzug, alles gut abgeschlossen, verlässliche Gitter an den Fenstern etc. Keine modischen Therapie-Sentimentalitäten! Warum erzählte Gutfreund nicht, dass ich mich im Maßregelvollzug so gut wie nie blicken ließ?)

Medizinisch hat er sich immer stark abgesichert. Er war zwar auch für rein psychiatrische Stationen zuständig, aber da hatten wir ja hervorragende Stationsärzte. War da wirklich alles in Ordnung? Gab es nicht auch Missstände, einen Stationsarzt, der durch die Pyjamahose spritzte? Davon habe ich gehört. Es ist ein unbewiesenes Gerücht.

(Meine Enttäuschung über Dr. Gutfreund wuchs. Hatten wir an derselben Klinik gearbeitet? Was war mit seinen ständigen Klagen über seine Mitarbeiter?)

Warum ich Postel so eine gute Zwischenbeurteilung gab? Nun ja, er war zu Anfang sehr tüchtig. Da er bei Medikationen und anderen ärztlichen Entscheidungen immer um Rat fragte, galt er als kollegial und konnte mangelnde Fachkenntnisse verdecken. Später ist er menschlich mit einigen Mitarbeitern herrisch und ungeschickt gewesen. Ich musste eingreifen. Und so fort …

(Dr. Gutfreund, es reicht mir! Sie haben mich in meinen Leistungen immer als »erheblich über dem Durchschnitt« eingeschätzt. Das wollen Sie jetzt einfach nicht mehr wahrhaben.)

In meinen Augen war Dr. Gutfreund vor allem feige. Dass er außerdem auch noch raffiniert und gemein sein konnte, sollte ich am Ende der Befragung erfahren. Mein Verteidiger Becker fragte ihn nämlich recht suggestiv: Sagen Sie, Dr. Gutfreund, sind Sie nicht vor allem persönlich enttäuscht über Herrn Postel? Sie hatten doch so ein gutes Verhältnis zu ihm und er hat Sie doch so schmählich hintergangen!

Gutfreund roch den Braten und parierte mit einer Antwort, die meine volle Hochachtung verdiente: „Wissen Sie, Herr Verteidiger“, sagte er, „ich persönlich bin nicht enttäuscht. Das wirklich Schlimme ist die Enttäuschung, die Herr Postel bei unseren Patienten hinterlassen hat. Ich meine den Vertrauensverlust bei unseren psychisch Kranken.“

Das war einfach großartig: So mit pastoraler Stimme ganz nebenbei dem Verteidiger zu einem Eigentor zu verhelfen und gleichzeitig einen derart pathetischen Abgang zu finden. Ich hatte Dr. Gutfreund unterschätzt!

Hocherhobenen Hauptes verließ er unvereidigt den Saal. »Der Vertrauensverlust bei den Patienten« sollte von da ab zum Leitmotiv der Anklage werden. Ein feiner Spruch, real nicht belegbar und im Übrigen auch falsch, geht er doch von der Annahme aus, die zwangsweise in der Psychiatrie Untergebrachten hätten per se Vertrauen zu ihren Ärzten. Das Gegenteil ist nach meinen Erfahrungen der Fall. Die

Patienten fürchten die Ärzte, trauen ihnen das Schlimmste zu, wenn sie mit aufgezogenen, leicht tröpfelnden Spritzen sich ihnen lächelnd nähern und dabei sinnlos beruhigende Worte von sich geben, bevor sie zustechen.

Heute sehe ich Gutfreunds Auftritt in einem ganz anderen Licht. Ich glaube, er wollte zwar einerseits sich selbst schützen, andererseits aber stellte seine Aussage den delikaten und sensiblen Versuch dar, mir die Ablösung von ihm zu erleichtern. Um mich nicht zu stark meinen selbstzerstörerischen Kräften auszusetzen, brachte er es über sich, seine Worte so zu wählen, dass sich meine Wut auf ihn richten und ich dadurch endlich genug Trennungsenergie ansammeln konnte, um die längst fällige Zerstörung des Gutfreund-Heiligenbildes, das ich in mir trug, zu vollbringen.«

Obwohl der Brief an Meise noch seitenlang weiterging, hatte ich im Moment keine Geduld mehr und legte ihn beiseite. Es wartete die übliche Weihnachtsarbeit auf mich. Denn für den Weihnachtsschmuck rund ums Haus und im Haus war ich verantwortlich, also schmückte ich unser Haus wie jedes Jahr für das bevorstehende Fest. Es war bereits das vierte Weihnachten, dass meine Familie ohne meine 1996 verstorbene Mutter feierte. Mein Vater war nun schon vor einem Jahrzehnt gegangen. Aber es war kein unmittelbares Thema mehr. Wir gedachten in den Adventswochen meiner Eltern, indem wir über unsere Erinnerungen sprachen – wie Otto und Lollo mit den Kindern gespielt hatten. Wie wir gemeinsam mit ihnen den Opel-Zoo oder den großen

Frankfurter Zoologischen Garten, den Palmengarten oder das Senckenberg-Museum besucht hatten. Im Gegensatz zum ersten Jahr nach ihrem Tod vermissten die beiden älteren Kinder ihre Oma nicht mehr so arg.

Verstorben waren in diesem Jahr auch Dusty Springfield, Willy Millowitsch und der Schriftsteller Heinz Günther Konsalik. Dusty Springfield war mit ihrer für eine weiße Sängerin sehr ungewöhnlichen Soulstimme bekannt als »The White Queen of Soul«. Willy Millowitsch hatte ich 1988 zuletzt im TV-Fernsehspiel *Die Wupper* gesehen. Da spielte er einen rührenden Großvater. Seine bekannteste Fernsehrolle war jedoch die des *Kommissar Klefisch* im WDR-TV.

Konsalik war einer vom ganz alten Schlag. Mein längst verstorbener SS-Onkel las in den 1960er und 70er-Jahren seine Romane mit Begeisterung. Der Berliner Literaturwissenschaftler Matthias Harder wies in Konsaliks Schaffen und Gedankenwelt zahlreiche nationalsozialistische Tendenzen nach. So habe er gegen das „semitisch-marxistische Theater" der Weimarer Republik polemisiert, das „Weltbild des germanischen Blutes" vom bösen „jüdischen Willen" bedroht gesehen und 1940 ein pathetisches *Theaterstück über die Hitlerjugend* verfasst. Der in Köln ansässige Autor Wolfgang Bittner warf Konsaliks Werk „faschistoide Tendenzen" vor und wandte sich gegen die Förderung von vier Romanen Konsaliks durch die Filmstiftung Nordrhein-Westfalen mit vier Millionen DM, woraus sich eine öffentliche Kontroverse entwickelte.

Kritiker wie Lew Kopelew hielten Konsalik für ein Symbol des Revanchismus in Westdeutschland, der Germanist Karl Otto Conrady hielt ihn für einen „neofaschistischen *Propagandisten des Kalten Krieges*". Wladimir Kaminer sagte über das Grundmuster der Konsalik-Romane: „Ein deutscher Kriegsgefangener mit masochistischen Zügen verliebt sich in dem roten Riesenreich in eine dominante russische Frau in Uniform und (sehr wichtig) Riesenbrüsten."

Dazu muss man wissen, dass Konsalik mit 85 Millionen Büchern Platz 3 der Autoren mit den meistverkauften Büchern Deutschlands belegte – nach Karl May und Helmut Rellergerd (John Sinclair). Die unterschwellige Russophobie konnte durch Konsalik also konformistisch weiterleben.

Am zweiten Weihnachtsfeiertag besuchte uns die Familie meines Bruders. Wie immer tauschten wir Weihnachtsgeschenke aus. Und wieder einmal gab es von mir ein Fußballbuch für Günter. Wieder einmal konnte ich mir meine großartige Rolle im deutschen Fußball nicht verkneifen. In unmissverständlicher Bescheidenheit machte ich klar, dass ohne meine Wenigkeit als Linksaußen der FC Bayern überhaupt nicht vorankomme.

„Nur ein Wort davon kann ich bestätigen: Linksaußen!", entgegnete Günter.

Zwischen den Jahren lief auf irgend einem neuen Kanal »Same procedure as every year!«. Und im Vorspann dazu hieß es, dass etwa 14 Millionen Menschen an Silvester die Sendung einschalten, wenn Butler James im TV-Klassiker »Dinner for One« für vier längst verstorbene Gäste seiner Hausherrin mittrinken muss.

Auch wir schauten die Traditionsshow, doch jetzt bemerkte ich bei mir zum ersten Mal eine gewisse Ermüdung, um nicht das Wort Langeweile zu gebrauchen. Das Lächeln fiel mir schwer, obwohl ich mich ansonsten unbeschwert fühlte. Die Kids aber lachten immer wieder laut auf, wenn der Butler während der achtzehn Minuten durch das Vier-Gänge-Menü stolperte und dabei ein Feld der Verwüstung hinterließ: Wenn Wein- und Soßenflecken Tischdecke und Boden zierten, wenn Teppich und Tigerfell völlig ramponiert wurden und das Essen tief flog.

Dieses Mal gab‘s einen Tag vor Silvester unser inzwischen traditionelles Familienessen, Karpfen mit Salzkartoffeln, und als Nachtisch flambierte Birnen. Anschließend präsentierte ich das Wort des Jahres. Es hieß »Millennium«, aufgrund des darauffolgenden Jahres 2000. Die hochheilige Familie der deutschen Sprachjury ließ uns eine Vielzahl von Begriffen wissen, unter denen sie auszuwählen hatte: Kosovokrieg, Generation @, Euroland, nachbessern, Doppelpass, Anderkonto und zu guter Letzt die »feindliche Übernahme«.

Zu Weihnachten hatte mir Emma ein neues Handy geschenkt, neuerdings war die Beliebtheit von SMS-Kurznachrichten stark angestiegen. Hatte ich in den vergangenen zwei Jahren vielleicht vier SMS im Monat erhalten, so waren es nun genauso viele pro Woche. Gerade hatte mir meine frühere

Frankfurter Sekretärin, Frau Wenzel, einen guten Rutsch gewünscht. Wie schick, eine SMS!

Am Freitag, dem 31. Dezember, dem letzten Tag im vergehenden Jahrtausend, machten Emma und ich uns abends auf den Weg durch den Schlosspark zur gräflichen Silvesterparty, unsere aufgeregten Kinder im Schlepptau. Als wir am Schlossparkteich vorbeikamen, sahen wir schon das sanft angestrahlte Schloss in seiner märchenhaften Pracht vor uns liegen. *Erstaunlich,* dachte ich, *als Linksaußen lässt du dich doch ganz schön vom märchenhaften Gewand eines Gemäuers einlullen.* Ich glaube, es sind tatsächlich die alten Märchen, die uns unsere Eltern erzählten, die nachwirken – ob man will oder nicht. In ihnen ging es um geheimnisvolle Schlösser, um Kerker und Küchen mit Kupferkesseln, um Ritterschlachten, schier unüberwindliche Wassergräben und um hohe Räume mit offenen Kaminen, an deren offener Seite die Würste zum Räuchern hingen.

Für die Kleinen hatte Gräfin Julia zu Solms einen großen Raum als Ess- und Spielbereich zur Verfügung gestellt. Ihre eigenen beiden Kinder und unsere kannten sich bereits, auch waren noch sechs andere Kinder im Alter zwischen vier und zehn Jahren gekommen. Sie wurden von zwei jungen Frauen betreut, die den Abend über – nach der kindgerechten Pommes-Mahlzeit – Spiele organisierten, und zwischendurch die in einem Seitenraum schlafenden zwei Gastkinder im Auge behielten.

Graf Karl zu Solms läutete den Abend mit einer Rede ein, von der ich schreckerfüllt annahm, dass er das vergangene Jahrhundert in einer langen Kurzfassung Revue passieren lassen wollte. Aber Gott sei Dank wollte er nicht. Wahrscheinlich hatte er damit die gleiche Erfahrung gemacht wie ich bei den früheren Dia-Abenden meiner Freunde. Er fasste sich kurz und ließ nur ein paar wenige Besonderheiten des vergangenen Jahres an uns vorüberziehen. Nachdem er die Laubacher Ehrengäste bekannt gemacht hatte, kam in seiner Rede folgendes vor: Nostradamus, der Papst, die Partnerstadt Didim, die Europäische Union, das Laubacher Jagdrevier, das Rehwild, das Schwarzwild und die Wildschweinbratwurst – und schon war er bei der Empfehlung der Speisen, die im Anschluss seiner kurzen Rede aufgetischt wurden.

Der eine oder andere mochte Troubadix mit einer Gesangseinlage vermisst haben. Oder Obelix mit seinem Hinkelstein in der einen und einem erlegten Wildschwein in der anderen Hand. Oder den kleinen, aber feinen Asterix mit einem großen Pott Zaubertrank. Ich nehme an, dass diese gallischen Helden nebenan bei unseren Kids zu Gast waren. Emma und ich freuten uns, in der Nähe einiger guter Bekannter sitzen zu können. *Mit ungezwungenem Humor überstehe ich alles völlig unbeschadet,* sagte ich mir, bis ich in die Augen meines Tischgegenübers blickte. Da saß tatsächlich mit breitem Grinsen die Skulpturenkünstlerin und begann das Gespräch mit mir über ihre esoterischen Themen.

Ulrike und Kurt Feustel hatten uns damals mit ihr bekannt gemacht, weil sie – in guter Absicht – Kunst mit Kunst paaren wollten. In diesem Moment bereute ich diese Bekanntschaft zutiefst. Zu meinem

Pech hatte ich sogar ihren Künstlernamen vergessen, also begrüßte ich sie mit den Worten: „Schönen guten Abend, Frau Weichelberg, ich freue mich, dass wir …“

Weiter kam ich nicht. „Aber Herr Koenig, Sie wissen doch, dass mein wirklicher Name Lo-Lu-Elia ist. Vergessen Sie einfach den anderen Namen. Wir wollen doch mit unserer wahren Identität ins neue Jahrtausend gehen.“

Ich nickte stumm, wartete einige abwägende Sekunden und gab zu bedenken: „Eigentlich beginnt das neue Jahrtausend erst in zwölf Monaten, nämlich am 1. Januar 2001. Und erst am 31. Dezember 2000 enden die 2000 Jahre nach Christi.“

„Das stimmt nicht“, wandte Emma energisch ein. „Da hast du dich vertan. Denk mal anhand deines eigenen Geburtstags nach. Oder rechne anhand von Christi Geburt nach, wann 2000 Jahre rum sind.“

„Lassen wir heute mal lieber Christus aus dem Spiel“, ließ sich die lebendige Kunstskulptur gegenüber von mir hören.

Ich musste sofort an ihr Blutgruppen-Kochrezept denken, dass sie uns in ihrem Atelier damals zubereiten wollte. Jetzt fiel mir dazu noch das Blut Christi ein.

Lo-Lu-Elia wackelte während dieser langanhaltenden Begrüßungsprozession bei jedem, von uns und ihr ausgesprochenen, Satz fast rhythmisch mit dem Kopf, an dem mehrere lange Zöpfe in ungeordnetem Zustand hingen. Die Zöpfe waren noch immer – oder schon wieder – durchwirkt mit glänzenden bunten Fäden. *Vielleicht sind es Chemtrail-Chromstreifen, die sie frühmorgens aufgesammelt hat,* hatte ich damals ironisch vermutet. Schließlich glaubten viele Esoteriker, dass die Regierungen nachts Metallschnipsel über ihrem Volk abwerfen, um es zu verdummen, damit man die Regierung immer und immer wieder wählt. Heute weiß ich, dass es diese glänzenden Streifen bei *Tedi* für Einsfünfzig gibt.

„Ja, Christus lassen wir heute mal hinter uns", sagte ich. „Haben Sie Weihnachten schön feiern können?"

Sie stutzte, offenbar aber nicht wegen Weihnachten, denn sie sagte: „Wie waren doch inzwischen beim Duzen!" Ein wenig schwang Entrüstung ob meiner Entfremdung in ihrer Stimme.

„Stimmt", sagte ich und lächelte freundlich.

Hoffentlich fragt sie jetzt nicht, ob ich Kabbala oder Schamanismus kenne, denn das fragt sie bisher immer, wenn man sich sieht, dachte ich genau in dem Moment, als sie mich fragte: „Sagen dir eigentlich Kabbala oder Schamanismus etwas?"

„Leider nicht", antwortete ich und war mir sicher, dass sie dies in der Vergangenheit derart oft zur Antwort bekommen haben musste, dass sie es absolut nicht allein mir zuordnen konnte.

„Sehr schade! Und wie steht's mit Mondgesang, Mönchsgesang, Rosenkreuzertum und Heilbeten? Sagt dir das was?"

„Auch da muss ich passen", passte ich.

„Aber Heilfasten, Heiltanzen oder Blumenpressen – schon mal gehört?"

„Ja, das eine oder andere kommt mir bekannt vor.“ Es war immer dasselbe Geplänkel und radikal-triviale Gefrage. Doch tief in mir saß noch die Mahnung meiner geschätzten Gattin, Lo-Lu-Elia nicht mit meinen schrägen Witzen hochzunehmen. Das sei für mich eine gute Übung in Sachen Neidlosigkeit unter Künstlern und freiheitlich-demokratischer Toleranz. Aber, ehrlich gesagt, immer wieder dieselben doofen Fragen gestellt zu bekommen, war mir einfach zu doof.

Zum Glück wandte sich in diesem Augenblick eine junge Frau, die neben Lo-Lu-Elia saß, mit einer scheinbar hochinteressanten Frage an ihre Nachbarin, sodass deren Interesse an mir schlagartig erlosch. So hatte ich Gelegenheit, mein Auge in Ruhe schweifen zu lassen.

Jedenfalls saß mir nun Lo-Lu-Elia gegenüber, wieder einmal eingekleidet in ihren Lieblingsfummel. Irgendwas, was wie eine eilig gefertigte Nähmischung aus einem Indianer-Tipi und einem dieser bunten IKEA-Flickenteppiche aussah. Mir kam Lo-Lu-Elias Umhang einfach unheimlich vor. *Wer so was trägt, ist zu vielem fähig,* hatte ich beim ersten Kennenlernen gedacht – und so dachte ich auch jetzt noch.

Von der rechten Seite näherten sich zwei Servicehelfer, um Wasser und Karaffen mit Wein aufzutischen.

Lo-Lu-Elia sah der Sache skeptisch zu, und als die beiden außer Sichtweite waren, holte sie ein Stück Pappe aus ihrer Tasche und stellte erst die eine, dann die andere Weinkaraffe auf die Pappe, auf der in verschiedenen Farben Kreise aufgezeichnet waren.

Ich musste unverhohlen lächeln, denn ich kannte bereits das Theater, das nun folgen würde.

„Du lachst hoffentlich nicht über das Mandala“, sagte Lo-Lu-Elia, die offensichtlich dachte, ich würde ihren Hokuspokus lächerlich machen. Aber das war weder meine Absicht noch meine Art.

„Nein, nein“, versicherte ich, völlig überrumpelt. „Alles okay.“

Und dann erklärte die tolle Lo-Lu-Elia ihrer jungen Nachbarin nachsichtig, dass ihr Mandala den Lebensmitteln auf einfache Weise schlechte Energien entziehen könne. Durch die Warenscanner an der Kasse gelangten nämlich negativ geladenen Teilchen in die Sachen.

„Und wo ziehen die negativen Teilchen dann hin?“, warf ich völlig ernsthaft die Frage in den Raum, wie ich damals schon einmal völlig ernsthaft nachgefragt hatte. Heimlich bekam ich von Emma einen Fußtritt unterm Tisch.

Und das wenig Erstaunliche war, dass ich von unserer Manda-La-Lo-Lu-Elia die gleiche Antwort wie damals erhielt: „Sie ziehen in die unendlichen Weiten des Universums“, und sie zeigte nach oben an die wunderschöne Decke, eine wirklich schöne, stuckverzierte hohe Decke der Alten Schlossküche, denn so hieß der Raum unserer Feierlichkeit.

Immer, wenn Lo-Lu-Elia an diesem Abend einen Schluck Wein trank, schloss sie die Augen und ließ sich theatralisch in ihrem raschelnden Zelt nach hinten fallen, sodass alle in ihrer Umgebung auf sie aufmerksam wurden. Nur das gräfliche Ehepaar saß weit genug entfernt von unserem Tisch und unterhielt sich prächtig mit dem Bürgermeister. Wahrscheinlich ging es um den zu erneuernden Pachtvertrag des Schlossparks, denn der CDU-Graf beabsichtigte schon seit langem, dem CDU-Bürgermeister einen klagenden Vortrag über die gestiegenen Unterhaltungskosten zu halten.

Lo-Lu-Elia schaute stirnrunzelnd zu den beiden Christdemokraten hinüber und sagte: „Irgendwas stimmt mit deren Karma nicht, liebe Freunde!" Dann wandelte sie in ihrem Gewand schnurstracks an den Tisch der beiden, wo nun vermutlich eine große Karma-Hemisphäre entstand. Auf alle Fälle konnte ich mich in den nächsten zwei Stunden erholen, und als sie später mir gegenüber wieder Platz nahm, hauchte ihr Atem ein derart destilliertes Karma aus, das Emma auf drei und ich auf mindestens vier Karaffen Rotwein tippten. Die Frau war für dieses Jahrhundert erledigt.

Nicht erledigt war hingegen das erste Jahrtausend. Noch genau zwölf Minuten war es existent. Die Betreuerinnen der Kinder brachten den Eltern ihre lieblichen, aufgedrehten Kids an den Tisch. Karola und Luca kamen auch; sie hatten in den vergangenen Stunden immer mal wieder im Spielzimmer ausgeholfen. Wir zogen Jenny und uns warm an, denn nun ging es im Schlosshof weiter. Dort sollte das neue Jahrtausend mit mittelalterlichem Feuerwerk und einem Live-Blaskonzert des Laubacher Musikvereins begrüßt werden.

Punkt Mitternacht startete im Schlosshof zuerst das Feuerspektakel aus Ritterszeiten. Der Schlossbrunnen verwandelte sich in eine prächtige Leuchtsprudelquelle. Es regnete beeindruckend hell glitzernde Silberstreifen aus den Schlossfenstern. Später dann, als Mittelalter und Renaissance pyrotechnisch überwunden waren, stiegen moderne asiatische Raketen über den riesigen Wipfeln der Schlossparkbäume hoch und ließen kleine bunte Sterne herabregnen. Für die Kinder gab es keine Chinaböller, nur Bodenfeuerwerk. Und nachdem etwas Ruhe eingekehrt war, hörte man Händels Feuerwerksmusik aus den Lautsprechern erschallen. Als auch dieser Klassiker verklungen war, trat die Blaskapelle in Aktion. Mindestens drei Hörner bliesen etwas ganz anderes als die Mehrheit der Zwölf-Mann-Kapelle.

„Die Apostel-Kapelle des Herrn“, flüsterte ich Emma ins Ohr, aber laut genug, um das unmelodische Gedröhne der zwölf Unerbittlichen zu übertönen.

Sie nickte. „Ich nehme an, dass genau dieses Blaskonzert die von Nostradamus angesagte Katastrophe ganz zum Schluss, kurz vor dem Ende der Welt, ist“, sagte Emma.

„Es ist eher dem vielen Schnaps geschuldet. Der Verursacher heißt Schnapsodamus“, antwortete ich.

Alle Gäste und die Gastgeber beglückwünschten sich gegenseitig zum neuen Jahrtausend. *Irgendwie haben sich Nostradamus, Lorber, Irlmaier und all die anderen Katastrophenpropheten entweder grundsätzlich oder aber in der Zeit geirrt,* dachte ich und atmete erst einmal erleichtert auf. Dagegen hatte mein Vater immer gesagt: „Aufgeschoben ist nicht aufgehoben.“ Und genau das fiel mir dann auf dem kalten Nachhauseweg ein. Wir hatten es eilig, es war kalt geworden und wir alle waren müde. Jenny drohte beim Laufen in jedem Moment einzuschlafen.

Auf die Schnelle zogen an mir meine Erlebnisse der letzten zweitausend Jahre vorüber. Ich, im Körper des Esels, neben der Krippe mit dem kleinen Jungen und der untreuen Maria, die nicht wagte, dem mit dem Heiligen Geist betrogenen Josef in die Augen zu schauen. Später dann, als ich im geselligen Kreis von elf Freunden das trank, was mir der inzwischen erwachsene Junge als Wein zu trinken gab, was aber eindeutig stilles Wasser war. Heutzutage hätte so etwas Kurt Feustels Sprudelwassergattin in Rage gebracht.

Dann die dumm gelaufene Sache mit dem Kreuz – ein Hobby der Römer. Mein Spaziergang entlang ihrer Pracht-Alleen, die aus Rom herausführten … garniert mit Kreuzen und daran genagelten Menschen. Damals dachte ich, das sei eine Art antiker »documenta«. Viele der Angenagelten waren Juden. Und da war er wieder: der Antisemitismus. Dann war da noch die Erfindung des Römertopfs. Der Zerfall des Römischen Reiches, aber der Topf blieb.

Nur 800 Jahre später mein Besuch bei Mohammed in Mekka, anschließend bei Bernhard von Clairvaux, Albert Magnus und Thomas von Aquino. Doch lange bevor ich weiterhin meine frühen Lebensphasen im späten Mittelalter rekapitulieren konnte, waren wir zu Hause angekommen und die

Kinder fielen sofort erschöpft in den Schlaf. Danach tauchte ich wieder ins vergangene Jahrtausend ab.

Unvergesslich mein Besuch bei Leonardo da Vinci und seinen Skizzen. Ich hatte ihm geraten, sich die Erfindungen patentieren zu lassen. Aber das Münchner Patentamt hatte gerade geschlossen. Nikolaus Kopernikus, für mich unvergesslich, ein Erfinder der Zeitenwende, denn viele Christdemokraten des Mittelalters dachten, die Erde – und damit ihre Parteizentrale – sei der Mittelpunkt des Weltalls. Kopi fand heraus, dass die Sonne im Zentrum steht und sich alle Planeten, auch die Erde und mit ihr alle Parteizentralen der Welt, um die Sonne drehten. Ich erinnerte mich, dass man damals den Übergang zu diesem neuen Weltbild auch »Kopernikanische Wende« nannte.

Wie viele Zeitenwenden, wie viele Wendungen und Windungen würde uns das neue Jahrtausend bescheren? Emma und ich kuschelten uns aneinander. Die Kälte forderte Wärme.

Die erste Nacht im neuen Jahrtausend war für Emma und mich so etwas von aufregend, trotzdem sträubte ich mich gegen einen weiteren Kinderwunsch.

„Schatzi, aller gute Dinge sind drei. Und drei haben wir schon."

2000

Nachdem ich mich um zwölf Uhr mittags leise aus dem Bett gestohlen hatte und ins Büro geschlichen war, stellte ich den PC an, um zu sehen, ob er die Jahrtausendwende überstanden hatte. Oder ob die durchaus realistisch erscheinende Katastrophenprognose, nämlich ein totaler Datencrash, eingetreten war. Es dauerte wie immer zirka zwei Minuten, ein Standard-Windows-Text rödelte in Windows-Eile über den Bildschirm, und dann war mein wichtigstes Arbeitsgerät hochgefahren – und es funktionierte! Ich wischte mir ungläubig den Schlaf aus den Augen und probierte mein Glück mit Word und Excel, ging in die Mails, probierte Photoshop und googelte im Internet. Hochzufrieden fuhr ich den PC runter und legte mich wieder beruhigt ins Bett. Die Angst vor einem Computer-Chaos durch den Wechsel ins Jahr 2000 hatte sich also vorerst als unbegründet erwiesen.

Schon in der ersten Januarwoche erreichte mich die sehnlichst von Stefan Raab erwartete Einladung zu seiner *TV-total*-Sendung. Ich konnte nicht abwarten und riss bereits unten am Briefkasten das großformatige Kuvert auf. Solch ein umfangreiches Einladungsschreiben hatte ich weiß Gott nicht erwartet. *Na, die werden Anfahrtsskizze, Einlasskarte und vielleicht sogar einen Voucher für eine Hotelübernachtung samt Stadtplan von Köln – natürlich mit Kneipenverzeichnis – beigefügt haben,* dachte ich.

Es war eine gelungene Überraschung. Es war in Raabs Namen ein umfangreiches, rechtlich reichhaltiges Anwaltsschreiben der teuersten Hamburger Kanzlei mit der Aufforderung, mein Buchprojekt »maschendrahtzaun« *sofort* einzustellen, da ich damit gegen das Urheberrecht verstoßen würde. Man drohte mir mit einer Strafzahlung von 150.000 Mark falls ich den Thriller unter diesem Titel veröffentlichen würde. Es sei nicht hinnehmbar, dass ich mich an Stefan Raabs Sendung und hier insbesondere an seinen Titel geschützten Song „dranhängen" würde, um damit auf billige Weise aus Herrn Raabs künstlerischer Tätigkeit Geld zu schinden.

Beigefügt war eine von mir zu unterschreibende Unterlassungserklärung, mit der ich zugleich die Rechtmäßigkeit der Strafzahlung bei Verstoß anzuerkennen hätte. Als Anwaltstitulierung führte die Kanzlei auf der gesamten rechten Seite ihres Briefbogens über zwanzig promovierte Rechts-, Steuer- und Wirtschaftsanwälte auf, teilweise mit Professorentitel, allesamt mit angeschlossenen, international ansässigen Büros in Deutschland und im Ausland.

Ich musste herzlich lachen.

Die Einschüchterung zog nicht.

Denn die Herren hatten keine Ahnung, dass sie bei mir an der falschen Adresse waren. Im Urheberrecht kannte ich mich aus. Raab hatte einen *Song* mit dem Titel »Maschendrahtzaun« geschrieben. Aber ich hatte einen *Roman* mit diesem Titel geschrieben. Das waren zwei völlig verschiedene Metiers.

Meine Frau schaute skeptisch drein. „Stefan, wenn da was dran ist, stehen wir finanziell an der Wand."

„Was soll denn da dran sein?"

„Na, der hat doch schon diesen Song mit dem Titel …"

„Das läuft so: Bevor er den Song herausbrachte, hat er wahrscheinlich der guten Ordnung und Absicherung halber die gesetzlich erforderliche Anzeige aufgegeben."

„Was heißt das?", fragte Emma.

„Er hat den geplanten Titel und das beabsichtigte Medium – hier: einen Song – im Blatt des Börsenvereins des Buchhandels oder einem vergleichbaren Publikationsorgan öffentlich zur Kenntnis gegeben."

„Und was geschieht dann?"

„Jedenfalls darf ab diesem Moment niemand diesen Titel *für einen Song* nutzen. Das gilt sechs Wochen lang. Hat er bis dahin keinen Song mit diesem Titel veröffentlicht, könnte ich und jeder andere einen Song unter diesem Titel herausbringen. Sein Recht auf diesen Titel wäre verfallen."

„Ja, aber was hat das mit deinem Buch zu tun?"

„Ganz einfach: Selbst wenn er eine Titelanzeige für ein Buch mit diesem Titel vor sechs Wochen aufgegeben hätte: Er hat bisher keinen *Roman* mit diesem Titel veröffentlicht. Aber ich habe vor zwei Wochen meinen Roman mit dem Titel öffentlich bekannt gemacht und werde ihn in zwei Wochen veröffentlichen. Damit besitze ich allein das Recht auf diesen Buchtitel. Natürlich dürfte ich keinen Song mit Raabs Titel herausbringen. Aber ein Buch oder einen Film – das alles ist im Bereich des Möglichen. Andernfalls könnte ja sonst ein einziger Autor mit nur einem Werk, vielleicht einem kleinen zehnseitigen Pamphlet, einen Begriff oder einen Titel für alle anderen Medien und für alle anderen Autoren für alle Zeiten blockieren. Das allerdings wäre eine echte Nostradamus-Katastrophe."

„Na, dann bin beruhigt."

„Weißt du was? Raabs Versuch mich mundtot zu machen, wird meine große Chance!"

Für Russland war die große Chance am letzten Tag des vergangenen Jahrtausends eingetreten. Der russische Präsident und Wodka-Experte Boris Jelzin hatte seinen Rücktritt bekannt gegeben. Seine Amtsgeschäfte hatte er am Freitag seinem Wunschnachfolger Wladimir Putin übergeben. In einem außergewöhnlichen Erlass wurde dem Säuferpräsidenten Immunität vor Strafverfolgung auf Lebenszeit gewährt. Im Laufe des letzten Jahres waren Vorwürfe der Bestechlichkeit und persönlichen Bereicherung gegen Jelzin laut geworden.

Ich hingegen wollte die Literaturszene bereichern. Gleich in den ersten Tagen des neuen Jahrtausends lieferte ich den »Schulroman Nina N.« an sämtliche Buchläden in Laubach, Lich, Hungen, Grünberg und Gießen aus. Abends und an den Folgetagen schrieb ich an meinem Manuskript »maschendrahtzaun« weiter; der Untertitel lautete: »Der deutsche King – erstmals für Sachsen«.

Meine Widmung stand bald fest: »Dieses Buch ist dem Seelenfrieden und der nachbarschaftlichen Toleranz zugeeignet. Gerade deshalb entspricht nicht alles der ganzen schrecklichen Wahrheit.«

Bis Anfang des vergangenen Jahres hatte ich nichts, absolut gar nichts, von Stephen King gelesen. Ich hatte Vorurteile, hatte leider auf inkompetente Einflüsterer gehört, die meinten, Horrorliteratur sei generell Schwachsinn, sei keine echte Literatur. Aber dann hatte ich zufällig »Carrie« in die Hand bekommen. Ich wollte es nicht einfach weglegen, ohne zumindest einen einzigen Blick hineingeworfen zu haben. Zumal mir vor einigen Jahren mein alter amerikanischer Jugendfreund John alias Stephen Carry das Buch empfohlen hatte. Er hatte seinen Künstlername hiervon abgeleitet. Dann las ich und war fasziniert. Anschließend verschlang ich weitere Thriller von ihm, und mir wurde klar, dass Stephen King ein ganz Großer ist, einer, der nicht mit billigem Horror und unbedingt viel Blut das Blut in den Adern seiner Leser gefrieren lassen will – er möchte seine Leser mit den hintergründig wirkenden psychologischen und sehr außergewöhnlichen Eigenschaften und Verhaltensweisen von Individuen und Gruppen in außergewöhnlichen Situationen bekannt machen.

Als Dreijährige lässt Carrie einen Steinregen auf ihr Elternhaus niederregnen, weil die Mutter ihr in einem Anfall religiösen Wahns nach dem Leben trachtet. Als Sechzehnjährige muss sie einen Augenblick tiefster Demütigung erleben. Schon immer von ihren Mitschülern wegen ihrer scheuen, zurückhaltenden Art gehänselt, wird sie auf dem Abschlussball der Schule Opfer eines bösen Streichs.

Schmerz, Enttäuschung und Wut treiben sie zum Äußersten. Mit der schieren Kraft ihres Willens entfesselt sie ein Inferno, gegen das die Hölle ein lieblicher Garten Eden ist. Das ist Carrie – beseelt, besessen von einer unheimlichen Gabe mit ungeheurer Tragweite und furchtbaren Folgen.

„Na, und? Wie hast du den Klassiker von King gefunden?“, fragte mich Emma, die zuvor ebenso wie ich keine Bücher von ihm gelesen hatte.

„Es war mir ein entsetzliches Lesevergnügen“, antwortet ich. „Seine Sprachgewalt, seine Sprachmelodie – einfach Spitzenklasse. Der Inhalt von *Carrie* – schockierend, faszinierend. Ich kam nicht mehr davon los. Ich finde, Carrie reiht sich ein in die Tradition der auch in Deutschland bekannten schauerlichen und phantastischen Literatur.“

„An wen denkst du da?“

„Mir fallen alte Klassiker ein wie Christian Heinrich Spieß, Heinrich von Kleist, Ludwig Tieck, Adelbert von Chamisso und natürlich E.T.A. Hoffmann und Joseph von Eichendorff.“

„Und da willst du dich jetzt mit »maschendrahtzaun« einreihen, oder wie?“

„Deine Frage klingt mir etwas zu sarkastisch. Aber ich kann dich beruhigen: Dieses Niveau geben weder mein Thema noch meine Begabung her. Diesmal bin ich nur Wellenreiter und reite Raabs Song-Welle mit. Mehr nicht.“

„Na, da hoffe ich, dass der Wellenritt nicht im Reinfall von Schaffhausen mündet.“

„Schaffen – im Hause – muss ich jetzt wie verrückt“, sagte ich. „Aber irgendwie hab‘ ich ein sehr gutes Gefühl.“ Und schon machte ich mich hoch an die Schreibarbeit.

Was »Nina N.« betraf, so wurde mein gutes Gefühl bereits in der zweiten Januarwoche grob hinweggefegt. Die lokale Orgelspielerin, eine engagierte Kirchentante, spuckte vor mir auf der Straße aus, kein Wort dazu, sie ging einfach weiter. Ich war so entsetzt, dass ich sprachlos war, mir blieb das erste Mal in meinem Leben die Sprache weg. Dass einem die Sprache wegbleibt – eine Metapher zu einem Zustand, von dem man sich nicht vorstellen kann, wie es sich anfühlt, wenn er tatsächlich eintritt. Die Frau hatte mich überrumpelt. Erst dachte ich an ein Versehen, an einen Zufall, aber das kurze böse Aufblitzen in ihren Augen, gerade als ich sie höflich grüßen wollte, hatte gezeigt, dass sie wirklich mich meinte und wirklich mit voll beabsichtigter pathetischer Wirkung ausspucken wollte.

Ähnliches passierte Emma, die von mir inzwischen vorgewarnt war. Aber auch Anni Weichelberg alias Lo-Lu-Elia hatte Emma bereits vorgewarnt. Sie hatte am Vormittag bei ihr mit den Worten angerufen: „Frau Koenig, im ganzen Ort ist Ihr Mann mit seinem neuen Roman Thema. Haben Sie vielleicht ein Buch für mich? Denn nirgends ist mehr eines aufzutreiben. Und es geht das Gerücht um, dass keiner den Roman lesen solle. Es sei eine einzige Beleidigung des Städtchens.“

Ich ging durch den Schlosspark zum Buchlädchen von Frau Emelius, jener stets freundlichen älteren Dame, der ich einige Tage zuvor fünf Bücher geliefert hatte.

„Benötigen Sie Nachschub?"

Ihr Blick war komisch, nicht so offen und unbefangen wie sonst. Ich spürte wie sie sich wand, dann sagte sie: „Ach, Herr Koenig, das Nina-N.-Buch hat ja wohl zu einem Sturm im Wasserglas geführt. Es gibt so viele Meinungen, die sich gegen den Verkauf des Buches aussprechen. Verstehen Sie mich bitte nicht falsch, aber …" Sie stockte.

Ich fragte sie unverhohlen: „Hat man Sie unter Druck gesetzt?"

„Dazu sage ich mal lieber nichts. Aber, verstehen Sie, ich bessere ja meine schmale Rente mit dem Buchladen auf."

„Mussten Sie die fünf Bücher aus dem Regal nehmen?"

„Man hat sie mir allesamt abgekauft, aber ich glaube, man erwartet, dass ich kein weiteres Nina-N.-Buch hier auslege."

„Keine Sorge, Frau Emelius, ich finde Wege, damit die interessierten Leser an das Buch kommen. Nur Ihnen und den unbefangenen Lese-Interessenten zur Kenntnis: Ich habe einen Briefkasten und kann das Buch auf Wunsch entweder per Post oder persönlich zustellen. Alles wird sich beruhigen. Der Sturm im Wasserglas wird sich legen."

Aber er legte sich nicht.

Ich rief bei meinen Probeleserinnen aus dem Kreis des Honoratiorenclubs an, um Informationen zu erhalten und um ihre Meinung zu erfahren. Kristin Holtmanns Stimme hatte gleich zu Beginn einen hysterischen Unterton: „Du musst dich für das Buch entschuldigen!“

„Warum muss ich mich für das Buch entschuldigen?“, fragte ich meine Probeleserin, die Zeile für Zeile das Manuskript vollständig gelesen und positiv bewertet hatte.

„Zum Beispiel, weil du dem Lehrer Peschpasch unterstellt hast, er hätte bei seinem Projekt »Fotoarbeiten« in der Dunkelkammer beim Entwickeln der Negative einer Schülerin an den Hintern gefasst.“

„Davon weiß ich nichts.“

Tatsächlich erfuhr ich Monate später, dass sich Jahre zuvor, als wir noch gar nicht in Laubach wohnten, ein Gerücht mit dem von Kristin genannten Inhalt im Städtchen die Runde und diesem Lehrer das Leben schwer gemacht hatte. Davon hatte ich bis zu unserem Gespräch niemals etwas gehört – aber auch dies gehört zum Schreiben, hatte ich Kristin erläutert: „Man beschreibt etwas aus der Welt seiner Phantasie, was sich dann aber tatsächlich als real erweist. Das ist eben Zufall, reiner Zufall. Deshalb schrieb ich im Buch, wie es in Romanen üblich ist: »Ähnlichkeiten sind rein zufällig«. Es ist eben auch manchmal ein zufälliger Treffer im Spiel, der kein Treffer sein soll.“

„Egal. Du musst verstehen, dass sich die Leute beleidigt fühlen. Allein diese Namensähnlichkeiten.“

„Wie soll ich das verstehen?“

„Es wird zum Beispiel die Namensähnlichkeit zwischen Laubach und deinem Roman-Ort »Lomberg« bemängelt. Oder aus dem Oberstudienrat

Peschpasch hast du Studienrat Poschel gemacht. Jeder weiß doch dann, wer gemeint ist."

„Jeder andere Name hätte, wenn man sich das Lehrfach des Studienrats dazu anschaut, ebenso auf Peschpaschs Spur geführt, wenn man es unbedingt so sehen will. Denn Lehrer bleibt Lehrer. Jeder Roman, der sich um Schule und Lehrer dreht, wird von jedwedem Lehrern in jedweder Schule als sein Dreh- und Angelpunkt identifiziert, und jeder kann sich auf den Fuß getreten oder in den Himmel gehoben fühlen, je nachdem. Jeder Lehrer mag sich angesprochen fühlen, wie sich bei einem Arztroman jeder Arzt angesprochen fühlen kann, wenn er mag."

Kristins Einwand war auch deshalb für mich völlig unverständlich, weil ich gerade erst bei unserem letzten Club-Beisammensein die Problematik der Namensgebung für Romanfiguren erläutert hatte.

„Wie kommst du zu den vielen Namen?", hatte jemand gefragt. „Gehst du da das ganze Telefonbuch durch?"

„Die Namensgebung ist nicht unerheblich", hatte ich geantwortet. „Die Namen dürfen nicht zu exklusiv, nicht allzu abgehoben sein – es sei denn es passt zu einer bestimmten Charakterfigur und kennzeichnet sie noch einmal in besonderer Weise. Andererseits dürfen die Namen nicht allzu platt und zu alltäglich sein. Sie dürfen auch nicht lächerlich klingen, wie zum Beispiel der Doppelname einer emanzipierten Dame, die man käuflich findet, weil sie immer ihr Fähnchen in den Wind hängt. Für sie wäre weder der Doppelname »Wind-Fahne« noch »Frau

Bordstein-Schwalbe« dienlich. Der Leser erkennt Sympathie oder Antipathie des Autors auf Anhieb. Und der Leser will nicht, dass sich der Autor in das Leben der Romanfiguren unnötig einmischt oder sie gar lächerlich macht. Das machen schon die Romanfiguren von sich aus.

Noch etwas ist bei der Namensgebung wichtig: Der Leser braucht die Unterscheidbarkeit. Ich darf als Autor also nicht zu viele Müller, Maier, Kunze, Schmidt und Schneider einführen, aber auch nicht allzu viele ausländische Namen.

Außerdem sollte man Doppelnamen tunlichst meiden, und überhaupt: zungenbrecherische Namen sollten die Ausnahme bleiben. Hingegen ist bei der einen oder anderen Lehrerin einer bestimmten Altersgruppe der Gebrauch eines Doppelnamens absolut erforderlich. Unbeabsichtigte Namensähnlichkeiten mit lebenden Personen können freilich immer mal wieder vorkommen. Thomas Manns berühmter Gesellschaftsroman über den Verfall einer Familie »Die Buddenbrooks« bezieht sich übrigens auf einen realen Namen einer real existierenden Familie."

Das alles hatte ich erläutert – und jetzt warf mir eine meiner bis hierher äußerst zugetan tuenden Hauptlektorinnen plötzlich die Namensgebung als unbedachte Ähnlichkeit mit lebenden Personen vor. Es war zum Haare-Raufen.

„Kristin, sei bitte ehrlich, was steckt *wirklich* hinter der Kritik, die man auf der Straße hört?"

Erst einige Monate später erfuhr ich, dass es nicht »die Kritik der Straße«, sondern die gezielte Kritik aus der Lehrerbelegschaft war, die die Turbulenzen bewusst erzeugt hatten, um ihr scheinbar entblößtes Schulgeschehen zu rechtfertigen. Und um die Versetzung ihres bösartigen Kollegen, den sie jahrelang gedeckt hatten, zu rächen. Allerdings wurde das übliche Waschweiber-Instrument der stillen Post genutzt: „Ich habe von Lehrer X gehört, dass der Herr Koenig unsere Stadt als »intrigantes Nest« bezeichnet hat", sagte die eine. Die andere ergänzte: „Ja, und er hat unsere Schule schlechtgemacht."

„Und das, obwohl er selbst Schulelternbeirat an der Schule war. Er soll auch aus vertraulichen Sitzungen geplaudert haben."

Das war natürlich absoluter Nonsens, denn in solchen Sitzungen gibt es keine Geheimniskrämerei, sondern nur öffentliche Debatten. Zudem sind solche Sitzungen derart langweilig, dass in meinem Roman kein einziges Wort daraus verwendbar gewesen wäre.

Wieder einmal war ein Muster zu erkennen: Die Opfer des schlechten Schulsystems und der schlechten Schulführung wurden benutzt, um die Kritik am schlechten Schulsystem und einer schlechten Schulführung mundtot zu machen.

Gerade auch als ehemaliger Schulelternsprecher war ich anfangs enttäuscht, dass Eltern, die zuvor meine ehrenamtliche Schultätigkeit begleitet und unterstützt hatten, nun in der Stunde der Wahrheit feige schwiegen anstatt für das Buch und für meine vorsichtig verpackte Kritik am Bildungssystem Partei zu ergreifen. Aber dann erklärte sich auch dies. Ich war gerade beim REWE-Markt einkaufen. Da trat eine Frau aus dem ehemaligen Elternbeirat an mich heran. „Herr Koenig, das ist ja der Gipfel der Konspiration!“, sagte sie. „Ich glaube, Sie wissen gar nicht, was hier vor sich geht, oder kennen Sie die Sache mit den gelben Zetteln in Ihrem Buch?“

Die Sache mit den gelben Zetteln stellte sich als »Lesehilfe« für jene Leseinteressenten heraus, die sich nicht damit abfinden wollten, dass sie das Buch nicht lesen sollten. Oder denen es schwer gemacht wurde, das Buch zu erwerben. Das bedeutete: Es kursierten drei Bücher im gesamten Städtchen, die von Hand zu Hand weitergereicht werden durften. Es war – von wem auch immer – ein Boykott gegen den Roman verhängt worden. Die Macht der Intrige machte sich bemerkbar.

Die Lesebittsteller aber erhielten von den konspirativen Meinungsmachern folgende Antwort: Da der 636-Seiten-Roman zu umfangreich sei, reiche es, wenn man nur die Stellen lese, die mit einem gelben Marker-Zettel versehen seien. Die Stellen seien zudem angestrichen – man sei ausreichend informiert, wenn man die acht angestrichenen Seiten lese. Dann könne man das Buch auch schnell weiterreichen.

Als ich dies von einer der wenigen gesprächsbereiten Frauen, die noch mein Schul-Engagement für die Schüler- und Elternschaft im Gedächtnis hatten, erfuhr, wollte ich freilich wissen, was anhand der angestrichenen Stellen zu lesen sei. Es waren lediglich die Gedankengänge meiner Romanfiguren.

Ich ließ mir über diese Frau, die mich beim REWE angesprochen hatte, für einen Tag eines der drei Bücher besorgen, um mir die unterstrichenen

Stellen anzusehen, die den anderen Interessierten als einzig lesenswert ans Herz gelegt worden waren. Aller weiterer Text sei völlig irrelevant und literarisch langweilig und wertlos. Die inszenierte »Empörung« bezog sich auf zwei Dinge – auf die Charakterisierung des Städtchens aus Sicht der neu hinzugezogenen Nina N. und auf die Boutique-Besitzerin, zugleich Vermieterin der Nina N.

Ich las mir die unterstrichenen Stellen durch:

Doch ihre Vermieterin ließ keine lange Nachdenklichkeit aufkommen. »Sie haben wohl schon Kontakte zu Ihren zukünftigen Schülern aufgenommen? Man hat Sie gesehen!«

»Was heißt, man hat mich gesehen?«

»Man hat Sie mit Tom gesehen. Ein netter Kerl, aber ein unbeliebter Streber – na ja, alles halb so wichtig. Aber Sie sehen, Lomberg ist ein kleines Dorf, wo jeder alles über den anderen weiß.«

»Lomberg ist immerhin eine Stadt«, antwortete Nina, ohne ihre Betroffenheit zu zeigen. *Man hat Sie gesehen! Ätsch, man hat Sie gesehen!*

»Ein Dorf!«, korrigierte Elvira.

»Sagen wir ein Städtchen«, versuchte Nina die Ehrenrettung für ihre neue Heimat.

»Sagen wir ein Nest! Ein verschwätztes, verdammt neugieriges Nest!«, konterte die Vermieterin, und Nina ahnte einmal mehr, dass sie es nicht leicht haben würde mit dieser verschwätzten, neugierigen Frau – und das unter einem Dach. Na gut, dann halt ein Nest. Ein tödliches Nest, ein Nest aus Kreuzottern und Skorpionen.

An diesem Abend ging Elvira mit einem gemischten Gefühl in ihre Wohnung, wo ihr Mann eine der ewigen Talkshows im Fernsehen verfolgte.

»Sie macht einen abgespannten Eindruck, mach' den Apparat leiser, Francico. Sie ist Lehrerin.«

»Hoffentlich eine bessere als alle andern, die es da gibt. Muss ich jetzt immer leise mache alles, wie wenn die Kinder klein und dauernd psssst?«

»Quatsch! Aber du weißt doch so gut wie ich, dass wir das Geld brauchen.«

»Scheiß Geld!«

»Ich sag's dir ja nur«, fuhr sie beharrlich fort. »Auch weil du immer gleich so laut bist. Du, mit deinem spanischen Temperament! Schreien geht jetzt nicht mehr, damit muss ein für allemal Schluss sein.«

Als ich nun mit Kristin, meiner ehemaligen freiwilligen Lektorin, telefonierte, sagte sie: „Die Leute mögen es halt nicht, wenn man das eigene Nest beschmutzt und sie als Kreuzottern und Skorpione bezeichnet werden. Das macht man nicht."

„Kristin, schalte doch bitte deinen Verstand ein: Nehmen wir zum Beispiel »das tödliche Nest, jenes Nest aus Kreuzottern und Skorpionen«. Es ist die Roman-Aussage einer geschwätzigen Person, deren Verschwätztheit Bestandteil ihres Berufs ist. Sie ist Betreiberin einer Boutique. Eine Boutique in einer Kleinstadt ist in der Regel die Drehscheibe für Geschwätz, aber eben auch für Intrigen, was wiederum Bestandteil der Geschichte ist, weil Nina als Neuankömmling in der Stadt ja Hilfe und Informationen benötigt. So etwas kann man als Romanautor nicht einfach weglassen. Wie du weißt, benötigt ein Roman szenische Spannung – in diesem Fall also keine nichtssagende heile Welt, sondern ein Gestrüpp aus intriganten Verwicklungen."

„Du hättest ja eine Bäckerin als Vermieterin für deine Protagonistin nehmen können!"

„Wäre dann das Problem gelöst gewesen? Nein! Dann hätte sich nämlich die Bäckerin in die Stiefel der Romanfigur gestellt und wäre beleidigt gewesen oder die Leser hätten »ihre gute Bäckerei« in Schutz gegen die angebliche Verleumdung genommen."

Kristin ließ ein kurzes „Hm, trotzdem!" hören und schwieg. Auch ich machte eine kurze Pause, bevor ich noch einen Satz hinzufügte: „Übrigens schildere ich in der Story genau jene intriganten Verwicklungen, wie wir sie nun in der Realität erfahren."

„Das hast du aber selbst verschuldet. Nun löffle bitte auch die Suppe aus, die du dir eingebrockt hast. Ich bin da raus."

Das waren die letzten Worte, die ich von der christdemokratischen Kristin vernahm. Ähnlich reagierten die anderen Lektorinnen und Romankenner. Es gab eine unausgesprochene, aber spürbare Welle der Distanzierung, kein Funken Solidarität, kein Wort zur Freiheit von Kunst und Literatur. Kein Eingeständnis, dass man lediglich vor der scheinbaren Übermacht der anonymen Meinungsmacher eingeknickt ist. *Wo bleibt das Rückgrat der ehrenwerten Gesellschaft,* fragte ich mich.

Es ist kein Rückgrat, das der neue CDU-Vorsitzende Wolfgang Schäuble am 10. Januar beweist. Nein, er kann jetzt nicht mehr anders. An jenem Montagabend ändert die ARD kurzfristig ihr Programm. Der selige CDU-Vorsitzende Schäuble soll »Farbe bekennen«. Völlig überraschend teilt er mit, dass er bereits 1994 vom Waffenhändler Karlheinz Schreiber eine Barspende in Höhe von 100.000 Mark erhalten habe, die damals nicht im Rechenschaftsbericht der CDU verbucht worden sei. Er will das Geld persönlich von seinem Parteifreund Schreiber am Tag nach einem Abendessen empfangen und dann an die Schatzmeisterin Brigitte Baumeister weitergeleitet haben. Später sagt er, er selbst habe sich dabei „100 Prozent korrekt verhalten. Frau Baumeister hat ganz offensichtlich einen Fehler gemacht".

Baumeister hatte bereits im Dezember 1999 intern in der CDU eine Barspende von Schreiber angedeutet. Doch obwohl Schäuble sie nun verantwortlich macht, bestätigt sie zunächst seine Version: Schreiber habe Schäuble das Geld gegeben. Dieser habe es an sie weitergeleitet. Und da Barspenden während ihrer Amtszeit in der Schatzmeisterei „absolut unüblich" gewesen seien, habe sie ihren Vorgänger Walther Leisler Kiep um Rat gefragt. Kiep will jetzt davon allerdings nichts mehr wissen. Die Angaben von Baumeister seien falsch, behauptet er.

Ein paar Tage später, am Morgen des 18. Januar, ist Schäuble entschlossen, als CDU-Vorsitzender zurückzutreten, weil die Diskussionen um ihn auch in der eigenen Partei nicht enden wollen. Vorher unternimmt er noch einen letzten Versuch eines

Befreiungsschlags. Er besucht Helmut Kohl in dessen Büro, um die Namen der anonymen, vermeintlichen Geldspender zu erfahren. Doch der lässt ihn abblitzen, hält nicht sich für das Problem, sondern Schäuble: Lediglich dessen Umgang mit der Spende von Schreiber habe diese Affäre zu einer so dramatischen Krise werden lassen. Schäuble wird später die Vermutung äußern, dass Kohl mit der 100.000-Mark-Geschichte gegen ihn intrigierte, weil ihn dessen Aufklärungsbemühungen zu weit gingen. Dazu soll Kohl auch Baumeister eingesetzt haben, die er eventuell durch in-terne Informationen in der Hand gehabt habe. Baumeister wird das später vor dem Untersuchungsausschuss bestreiten.

Mitte Februar verdonnert Bundestagspräsident Wolfgang Thierse die CDU wegen ihres fehlerhaften Rechenschaftsberichts zu einer Strafzahlung von mehr als 41 Millionen D-Mark. Ein paar Wochen später kommen noch einmal sieben Millionen obendrauf.

„So viele Millionen! Ein Skandal!“, jammern die kommunalen noblen CDU-Oberen.

„Rechenschaftsberichte für das Parlament zu fälschen, ein echter Skandal!“, sage ich im Kreis meiner örtlichen Honoratioren.

„So gesehen, ist dein Skandalbuch doch ein Hühnerschiss“, tröstete mich Freund Herbert, der sich aus dem fernen Frankfurt über die Kleingeistigkeit unserer Kleinstadt lustig machte.

„Recht hast du“, sagte ich, „aber vor Ort sieht die Sache etwas komplizierter aus. Ich möchte ja nicht, dass die ganze Familie darunter leidet.“

„Kriegen die Kids von den Lehrern etwas ab?“, fragte Hörbi.

„Nein, da scheint es bisher fair zu laufen. Natürlich gibt es die eine oder andere Stimme von Klassenkameraden, die irgendetwas äußern, was sie zu Hause gehört, aber selber nicht verstanden haben.“

„Also alles noch im grünen Bereich?“

„Was die Kids betrifft, wahrscheinlich. Ich weiß allerdings nicht, ob sie vielleicht etwas in sich hineinfressen und zu Hause nicht äußern.“

„Und deine Frau?“

„Sie fühlt sich isoliert. Nach dem Motto: Kein Schwein ruft mehr an.“

„Das ist für eine Frau auf dem flachen Land nicht lustig.“

„Ich weiß, aber was kann ich tun?“

„Und du, wie geht es dir damit?“

„Wenn ich auf der Tankstelle von jemandem angesprochen werde, wie neulich, und erfahre irgendeinen Blödsinn über den Roman, dann stelle ich es richtig. Mehr kann ich nicht tun. Danach habe ich mich ins Auto gesetzt, und während der Fahrt vor mich hin gesummt – zum Beispiel den Song von Karat *Über sieben Brücken musst du gehen.* Ein Lied, das ich Mitte der 1980er-Jahre oft gehört hatte:

Manchmal geh ich meine Straße ohne Blick
Manchmal wünsch ich mir
mein Schaukelpferd zurück
Manchmal bin ich ohne Rast und Ruh‘
Manchmal schließ ich alle Türen nach mir zu

Über sieben Brücken musst du geh'n
Sieben dunkle Jahre übersteh'n
Sieben mal wirst du die Asche sein
Aber einmal auch der helle Schein

Jetzt gilt es tatsächlich, über neue Brücken zu gehen. Am Freitag, dem 21. Januar, ist es soweit. Ich starte meine große vaterländische Fax-Offensive. Der »maschendrahtzaun« ist bereits in Druck, in ein paar Tagen wird er, direkt aus der Druckpresse kommend, an die Pressegrossisten verschickt, die bereits ungeduldig anrufen und – auch ohne bisherige Werbemaßnahmen – Nachbestellungen aufgegeben haben. Schon bald wird es also um den Verkauf an Kiosken von U- und S-Bahnstationen, Bahnhöfen und in Stadtzentren gehen.

Jetzt gilt es, öffentliche Aufmerksamkeit zu erwecken. Im Visier habe ich unter vielen Kulturzeitschriften und Feuilletons insbesondere eine Presseagentur, die wichtigste von allen, jedenfalls was den deutschen Sprachraum betrifft: *dpa,* die *Deutsche Presse-Agentur.*

Ich kenne sie noch aus meinen Zeiten als Berufsjournalist. Aber das ist lange her und Kontakte gibt es nicht mehr. Was immer von der *dpa* kommt, wird landesweit in Zeitungen und Zeitschriften abgedruckt. Die Hoffnung ist groß, dass sich dpa für meine Meldung interessiert. Warum? Ganzeinfach: Weil Stefan Raab gerade in aller Munde ist.

Insgesamt verschicke ich an diesem Tag 57 Fax-Nachrichten mit folgendem Text:

Pressemitteilung Nr. 1 vom 21.01.2000
ACHTUNG! Große Schweinerei!

Stefan Raabs Produktionsfirma Brainpool will Stefan Koenigs Roman »maschendrahtzaun« verbieten lassen!

[Es folgte eine zusammenfassende Buchbeschreibung. Danach folgte der weitere Inhalt der Pressemitteilung:]

Der Skandal

Am 19.01.2000, 12:34 Uhr, ruft der Produktionsleiter von *Brainpool* bei PEGASUS BÜCHER an und droht mit der juristischen Keule, wenn PEGASUS es wagt, unter dem Titel »maschendrahtzaun« einen Roman zu publizieren, „denn die Titelrechte liegen bei Herrn Raab“.

Ist natürlich Quatsch, denn was der gute, lustige Stefan wissen müsste, hat eine ganz einfache Logik: Er produziert einen Song – und wir eben ein Printmedium. Also sind’s zwei Paar ganz verschiedene, unverwechselbare Schuhe. Wir appellieren an den lustigen Musikanten und Entertainer: Stell dich bitte nicht in Stinkestiefel! Verbiet‘ niemandem den Mund und sei so vernünftig, wie die Nachbarn in Koenigs Roman. Denn der skurrile Nachbarschaftsstreit wird dort in versöhnlicher Weise mit einer Riesenparty beigelegt.

Stefan sei lieb! Sei brav! Leg der Literatur keinen Maulkorb an.

Ein lustiger skurriler Horror-Thriller soll scheitern, weil Stefan Raabs Manager es nicht mag, wenn sich „jeder X-beliebige des Themas einfach so bemächtigt"?

TV-total, das sich schamlos spaßig an jedes aktuelle Thema ran hängt, will einem Kleinverlag mit Drohungen und Verboten das Wasser abgraben?

Wir finden: Stefan – Du verdienst den »Raab der Woche« oder ein dickes rundes Pfui-Schildchen!

Wir werden jedenfalls nicht aufgeben. Das Taschenbuch erscheint pünktlich am 26.01.2000. Wo Stefans Humor aufhört, beginnt der unsrige! Außerdem erscheint am 15.03.2000 von Stefan Koenig »Bimbes – The Blackpool Koffer AG«. Wird Helmut Kohl uns ebenso schräg kommen?

Rezensionsexemplare zu »maschendrahtzaun« bestellen Sie bitte über PEGASUS BÜCHER, Fax: 06405-950683.

Als erstes meldete sich *dpa* Frankfurt und bat um eine Kopie des Anwaltsschreibens samt der Unterlassungserklärung. Ich faxte die Unterlagen sofort. Vier Stunden später meldete sich erneut *dpa,* diesmal die Zentrale Hamburg. Man informierte mich darüber, dass diese inzwischen auch mit Raabs Management gesprochen habe, das den Vorgang bestätigt hätte. Ich wurde nach dem Erscheinungstermin des Buches, geplanter Auflagenhöhe und Werdegang des Autors Stefan Koenig gefragt. Bereitwillig gab ich Auskunft.

Schon zu Beginn der neuen Woche, am 31. Januar, begann der Pressesturm. Er hielt eine Woche lang an. Im *SPIEGEL* erschien ein kleiner Artikel mit dem Titel »Kalter Draht zu Raab«. Auch im *stern* erschien ein kurzer Hinweis. Aber das Werbewirksamste waren die zahlreichen bundesweiten Wiedergaben des umfangreichen *dpa*-Artikels. Sie erschienen in allen deutschen Zeitungen von der kleinsten Kommune über die kleinkarierteste Kleinstadt bis zur größten Großstadt. Von Flensburg bis zum Bodensee, von Saarbrücken bis Eisenhüttenstadt. Hinzu kamen Anfragen und Interviews von Rundfunkanstalten und örtlichen Bibliotheken und Buchläden, die wegen Lesungen anfragten.

Lesungen waren zu aufwendig. Interviews waren okay. In den Berliner Stadtmagazinen *Zitty* und *tip* erschien mein Interview mit Simone Meier, das auch in Stadtmagazinen in München, Hamburg, Leipzig und Dresden die Runde machte:

Simone Meier (SM): Herr Koenig, Sie bringen diesen Monat einen Thriller-Erstling in ihrem Eigenverlag heraus und schon setzt es Hiebe von Stefan Raab, warum?

Stefan Koenig (SK): Nun ja, der Komödiant hat etwas dagegen, dass ich den satirischen Roman unter dem Titel seines Songs herausbringe. Er beansprucht den Titel für alle Medien, und keiner darf dazu einen Roman schreiben. Hier schauen Sie sich bitte das Anwaltsschreiben an.

SM: In dem Fax der Raab-Anwälte Lichte, Schramm & Scheuermann vom 21. Januar heißt es: „Es besteht die Gefahr, dass die von Ihnen benutzte Bezeichnung mit dem geschützten Titel unserer

Mandantin verwechselt und gedanklich in Verbindung gebracht wird.“

SK: Absoluter Nonsens, dass die Fans die Musik mit dem Roman verwechseln. Das eine Medium muss man hören, das andere lesen. Raabs irres Lied erzählt die Story von Cowboys, die ihre Eier am Maschendrahtzaun reiben. Mein Horror-Roman erzählt ein bisschen mehr. Ein filmreifer Thriller müsste eigentlich dem Verkauf seines Songs enorm dienlich sein. Stattdessen klingt sein Einwand gegen mein Buch mehr nach Vorgartenzwergprogramm und lächerlichem Nachbarschaftsstreit. Er scheint infiziert.

SM: Wollen Sie das nicht bei einer TV-Richterin zur Schlichtung bringen?

SK: Ich habe mit Barbara Salesch bereits den Vergleich ausgehandelt: Er die Songs, ich das Drehbuch, wir gemeinsam den Film. Jedenfalls scheint Brainstorm-Stefan ein wenig beleidigt zu sein, vielleicht weil er im Roman als der lustige Musikant Stefan Rabs auf die Schippe genommen wird. Was im Übrigen auch der Fernsehrichterin Barbara Tonweck widerfährt. Aber Stefan kann beruhigt sein, zum Schluss lebt der Musikant und beliebte Großmoderator quietschfidel wieder auf, und die Party ist voll im Gange. Wir könnten auf ihn ja auch wirklich nicht verzichten.

SM: Aber es heißt, Sie wären stinksauer gewesen und hätten mit Folgen gedroht.

SK: Gut, ich gestehe, gewisse Rachegedanken waren vorhanden. Knallerbsenmäßig.

SM: Verraten Sie etwas zu Ihrem Satirestück?

SK: Aber nein doch! Und ob es nur Satire ist, wage ich zu bezweifeln. Sogar meine Oma wird den Roman lesen. Sie würde es mir nie verzeihen, wenn ich die Story häppchenweise vorab verbrate. Also, heute erfahren Sie kein Sterbenswörtchen dazu, mein Kohl-Ehrenwort!

SM: Sie haben ihre literarischen Rachegedanken in Form eines Folge-Thrillers angedeutet. Darf man dazu mehr erfahren?

SK: Gewiss doch, die Idee fiel vom Himmel, wie ein Geschenk. Mitte März könnte »maschendrahtzaun 2 oder metzgerfüllsel« erscheinen.

SM: Das klingt nach neuem Zoff. Worum soll es dabei gehen?

Bei diesem Fortsetzungsroman dreht es sich darum, dass der armen Regina Z. wieder schier unglaubliche Dinge passieren. So findet sie am Morgen nach der Versöhnungsparty ihren Lieblingskater Furzel angenagelt an einem Baum – »fachgerecht geschlachtet«, wie ihr später der Enthüllungsjournalist von RDL, Heiner Bremer-Penner, bestätigt.

SM: Igitt, oh nein!

SK: Igitt, oh doch! Und die Spur des Verbrechens führt direkt zu einer dubiosen *Brainstorm Company,* die eine neue Überlebensshow plant. Dort trifft Regina endlich auf eine Frau, die sie schon lange verehrt: Verona Feldbusch-Weltpfusch. Reginas Idol geht es jedoch saudreckig. Man hat ihr die *Die Pimmelshow* aufgeschwätzt, die ein Quotenkracher werden soll. Es ist eine Show der krassesten Zweideutigkeiten, die Verona unmittelbar in die Schizophrenie treibt. Endlich zu Hause, also in der Psychiatrie, angelangt, muss Verona nicht nur entsetzt feststellen, dass Regina ihr folgte, sondern auch, dass andere Talkmaster bereits lange vor ihr dort angelangt waren – ihre Konkurrentin Naddel-Knaddel zum Beispiel, die ihr prompt den Oberpsychiater Dr. Postel ausspannt.

SM: Kampf der Show-Giganten?

SK: Sicher doch. Und in der Irrenanstalt treffen sich die Showpromis zur hochbezahlten, ultimativen Finalshow. Alle spielen mit, wie zum Beispiel Arabella Kiesbauer-Knetmüller, das ist ein Transvestit, der es auf den lustigen Musikanten abgesehen hat. Natürlich ist auch Günther Kauz-Jauch von *Sternchen TV* längst dort. Er teilt sich ein Zweibettzimmer mit Stefan Rabs, der in der Käserei seiner Eltern lernte wie man richtigen Käse macht, bevor er auf einem Arbeitsamtskurs zum Metzger umschulte. Tatsächlich aber spielt Rabs ein Doppelleben, was er nicht nur seinem Doppelpimmel verdankt. Ihm wurde ohne sein Wissen eines Nachts vom Chef der Kölner *Brainstorm Company* ein spezielles Brainstorm-Gen gespritzt, und seitdem läuft die Überlebensshow wie am Schnürchen – wären da nicht Regina Zündler und Karl Knall-Dall, die sich Knall auf Fall ineinander verlieben. Leider endet der Roman diesmal echt tragisch. Und es schüttelt mich, wenn ich nur daran denke. Denn die Showmaster legen sich im Quotenrausch haufenweise auf die fürchterlichste Weise gegenseitig um.

SM: Ich glaube, es reicht für heute – bevor es mich schüttelt. Sagen Sie mir nur noch, ob Stefan R. überlebt.

SK: Na freilich. Denn was wäre die Welt ohne Metzger, ohne Wurst? Andererseits: Wurst ist zum Fressen da!

Wurst gab es nicht an Karolas siebzehntem Geburtstag zum Frühstück. Der 26. Januar war ein Mittwochmorgen. Auf dem Frühstückstisch stand ein Geburtstagskuchen, den Emma gebacken hatte, mit siebzehn Kerzen. Sie brannten, und Karo blies sie mit einem durchgehenden Puster aus. Die Familie klatschte begeistert und alle riefen enthusiastisch »Bravo«. Wir Eltern und Luca und Jenny sangen »Happy Birthday« und Karo fragte trocken: „Wann gibt's Geschenke?"

Ebenso trocken erwiderte Emma: „Geschenke gibt's, wie immer, erst nach der Schule."

Danach war irgendwie und aus unerklärlichen Gründen eine komische Stimmung. Zwar hatte niemand schlechte Laune, schon gar nicht das Geburtstagskind, aber keiner sprach. Ich mag es nicht, wenn alle stumm das Müsli-Frühstück in sich hinein schaufeln. Ich finde, ein bisschen quatschen gehört zum Geburtstagsfrühstück. Also stellte ich Karola eine Frage, nur um das Tischgespräch in Gang zu bringen.

„Mal angenommen, es gäbe mich gar nicht: Wen hättest du dann am liebsten als Vater?"

Ich dachte, das sei ein Top-Geburtstagsthema, und hoffte nebenbei, dass alle meine Kinder aufspringen, mir um den Hals fallen und sagen würden, sie könnten sich niemand anderen als Vater vorstellen als mich.

Emma fand die Frage, wie ich ihrer Mimik entnehmen konnte, offensichtlich auch ganz interessant, während Karola nachdachte. Ihre Geschwister waren schneller, und Luca rief: „Homer Simpson!“

Das war für mich durchaus annehmbar. Oft wünschte ich, so faul, so doof, aber auch so lustig wie Homer zu sein. Was das Lustige betraf, so hatte ich, wie ich fand, Homer Simpson wahrscheinlich mit meinem »maschendrahtzaun«-Buch schon getoppt – oder war ihm jedenfalls dicht auf den Fersen.

Karola nahm sich etwas mehr Zeit und sagte dann mit bedeutungsvoller Schwere: „Ich will Uwe Ochsenknecht als Vater!“

Den finde ich so doof wie Homer Simpson, bloß gar nicht lustig. Er macht aber angeblich bei Komödien keine schlechte Figur, wie bei »Ballermann 6« oder »Bin ich schön?«.

„Puh, ausgerechnet durch den willst du mich ersetzen?“, fragte ich empört. Moritz Bleibtreu, oder Henning Baum hätte ich okay gefunden, meinetwegen auch Berti Vogts, so lange er nicht beim Kölner Karneval in der Bütt steht. Aber Uwe Ochsenknecht?

Karola löffelte ihr Müsli vom Teller und schwärmte dann von Uwe Ochsenknecht und dass er mit einem so tollen Model wie Natascha Ochsenknecht verheiratet sei …

Emma schaute sehr irritiert.

… Und dass er auch toll singen könne …

Jetzt schaute ich etwas irritiert, musste mir aber heimlich eingestehen, dass ich wirklich ein sehr schlechter Sänger bin.

… Und dass er tolle Kinder habe, die sie lieber als Geschwister hätte als zum Beispiel …

Luca und Jenny schauten gespannt auf ihren Mund. Aber da hingen dann in den Mundwinkeln nur noch ein paar von den zarten Müsliflocken, die nacheinander abfielen. Mehr kam nicht heraus.

„Ja, und er kann toll mit Kindern umgehen“, sagte meine große Tochter.

„Kann ich auch“, meckerte ich.

„Aber er guckt immer so süß und zugleich männlich.“

Uwe Ochsenknecht guckt süß! Und zugleich männlich! Ich versuchte zu gucken wie Uwe Ochsenknecht, so süß, mit so vertrauenerweckenden männlich guckenden Kuh-Augen, wie halt eine Kuh guckt, wenn sie einen Ochsen sieht. Ich wartete vergebens darauf, dass ich Karos Herz schneller pochen hören würde, doch es herrschte eher betretene Stille.

Dann, plötzlich, lachte Karo hellauf und sagte: „Lass es bitte. Du kannst das einfach nicht!“

Ich machte sie darauf aufmerksam, dass ich andere Dinge könne, die der feine Herr Ochsendingsbums ganz sicher nicht beherrsche, und Karo sagte: „Die interessieren nur niemanden. Oder schlimmer noch: Sie regen die Leute nur auf. Und außerdem sieht *der* echt männlich aus!“

Sie betonte das *der* auf eine typisch spätpubertäre Weise. Irgendwie traf mich das. Aber die Falle hatte ich mir selbst gestellt. Das Schlimme war, dass meine Tochter recht hatte, also, jedenfalls zu einem gewissen Teil.

„Ist es denn wirklich wichtig, dass ein Vater echt männlich aussieht?“, fragte ich in selbstzerstörerischer Resilienz. Das Geburtstagskind belohnte mich für dieses Eigentor mit einem mitleidigen Blick, brachte seinen Teller zur Spüle, klemmte die Schulmappe unter den Arm und zwitscherte frisch, fromm und fröhlich von dannen. Draußen warteten bereits ihre Freundinnen, denn ich hörte noch nach ein paar beschwingten, aber hastigen, von Karo herausgestoßenen Sätzen ein großes Gekichere. Wahrscheinlich ging es um mich.

Ich blieb sitzen und sah meiner Frau in die von Lachfältchen umgebenen grün-blauen Augen. „Wen hättest du denn gerne als Vater gehabt?“, fragte sie.

Ohne lange nachdenken zu müssen, antwortete ich: „Old Shatterhand, ersatzweise Winnetou.“

Beide waren zwischen 1960 und 1964 meine engsten Ausleih-Verwandten und Probeväter. Als Sohn von Old Shatterhand mit seinem oberlässigen Wildlederoutfit hätte ich ihn, meinen Leih-Vater, gerne durch die Prärie begleitet. Aber auch Winnetou war mein Traumvater, allein schon wegen seines windschnellen Rappen Iltschi und seiner Silberbüchse, die ich ihm als Sohn stets schussbereit gehalten hätte. Schussbereitschaft war kein Problem. Denn damals war ich noch kein Pazifist, sondern Anhänger der frühjugendlichen Idee vom Befreiungskampf der Indianer gegen die rücksichtslosen weißen Siedler.

Als Karola von der Schule kam und wir ihr Geburtstagslieblingsessen gegessen hatten, Rinderroulade mit fränkischen Knödeln und Rotkraut, sagte sie, sie habe übrigens sechs Leute für den Nachmittag zu sich eingeladen.

„Zum Kindergeburtstag?“, fragte Jenny.

Die große Schwester sah mit den Augen eines Uwe Ochsenknecht ihre kleine Schwester an, und ich sprang ein: „Jenny, in Karos Alter heißt das nicht mehr Kindergeburtstag, sondern …“ Mir fiel nichts ein, was es besser hätte erklären konnte. In diesem Moment ergänzte Luca: „… sondern es heißt Chillen.“

Karo übergab mir eine Einkaufsliste und erklärte, dass mindestens drei Jungs und vier Mädels bei ihr übernachten würden. Schlafzeug würden die mitbringen, und man werde es sich in ihrem Zimmer gemütlich machen und es wäre schön, wenn Luca bei einem Freund oder aber in seinem Zimmer bleiben würde.

„Das ist unfair“, meinte Luca, und unsere gutmütige Karo sah das ein und lud ihn ein, vorausgesetzt, er benehme sich diesmal. Letztes Mal hatte er angefangen völlig schräg zu singen, nachdem er verbotener Weise zu viel Bier getrunken hatte.

Es sich gemütlich machen? In Anbetracht der Größe von Karos Zimmer nahm ich an, dass es dort sehr, sehr gemütlich werden würde. Nun ja, eine Frage der Sichtweise. Also eine Frage des Alters. Ich fragte, ob Uwe Ochsenknecht auch eingeladen sei, und bekam eine zusammengeknüllte Serviette an den Kopf.

Einen Tag nach dem Servietten-Attentat, am 27. Januar, kommt der neue *stern* heraus. Das Titelbild zeigt Kohls Gesicht im Ausschnitt und in Großaufnahme darunter in fetter Schrift: »Ist Kohl noch normal?« Im Editorial dazu schreibt der Chefredakteur Petzold: »Ja länger uns das Spenden-Spektakel quält, desto heftiger drängt sich der Vergleich mit dem *Titanic*-Schicksal auf. Der Eisberg Helmut Kohl, der drohend aus dem Schwarzen Meer ragt, hat den Partei-Dampfer CDU aufgerissen.

Am Ruder auf der Brücke: Kapitän Schäuble, vom Sumpf-Fieber geschüttelt und nicht mehr ganz Herr der Lage. Noch im Ungewissen über das Ausmaß der Katastrophe. In der Offiziersmesse planen Volker Rühe und Angela Merkel die Verteilung der Rettungsringe. Die Stimmung auf dem Parteischiff ist nach der Lektüre des Untersuchungsberichts einigermaßen gelöst.

Der 4. Offizier, Heiner Geißler, warnt vor einem Auseinanderbrechen des bar bezahlten Luxusliners. Während auf dem Oberdeck auf Optimismus gemacht wird, brechen unten die Schoten. Wie bei Eisbergen üblich, lauert die volle zerstörerische Kraft tief unter der Wasserlinie, unsichtbar und geheimnisvoll. Dort schlummert die Wahrheit über Kohls Barspender, den Leuna-Deal und das Wissen des Geldschiebers Horst Weyrauch.«

Bei mir klingelte die Kasse ganz ohne Waffenschiebereien. Der Bucherfolg von »maschendrahtzaun« war für mich irgendwie absehbar gewesen. Ende Januar hatte ich bei der HTG um Verlängerung meines Sonderurlaubs bis Mitte Februar gebeten. Am 14. Februar befanden sich bereits 84.000 Mark auf meinem Konto. Ich bat bei Ronnys Sekretärin Anna um einen dringenden Termin beim Chef.

Am nächsten Tag saß ich bei Anna bei einer Tasse Kaffee und wartete die obligatorischen fünfzehn Minuten, die sogenannten Wichtigtuer-Minuten, wie ich sie gelegentlich nannte. „Wie geht es deinem Mann? Ich habe Karl schon lange nicht mehr gesehen“, fragte ich Anna.

„Ach, das weißt du gar nicht? Er hatte einen Rückfall. Der Krebs kam zurück, wurde aber schnell mit Chemo behandelt, und jetzt befindet er sich auf dem Weg der Besserung, ist aber noch bis einschließlich April krankgeschrieben.“

Das war eine traurige Nachricht, denn mit Karl, dessen Lebensgeschichte ich kannte, verbanden mich viele unterhaltsame Fahrten und eine Menge arbeitsintensiver, jedoch erkenntnisreicher Besuche bei komischen Hoteldirektoren. Wir waren immer ein gutes Team gewesen. Und so sagte ich zu Anna: „Bitte richte Karl ganz liebe Grüße und beste Genesungswünsche von mir aus. Wenn er etwas zum Lesen braucht – ich habe zwei neugeschriebene Klamotten für ihn.“

„Ich hab davon in der Zeitung gelesen. Da würde er sich bestimmt freuen.“

„Soll ich die beiden Bücher hier ins Büro oder zu Karl nach Hause schicken?“

„Bring sie doch nächstes Mal mit.“

„Ich weiß nicht, wann das nächste Mal sein wird. Deshalb bin ich hier. Ich will Ronny um Freistellung bis September bitten. Meine Bücher sind im Moment ein echter Renner.“

„Einerseits gut für dich, andrerseits schlecht für die Fonds. Ich drücke dir die Daumen, dass er gütig ist und zustimmt.“ Annas internes Telefon klingelte, und sie sagte zu mir: „Er ist bereit. Du kannst rein.“

Wie immer waberte der weißliche Zigaretten-Rauch durch Ronnys Büro, und er saß, die Beine auf dem Schreibtisch, grinsend mitten in seinem süßlichen Roth-Händle-Duft. „Na, du machst ja ganz schöne Schlagzeilen. Legst dich mit Stefan Raab und seinem Management an, ts, ts, ts.“

„Raab hat sich mit mir angelegt, nicht umgekehrt.“

„Und jetzt?“

„Jetzt brauche ich Veränderung.“

Er sah mich verständnislos an. „Du willst hier aufhören?“

„Nein, auf keinen Fall, aber ein großzügiges Zeitkonto würde mir helfen. Ich muss die Gelegenheit nutzen.“

„Also weitermachen?“

„Ja, aber pausieren bis die Vermarktungsphase und der ganze Rummel vorüber sind.“

„Okay, ich kann dir eine Pause einräumen.“ Sein Oberkörper wiegte sich vor und zurück, als sei sein Körper vollauf mit seinen großzügigen Worten einverstanden. Die Asche seines Glimmstängels fiel auf ein Stück Papier. Er wischte es galant vom Schreibtisch. Heute Abend kam ja die Putzfrau. Dann fuhr er fort: „Übrigens ist es für die immer leerer werdende Immobilienfonds-Kasse durchaus erholsam, wenn deine Kosten mal aussetzen.“

„Ronny“, setzte ich an, „es wäre mir aber sehr recht …“

„… wenn das Gehalt weiterläuft“, schnaufte Ronny.

„Nein, das nicht, aber wenn zumindest die seit einem Jahr überfälligen Reisekosten und Spesenabrechnungen beglichen werden.“

„Oh, äh, davon weiß ich nichts. Irgendwelche Abrechnungen habe ich nicht erhalten.“

„Ich habe sie bei Marcel eingereicht. Und weil sich nach den ersten drei Monaten nichts tat, habe ich seitdem alle Unterlagen bei Anna abgegeben. Sie sagte, dass sie dir das weiterreicht und du die Zahlung veranlassen würdest. Ich habe jeden Monat nachgefragt. Jetzt frage ich dich.“

„Um welchen Gesamtbetrag geht es da?“

„Inzwischen sind es rund 12.000.“

„Dann muss das irgendwie auf einem falschen Stapel gelandet sein. Also gut, das wird demnächst erledigt. Wie lange willst du pausieren?“

„Ich denke, dass ich bis September mit den Büchern beschäftigt bin – zumal Raab sich im Mai beim *Eurovision Song Contest* beteiligen will. Dazu habe ich schon eine Roman-Idee und will verkaufstechnisch direkt an »maschendrahtzaun« anknüpfen.“

„Das heißt?“

„Ich schreibe ab jetzt am neuen Titel, der dann vier Wochen vorm *Eurovision Grand Prix* in den Kiosken zum Verkauf stehen muss. Damit gehen dann die Werbemaßnahmen einher und der ganze Presserummel, Interviews et cetera.“

„Und wovon lebst du in der Zeit?“

„Ich hoffe auf baldige Einnahmen aus dem Buchverkauf." In Anbetracht der noch ausstehenden Fonds-Reisekosten wollte ich Ronny nichts von meiner vollen Autoren-Kriegskasse sagen. „Und außerdem hoffe ich auf baldige Zahlung der Reisespesen."

Ronny lenkte ab: „Übrigens war Fischer gestern hier."

„Hat er für so lächerlich unwichtige Dinge wie seine Einkommensteuer überhaupt noch Zeit … als vielgefragter Außenminister?"

„Es war sein erster Besuch bei mir seit einem Jahr. Der Jugoslawienkrieg hat ihn voll in Atem gehalten, sagt er."

„Ich bin froh, dass er als Denkzettel von seinen Parteifreunden zumindest einen Farbbeutel an den Kopf bekam, während mit seiner Zustimmung und unter seiner aktiven Mithilfe Tonnen von Bomben auf die Köpfe von Zivilisten abgeworfen wurden. Was hältst du als alter 68er-Rebell eigentlich davon?"

„Nun, es ist so …", tat Ronny geheimnisvoll, „… wie Joschka mir im Vertrauen gesagt hat, gibt es Dinge zwischen Himmel und Erde, die kann man weiß Gott nicht in der Öffentlichkeit breittreten. Es geht um langfristige Interessen, und natürlich hat er recht, wenn er sagt, man dürfe auf keinen Fall ein zweites Auschwitz zulassen."

„Dieser ungeheuerlich missratene Auschwitz-Vergleich von ihm hat mich besonders empört, muss ich dir sagen. Denn was will er damit behaupten? Dass Titos antifaschistischer jugoslawischer

Vielvölkerstaat ein einziges Konzentrationslager gewesen sei?“

„Man muss das schon differenziert sehen …“ Ronny zündete sich eine neue Zigarette an.

„Was ich sehe – ob mit oder ohne Differenzierung –, ist eines: Der siegreiche kapitalistische Westen hat den letzten Funken sozialistischer Hoffnung, eine Errungenschaft der Arbeiterbewegung auf dem Balkan nach dem Faschismus, zerstören wollen. Man hat einen funktionierenden Genossenschaftssozialismus, einen weiteren neutralen Staat – so neutral wie die Schweiz – auf dem Boden Europas als Perspektive ein für alle Mal auslöschen wollen. Und das elende völkerrechtswidrige Spiel der Amis haben ausgerechnet die deutschen Sozialdemokraten und die angeblich so friedensbewegten Grünen mitgespielt.“

„Du denkst noch in alten Ideologiemustern. Heute gelten andere Maßstäbe, damit musst du dich abfinden. Jedenfalls kann ich seit gestern Fischers Politik sehr gut verstehen. Er hat mir einiges erklärt.“

„Zur Frage von Bomben, von Krieg und Frieden, zur Einhaltung des Völkerrechts, zur Frage der Nichteinmischung in die Angelegenheiten souveräner Staaten gibt es nichts weiter zu erklären. Das hat nichts mit Ideologiemustern zu tun. Es geht um die Frage von Humanismus. Es geht um den Weltfrieden. Die NATO will doch ein Verteidigungs- und kein Angriffsbündnis sein, aber es ist eine einzige große Lüge.“

„Egal“, sagte Ronny und blätterte in dem Stapel auf seinem Schreibtisch herum. Wieder fiel Asche herunter. „Man kann ja unterschiedlicher Meinung sein. Es ist halt so wie es ist. Bleib bei deinen Romanen. Und noch ein Tipp: Wenn du Geld auf deinem Konto rumliegen hast, dann investiere jetzt in Ron Sommers Telekom-Aktie, die steht hoch im Kurs. Ich selbst habe innerhalb von nur vier Monaten ein Plus von 30 Prozent gemacht. Nur ein gut gemeinter Tipp von mir.“

Er blies mir Rauch ins Gesicht, und ich antwortete: „Ronny, ich kenne einen Aktienhändler in München. Er heißt Bernd und ist ein Freund von meiner Frau und mir. Wir haben ihn oft schon besucht. Sein Auf und Ab möchte ich nicht teilen. Er war bereits zwei Mal pleite. Außerdem kenne ich die Anlage-Storys von Jürgen Harksen und dem Immobilien-Jongleur Jürgen Schneider – du kennst die mysteriösen Geschichten um die beiden. Ich lass es lieber, nein, in Aktien werde ich nicht investieren, nicht in diesen Zeiten. Aber danke für den Tipp.“

„Harksen und Jürgen Schneider kannst du nicht mit der durch und durch seriösen T-Aktie des soliden Ron Sommer vergleichen. Absolut daneben, aber es ist *deine* Entscheidung. War ja nur ein Tipp.“

„Danke, Ronny. Und wie lange kann ich hier pausieren?“

„Reicht dir eine Pause von sechs Monaten?“

„Also bis Anfang September?“

„Gebongt. Also, bis dann!“

*

Am Mittwoch, dem 2. Februar erreichte mich ein Schreiben der Gesamtschule, das mich zuerst laut auflachen ließ und mich dann doch wegen seiner Unrechtmäßigkeit erschütterte: Man erteilte mir mit sofortiger Wirkung Hausverbot in der Schule! Wegen eines Romans! Ich eilte zu Emma. „Stell dir mal vor …"

Na, meine Frau war wirklich erschüttert: „Wie kann man dir das antun? Das geht doch nicht mit rechten Dingen zu? Das ist ja eine üble Intrige gegen dich und das Buch!"

„Daraus schlussfolgere ich, dass der kampagnenmäßig ausgesprühte Hass im Städtchen von Mitgliedern der Schullehrerschaft ausgeht. Nur betroffene Hunde bellen. Und mein Roman hat sie weiß Gott getroffen – was ich übrigens niemals gedacht hätte. Ich habe an die Souveränität von Akademikern – oder solchen, die es sein wollen – geglaubt."

„Dagegen müssen wir vorgehen. Wir haben Kinder an der Schule und du sollst das Gebäude nicht mehr betreten dürfen? Das ist ja unglaublich!"

„Ich werde gleich mit Thomas telefonieren, und ich schreibe das Schulamt an!"

Wie gesagt, so getan. Thomas war Rechtsanwalt in Darmstadt. Er war ein Freund aus alten Berliner Wohngemeinschaftszeiten – und aus neueren Frankfurter Unternehmerzeiten. Er setzte mir ein juristisch-sachliches Schreiben auf, dass ich mit liebevollen Hinweisen auf die künstlerisch-literarischen Freiheiten verfeinerte. Keine zwei Tage später hatte ich es im Briefkasten der Gesamtschule versenkt. Eine

Abschrift mit ausführlichem Bezug auf die vorausgegangene Sache mit dem verheerenden Wirken des Lehrers, der dann versetzt werden musste, sandte ich an das Schulamt. Von dort erhielt ich keine Woche später eine Bestellung von fünf Exemplaren des Schulromans »Nina N.«, die mir sogar anstandslos bezahlt wurden.

Drei Wochen später lag eine Entschuldigung der Schulamtsleitung mit der Rücknahme des Hausverbots in unserem Briefkasten. Dem folgte ein Anruf, man setze darauf, dass ich das Entschuldigungsschreiben und die Hausverbots-Rücknahme nicht öffentlich mache. Die Schule müsse wohl – ebenso wie ich – das Gesicht wahren. Es sei für alle Beteiligten besser, wenn man die Sache auf sich beruhen lasse, ich wolle ja gewiss weiterhin meinen elterlichen Einfluss auf das Schulgeschehen behalten, ohne in unnötige Komplikationen mit den Lehrkräften zu geraten.

So beendete man amtsseitig einen Konflikt um ein Buch, das sich die Bildungssituation unseres Landes zur Leitprämisse gemacht hatte.

Emmas Jugendfreund in Berlin hatte den wunderbaren Namen eines berühmten Schlagersängers, Roland Kaiser, aber unser Roland war kein Sänger, sondern Lehrer an einer Berliner Gesamtschule. Ich hatte ihm den Schulroman »Nina N.« mit Widmung zugeschickt. Zwei Wochen waren seitdem vergangen, und jetzt kam ein Anruf von ihm: „Mensch Stefan, woher kennst du denn meine Schule? Du kennst ja mein Kollegium in- und auswendig! Hast du alles protokolliert, was ich dir jemals über meine Schule berichtet habe?"

„Du hast mir niemals etwas dazu erzählt. Kein einziges Wort hast du über dich und deine Gesamtschule jemals verloren. Da hattest du stets abgeblockt. Und ich habe immer gespürt, dass dir das Schulthema unangenehm war. Deshalb haben wir, wenn Emma und ich bei dir in Kladow zu Besuch waren, niemals das Thema Schule angesprochen. Ich weiß über deine Schule und deine Kollegen rein nichts, gar nichts!"

„Aber das ist echt erstaunlich. Du beschreibst einige meiner Kolleginnen und Kollegen haargenau so wie sie sind. Ich lach mich schlapp."

Na, das war ja beruhigend. Wenn fernab von Laubach ein Lehrer sein Kollegium, seine Schüler und deren Eltern wiedererkannte, dann war wohl mein Roman das geworden, was er sein sollte: ein allgemein gültiges Zeugnis über unsere Bildungssituation, über die Realität von Schulalltag in Deutschland. Das war aber auch nicht besonders erstaunlich. Die Charaktere in bestimmten Berufen sind sehr oft vergleichbar. Ähneln sich aufs Verwechseln.

Was sich nicht ähnelte waren mein Schreibstil und natürlich die Inhalte bei »Nina N.« und bei »maschendrahtzaun«. Der »Lomberg-Laubach-Roman Nina N.« lief gut, wenn auch unter erschwerten Boykott-Bedingungen. Aber wie das so ist: Wird etwas auf den Index gesetzt, wird etwas als „verboten" mystifiziert, wird es eben heimlich bestellt und gelesen. Der Schulroman lief also nebenher. Und der Raab-Thriller lief ihm eindeutig den Rang ab.

Kaum hatte ich Anfang Februar die Erstauflage von 10.000 »maschendrahtzaun«-Exemplaren ausgeliefert, lief das Fax Sturm und die Pressegrossisten brachten mich zum Schwitzen:

„Bitte noch einmal schnellstmöglich 500 Ex."

„Eilbestellung: Erbitten 1.000 Ex. Wann können wir mit der Lief. rechnen?"

„Könnten Sie uns so schnell wie möglich 400 Exemplare anliefern?"

„Wenn es Ihnen möglichst ist, uns vorab noch einmal 650 Ex. zu liefern, können wir unseren Expressdienst zu Ihnen schicken."

Es war ein Riesenerfolg. Es war bereits Ende Februar und noch immer hielt Raabs Countrysong Platz 1 der Charts. Das beflügelte die Nachfrage nach meinem Thriller. Ich ließ eine weitere Auflage nachdrucken und noch einmal eine dritte hinterher.

Vorangetrieben wurde der Buchverkauf jedoch durch eine von mir parallel gestartete große Werbekampagne in verschiedenen Großstadt-Kinos. Als Vorspann sah man einen Videoclip zum Buch, aufgemacht in Stephen-King-Manier, untermalt von Gruselmusik, der Text gesprochen von einem Profi mit Gruselstimme, hergestellt von einem professionellen Studio für Kino-Trailer. Ich hatte sieben Städte für die Werbekampagne ausgesucht: Berlin, Frankfurt, Leipzig, Dresden, Hamburg, München, Stuttgart.

In diesen Städten hatte ich auch Plakatwerbung veranlasst, sodass mich meine früheren Berliner Studienkollegen und WG-Mitbewohner anriefen und um ein Buch baten. Da genug Knete eingegangen war, versandte ich in diesen Tagen allein an meine Berliner Freunde und Bekannte 62 Exemplare, Wert inklusive Versandkosten: 1.162 Mark. Seitdem erwarteten sie ohne jegliche Kostenüberlegungen Frei-Haus-Lieferungen meiner Buch-Neuerscheinungen, schließlich sah jeder ja nur mein lächerliches Geschenk in Höhe von 16,80 D-Mark – das war individuell betrachtet nicht die Welt. Ich behielt diese als Werbe- und Freundschaftsgeschenke gedachten Lieferungen auch noch brav einige Jahre bei – bis … lassen Sie mich, liebe Leserinnen und Leser viel später in einem der folgenden Bände darauf zu sprechen kommen.

Emma stellten sich wegen dieser privaten Versandaktionen einige Fragen. Natürlich hatte sie die Verpack- und Anschreibmühsal mitbekommen. Und dies alles während des laufenden neuen Verlagsgewerbes, das ich gerade aufbaute. Jetzt also fragte sie nach den entstandenen Kosten. Als ich es ihr sagte, gab sie sich fassungslos. Zu ihrem Trost bügelte ich es mit dem leidigen »Prinzip Hoffnung« ab: „Schatzi, das wird sich werbewirksam auswirken. Und wir können es uns doch leisten."

Mit der Werbewirksamkeit lag ich völlig daneben, was ich aber noch nicht wissen konnte. An Freundschaften zweifelt man nicht gerne.

Am Abend kam ich endlich mal dazu, einige der bisher liegengelassenen Zeitschriften zu lesen. Nachrichten hatte ich schon einige Zeit nicht mehr sehen können, Radiosendungen lenkten mich bei meiner Eiltempo-Arbeit ab. Doch nun bekam ich wenigstens noch im Nachgang mit, dass der von mir geschätzte Künstler Friedensreich Hundertwasser auf einem Kreuzfahrtschiff an Herzversagen gestorben war. Und dass ein gewisser Friedrich Merz als Nachfolger von Herrn Schäuble zum neuen Vorsitzenden der Unions-Fraktion gewählt worden war. Und dass Helmut Kohl inzwischen eine Liste mit 30 Personen präsentiert hatte, die der CDU schnell mal rund sechs Millionen Mark gespendet hatten, um die Strafgelder für Kohls illegale Finanzpraktiken zumindest teilweise zu decken.

„Das nennt man ausgeprägte christliche Solidarität", maunzte Hörbi zu diesem Thema, als er mich einige Tage später anrief und fragte, was ich von Wladimir Putin halte. Denn der war bei den russischen Präsidentschaftswahlen mit großer Mehrheit als Sieger hervorgegangen.

„Wird sich zeigen. Schlimmer als Jelzin wird er kaum sein können. Er wird dem Ausverkauf der russischen Bodenschätze an westliche Großkonzerne einen Riegel vorschieben, nehme ich an. Gut für das russische Volk, aber mich persönlich berührt es jetzt nicht direkt, wenn du das fragen willst."

Herbert lachte am Ende der Leitung. Ja, wir telefonierten noch gerne über das Festnetz. Vielleicht weil es Gewohnheit war, vielleicht aber auch, weil die neue Technik von Handy zum Festnetz noch relativ große finanzielle Opfergaben forderte.

Und dann kam letztlich der Unheilsverkünder Nostradamus doch noch ins Spielfeld und forderte seine Opfergaben. Es war *die* Aktionärskatastrophe, denn am 6. März platzte die Börsenblase auf Raten. Es war ein neues Niedergangs-Phänomens einer

Aktie – der Ron-Sommer-Telekom-Aktie – mit einem Wertverlust von sage und schreibe 90 Prozent. Ich rief mir die Vorgeschichte in Erinnerung: Vor dreieinhalb Jahren war am 18. November 1996 bei Millionen Deutschen das Börsenfieber ausgebrochen. An diesem Tag wurde die T-Aktie, das Papier der deutschen Telekom, zum ersten Mal an der Frankfurter Börse notiert. Die neoliberalen Illusions-Ideo-logen hatten gute propagandistische Vorarbeit geleistet. Es wurden 713 Millionen Aktien verkauft.

Die Erwartungen der Manager und Anleger schienen sich zunächst zu erfüllen. Zwar dauerte es zwei Jahre nach der Erstnotierung, bis das Papier an Fahrt aufnahm. Doch dann schaltete die Aktie den Turbo ein und kletterte auf undenkbare Höhen. Am 6. März 2000 war der Gipfel erreicht: Das war der Zeitpunkt, als HTG-Boss Ronny mir diese Aktie empfohlen hatte. Die T-Aktie kostete jetzt 103,50 Euro. Wer die Aktie beim ersten Börsengang für 14,57 Euro (damals 28,50 DM) gekauft hatte, hatte nun seinen Einsatz mehr als versiebenfacht. Doch die wenigsten Kleinanleger verkauften. Sie erwarteten weiter steigende Kurse.

Doch die Freude währte nur kurz. Nachdem im Februar aufgedeckt worden war, dass die Telekom ihre Immobilienbestände überbewertet hatte, schwand das Vertrauen in das Unternehmen, und die Aktie setzte zum Sturzflug an. *(Sie wird bis zu den Anschlägen des 11. September 2001, also nur eineinhalb Jahre nach dem Rekordhoch, auf unter zehn Euro einbrechen, wird also 90 Prozent ihres Wertes verlieren.)*

Dabei traf die Telekom aber nicht die alleinige Schuld. Sie hatte das Pech, in den Taumel des *Neuen Marktes* zu geraten.

Denn jetzt, im März 2000, platzte auch die *Dotcom-Blase* und riss in ihrem Gefolge den gesamten Aktienmarkt mit in die Tiefe. Der Begriff *Dotcom-Blase* war ein durch die Medien geprägter Kunstbegriff für die soeben geplatzte Spekulationsblase, die insbesondere die sogenannten Dotcom-Unternehmen der sogenannten *New Economy* betraf und vor allem in Industrieländern zu Vermögensverlusten für Kleinanleger führte. Der Begriff *Dotcom* bezog sich dabei auf die Top-Level-Domain „.com", englisch für *Commercial.* Andere Bezeichnungen waren *Internetblase* oder *New Economy Bubble.*

Die *Dotcom-Blase* war ein weltweites Phänomen. Der größte Markt für Technologieunternehmen war die US-amerikanische NASDAQ. In Deutschland beispielsweise richtete die Deutsche Börse den *Neuen Markt* als eigenes Marktsegment ein, an dem angeblich zukunftsweisende und stark wachsende Unternehmen, die als „Technologieunternehmen" galten, notiert sein sollten. Im Vergleich zu den USA wurde die deutsche *Dotcom-Blase* stark von kriminell agierenden Unternehmern und mitspielenden Banken geprägt.

Auslöser des Booms waren die hohen Gewinnerwartungen wie auch die Spekulation auf steigende Aktienkurse, die durch neue technologische Entwicklungen entfacht wurden. Die Etablierung des Internets und des Mobiltelefons sowie die Entwicklung von Handheld-Computern führten zu einer

Aufbruchstimmung im Bereich digitaler Technologien. Daher kam es ab 1995 zu einer Vielzahl von Neugründungen von Unternehmen, sogenannten „Startups", und durch das große Anlegerinteresse vermehrt zu Börsengängen.

Viele Anleger schöpften die Hoffnung, dass die in diesen Märkten operierenden Unternehmen „Zukunftsunternehmen" seien, und wollten über einen Aktienkauf an vermeintlichen zukünftigen Gewinnen teilhaben oder am Weiterverkauf der Aktien durch die steigenden Kurse mitverdienen. Zudem führte insbesondere in Deutschland der von umfangreichen Werbemaßnahmen begleitete Börsengang der Deutschen Telekom zu einer stark gestiegenen Popularität des Investmentobjektes Aktie. Ab Mitte 1999 vervielfachte sich innerhalb weniger Monate die Börsenbewertung zahlreicher Unternehmen durch eine deutlich erhöhte Nachfrage der vormals am Aktienmarkt nicht aktiven Neuanleger.

Mit Blick auf solche Anlage- und Investmentbetrüger wie Jürgen Harksen und Jürgen Schneider blieben Emma und ich vor diesem Reinfall verschont. Wir legten in Tagesgeld an und das war in diesen Tagen äußerst attraktiv.

Für unsere sechsjährige Jenny kam die diesjährige Einschulung nicht in Betracht. Sie war im November geboren und somit ein Kann-Kind. Emma und ich beschlossen, sie erst in 2001 einschulen zu lassen. Jenny war sehr verspielt.

Ich spielte weiterhin auf der Klaviatur der Trivialliteratur und hatte damit Erfolg. Weiterhin klingelte meine Schreibwerkstatt-Kasse, und das Geld musste in diesen Wochen gewinnbringend angelegt werden. Schließlich lebten wir mitten im Kapitalismus. Jetzt hatte ich bereits 18.000 Mal meinen literarischen Maschendrahtzaun verkauft. Auch dank meiner Werbemaßnahmen.

Bereits am 5. Februar war in der Wochenendausgabe des Vogtland-Anzeigers auf der Titelseite der Aufmacher »Invasion der Erbsen« erschienen. Darin hieß es: *„Unsere Zeitung stellt heute den neuen Roman »maschendrahtzaun« des 40-jährigen Erfurter Schriftstellers Stefan Koenig vor. Der Autor, der sich an Stephen Kings großen Erfolgsthriller »Langoliers« anlehnt, entführt Regina Z. in einem Flugzeug in eine imaginäre Zeit, in welcher Millionen von mutierten Knallerbsen die Welt vernichten. Doch am Ende wird alles wieder gut. Das Buch startete mit einer Auflage von 10.000 Exemplaren. Er schreibe bereits am »maschendrahtzaun 2«, berichtet Koenig unserer Zeitung."*

Dass ich „gebürtiger Erfurter" sei, hatte ich den Vogtländern mit der Begründung untergeschoben, dass ich im Westen nichts Gutes zu erwarten habe. Was nach meinen Erfahrungen mit »Nina N.« ja auch stimmte. Der Effekt war nebenbei, dass man mir als Ossi die Geschichte anders abnahm, als hätte sich ein Wessi wie Raab über den vogtländischen Maschendrahtzaun amüsiert.

Die Rezension des Vogtland-Redakteurs Michael Winkler fiel so schmeichelhaft aus, dass ich mich fast schämte: „Stefan Koenig landete mit seinem Erstling »maschendrahtzaun« einen Volltreffer. Seine Kultgemeinde schätzt die für den deutschen Sprachraum einmalige Stephen-King-Adaption, mit der sich Stefan Koenig sein eigenes Genre aus Comedy, Horror und kulturkritischem Politkrimi schuf.

Zweifellos ist sein Anliegen nicht nur die auf Hochspannung fixierte Unterhaltung, das Eindringen in die Schwächen unserer voyeuristischen Psyche. Es geht ihm ebenso um Sensibilisierung für jene kritischen Ansätze, die hinter der johlenden Kommunikationsfassade die gähnende Leere unserer scheinbaren Wertegesellschaft und die lauthals schreiende Einsamkeit der TV-Fans auszumachen glauben.

Vor Stefan Koenig und Stephen King hatte bereits 1943 der große deutsche Schriftsteller Hermann Hesse *[Jetzt verstehen Sie wahrscheinlich, verehrte Leser, meinen heftigen Anflug von Scham!]* in seinem Alterswerk »Das Glasperlenspiel« vor dieser nahenden dekadenten Kultur eines »feuilletonistischen Zeitalters« gewarnt. Umsonst. Der vogtländische Maschendrahtzaun und die Knallerbsen waren und sind nicht aufzuhalten.

Der kritische Leser und Literaturfreund, der den »maschendrahtzaun« vom Pegasus-Verlag mit Verstand gelesen und durchaus auch vergnüglich aufgenommen hat, kann sich nur wünschen, dass der Autor beim Schreiben der Fortsetzungsstory, in der der Lieblingskater von Regina Z. fachgerecht geschlachtet wird, und die Diva aus Lauerbach mit Verona Weltpfusch in eine TV-Pimmelshow gerät, bei dem klaren Erzählstil bleibt, der den ersten Band auszeichnet."

Es war Tatsache, ja, ich schrieb bereits an einem speziellen Raab-Fortsetzungs-Ärgernis. Seit Ende Februar stand fest, dass der TV-Moderator und Songschreiber am *European Song Contest, ESC,* teilnehmen würde. Stefan Raab war das Schreckgespenst der eingeschworenen und traditionsbewussten Schlagerfans. Er hatte bereits 1998 beim *ESC* die Gemüter erregt, als sein Schützling Guildo Horn mit der ironischen Liebeshymne »Guildo hat euch lieb« den siebten Platz beim Finale erreichte. Jetzt wollte er beim Vorentscheid »Countdown Grand Prix 2000« in Bremen selbst im Rampenlicht stehen. Ein vermeintlicher Affront gegen alteingesessene Grand Prix Fans, die in Raabs Gaga-Disco-Song *Wadde hadde dudde da?* die langjährig gepflegte Glaubwürdigkeit ihres geliebten Wettbewerbs ernsthaft bedroht sahen.

Doch das Enfant terrible begeisterte an diesem Abend erwartungsgemäß die Mehrheit der Fernsehzuschauer und löste eine nationale Debatte aus. „Zum Lachen oder lächerlich?“, titelte die *Bild*-Zeitung. Die Zeitschrift *Bunte* jammerte: „So starb der deutsche Schlager“ und die *Frankfurter Rundschau* jubelte im Vorfeld: „Raab muss zum Grand Prix“. Mit 57,4 Prozent der TV-Zuschauerstimmen setzte er sich mit großem Abstand gegen die Mitbewerber durch.

Ich musste mich also wieder einmal ranhalten. Meine ursprüngliche Absicht, den CDU-Parteispendenskandal und Kohls Bimbes-Ehrenwort als Aufhänger für einen humoristischen Aufklärungsthriller zu nutzen, ließ ich fallen. Da Raabs Auftritt in

Stockholm Mitte Mai stattfand, musste mein Buch spätestens einen Monat vorher in den Kiosken vorliegen, denn das ganze aufgeregte Gegackere, das aufputschende Drum und Dran begann bereits einen Monat zuvor.

Seinen Song hatte Raab schon propagiert und der war bereits musikalisch überall präsent: »Wadde hadde dudde da«. Dieser mysteriös anmutende Titel entstammte dem Mund einer älteren Dame, der Stefan Raab in einem Kölner Park begegnet sein wollte. Sie hatte ihren Hund, der im Boden gescharrt und mit etwas in seinem Maul zu ihr gekommen war, gefragt: „Wadde hadde dudde da?"

Soweit Raabs Inspiration.

Dann kam meine Inspiration hinzu. Ich beabsichtigte, unsere geliebten TV-Stars und den Grand-Prix-Helden Stefan Raab literarisch in eine Überlebensshow zu schicken. Hinter ihrem Rücken sollten sich ihre Manager verabredet und Schnick-Schnack-Schnuck gespielt haben: Wessen TV-Liebling wird die Show überleben? Für das Verschwörer-Konsortium aus RDL, SAD 1 und PRO SEX lockt ein einmaliger Quotenknüller. 28 Millionen Zuschauer sehen amüsiert dem Grauen zu. Sehen, wie sich die Stars jagen und wie sie von einem Unheimlichen gejagt und zu Tode gehetzt werden.

Die Romanfiguren standen für mich fest: Stefan Rabs für *»Rabs total«*, Moses Pullhahn – das war der, der Rabs vor einigen Wochen ein Veilchen verpasst hatte, Verona Weltpfusch für »Veronas Geld«, Andreas Würck für »Die Schweißbrandshow«, Thomas Gottwitz für »Wedden wadde wedde du«, Arabella

Knetmüller für »Belle Arabia«, Birgit Schrobacke, Knaddel für »Die Pimmelshow«, Harald Schitt für »Schitt tonight«, Regina Zündler, Kater Furzel, und natürlich als absolut totlebendige Romanfigur der geschnittene Maschendrahtzaun.

Hinten auf dem Buchcover sollte groß und fett stehen: »Der ultimative Kultroman über ein absolut tödliches Spiel. Heute BIG BROTHER – und morgen DU!«

Bis zu diesem Zeitpunkt – es war jetzt Mitte März – hatte ich innerhalb von nur zwei Monaten aus dem Buchverkauf von »maschendrahtzaun« 218.400 D-Mark erlösen können. Das Büchlein kostete 16,80 Mark, wovon die Hälfte an die Pressegrossisten ging, die von ihren 50 Prozent wiederum 30 Prozent an die Kioskbetreiber abgeben mussten. Also verblieben mir nach Adam Riese pro verkauftem Exemplar 8,40 Mark, multipliziert mit den 26.000 verkauften Büchern ergab dies die grandiose Summe von fast einer Viertelmillion. Aber nun ging ja noch die Kinowerbung mit 42.000 ab. Und die Plakatwerbung mit 13.000. Und die Radio FFH-Werbung mit 5.000 Mark. Abzüglich der Druckkosten in Höhe von 47.000 Mark. Letztlich blieben immerhin rund 111.000 Mark bei mir hängen.

„Oh, da werden wir dieses Jahr an das Finanzamt ein ganz schönes Sümmchen an Einkommenssteuer berappen müssen", sagte Emma.

„Lassen wir uns überraschen. Die Zigarren-Schröder-Bier-Fischer-Connection hat den Reichen und Emporkömmlingen ein Geschenk für dieses Jahr in den Gesetzes-Geschenkkorb gelegt."

Emma sah mich fragend an. „Was weißt du, was ich nicht weiß?“

„Man hat den Spitzensteuersatz mit Wirkung ab diesem Januar von 53% auf 42% der Einkommen abgesenkt.“

„Unglaublich! Das ist ja ein Geschenk an die oberen Zehntausend, ein Geschenk, das sich CDU, CSU und FDP niemals getraut hätten zu machen!“

Ich musste in diesem Moment an meine Rentenabsicherung durch die Lebensversicherungen denken. Wie hatte es damals getönt? Wenn ich die aus der gesetzlichen Rentenversicherung ausbezahlten 180.000 Mark in Kapitallebensversicherungen anlegen würde, seien die nun fehlenden GTU-Arbeitsjahre aufgewogen. Ich sei damit auf der sicheren Seite.

Wenn keine Krisen dazwischen kommen, hatte ich gesagt.

Und nun war sie da. Die umfassende plötzliche Wirtschaftskrise auf dem Finanzsektor. Die *Dotcom-Blase* war geplatzt, der Aktienmarkt mit dem Telekom-Aktien-Absturz und all seinen ökonomischen Auswirkungen war Realität geworden. Was war mit meinen Lebensversicherungen los? Zusammengesackt wie ein Häufchen Elend? Ja.

Damals hatte ich zu Ronnys großmäuligen Prognosen gesagt: „So etwas kann funktionieren, muss aber nicht! Vorausgesetzt der Markt für solcherart Versicherungen bleibt wie er ist, dann mag es funktionieren – oder aber er zerfasert oder bricht zusammen oder die Zinsen sinken ins Unermessliche. Und dann ist es aus und vorbei.“

Er hatte mich für verrückt erklärt: „Völlig unrealistisch, Herr Schriftsteller."

Wir hatten noch ein wenig herum schwadroniert: Was allerdings eine reale Gefahr wäre: Wenn man die Versicherungen beleiht, um neue Geschäftsideen zu verwirklichen und wenn man dann die beliehene Summe nicht mehr hereinholt, weil die neue Geschäftsidee scheitert.

Abschließend hatte ich gemeint: „Aber egal, was passiert: Mir fehlt die Glaskugel und ich kann weiß Gott nicht in die Zukunft schauen."

Nun hatte uns die Zukunft eingeholt, ganz ohne Glaskugel.

Diese neue Zukunft hatte mir zwar die Lebensversicherungen genommen, aber im Gegenzug gerade einen fast entsprechenden Haufen Geld beschert. Also setzte ich mich auf meinen Hintern und schrieb lustig den nächsten Horror-Thriller nieder. Der Titel stand jetzt fest: *»The Überlebensshow«*, Untertitel: *»WADDE HADDE DUDDE DA? Sing, Stefan, sing um dein Leben!«* Als Genre erfand ich etwas Neues, den »Comedy-Thriller«. Auch die Widmung hatte ich bereits in petto:

Dieses Buch ist dem Kulturfrieden
und der kritischen Toleranz der TV-Zuschauer
gewidmet – ihrer unsäglichen Geduld wie ihrer
unsäglichen Sehnsucht nach Abenteuer und Lust.
»Aber treibt es nicht zu weit«, sagte der Dämon,
»sonst holt Euch das Schreckensszenario ein.
Und es kennt keine Gnade.«

Als erstes informierte ich ordnungsgemäß Stefan Raab und sein geniales Management über die bevorstehende Veröffentlichung des neuen Raab-Thrillers. Erwartungsgemäß hielten sie nichts davon und drohten erneut mit einem Verbot. Bedauerlicher Weise reagierte diesmal jedoch *dpa* nicht so wie beim »maschendrahtzaun«. Das hieß: Die bundesweite Gratiswerbung fiel diesmal ins Wasser. Stattdessen wurden lediglich ein paar Artikel in den Feuilletons von *Südkurier*, *Frankfurter Rundschau* und *FAZ* veröffentlicht.

Die örtlichen Zeitungen, die auf Geheiß der Laubacher Prominenz meinen »Nina N.«-Roman in aller demokratisch-liberalen Totalität totgeschwiegen hatten, berichteten jetzt stolz über *ihren* Laubacher Autor und *ihren* Laubacher Verlag. Im »Gießener Anzeiger« erschien Ende März ein Artikel mit der Überschrift: *Streit um »Wadde hadde dudde da – Stefan Raab will Satirebuch aus Laubacher Pegasus Verlag verbieten lassen«.*

Die »Gießener Allgemeine Zeitung« hatte stolz und regional etwas Wichtiges zu tönen: *Raab will »Wadde hadde…«-Buch verbieten. Neuerscheinung des Laubacher Pegasus-Verlags stößt beim »Maschendrahtzaun«-Autor auf wenig Gegenliebe.*

Doch dem regionalen Überschriftenbastler war ein Fehler unterlaufen: Bei mir, dem *Autor* von »maschendrahtzaun« stieß meine eigene Neuerscheinung natürlich auf äußerst große Gegenliebe – nur beim *Songkomponisten* Stefan Raab nicht.

Na gut, immerhin. Man hatte mich publizistisch aufgewertet. Und es machte sich in bescheidenem Rahmen bemerkbar.

Wieder ließ ich 10.000 Exemplare als Erstauflage drucken. Auch dieses Mal ratterte das Fax und spuckte im Laufe einer Woche 5.000 Nachbestellungen aus. Rechtzeitig erreichten die Bücher Anfang April die Kioske. Doch im Laufe der Song-Contest-Wochen trudelten keine weiteren Nachbestellungen ein. Daran konnte leider auch Angela Merkel nichts ändern, die am 10. April auf dem CDU-Bundesparteitag in Essen mit satten 96 DDR-Prozenten zur neuen Vorsitzenden gewählt wurde.

Vier Tage später ratifizierte das russische Parlament das 1993 unterzeichnete russisch-amerikanische Abrüstungsabkommen START II. Danach verpflichteten sich beide Staaten zur Halbierung des Arsenals strategischer Atomwaffen.

Als der Grand-Prix-Zirkus ganz ohne Einsatz atomarer Gefechtsköpfe, sondern nur mit dem songmäßig geköpften Stefan Raab zu Ende war, waren von den 15.000 Druckexemplaren noch 6.000 übrig, die mir im Laufe der folgenden Wochen als Remittenden von den Pressegrossisten zurückgeschickt wurden. Der Verkaufserlös betrug rund 76.000 Mark, davon waren die Druckkosten in Höhe von 27.300 Mark abzuziehen, sodass mir rund 48.300 Mark über blieben. Geld für Werbung stand nicht mehr zur Verfügung.

Was ich daraus lernte: So einfach war also nicht an einen einmal erzielten Erfolg anzuknüpfen.

Der im Mai grassierende und als Liebesbrief getarnte »I love you«-Computervirus legte Gott sei Dank zwar nicht meinen hochheiligen PC, aber doch wichtige Rechneranlagen zahlreicher Firmen lahm. Ein Drama in der Windows-Welt.

Drama im Fußball? Für meinen Bruder scheinbar kein Problem, noch weniger ein Problem für mich. Ausgerechnet im Derby gegen 1860 München verspielte Bayern mit einer 1:2-Pleite am 30. Spieltag die Tabellenführung – vorübergehend. Ich feixte. Günter schwitzte und sagte. „Abwarten!“ Leverkusen übernahm durch das 4:1 über Bielefeld die Spitze und wurde doch am letzten Spieltag von Bayern wieder abgelöst. Denn die Mannschaft von Trainer Ottmar Hitzfeld nutzte die Minimalchance und gewann zeitgleich mit Leverkusens Debakel in Unterhaching (0:2) gegen Werder 3:1. Dank der besseren Tordifferenz wurde sie vor den punktgleichen Leverkusenern Deutscher Meister.

Günter war zufrieden, und ich stellte ewig lange mathematische Berechnungen an, die beweisen sollten, dass der Titel eigentlich nicht den Bayern gehörte, bis meinem Bruder der Geduldsfaden riss und er meinte, ich sei mathematisch ein Versager.

Nur weil ich Bayern den Triumph versagte. Wie gemein. Worte können so weh tun.

„Ich hab euch doch alle lieb“, hatte der frühere Chef des Ministeriums für Staatssicherheit, Erich Mielke, den Parlamentariern der DDR-Volkskammer zugerufen. Jetzt, am 21. Mai, starb er im Alter von 92 Jahren in einem Altenpflegeheim in Berlin. Einen Tag später starb in Bonn mit 70 Jahren der

Fernsehjournalist Ernst Dieter Lueg, ausgesprochen »Lu-eck«. Ich musste an seinen einmaligen Schlagabtausch mit Herbert Wehner, dem unkonventionellen SPD-Fraktionsvorsitzenden aus der legendären Willy-Brand-Ära, denken. Wehner hatte am Ende eines Interviews gesagt: „Wie immer tun Sie sich mit der Wahrheit schwer, Herr Lüg!“. Und Lu-eck hatte wie aus der Pistole geschossen geantwortet: „Wenn Sie das sagen, Herr Wöhner!“

Worte bleiben, ging mir durch den Kopf, *auch wenn die Lippen zu Asche geworden sind.*

Worte, viele Worte – darin ist Amando Weltmeister. Der liebenswürdige Amando ist mein Berliner Schwager, der Mann von Emmas jüngerer Schwester Christine – ein totaler Spaghettifresser, wie mein Knödel fressender gutmütiger Schwiegervater einmal sachkundig feststellte. Er rief an, und dummer Weise war ich an die Strippe gegangen. Ich wollte ihn gleich zu Emma weiter verbinden, aber er bremste mich sofort ab, denn er will mich, immer nur mich, mich, mich. Warum? Vielleicht weil ich so höflich bin und nicht gleich auflege. Die Hälfte des Jahres habe ich nichts gegen seine Anrufe einzuwenden. Er plappert dann über Rezepte und wie man in Deutschland eigentlich nicht die echte italienische Pizza zubereiten kann, weil das Weißmehl, das Wasser oder die Tomaten oder der Käse nicht so wie in Italien sind.

„Außerdem ist die Luft ganz anders“, ruft er aus, wenn ich ihm beweise, dass man alles, was es in Italien gibt, auch hier bekommen kann. Sogar italienisches Wasser aus den einst deutschen Alpen.

Er möchte mit mir über den bevorstehenden Sieg seiner Italiener, seiner zukünftigen Weltmeister, reden. Das ist immer so vor internationalen Fußballturnieren. Nun also naht die Europameisterschaft, und da hat Amando größten Gesprächsbedarf. Er beschwört ohne Unterlass die Tugenden, den Kampf- und Teamgeist und die gute Ernährung der italienischen Fußballer. Er schwärmt dann von Christian Abbiati, Fabio Cannavaro, Paolo Maldini und von ihrem meisterlichen Können in psychologischer Kriegsführung. Denn Fußball ist Krieg. Ich bin zwar anderer Meinung, komme aber nicht zu Wort.

Beim letzten Telefonat nannte ich sein Land einen Weltmeister zweiter Klasse. Ohne dies hier en détail zu begründen, aber wer im Achtelfinale gegen einen Außenseiter bloß durch eine Schwalbe in der 95. Minute zu einem Elfer und damit ins Viertelfinale kommt, der muss sich eine gutbürgerliche Verhöhnung gefallen lassen. Aber da unterscheidet sich mein gutbürgerlicher Humor von seinem süditalienischen. Ich kann froh sein, wenn er dann nicht seine Verwandtschaft in Palermo ins Gespräch bringt.

Amando reagierte dieses Mal mit den Worten: „Jaa, immer nur Neide. Neide von die andere iste unser kostbarste Besitze, alte Sprikeworte von Dante Alighieri."

Ich fragte ihn, bei welcher Mannschaft der spiele, und Amando stutzte für einen kurzen Moment, um dann in schallendes Gelächter auszubrechen. Dann jaulte er: „Meine Schwager iste sooo guuut, meine beste Schwager, beste Freund.“

Anschließend behauptete er, Dante Alighieri sei der Schwager von Goethe gewesen und habe diesen zur Spaghetti-Verkostung nach Napoli eingeladen, aber Goethes Kutsche habe nicht durchgehalten, weil „Kutsche halt nicht ware von VW, mein beste Freund.“ Trotzdem sei Goethe eine Zeit lang in Italien geblieben und habe nicht zurückkehren wollen, wie alle Deutschen.

Am 10. Juni begann in Brüssel die 11. Fußball-Europameisterschaft. Prompt schied die deutsche Mannschaft mit einer 0:3-Niederlage bereits zehn Tage später in der Vorrunde aus. So sehr es mich juckte – ich rief meinen Bruder Günter nicht an. Zumal Frankreich mit einem 2:1-Sieg über Italien Europameister wurde. Natürlich rief ich auch nicht Amando an. Aber nächstes Mal gebe ich Amando die Rufnummer von Günter.

*

Eigentlich hatte ich mit meinem HTG-Kollegen Karl einen USA-San-Francisco-Besuch geplant, um endlich wieder einmal alte Erinnerungen aufzufrischen. Und um Karls kalifornischen Bekannten Paul zu treffen, den Karl bei seinem Urlaub in Astrid Lindgrens Småland kennen und schätzen gelernt hatte.

Aber daraus wurde dieses Jahr nichts mehr. Karl war wegen seiner Krebserkrankung noch nicht reisefähig, und ich hatte zu viel mit meinen Buchgeschichten zu tun und musste ja ab September wieder Ronnys Steuer- und Wirtschaftsprüfungsgesellschaft zur Verfügung stehen.

Ich schickte Karl die beiden Raab-Bücher und »Nina N.« und schrieb dazu einen Brief, der mit der Feststellung endete: „Klar doch, wir sind die idealen US-Kundschafter. Doch lass uns den Trip bitte auf nächstes Jahr verschieben, derzeit bin ich total überlastet – und du musst auch noch etwas langsam machen. Spätestens im September sehen wir uns in der HTG wieder. Gute Besserung! So long!“

Mitte Juni wurde Griechenland auf Empfehlung der US-Ratingagentur Goldman-Sachs als zwölfter EU-Staat in die Euro-Zone aufgenommen.

Zwei Wochen später einigten sich die sieben größten Industrienationen nach jahrelangem Hin und Her auf die Sanierung der Sarkophag-Hülle im ukrainischen Kernkraftwerk Tschernobyl. Zur selben Zeit ernannte der Weltfußballverband Deutschland zum Austragungsort für die Fußball-Weltmeisterschaft 2006. „Unser Fußballkaiser hat das wieder mal gut gedeichselt“, meinte mein Bruder.

„Wie meinst du das?“, fragte ich.

„Wie ich es meine? Ganz einfach: Beckenbauers Franz hat gute Beziehungen und ist halt ein engagierter Fußballmanager. Wir können froh sein, dass wir den als Organisator haben. Keiner ist so agil wie er. Der lebt ganz und gar für den Fußball.“

„Vielleicht auch ein bisschen für das große Geld, oder?“

„Das gehört dazu. Würdest du etwas umsonst machen?“

„Umsonst ist nur der Tod."
„Siehste."

Seine intimste Begegnung mit dem Tod hatte Jürgen Harksen genau in jenem Juli. Einer seiner Hamburger Kunden, Herr Knüser, hatte ihm per Bote wieder 150 000 Mark angekündigt, um Harksens *Dallas*- und Anwaltszirkus weiter am Laufen zu halten – was Knüser natürlich nicht ahnte, denn er ging immer noch davon aus, dass sein jetzt in Südafrika angesiedelter Investment-Experte nur das Beste für ihn anlegen würde.

Offizieller Empfänger des Geldes war Andy, ein südafrikanischer Fliesenleger, der sich als Pilot ausgab. Er sollte für Harksen, der aufgrund des Ermittlungsverfahrens nur bedingt Einzahlungen auf seinem Konto registriert haben wollte, das Geld in Rand wechseln und ihm dann bar geben. In der Bank bekam Andy im Kassenraum drei Plastiktüten mit 200-Rand-Scheinen ausgehändigt, der größten Rand-Note. Womöglich, so sah es hinterher die Polizei, habe jemand, der von den Bankangestellten routinemäßig einen Tipp über die bevorstehende Auszahlung bekommen habe, Harksens Mittelsmann verfolgt, um zwecks Raubzugs seinen Zielort zu ermitteln.

Andy fuhr mit seinem weißen Golf zu einem Restaurant namens *The Famous Butcher,* wo Harksen mit seinen beiden Hamburger Kunden Lindemann und Knüser, dem Geldeinzahler, auf ihn wartete. Vor der Tür stand Harksens Mercedes CL 600, der einzige seiner Art in Südafrika. Andy rief Harksen vom Handy aus vor die Tür. Nachdem er seinen Golf hinter Harksens Mercedes geparkt hatte, überreichte er ihm die Plastiktüten. Plötzlich kamen zwei Opel angefahren. Drei Männer mit Pistolen und Masken sprangen heraus, einer stürzte auf Harksen zu , hielt ihm die Waffe an die Schläfe und befahl: „Her mit den Beuteln!"

Harksen wollte ihn täuschen und ihm statt der vollen Tüten lieber seinen geliebten, aber leeren Krokokoffer, mit dem er das Geld abtransportieren wollte, anbieten: „Hier ist mein Koffer."

„Wir wollen die Beutel." Offenbar wussten die Räuber genau Bescheid.

Andy schrie neben Harksen: „Jürgen, gib ihm das Geld, er bringt dich um."

Dann schoss der Ganove in die Luft. Also rückte der Anlagebetrüger die Beutel raus. Der Mann lief zu einem der Opel. Harksen rief Andy zu: „Verfolg sie!"

Nun kamen viele Leute aus ihren Häusern, und zehn Minuten später war die Polizei da. Unter Schock ging der betrogene Betrüger ins Restaurant zurück. Das Geld war weg! Knüser und Lindemann waren zuerst blass vor Schreck. Harksen sagte: „Der Notar wartet auf sein Geld. Was sollen wir machen?"

Nun fasste sich Knüser ein Herz und meinte: „Mach dir keine Sorgen, Jürgen, ich lasse den gleichen Betrag nochmal anweisen."

Am nächsten Tag war das Geld da. Eine Woche später tauchte Andy mit einem nagelneuen Jeep auf. Alle wunderten sich, woher er das Geld hatte. Harksen wusste es, konnte es aber nicht beweisen. In den folgenden Tagen war die Presse voll mit Schlagzeilen: »Harksen robbed«, »Harksen nearly killed« et cetera. Später, im Knast, verstand Harksen die Lektion: Unredlich erworbenes Geld kann man einfach nicht behalten.

Europa war für Harksen weit weg. Sein sportlicher Eifer um die Einsammlung von Geld ähnelte dem Eifer von Jan Ullrich bei der Tour des France. Trotz aller Dopingzufuhr, die sich Ullrich gönnte, gewann der Texaner Lance Armstrong das Rennen, und Jan erreichte am 23. Juli den zweiten Platz.

Zwei Tage später ging es nicht mehr um Erste-Klasse- oder sichere Plätze. Alle Sitzreihen wurden in den Tod gerissen. Kurz nach dem Start stürzte eine Concorde auf dem Weg von Paris nach New York ab. Bei der Katastrophe kamen alle 109 Insassen, darunter 97 Deutsche, ums Leben. Das Überschall-Passagierflugzeug war im Linienflugdienst mit einer Reisegeschwindigkeit von 2.158 km/h unterwegs gewesen. Unglücksursache war ein Metallteil auf der Startbahn, das einen Reifen der Maschine zum Platzen gebracht und eine Kettenreaktion ausgelöst hatte.

Von all diesen Ereignissen bekam Natascha Kampusch in ihrem Wiener Verlies nichts mit. Ihre Welt war klein geworden, war auf ein Minimum geschrumpft. Ihre Kindheit war vorbei, als sie mit zehn Jahren entführt wurde. Ihre Zeit als Kind im Verlies endete im Juli 2000. Eines Morgens wachte sie mit ziehenden Schmerzen im Unterleib auf und entdeckte Blutflecken auf ihrem Schlafanzug. Sie wusste sofort, was los war. Sie hatte schon lange vorher auf ihre Regel gewartet. Aus der Werbung, die ihr Entführer nach manchen Serien mit aufgenommen hatte, kannte sie eine bestimmte Marke von Monatsbinden, die sie haben wollte. Als er ins Verlies kam, bat Natascha ihn so abgeklärt wie möglich, einige Packungen für sie zu kaufen.

Wolfgang Priklopil war angesichts dieser Entwicklung zutiefst verunsichert. Sein Verfolgungswahn erreichte eine neue Stufe. Hatte er bislang schon penibel jeden Fussel aufgepickt, jeden einzelnen Fingerabdruck hektisch abgewischt, um alle Spuren der Entführten zu beseitigen, achtete er nun beinahe hysterisch darauf, dass sie sich oben im Haus nirgends hinsetzte.

Wenn sie sich doch einmal setzen durfte, legte er ihr Stapel von Zeitungen unter, im absurden Bemühen, noch den kleinsten Blutfleck in der Wohnung zu verhindern. Er rechnete nach wie vor täglich damit, dass die Polizei auftauchen und sein Haus nach DNA-Spuren durchsuchen würde. Natascha fühlte sich durch sein Verhalten persönlich angegriffen und kam sich wie eine Aussätzige vor. Es war eine verwirrende Zeit der Hormonumstellung, in der sie dringend ihre Mutter oder eine ihrer älteren Schwestern gebraucht hätte, um über diese körperlichen Veränderungen zu sprechen, mit denen sie so plötzlich konfrontiert war.

Aber ihr einziger Ansprechpartner war ein Mann, der damit heillos überfordert war. Der sie behandelte, als wäre sie schmutzig und abstoßend. Und der offenbar noch nie mit einer Frau zusammengelebt hatte. Sein Verhältnis zu ihr änderte sich deutlich mit dem Einsetzen der Pubertät. Solange sie noch ein Kind gewesen war, »durfte« sie in ihrem Verlies bleiben und sich im eng gesteckten Rahmen seiner Vorgaben um sich selbst kümmern. Nun, als heranwachsende Frau, musste sie ihm zu Diensten sein und unter strenger Aufsicht Arbeiten im und am Haus übernehmen.

Oben im Haus fühlte sie sich wie in einem Aquarium. Wie ein Fisch in einem viel zu kleinen Behälter, der sehnsüchtig nach draußen sieht, aber nicht aus dem Wasser springt, solange er in seinem Gefängnis noch überleben kann. Denn die Grenze zu überschreiten bedeutete den sicheren Tod. Die Grenze zum Außen war so absolut, dass sie ihr unüberwindbar schien. Als hätte das Haus einen anderen Aggregatzustand als die Welt außerhalb seiner biederen, gelben Mauern. Als befänden sich das Haus, der Garten, die Garage mit dem Verlies in einer anderen Matrix.

Manchmal wehte eine Ahnung von sommerlicher Frische und Freiheit durch ein gekipptes Fenster herein. Ab und zu hörte sie entfernt ein Auto durch die ruhige Straße fahren. Sonst war von der Außenwelt nichts zu spüren. Die Jalousien waren immer heruntergelassen. Das ganze Haus war in Dämmerlicht getaucht. Die Alarmanlagen an den Fenstern waren aktiviert – zumindest war die Entführte davon überzeugt. Es gab immer noch Momente, an denen sie an Flucht dachte. Aber sie wälzte keine konkreten Pläne mehr. Der Fisch springt nicht über den Glasrand. Dort lauert nur der Tod.

Die Sehnsucht nach Freiheit blieb.

Wie weit davon entfernt war meine Sehnsucht! Die Sehnsucht nach einem Verlag, der mir das elendige Verlegen meiner Bücher abnehmen könnte. Ein Verlag, der mir dennoch meine Freiheiten ließ, bei dem man nicht katzbuckeln musste. Oft träumte ich von meiner Freiheit als »Nur-Autor« – ganz ohne verlagsunternehmerische Verpflichtungen.

Da fiel mir ein, dass Meise ja im Namen von Gert Postel angefragt hatte, ob ich dessen Manuskripte verlegen könne. Ich entschloss mich dagegen.

„Warum?“, fragte Meise.

„Weil ich es kaum schaffe, mein eigenes Zeugs zu verlegen. Übrigens habe ich Postels Brief an dich bereits verlegt. Ich suche ihn schon seit einigen Monaten.“

Meise musste lachen und sagte: „Na, dann bist du echt ein guter Verleger. Also, dann schicke ich dir noch einmal die Kopie.“

Sie traf einige Tage später ein und ich konnte endlich die Fortsetzung dessen erfahren, was Postel zu seinem Prozessgeschehen zu sagen hatte:

»Blechen, mein Förderer aus dem Ministerium, war der Zeuge des zweiten Tages. Er hatte sich etwas vorbereitet und bot zunächst ein Beispiel seiner ministeriellen Vortragskunst. Ganze Sätze, präzise Formulierungen, schwammiger Inhalt. Als mein Verteidiger Becker begann, mit ihm die Geschichte meiner

Beförderung nach Arnsdorf aufzuarbeiten, stellten sich bei dem hochqualifizierten Mann Erinnerungslücken ein. Insbesondere konnte er sich partout nicht den Inhalt der Minister- und später der Kabinettsvorlage ins Gedächtnis rufen, die er selbst verfasst hatte und in der er den Vorschlag, mich zum Chefarzt zu bestellen, begründet hatte.

Mein Verteidiger, den die plötzlichen Ausfallerscheinungen bei diesem hervorragenden Mann mit Sorge erfüllten, nicht zuletzt im Hinblick auf eine mögliche Vereidigung, kam schließlich auf die Idee zu fragen, ob sich die Unterlagen nicht vielleicht in der dicken Aktentasche befänden, die Blechen mit in den Gerichtssaal geschleppt hatte. Blechen, der sich nunmehr sichtlich ungemütlich fühlte, blickte hilfesuchend zum Vorsitzenden. Als ihm dieser jedoch ebenfalls nicht aus der Klemme half, räumte er schließlich ein, dass sich die begehrten Unterlagen in dem ledernen Aktenbehältnis befanden, welches gerade mal einen halben Meter von seinem Stuhl entfernt am Boden stand. Die Vermutung meines Verteidigers, dass sich Ministerialbeamte auch bei auswärtigen Terminen nur ungern von relevanten Akten trennen, hatte sich also bestätigt.

Nicht fern lag im Übrigen auch die Annahme, dass der mächtige Beamte die Akten nicht nur mit in den Gerichtssaal gebracht, sondern sie auch zur Vorbereitung seiner Vernehmung noch einmal gelesen hatte. Umso bedenklicher waren natürlich die gerade bekundeten schlechten Gedächtnisleistungen. Nach kurzer Gedächtnisauffrischung anhand neuen Aktenwissens, konnte er dann berichten, dass mit der mir zugedachten Chefarztstelle in Arnsdorf auch noch eine Professur für forensische Psychiatrie an der TU Dresden verbunden gewesen war.

Nur ein einziges Mal zeigte er richtige Emotionen, nämlich als meine Verteidiger ihn fragten, ob ich ihn gebeten hätte, für meine Aufnahme in die CDU als Bürge zu fungieren. Parteizugehörigkeiten würden bei Stellenbesetzungen im Ministerium nicht die geringste Rolle spielen, und das mit der CDU sei reine »Privatsache«, erklärte er, sichtlich an sich haltend ob der gemeinen Unterstellung, die er in der unschuldigen Frage meines Verteidigers vermutete. Blechens Zeugenaussage fand in der lokalen Presse am darauffolgenden Tage einen Widerhall, der dem sympathischen sächsischen Sozialminister nicht gefallen haben dürfte.

Am dritten Tage sagte endlich ich, die wichtigste Prozessfigur, aus. Nach unserem Drehbuch war nämlich inzwischen die angepeilte Peinlichkeitsmarke erreicht. Ich war gut vorbereitet, gelassen, seriös. Meine Verteidiger hatten mir eingeschärft, mich ja nicht in die Enge treiben zu lassen. Sie wussten, dass ich in gefährlichen Situationen leicht zur Hektik neige, die Lautstärke meiner Stimme nicht mehr kontrollieren kann und mich manchmal auch etwas im Ausdruck vergreife. Diesmal behielt ich mich vollkommen in der Hand. Manche fanden nachher sogar, dass ich zu perfekt, fast ein wenig glatt gewirkt hätte. Sogar eine leicht gemeine Frage meines Staatsanwalts, die er sich von Justizkollegen, die auf der Tribüne zuhörten, mittels eines Zettels hatte soufflieren lassen, parierte ich so geschickt, dass ihm die Lust am Nachbohren verging.

Ob mein Staatsanwalt gar nichts von der Existenz des »Kolonialklubs« wusste, jener klandestinen Vereinigung von Westjuristen und anderen Justizmitarbeitern, wie zum Beispiel mir, die sich einmal im Monat im Hinterzimmer einer Leipziger Gaststätte trafen unter der Bedingung, von einer Westbedienung serviert zu bekommen und ungestört über die Ostler herziehen zu können?

Über das Wirken dieses Klubs hatte ich dir, lieber Meise, noch nie berichtet, obwohl ich nicht selten die monatliche Zeche zahlen durfte, was mir insbesondere deshalb nicht allzu schwer fiel, weil einige richterliche Mitglieder des Klubs mich absolut rührend mit einträglichen Gutachteraufträgen versorgten. Überhaupt muss ich sagen, dass mein Wirken als psychiatrischer Sachverständiger in Sachsen in meinem Prozess nur unzulänglich beleuchtet worden ist. Lag es daran, dass die Justiz die kleinen Begebenheiten, die sich am Rande von Gutachteraufträgen zuweilen abspielen, nicht gerne in der Öffentlichkeit erörtert sehen wollte?

Wenn man zum Beispiel als psychiatrischer Sachverständiger von einem Vorsitzenden vor der Begutachtung den Wink »das Schwein kriegt wieder vier Jahre« erhält, dann kann man einigermaßen die Relevanz der eigenen Arbeit für die Urteilsfindung einschätzen. Vielleicht sind solche richterlichen Hinweise gemeint, wenn es in der Strafprozessordnung heißt, „der Vorsitzende leitet die Arbeit des Sachverständigen."

Nicht thematisiert habe ich ebenfalls die kleinen justizinternen Idyllen: der Vorsitzende Richter, der nebenher mit seiner Frau, einer ehemaligen Geschäftsstellenmitarbeiterin, eine Segelschule betreibt, in der sich einzuschreiben niemandem bei der sächsischen Justiz zum Schaden gereichte. Auch ich hätte um ein Haar dort meinen A-Schein gemacht.

Um aber gleich einem naheliegenden Verdacht zu begegnen: Niemand aus dem Justizapparat hat mir jemals irgendetwas für meine Diskretion in Justizdingen versprochen. Im Gegenteil: schwarze Schafe zu decken, war nicht ihre Sache. Schonungslos fragten sie mich, ob ich von einer sächsischen Staatsanwältin vor meiner Flucht gewarnt worden sei. Diplomatisch erklärte ich, dass ich mich zu diesem Thema nicht äußern wolle. Geflüchtet sei ich jedoch, weil Dr. Gutfreund mir erklärt hatte, ich sei ab sofort suspendiert. Daraus hätte ich geschlossen, dass ich entlarvt und der Erlass eines Haftbefehls nicht unwahrscheinlich sei.

Lieber Meise, ob sich letztlich langlebige, halt- und belastbare Freundschaften aus meinen Beziehungen mit sächsischen Juristen ergeben, die ich während meiner Zschadraßer Zeit knüpfen durfte, bleibt abzuwarten. Prognosen auf diesem Gebiet zu treffen, ist stets ein heikles Unterfangen. Mit großer Sicherheit kann ich allerdings schon jetzt sagen, dass mich mit den psychiatrisch-psychologischen Sachverständigen meines Prozesses nie ein Band verbinden wird, das mit Begriffen wie Zuneigung und Achtung charakterisiert werden könnte. Warum ich mich zu dieser Einschätzung berechtigt sehe, will ich dir gerne in einem weiteren Brief begründen. Für heute muss ich pausieren – die Erinnerung an meine Prozesstage sind doch schmerzlicher, als ich gedacht hätte.

Bis bald,
dein Gert«

*

Ende Juli, die Familie saß rund um unseren Gartentisch auf der Veranda hinterm Haus. Mittagsessenszeit, vor uns der Garten voll blühender Sommerblumen, auf dem Tisch die große Schüssel mit dem Salat und den bunten Kräutern aus Emmas Anbau. Da sagte Emma völlig unvermittelt: „Gut, dass du im Eigenverlag die beiden Raab-Bücher herausgebracht hast. Stell dir vor, du wärst auf einen fremden Verlag angewiesen gewesen. Bis die dein Manuskript angenommen und lektoriert hätten, bis die alle Rückfragen geklärt und mit dir einen Vertrag ausgehandelt hätten, wäre der Maschendrahtzaun-Song längst im tiefen Tal des Vergessens gelandet und nach deinen Romanen hätte kein Hahn mehr gekräht."

Emma hatte absolut recht; Raabs Song war inzwischen längst verblüht, man hörte ihn nur noch sehr selten im Radio. Ich hatte im Februar aufgrund meiner Flexibilität auf der Songwelle mitschwimmen können. Der Coup war gelungen.

„Stimmt", antwortete ich meiner Frau. „Ich vermute, ein Fremdverlag hätte mir bis zum heutigen Tag wahrscheinlich noch nicht einmal geantwortet."

„Aber ausprobieren würde ich es an deiner Stelle schon mal. Natürlich nicht mit den Raab-Büchern – die waren zwar Senkrechtstarter, aber doch irgendwie Eintagsfliegen, glaube ich."

„Ja, das waren einmalige Treffer", räumte ich ein.

„Aber dein Schulroman »Nina N.« ist keine Eintagsfliege; es ist ein Dauerthema …"

„… Dauerdrama", redete ich dazwischen.

„… und literarisch sehr gelungen. Er könnte für einen Verlag von Interesse sein. Versuche doch mal, eine breitere Vertriebsbasis über einen renommierten Verlag zu bekommen."

An diesem Tag saß ich abends im oberen Stockwerk, in meinem ehemaligen GTU-Büro, und fertigte 20 Anschreiben für Verlage an. Weitsichtig wie Sternzeichen-Jungfrau-Männer sind – oder sich zumindest fühlen – hatte ich bei der Drucklegung 20 Exemplare ohne bedrucktes Cover, sondern nur mit Weißkarton-Ummantelung drucken lassen. Natürlich hatte ich die Copyright-Seite mit meinem Verlagsaufdruck »Pegasus« entfernt. Schließlich sollte das Manuskript erst einmal jungfräulich aussehen – also noch nicht verlegt, noch nicht auf dem Markt.

Jetzt konnte ich also mit meinem PC eine neue Gestaltung vornehmen. Zwar benutzte ich das bisherige Cover mit dem Frauengesicht, jedoch brachte ich darunter folgenden Text an: *Lektorats-Vorlage für XYZ-Verlag in X-Stadt.*

Den PC-Coverausdruck faltete ich über den Kartoneinband. Schon sah das 636-seitige Einsende-Manuskript für den Verlag sehr ansehnlich und professionell aus. Zugleich ließ es sich gut lesen und wenn es dem Verlag dienlich sein würde, hätte ich ihm zugleich ein anschauliches Endprodukt präsentiert. Anfang August schickte ich die 20 Exemplare an die Verlage los – und dann begann das große Warten auf die Antworten.

Am 1. August, als ich die Büchersendungen zur Post brachte, kehrte die Frankfurter Allgemeine Zeitung, FAZ, zur alten Rechtschreibung zurück. Ein Jahr nach Übernahme der neuen Rechtschreibung begründete das Blatt seinen vielbeachteten Schritt damit, dass die wesentlichen Ziele der von den Kultusministern verordneten Reform nicht erreicht worden seien. Als Autor freute ich mich. Ich hielt absolut nichts von der Reform – ich empfand sie als total verunglücktes Kind akademisch verunglückter Eltern aus den Reihen weltfremder Germanisten.

Mitte des Monats wüteten verheerende Waldbrände im Norden der USA und vernichteten 400.000 Hektar Wald- und Buschland.

„Klimakatastrophe“, titelten die einen.

„Gab’s immer schon“, schrieben die anderen.

Inzwischen gingen die Verkäufe der beiden Raab-Bücher, aber auch von »Nina N.« weiter – wenngleich ohne die anfängliche Dynamik. Es war hochsommerliches Wetter und ich besuchte mit Jenny das Laubacher Freibad. Ich sah kaum ein bekanntes Gesicht. Während Jenny sich mit Freundinnen im Becken tummelte, ging ich zum Kiosk vor, um mir einen Kaffee zu holen. Unterwegs traf ich auf eine mir vom Gesicht her bekannte Frau. Sie sprach mich an: „Hallo Herr Koenig, gut dass ich Sie endlich mal treffe. Man hat Sie lange nicht hier und auch nicht im Innenstädtchen gesehen."

„Ja, das trifft zu. Ich hatte viel Arbeit mit dem Vertrieb meiner Bücher und war immer nur mal kurz frühmorgens auf dem Postamt, um die Pakete aufzugeben. Es war keine Zeit, um mal ins Café zu gehen, keine Zeit für einen Plausch – zumal die Stimmung im Ort nicht unbedingt als angenehm zu bezeichnen war."

„Genau, deshalb spreche ich Sie an. Haben Sie Lust, einen Moment hier Platz zu nehmen?"

„Ich würde mir gerne nur schnell einen Kaffee holen."

„Na klar doch."

„Darf ich Ihnen einen Kaffee mitbringen?"

„Sehr gerne, danke."

Als wir dann auf der Wiese saßen und sie sich vorstellte, wurde mir klar, woher ich ihr Gesicht kannte. Sie war eine Elternvertreterin.

„Irgendwie habe ich seit einiger Zeit das Bedürfnis, mich bei Ihnen erklären zu müssen. Ich habe Ihren Schulroman gelesen und finde ihn hervorragend. Er ist gut lesbar geschrieben und gibt die Situation an unserer Gesamtschule wirklichkeitsgetreu wieder. Sie haben nichts Falsches geschrieben. Das wollte ich Ihnen einfach mal sagen."

„Danke, das tut gut zu wissen. Natürlich habe ich auch nach bestem Wissen und Gewissen das geschrieben, was allerorten in unserer Bildungslandschaft zu erleben ist. Insofern geht es eigentlich gar nicht im Detail oder allein um unsere Schule. Erst kürzlich berichtete mir ein Lehrer aus Berlin …"

Ich erzählte ihr von Rolands Eindruck, dass er sich und seine Berliner Kollegen wiederzuerkennen glaubte. Dann unterhielten wir uns noch über die unverständlich gehässige Reaktion der Schule mit diesem unhaltbaren Hausverbot. Sie wusste davon, was mich wunderte.

„Das hat sich wie ein Lauffeuer verbreitet, dass man Ihnen Hausverbot erteilt hat."

„Na gut, dann setzen Sie dem ein neues Lauffeuer entgegen: Die Schule musste schon kurz danach das widerrechtliche Verbot zurücknehmen. Und morgen gehe ich erhobenen Hauptes zum Klassenelterntreffen meines Sohnes."

„Bravo, das finde ich gut, ich hoffe, Sie schreiben weiter. Mich würde die Fortsetzung interessieren. Mein Freundeskreis findet Ihr Buch auch spannend und kann die Vorurteile gar nicht verstehen, die vor einem halben Jahr in Umlauf waren."

„Ich habe festgestellt, dass sich alles beruhigte, je mehr die Leute mein Buch gelesen haben. Aber gerade das wollten die Hetzer eigentlich verhindern. Sie haben das Gegenteil erreicht. Und das freut mich, ehrlich gesagt."

Nun suchte mich Jenny, und ich rief sie zu uns. Damit war »Nina N.« kein Thema mehr, sondern welches Eis sie sich holen dürfe, und ich freute mich auf einen Sprung ins erfrischende Nass.

Als Jenny zum Kiosk unterwegs war, sagte die Eltern-Beirätin: „Ich habe das Gefühl, als müsse ich mich für die vielen Eltern entschuldigen, die Sie im entscheidenden Moment im Stich gelassen und nicht öffentlich unterstützt haben. Aber ich glaube, Eltern haben immer Angst, wenn sie sich mit ihrer Stimme der Kritik eines Autors anschließen, der schulseitig verfemt wurde. Die Lehrer könnten sich ja gegen die eigenen Kinder richten. Wie war es eigentlich mit Ihren Kindern und den Lehrern?“

„Die Lehrer waren fair, soweit meine Frau und ich das mitbekommen haben. Man hat Karola und Luca nichts spüren lassen. Das wäre aber auch der Höhepunkt gewesen, wenn …“

Da kam schon Jenny mit ihrem Eis zurück und wir verabschiedeten uns voneinander. Jetzt tat mir der Sprung ins kalte Wasser gut.

Für den Lübecker Oberstaatsanwalt Heinrich Wille war jeder Tag, an dem er sich erneut gegen den anhaltenden Widerstand seiner vorgesetzten Stellen mit dem Todesfall Uwe Barschel befasste, ein Sprung ins kalte Wasser. Aber für ihn war es nie erfrischend, eher schockierend. Nicht nur, dass ihn ein Anruf aus dem Ministerium erreichte, in dem auf ein baldiges Ergebnis gedrängt oder aber mit Schließung der Akte gedroht wurde. Nein, der Stoff selbst, aus dem dieser verzwickte Fall gestrickt war, kam ihm gelegentlich und jedes Mal wie aufs Neue wie ein Sprung ins kalte Wasser vor. Aber wie ist es, wenn man schließlich im kalten Wasser gelandet ist? Nach einiger Zeit und nach intensiver Bewegung verfliegt das Kältegefühl. Wille hatte einen starken Willen, er würde sich nicht unterkriegen lassen, er würde auf Teufel komm raus weiter ermitteln, auch wenn er scheinbar für die Herren Vorgesetzten ins Schwimmen geriete.

Heute befasste er sich noch einmal mit einem inzwischen verstorbenen Zeugen. Es handelte sich um den südafrikanischen Waffenhändler Dirk Stoffberg, der auch in anderen Zusammenhängen von sich hatte reden machen. Er wurde etwa mehrfach in Verbindung gebracht mit dem Anschlag auf die südafrikanische Freiheitskämpferin Dulcie September in Paris. Er war einer der Waffenhändler, die nicht ausschließlich im »weißen Kragen« auftreten, sondern der durchaus in der Lage war, seine eigenen Interessen auch persönlich nachdrücklich umzusetzen.

Auf die Frage in einem Fernsehinterview, ob er bei seinen Waffengeschäften noch nie betrogen worden sei, hatte er dies verneint und es mit einer besonderen »Psychologie« begründet. Er habe sich jeweils, wenn erforderlich, »Verpflichtungserklärungen« unterschreiben lassen, der zu Folge die Vertragspartner gegebenenfalls ein Ohr oder einen Finger verlieren könnten. Auf die Frage, ob er denn Waffen getragen hätte, antwortete er mit einem modifizierten Nein: „Ich habe ja mein Messer."

Heinrich Wille saß in seinem Büro und hatte sich eine Tasse Eistee aus dem staatsanwaltlichen Kühlschrank im staatsanwaltlichen Sozialraum geholt. Draußen war ein heißer Augusttag, jener Tag, an dem ich im Laubacher Schwimmbad den Sprung ins kalte Wasser als erfrischend empfunden hatte. Der Oberstaatsanwalt hat die Akte erst kürzlich aus einem der Asservatenschränke „befreit", wo sie nicht hingehörte. Er schlug die »Akte Stoffberg« auf

– er hatte die Beschriftung eigenhändig vorgenommen – und las sich ein.

Dirk Stoffberg kam am 20. Juni 1994, also vor sechs Jahren, ebenso wie seine damalige deutsche Lebensgefährtin unter bislang nicht vollständig geklärten Umständen in Südafrika zu Tode. In der Akte wird Stoffberg wie folgt charakterisiert:

„Dass Stoffberg einerseits im geheimdienstlichen Milieu und andererseits zugleich als Waffenhändler tätig war, kann als gegeben angesehen werden. So wurden in der Vergangenheit deutsche Zollfahndungs-Behörden von einschlägigen US-amerikanischen Dienststellen um verdeckte Ermittlungen gegen Dirk Stoffberg ersucht. Dieser sollte versucht haben, im iranischen Auftrag Zünder für Raketen des Typs »Tow« zu beschaffen, die auch Liefergegenstand im Rahmen der »Iran-Contra-Affäre« waren.

Die Rolle Stoffbergs ergibt sich unter anderem aus einem im südafrikanischen Fernsehen gesendeten Fernsehbeitrag der Sendereihe »Agenda« vom 21.11.1993 und anderen Publikationen.“

Wille nahm einen Schluck Eistee und erinnerte sich fern an ein Interview in einer deutschen Zeitung mit Stoffberg kurz vor dessen Tod. Darin ging es um eine eidesstattliche Versicherung Stoffbergs. Wille hofft, die Unterlagen hierzu in der Akte zu finden. Er blätterte sie bis zur Hälfte durch und überflog die Inhalte. Dann blieb sein Auge an dem Vermerk »Verbindung CIA/STO./Bar.« hängen. Er lehnte sich zurück und nahm die schwere Akte vor sich auf die Knie, um besser lesen zu können. Hätte er nur seine Ersatzlesebrille im Büroschreibtisch gelassen und sie nicht vorgestern dem Kollegen geliehen, der heute früh nach Genf zu Ermittlungsaufgaben in Sachen Uwe Barschel abgereist war. Was er las, zog ihn förmlich in die Akte hinein:

»Im Entwurf einer eidesstattlichen Versicherung erklärt Stoffberg u.a., dass J. ihm gegenüber Angaben dahingehend gemacht hätte, dass Barschel von Robert Gates, dem späteren CIA-Direktor, nach Genf bestellt worden sei. Barschel hätte mit Enthüllungen gedroht, durch die Politiker und Waffenhändler in Schwulitäten gebracht worden wären. Von J. sei auch die Person benannt worden, die mit der Ermordung von Dr. Uwe Barschel beauftragt worden sei. In dem Entwurf dieser eidesstattlichen Versicherung wird dazu Folgendes ausgeführt:

„J. und ich sprachen über Personen, die in den internationalen Waffenhandel verwickelt waren. Dabei berichtete mir J., dass Robert Gates Barschel angerufen habe, um ihn nach Genf zu bestellen. Weiter sagte er, dass er sich inzwischen mit Barschel getroffen hätte, um ihn zu warnen. J. erzählte mir, dass Barschel mit Enthüllungen gedroht habe, durch die Regierungen und an Waffengeschäften beteiligte Geschäftsleute in große Verlegenheit gebracht worden wären. Bei einem neuen Treffen mit J. – ich glaube, dass es am Sonntagabend war – erfuhr ich von ihm, dass Ross Wood (alias Tom Sunde) ›seine Aufgabe erledigt‹ habe. Er meinte damit, dass Wood Barschel ermordet habe. Ich selbst kenne Wood aus geheimdienstlichen Operationen in Fernost

(Hongkong) und weiß, dass er ein ›hitman‹ für amerikanische Geheimdienste (CIA, NSA) war. Das bedeutet, dass W. im Auftrag von Nachrichtendiensten die Beseitigung von missliebigen Personen organisiert hat. Das Gespräch mit J. fand im Hotel ›Splügenschloss‹ in Genf statt.

Am Wochenende, als Uwe Barschel ermordet wurde, fanden in Genf zwei Meetings von Waffenhändlern statt. Die Konferenzen fanden im ›Hilton‹ statt. An einem der beiden Gespräche nahm ich selbst teil. Aus meiner Kenntnis der Hintergründe der damals aktuellen Geschäfte von Barschel bin ich sicher, dass der CDU-Politiker als Vermittler von Nukleartechnologie für den Iran und den Irak tätig war. Die CIA war nach meiner Kenntnis beunruhigt darüber, dass Barschel die Wege der Atomgeschäfte offenlegen und Regierungsvertreter und Länder nennen wollte, die in die Deals verwickelt waren.

J. konnte wissen, dass Wood Barschel getötet hat. J. war Leiter der Firma ›Adler Research‹, Boston/USA, und Wood gehörte zu seinen Mitarbeitern. Bei diesem Unternehmen handelt es sich um eine Tarnorganisation der CIA, die auch Killer-Aufträge ausgeführt hat. Durch die enge Beziehung zu J. war ich darüber informiert, dass die Adler-Gruppe Mordaufträge für die CIA ausführt. J. selbst hat mir berichtet, dass er Barschel unter dem Decknamen Rolf König angerufen hat – in Genf.

Ich weiß, dass Uwe Barschel viele Waffengeschäfte vermittelt hat. Dabei ging es auch um Panzer, die von der Firma ›asco‹ (Hauptsitz in Brüssel, Tochterfirma in La Valetta/Malta) verkauft wurden.

Abnehmer waren unter anderen der Iran und der Irak.“

Heinrich Wille fand an diesem Vormittag einiges heraus, das ihm von Bedeutung erschien. So war die Abgabe dieser eidesstattlichen Versicherung durch Stoffberg von einem deutschen Printmedium ausdrücklich gefordert worden. Und zwar in Vorbereitung der beabsichtigten Veröffentlichung eines Artikels, der auf den Angaben des Stoffberg beruhen sollte. Der Umstand, dass es beim Entwurf der eidesstattlichen Versicherung blieb und keine unterschriebene eidesstattliche Versicherung vorliegt, war nach journalistischen Angaben dadurch bedingt, dass Stoffberg und seine Lebensgefährtin kurz zuvor, am 20. Juni 1994, unter ungeklärten Umständen umgekommen waren.

Der Lübecker Oberstaatsanwalt traute seinen Augen nicht, als er am Nachmittag in der gleichen verstaubten Akte, ein paar Seiten nach dem am Vormittag gelesenen Teil, den Bericht eines Journalisten mit dem Namen Peter F. Müller las, in dem erstmals über die Fahrt des Uwe Barschel nach Kavelstorf in der DDR berichtet worden war. Das war jener Pressehinweis, dem Wille mit seiner Frau auf eine Art Privatinitiative in jenem Jahr nachgegangen war.

Jetzt fand Wille hier in der Akte eine Zusammenfassung des Interviews, das Müller mit Stoffberg geführt hatte. Die Aktenblätter waren laut Vermerk das zusammengefasste Abschrift-Ergebnis einer Videoaufzeichnung. Wille las die Abschrift:

»Dieses Interview, das in englischer Sprache geführt wurde, wurde durch einen Mitarbeiter der

Ermittlungsgruppe Genf, der für den Zollbereich über die Befähigung zum Englischlehrer verfügt, in die deutsche Sprache übersetzt. In diesem Interview macht Stoffberg Angaben, warum Dr. Uwe Barschel nach Genf bestellt worden sei, dass er in Waffengeschäfte verwickelt gewesen sei, und bezüglich der Tötung des Dr. Uwe Barschel. Er führt dazu u.a. folgendes aus:

Es sei kein Zufall gewesen, dass Dr. Uwe Barschel nach Genf gekommen sei. „Er wurde gerufen, um an dem Treffen teilzunehmen [...]. Uwe Barschel musste nach Genf kommen, um einige Probleme auszuräumen, das war auch eine sehr sensible Situation und Uwe Barschel hatte auch Angst [...]. Ja, Uwe Barschel hatte sehr aufdringliche Drohungen von der CIA erhalten [...]. Uwe Barschel hatte die Absicht, darüber zu sprechen, er wurde bedroht, er wollte umfangreiche Fälle von Korruption in der deutschen Regierung aufdecken, die von den Amerikanern kontrolliert wurden [...]. Barschel war in verschiedene Waffenhandelsgeschäfte verwickelt, sogar mit unserem Land hier.

Er konnte mit seinem Gewissen nicht länger die amerikanische Außenpolitik vereinbaren, die darin bestand, Kontrolle über bestimmte Personen in der deutschen Regierung auszuüben, er wollte diese Bedrohung, die über ihm schwebte, abwerfen und bestimmte Enthüllungen machen, die einige Politiker der Regierungen bloßgestellt hätten. Im Waffenhandelsgeschäft macht man so etwas nicht, und es ist die Vorgehensweise aller Geheimdienste, dass Menschen, die aus der Reihe tanzen, so wie es auch in der Mafia-Politik gehalten wird, eliminiert werden […]. Barschel hätte zu viel über Waffenhandelsgeschäfte gewusst und gedroht, diese aufzudecken […].

Uwe Barschel wurde nach Genf zitiert, um einige Fragen zu beantworten, man hatte den Eindruck, dass er eine Bedrohung für die Sicherheit war, weil Geheimnisse über Waffengeschäfte mit bestimmten Staaten an ihn weitergegeben worden waren. Er wollte sich nicht länger erpressen lassen, er wollte der Presse und seinen Angehörigen gegenüber ein Geständnis ablegen, was auch immer seine Rolle war […].

Auf die Frage von Peter F. Müller, ob Dr. Barschel zufällig am Wochenende in Genf gewesen sei bzw. wer ihn nach Genf bestellt hätte, antwortet Stoffberg: „Nein, er bekam einen Telefonanruf, es war etwas mehr als eine Einladung von einem hochrangigen CIA-Offizier." Auf die Frage des Interviewers, ob Robert (Bob) Gates Uwe Barschel nach Genf gerufen hätte, erklärt Stoffberg: „Die Amerikaner werden nicht mögen, wenn ich das sage, aber wir können sagen: Ja."

Stoffberg erklärt dann weiter, dass dieser Anruf von Gates Barschel auf Gran Canaria erreicht hätte. Es wird dann ausdrücklich durch Stoffberg bestätigt, dass Barschel von Gates nach Genf beordert worden sei. Auf die Frage nach dem Grund für die Bestellung des Barschel nach Genf erklärt er: „Uwe Barschel war zu diesem Zeitpunkt sehr nervös, er wollte einige Enthüllungen machen, die sehr unangenehme Dinge über die deutsche Regierung beinhalteten und die amerikanische Regierung und viele andere. Er wurde zu einem sehr hohen Grade erpresst. Er hatte das Gefühl, den Druck nicht länger ertragen zu können. Außerdem war Barschel ein sehr habgieriger Mann, er wollte aus der Bedrängnis herauskommen, er wollte nach Kanada weggehen, er brauchte Geld und ich glaube, er ging deshalb dorthin, um diese Probleme zu lösen."

Stoffberg wird in diesem Interview auch befragt, ob er glaube, dass es sich um einen Selbstmord gehandelt habe bzw. wer ansonsten für den Tod von Dr. Barschel verantwortlich sei. Er führt dazu aus: „Meine persönliche Meinung ist, soweit ich in der Vergangenheit selbst darin verwickelt war, nein, es war kein Selbstmord, es war, nennen wir es ›ein amerikanischer Entscheidungsfeldzug‹. Die Amerikaner seien in den Tod Barschels verwickelt gewesen, ›wie sie in viele Ermordungen in der ganzen Welt verwickelt waren‹.

Auf die Frage, ob die CIA oder ein dieser Organisation nahestehender Dienst die Ermordung des Dr. Barschel durchgeführt habe, erklärt Stoffberg: „Vertraulich gesagt: ja."

Er führt dann weiter dazu aus: „Nun, es gibt in der internationalen Presse genug Spekulationen über Killerschwadronen, sogar bei der CIA, man sollte mit dem Finger in diese Richtung zeigen."

Auf die Frage nach einem möglichen Täter verweist Stoffberg auf den sogenannten ›Spinnen-Mann‹, mit dem man reden könne.

Auf die entsprechende Frage hin erklärt Stoffberg weiter, er gehe davon aus, dass Uwe Barschel neben dem US-Iran-Contra-Deal in den U-Boot-Deal zwischen Deutschland und Südafrika verwickelt gewesen sei.

Befragt, ob Mauss in den Tod des Dr. Uwe Barschel verwickelt gewesen sei, antwortet Stoffberg sinngemäß, dass er dazu keine Angaben machen wolle, dass es sich aber um eine gute Frage handele.

Insgesamt können die Ausführungen des Stoffberg im Interview mit Peter F. Müller wie folgt summarisch zusammengefasst werden:

a) Dr. Uwe Barschel wurde durch die CIA, und zwar vermutlich durch den Robert Gates, telefonisch nach Genf beordert.
b) Grund dafür war, dass die CIA befürchten musste, dass Dr. Uwe Barschel öffentlich Angaben über sein Wissen betreffend illegale internationale Waffengeschäfte machen wollte.
c) Da er auch nach in Genf mit ihm geführten ›Gesprächen‹ weiterhin als Sicherheitsrisiko hätte angesehen werden müssen, sei er getötet worden, wobei die CIA an seiner Tötung zumindest beteiligt gewesen sei.«

Heinrich Wille räumte den Schreibtisch, schloss die Akte in seinen Tresor, packte seine Sachen und verließ das Büro. Zuhause, es war ein sehr warmer Sommerabend, gab es kaltes Abendbrot, Heringssalat mit Butterbrot, dazu ein Bier – und ein Gespräch mit seiner Frau, im Vertrauen.

„Stoffberg ist tot, wie willst du jetzt weiterkommen?“, fragte Frau Wille.

„Ich habe das Videoband mit dem Interview. Ich lasse es gutachterlich auswerten."

„Mit welcher Intention?"

„Mit der Fragestellung, ob Stoffberg die Wahrheit sagt."

Am Ende der Mahlzeit stand für den Oberstaatsanwalt fest, dass er einen renommierten Sachverständigen finden musste.

Wenn nur auch ich einen Gutachter für meine literarischen Texte finden würde! Gutachter nennt man zwar die Verlagsmitarbeiter nicht, die für die Annahme von eingereichten Manuskripten zuständig sind, aber man nennt sie Lektoren. Nach nunmehr über vier Monaten trudelten langsam die Rückantworten aus den Verlagslektoraten auf meine »Nina N.«-Einsendungen bei mir ein.

Erwartungsvoll öffnete ich das erste dicke Päckchen. Es enthielt meinen »Nina-N.-Band«, völlig ungelesen, keine einzige Seite je aufgeblättert, kein Knick im Papier, frisch, wie aus der Druckerei – so wie ich es verschickt hatte. Bereits auf den ersten Blick war klar, dass kein Lektor, kein einziger Verlagsmensch, niemand, gar niemand, auch nur einen kurzen Blick in das Buch geworfen hatte. Das Anschreiben lautete: „Sehr geehrte Damen und Herren, vielen Dank für die Einreichung Ihres Manuskriptes. Unser Verlagsprogramm ist bereits für die kommenden beiden Jahre festgelegt, zudem entspricht Ihr Manuskript bedauerlicher Weise nicht unseren programmatischen Vorgaben. Dies ist keine Bewertung Ihrer Arbeit. Wir wünschen Ihnen bei

Ihrem Publikationsvorhaben viel Erfolg und verbleiben mit freundlichen Grüßen Verlag X."

Und so antwortete sinngemäß Verlag Y.

Und auch Verlag Z.

Und so antworteten die weiteren 16 Verlagslektorate. Kein einziges meiner eingesandten Bücher war aufgeschlagen, geschweige denn auch nur auszugsweise gelesen worden.

Anfang September hatte ich alle Bücher zurückerhalten. Es war frustrierend, aber dann kam ich auf eine befreiende und durchaus schelmische Till-Eulenspiegel-Idee. Ich musste es mit Emma besprechen.

„Schatzi, was hältst du von einem Experiment?"

„Willst du den Verlagen einen völlig anderen Roman vorlegen?"

„Im Gegenteil! Ich möchte ja gerne wissen, ob wirklich kein einziger Verlagsmensch in ein Manuskript hineinschaut. Dazu wäre es nötig, einem renommierten Verlag einen Roman aus ihrem eigenen Haus zuzusenden. Dazu müsste ich den Text eines bereits veröffentlichten Romans von einem renommierten Schriftsteller aus dem ins Auge gefassten Verlag von vorn bis hinten, Wort für Wort, Satz für Satz abtippen. Dann müsste das Manuskript einen völlig neuen Titel erhalten und mich als den Roman-Autor ausweisen."

„Das würde dir doch als Betrug ausgelegt."

„Damit es eben nicht als Betrugsversuch angesehen werden kann, muss ich die Sache bei einem Notar bekanntmachen und dort urkundlich hinterlegen lassen. Falls man mich später tatsächlich juristisch belangen wollte, kann ich den Vorgang als das ausweisen, was es tatsächlich ist. Ich könnte das Experiment glaubhaft begründen."

„Welch eine Mühe!"

„Aber es wäre mir die Mühe wert."

„Und welchen Autor würdest du für diesen inszenierten Komödienstadel auserwählen?"

„Mir fällt auf Anhieb Stephen King und sein deutscher Verlag ein, der Heyne-Verlag. Und den Thriller, den ich sogar liebend gerne abschreiben würde, heißt »Langoliers«. Den habe ich erst vor Kurzem gelesen."

„Hm! »Liebend gerne abschreiben«? Abschreiben ist doch eine Fleißarbeit und nur eines: total langweilig!", gab Emma zu bedenken.

„Sag das bitte nicht! Wenn du einen Text Satz für Satz abschreibst, benötigst du wesentlich mehr Zeit, als wenn du den Text bloß liest. Bei jedem abgeschriebenen Satz denkt dein Hirn viel intensiver mit und du begreifst plötzlich sehr viel besser, warum der Text-Hersteller genau diesen einen Begriff in diesem bestimmten Zusammenhang benutzt hat, verstehst plötzlich auf einer nicht mehr nur intuitiven Ebene, warum auf diesen einen Gedanken unbedingt jener andere folgen musste. Man erlebt die emotionalisierenden Momente der Sätze intensiver. Kurzum: man lernt besser beim Abschreiben als vom bloßen Lesen eines Textes."

Gedacht, gesagt, diskutiert, getan: Ich rief meinen zuverlässigen Notar in Frankfurt an, der ehemals für meine Firmen tätig gewesen war, und fragte, was er von meiner Idee halte und ob es funktioniere.

„Das kriegen wir hin, Herr Koenig. Legen Sie ruhig los. Nach der Abschrift kommen Sie bitte zu mir ins Notariat. Wir machen eine Kopie vom Manuskript und Ihrem Anschreiben. Ich beurkunde, dass dies ein Experiment ist und nicht die Absicht besteht, dass das hundertprozentige Plagiat tatsächlichen veröffentlicht werden soll.“

Kurz vorm 16. Geburtstag unseres Sohnes war »Langoliers« abgeschrieben, eingetütet und unterwegs an den Heyne-Verlag. Nun hieß es abwarten, gespannt warten, hochgespannt warten. Jeder Blick in den Briefkasten war mit dem Gedanken an Stephen Kings »Langoliers« und Heynes Reaktion verbunden.

In der ersten Septemberwoche hatte ich mich bei Ronnys HTG gemeldet und die Arbeit für die Fonds wieder aufgenommen. In Sachen Romaneschreiben war erst einmal eine Pause angesagt, zumal mich die laufenden, aber immer schwächer werdenden Bestellungen noch genügend auf Trab hielten.

Am Geburtstagsmorgen von Luca gab es wie immer eine Geburtstagstorte. Emma hatte sie am Vorabend nach dem Zubettgehen der Kinder gebacken. Luca wünschte sich jedes Jahr eine Schwarzwälder Kirschtorte. Es war der 19. September, ein Dienstag, und ein gewöhnlicher Schultag. Wir sangen das übliche Geburtstagsständchen und Luca verzog das Gesicht und sagte: „Danke, aber das wäre nicht nötig gewesen, ich bin ja kein Kind mehr.“

„Aber ihr singt für mich doch auch immer den Happy-Birthday-Song. Das finde ich prima. Und ich bin übrigens auch kein Kind mehr, falls du das vergessen haben solltest“, sagte ich.

„Aber ein peinlicher Kindskopf“, bemerkte Karola lapidar, und Emma wiegte verstohlen lächelnd ihren Kopf mit den aufgeplusterten Dauerwellen-Haaren, die sie sich nach zwei Jahrzehnten Dauerwellen-Abstinenz das erste Mal wieder hatte legen lassen. War aber auch schon wieder drei Monate her. Mir gefielen ihre voluminösen Haare, zumal meine immer lichter wurden. Mit dem Afrolook hatte ich sie in San Francisco kennen gelernt. Doch was mir im Moment absolut *nicht* gefiel, war ihr süffisantes Lächeln.

Um die Situation zu retten, ohne auf Karos Kindskopf-Treffer und Emmas süffisantes Lächeln eingehen zu müssen, wandte ich mich an das Geburtstagskind: „Weißt du schon, wie und mit wem du am Wochenende feiern willst?“

„Ich habe schon Einladungskarten geschrieben und sechzehn Freunde aus der Schule für Samstagabend eingeladen.“

Jenny hatte sich die Lacher gut gemerkt, die sie im Januar am Geburtstag ihrer großen Schwester eingeheimst hatte, und fragte Luca schnippisch und mit besonderer Betonung eines Wortes: „Hast du sie zum *Kindergeburtstag* eingeladen?“

Dieses Mal antwortete Karola für Luca: „Nein, natürlich zum Chillen.“

„Also sechzehn Partygäste sind eindeutig zu viel für dein Zimmer“, wandte Emma ein.

Luca schüttelte abwehrend den Kopf. „Ich hab doch das größte Zimmer. Und außerdem gibt's ja noch das Wohnzimmer und die Bibliothek."

„Es wird nur in deinem Zimmer gefeiert. Das Wohnzimmer ist tabu!", sagte Emma entschieden.

Und ich fügte ebenso entschlossen hinzu: „Die Bibliothek ist geschlossen. Meine Bücher sind so heilig wie die Reliquien in den Gemächern des Papstes. Der Raum ist für chillende Pubertiere absolut gesperrt wie die ›Verbotene Stadt‹ in Peking für Touristen abgeriegelt ist."

„Dann einigen wir uns auf vierzehn, okay?", begann Luca zu verhandeln. Da war er aber bei seiner Mutter an die Falsche geraten.

„Zehn, mehr nicht! Basta!"

„Zwölf?" Luca fragte mit Dackelblick.

„Warum gerade zwölf und nicht zehn?", mischte ich mich dummerweise ein.

„Wegen der zwölf Apostel", schoss Luca sein stichhaltigstes Argument hervor.

Ich sah meine Frau fragend an, aber sie blieb eisern und sagte: „Mein letztes Wort: Zehn! Und bei jeder weiteren Nachfrage wird es eine Person weniger."

„Zehn ist gut", sagte Karola zu ihrem Bruder und begann zu singen:

Zehn kleine Jägermeister rauchten einen Joint
Den einen hat es umgehauen,
da waren's nur noch neun
Neun kleine Jägermeister wollten gerne erben
Damit es was zu erben gab, musste einer sterben

Acht kleine Jägermeister fuhren gerne schnell
Sieben fuhren nach Düsseldorf
und einer fuhr nach Köln
Einer für alle, alle für einen
Wenn einer fort ist, wer wird denn gleich weinen?
Einmal trifft's jeden, ärger dich nicht
So geht's im Leben, du oder ich

Also, dann! Chill-Party am Samstag.

Am Morgen des Abenteuertages war Emma beim Friseur, um sich die Dauerwellen auffrischen zu lassen. Luca überreichte mir schnell noch eine Einkaufsliste und erklärte, dass die zehn Gäste bei ihm übernachten würden. Es seien sechs Mädels und fünf Jungs. Sie brächten Schlafsäcke mit, und man werde es sich in seinem Zimmer gemütlich machen. Wenn uns das aber störe, dann könne er mit seinen Gästen auch nach unten in den Garten gehen, hinunter ins weit vom Haus entfernte Gartenhäuschen. Dort gäbe es auch zwei Zelte, falls nicht alle in die fünfzehn Quadratmeter große Laube passen würden.

Ich nickte und sagte: „Ich glaube nicht, dass Mama möchte, dass du außerhalb des Hauses feierst. Frag sie selbst, wenn sie nachher vom Friseur zurückkommt."

Auf dem Weg zum Einkauf arbeitete mein Unterbewusstsein, denn irgendwas war nicht in Ordnung. Und plötzlich machte es Klick und dann rechnete mir mein Unterbewusstsein schnurstracks vor, dass sechs Mädels und fünf Jungs zusammen mehr als die abgemachten zehn Gäste waren. Da fragte ich mich, weshalb ausgerechnet sechs Mädels und nur fünf Jungs. Das jetzt voll erwachte und voll bewusste Unterbewusstsein gab mir prompt die Antwort: fünf männliche Gäste plus ein einladendes männliches Geburtstagspubertier ergaben zusammen sechs Jungs.

Okay, dachte ich, da war bei sechs eingeladenen weiblichen Pubertieren ein mathematisch ausgeglichenes Ergebnis zu erwarten – jedenfalls wenn es nach Adam Riese ging. Wenn es allerdings nach Sigmund Freud und Wilhelm Reich gehen würde, könnten gewisse Hormone der mathematischen Berechnung einen gehörigen Strich durch die Rechnung machen.

Ich beschloss, bei Emma so zu tun, als wüsste ich von nichts. Wahrscheinlich fiele es überhaupt nicht auf, wenn eine Person mehr an der Tür klingelte.

Ich besorgte alles, was auf Lucas Zettel stand, nur nicht die Alcopops. Aber ich nehme an, damit wollte er lediglich den Verblödungsgrad seiner väterlichen Spaßbremse testen. Als ich zurückkam, stand er in der Küche und rührte in einem großen Topf. Chili con Carne.

„Ah“, rief ich eifrig und zu einem passendem Wortspiel aufgelegt aus, „Chillen mit Chili con Carne!“

„Ha, ha, ha, wie witzig“, sagte Luca trocken.

„Chili anstatt Kuchen?“, schob ich eine Sachfrage arglos nach, und er erklärte mir, dass es sich dabei um die Mitternachtssuppe handele. Dann kam Emma hinzu, und mit diesem riesigen Pilzkopf sah sie wirklich umwerfend aus. Allerdings fragte ich mich in diesem Moment insgeheim, wie oft ich nachts durch diesen Atompilz wachgekitzelt würde. Luca jedoch hatte andere Probleme.

Er hielt uns einen Vortrag darüber, wie wenig unsere Anwesenheit in seinem Zimmer erwünscht sei, egal, welche Geräusche aus diesem dringen würden. Oder ob wir es nicht doch lieber hätten, wenn er unten in der Hütte feiern würde. Wenn wir wirklich „richtig coole Eltern" wären, fügte er hinzu, würden wir die Gartenhütte freigeben.

Emma sah mich an.

Ich sah Emma an.

Keiner von uns wollte das erste Wort sagen und damit als Einknicker vor dem himmlischen Herrn dastehen.

Karola sah uns an.

Jenny sah uns an.

Luca glotzte mit seinen großen blauen Augen von seiner Mutter zu mir und dann, fast ruckartig, zu Jenny und schließlich zu Karo und sagte: „Was halten eigentlich meine heldenhaften Schwestern von meiner Idee? Gartenhäuschen oder hier?"

Das war ein geschickter Schachzug, denn er wusste sehr wohl, dass Karola ihre Ruhe haben wollte. Für sie waren die ein bis zwei Jahre jüngeren Pubertiere nichts weiter als aus der Art geschlagene Teenies. Jenny wusste, dass sie sowieso kein einziges Mal den Partyraum ihres großen Bruders betreten durfte, da war es besser, wenn er fernab feierte. Wie aus einem Mund sagten beide: „Gartenhäuschen!"

Emma und ich sahen uns an, und dieses Mal sahen wir ein, dass es für alle Beteiligten besser sei, wenn wir Lucas Wunsch nachgaben. Dann klingelte es auch schon an der Haustür. Die ersten Geburtstagsgäste kamen. Sie hatten Rucksäcke auf und Schlafsäcke unter den Armen und waren auf die Nacht ungefähr so gut vorbereitet wie ein Extrembergsteiger für die Besteigung des Mount Everest, auch wenn ihr Proviant wenig höhentauglich erschien. Denn Chipstüten halten den Luftdruck nicht aus und platzen.

Mein schelmischer Hinweis darauf war den Teenies nur ein Achselzucken wert, denn schon schwelgten sie in ihren ganz eigenen, mir unbekannten Höhen und stapften mit ihren klobigen Bergsteigerschuhen erst einmal hoch in Lucas Zimmer. Von dort aus begaben sie sich, nachdem sie lange genug auf drei weitere fehlende Bergsteiger gewartet hatten, nach unten ins Basislager. Da die Gartenhütte über keine Toilette verfügte, forderte ich Luca auf, die Kellertür zum Garten aufzuschließen und der Extrem-Crew zu erklären, wo es zur Toilette hochgeht. Denn eine Nacht hat viele Stunden und gewiss warteten dann viele Blasen auf Entleerung.

Die Blumenbeete und Johannisbeersträucher rund ums Gartenhäuschen konnten liebend gerne auf eine urinale Überdüngung verzichten. Da kenne ich mich aus, ich bin Blumenfreund und habe selbst eine lockere Blase. Nicht immer funktioniert das, was man gut meint, so meine elementare Experimental-Erkenntnis.

Drei Mal klingelte es noch zwischendurch; ich schickte die Neuankömmlinge weiter zum Hüttchen. Von fern her hörten Emma und ich, die wir unser Wohnzimmerfenster zum Garten hin geöffnet hatten, wie die Neuankömmlinge wie Spätheimkehrer aus russischer Gefangenschaft gefeiert wurden. Gegen Abend lockte Emma die Meute per weiblichem Laufburschen in Person von Jenny in die Küche, wo sie Salami-Diavolo-Pizza servierte, die als ausgesprochen cool bewertet wurde und ihr einen anerkennenden Blick ihres Sohnes einbrachte. Ich glaube, bis heute ist er ihr dafür dankbar. Vielleicht aber auch dafür, dass sie das Nachzählen seiner Gäste vergessen oder einfach ein Auge zugedrückt hatte. Die Damen und Herren Bergsteiger blieben immerhin fast eine Stunde im Esszimmer, während Emma, Jenny und ich uns in die benachbarte Bibliothek verzogen und Astrid Lindgren lasen.

Im Esszimmer spielte sich indes wenig Aufregendes ab, soweit man das durch eine geschlossene Zimmertür beurteilen konnte. Man hörte gedämpftes Gemurmel und Gekicher und manchmal Luca, der irgendeinen Witz riss, auf den alle wie auf Kommando lachten. Später irgendwann erfuhr ich von der Mutter einer unserer Bergsteigerinnen, dass ihre Tochter für die Teilnahme an der Party an den Gastgeber zehn Mark zahlen musste, was die Eingeladene als völlig normal und sogar günstig ansah, weil allein schon Lucas Telefonnummer unter den Mädels in der Schule mit fünf Mark gehandelt wurde. Luca war ein Weiberheld. Aber da man heutzutage dieses Wort nicht mehr benutzt, meinte Emma, ihr Sohn sei eben ein Frauenversteher. Na ja, egal.

Nachdem die Pizza vertilgt und der Kriegsschauplatz mit vielen toten Randstücken übersät zurückgeblieben war, kehrten die Extrem-Chiller in ihr Basislager zurück.

Jetzt kam Karola die Treppe herunter.

„Warum hast du dich nicht mit denen an den Tisch gesetzt und mitgegessen?“, fragte Emma.

„Ich kann das Kindertheater nicht ertragen. Gibt's noch was für mich?“

„Im Ofen sind drei für dich reservierte Stücke“, sagte meine Frau und ich ergänzte: „Wir sind so froh, dass du noch nicht in der Pubertät bist.“

„Oder sie nicht so richtig gehabt hast. Und alles noch vor dir hast“, meinte Emma.

Karo schaute ihre Mutter und dann mich groß an und sagte: „Ich bin doch nicht krank.“

Pubertät als Kinderkrankheit, das fand ich eine innovative Diagnose und meinte: „Mit dieser Erkenntnis könntest du Kinderärztin werden.“

„Ich werde Bankdirektorin.“

„Das willst du schon seit dem 15. Jahrhundert, als noch die Pest kursierte, werden. Lass dir mal was Neues einfallen“, sagte Emma.

„Wenn's die Menschheit rettet – okay, dann werde ich halt Ärztin.“ Und dann ging sie nach oben in ihr Zimmer. Dass es tatsächlich so kommen sollte, konnten wir alle nicht wissen. Es hing auch nicht mit Emmas Einwand zusammen.

Jenny durfte mit Karo nach oben kommen und ihr den Teller mit drei Pizza-Stücken hinterhertragen. Das dritte Stück war für die Kleine.

Als beide nach oben gegangen waren, sagte ich zu Emma: „Ich glaube, Karo kommt erst mit 30 in die Pubertät.“

„Wenn überhaupt."

Später, in der Nacht von Samstag auf Sonntag, saßen meine Frau und ich noch bei einem Spätkrimi vor dem Fernseher. Als er zu Ende war, fragte mich Emma: „Meinst du, die trinken da unten heimlich Alkohol? Es ist so verdächtig ruhig …"

„Mit Allohol wäre da jetzt Gebrülle und hysterisches Lachen zu hören", erwiderte ich mit Kennermiene, als wüsste ich in diesen Dingen Bescheid.

„Ja, kannst recht haben. Oder dass sie vielleicht heimlich rauchen?"

„Sie könnten ja ein bisschen tanzen", sagte ich mit einem optimistischen Grundton in der Stimme.

„Oder zanken."

Und dann geschah es. Ein Eklat. Endlich. Wir hörten Schritte durch den Garten stapfen und Rufe durch die ruhige Nacht. Dann schlug die Kellertür und es folgte Getrampel durchs Haus bis in unsere Etage, wo die Toilettentür zugeschlagen wurde. Irgendjemand hatte es wohl verdammt eilig, aber doch nicht so eilig, dass er bereit gewesen wäre, die unwirtliche Toilette im Keller zu benutzen.

Emma und ich hörten im gegenüberliegenden Wohnzimmer, wie der Toilettenschlüssel herumgedreht wurde. Ich ging mal gucken. Emma wollte sich zu dieser Schlafenszeit kein Drama antun. Vor dem Bad standen vier weibliche Gäste. Ich fragte, wer darin sei, und man erklärte mir, das sei Emely, der es nicht so gut gehe. Sie war ein sehr korpulentes Mädchen. Hübsches Gesicht, aber halt etwas kräftiger als alle anderen.

Emely hielt es eine geschlagene halbe Stunde im Klo aus, was sicher auch an *MAD*, *Asterix* & *Obelix* und *Clever* & *Smart* liegt, die ich dort studienhalber deponiert hatte.

Man hörte gelegentlich ein Schluchzen hinter der Tür.

„Ich bin müde und möchte mir die Zähne putzen“, versuchte ich Emely aus ihrem Jammertal zu erlösen. Aber sie gab nur ein herzerweichendes Schluchzen von sich. Als sie endlich den Schlüssel umdrehte und mit Tränen verschmiertem Gesicht auftauchte, waren sämtliche weibliche Pubertiere zur Stelle, um sie zu umarmen, die Tränen durchzogene Schminke abzuschminken und neue aufzutragen.

Am nächsten Tag, als alle endlich ihr Biwak abgeschlagen hatten und nach dem frühen Spätfrühstück um 12:00 Uhr abgezogen waren und den Partygipfel mit ihren dick besohlten Bergsteigerschuhen und dem ganzen Überlebensschnickschnack verlassen hatten, fragte ich meinen Sohn, was in der Nacht vorgefallen war. Es war [Luca wörtlich:] „ganz einfach so, dass Lea gesagt hat: »Emely und ich sind wirklich so richtig dicke Freundinnen.« Und darauf hat der Pfarrerssohn Jan-Moritz ganz unschuldig gerufen: »Na ja, mehr oder weniger.« Und da ist Emely aus der Gartenhütte gestürzt. Die anderen Mädels haben sich Jan-Moritz vorgeknöpft, weil das von ihm echt endfies war, die Emely so krass vor den anderen zu dissen. Aber ich habe ihm heimlich zugestimmt und mit dem Auge gezwinkert.“

So ist mein Sohn. Einerseits Weiberheld. Beziehungsweise Frauenversteher. Andererseits fällt er ihnen in den Rücken. Zum Entzücken!

„Er ist halt vielseitig“, würde seine Mutter jetzt wahrscheinlich sagen.

Am späten Sonntagnachmittag kamen noch mal alle Gäste, um Luca beim Aufräumen der Hütte und der näheren Gartenumgebung zu helfen. Es waren jedenfalls *fast* alle Gäste, präzise gesagt: drei von den zehn Gästen, die zu elft dagewesen waren.

Tja, man erinnert sich selbst an solche exzessiven Ereignisse, kann sie aber nicht mehr so recht verstehen. Es ist mit an Sicherheit grenzender Wahrscheinlichkeit davon auszugehen, dass dies laut gerontologischer Erkenntnisse, die in komplizierten und langwierigen Studien gewonnen und von der überalterten Bertelsmann-Stiftung gefördert wurden, am Alterungsprozess des Menschen liegt.

*

Das Haus des »American Enterprise Institute«, *AEI*, steht an der Ecke Massachusetts Avenue und der 17th Street in Northwest Washington, D. C. Es handelt sich dabei um einen stockkonservativen US-Think Tank, eine strategische Denkfabrik, finanziert durch Spenden von superreichen Privatpersonen, Konzernen und Stiftungen. Seit 1938 schmiedet man hier in der Nähe des Weißen Hauses Pläne für Parteien im Kapitol und Senat und natürlich für die Regierung. Man entwirft Strategien, wie man die weltweite Vorherrschaft der Vereinigten Staaten sichern und die ökonomischen, diplomatischen, kulturellen und militärischen Kapazitäten nutzen kann, um dem »American Way of Life« auf dem gesamten Globus zur einzig gültigen Maxime zu verhelfen.

Doch nun kommt ein zusätzlicher Großmieter ins Haus, ein neuer Think Tank mit ultrakonservativen Denkansätzen. Sie sind keine Konkurrenten. Sie wollen sich ergänzen. Ab jetzt soll es ein Aufgabensplitting geben. Die Neuen wollen aufs Ganze gehen und die in der Geschichte bewährte Methode des Staatsterrorismus regierungsfähig machen. Natürlich nennen sie das nicht Staatsterrorismus – sie reden harmlos von der Strategie für ein neues amerikanisches Jahrhundert. Der neue Resident firmiert unter dem anspruchsvollen Namen »Project for the New American Century«, *PNAC*; Gründungziel der Gruppe von republikanischen Neocons und ultrarechten Falken ist es, der »weltweiten Führerschaft der Vereinigten Staaten von Amerika« den Weg zu ebnen.

Das Besondere an dem neuen Mieter erfasse ich, als ich die Namen der Gründer und Mitglieder lese. Sechs von neun Mitglieder sind seit Kurzem auch Mitglieder des Teams von George W. Bush, der als Nachfolger seines Vaters George H. Bush das Präsidentenamt im Weißen Haus erobern möchte: Dick Cheney, der das Amt des Vizepräsidenten anstrebte; Donald Rumsfeld, designierter Verteidigungsminister und sein Stellvertreter, Paul Wolfowitz; Colin Powell, der designierte Außenminister, Richard Armitage als sein vorgesehener Vize; Richard Perle, der als zukünftiger Präsidentenberater von sich Rede machte und John R. Bolton, ein Polterbursche, der als Botschafter bei den UN vorgesehen war. Es sind jene Männer, die genau das für die kommenden Jahrzehnte planen, was sie demnächst weltgeschichtlich durchzuboxen gedenken.

Hier ist eine verschworene Truppe von handverlesenen Militaristen versammelt, die auf jegliche Diplomatie pfeifen – so jedenfalls beurteile ich die politischen Lebensläufe dieser in höchste US-Ämter strebenden Politiker. Bestärkt werde ich in meiner Sicht der Dinge, als ich in den »Blättern für deutsche und internationale Politik« ihre vor zwei Wochen, Mitte September, veröffentlichte bemerkenswerte Denkschrift lese. Sie geht der Frage nach, wie man die amerikanischen Streitkräfte neu ausrichten kann, um eine dauerhafte militärische Dominanz in den kommenden Jahrzehnten sicherzustellen.

Darin heißt es: »Eine solche Transformation ist als langwierig zu erwarten, es sei denn, ein katalysierendes Ereignis wie ein neues Pearl Harbor findet statt.«

Als ich das am nächsten Tag meinem Hamburger Freund Meise am Telefon vorlese, antwortet er: „Das ist nichts so schrecklich Neues. In den letzten drei oder vier Jahren gab es in Kreisen der sicherheitspolitischen amerikanischen Eliten mehrere solcher »prophetischen« Beiträge. Damals schon mischte die extremistische Verschwörer-Clique »Cheney-Rumsfeld-Wolfowitz-Bolton« mit. Und 1998 erschien ein Artikel von Philip Zelikow* und vom ehemaligen CIA-Chef John Deutsch, die einen sehr ähnlichen Gedanken in der amerikanischen

Zweimonatszeitschrift *Foreign Affairs*, einem der Zentralorgane für US-Geopolitik, formulierten:

»Solch ein Akt von katastrophalem Terrorismus wäre ein Wendepunkt der amerikanischen Geschichte. Wie Pearl Harbor würde dieses Ereignis unsere Geschichte in ein Davor und ein Danach teilen. Die Vereinigten Staaten könnten mit drakonischen Maßnahmen wie der Einschränkung von Bürgerrechten, dem Zulassen von umfassender Überwachung von Bürgern, Verwahrung von Verdächtigen und dem Einsatz von tödlicher Gewalt reagieren. Mehr Gewalt würde folgen, entweder weitere Terroranschläge oder US-Gegenschläge.«

Das sagt doch einiges über die antidemokratische Grundhaltung der US-Eliten und ihrer Vordenker aus, oder wie siehst du das, Kara?"

**[Was weder Meise noch ich zu diesem Zeitpunkt wissen konnten: Ausgerechnet Philip Zelikow wurde später Direktor der 9/11-Kommission]*

Meise nennt mich manchmal immer noch bei meinem Spitznamen aus der Jugendzeit: Kara – weil ich damals liebend gerne *Karamalz* statt das Harte-Männer-Bier getrunken hatte.

„Wie ich das sehe? Ich meine, dass wohl erst die Vordenker ihr Werk verrichten und dann folgen die Eliten", antworte ich.

„Wie meinst du das?"

„Der Punkt, den man hier sieht, ist, wie eine verschworene Clique militaristischer Extremisten, eingebettet in einen harmlos klingenden Think

Tank, eine Debatte über »katastrophischen« Terrorismus forciert. Eine Debatte, die die politischen und diplomatischen Eliten gedanklich sukzessive an das noch schier Unmögliche heranführt: Ein willkommener, eventuell herbeizuführender terroristischer Akt, könnte die Weltgemeinschaft hinter den USA zusammenschweißen ...“

„... und zugleich im Inneren nicht-rechtsstaatliche Überreaktionen des Sicherheitsapparates als gangbare Alternative erscheinen lassen, die man der »übergeordneten Sicherheitslage« wegen als Kröte schlucken müsse“, ergänzte Meise.

„Eine typische Self Fulfilling Prophecy.“

*

Auf einem herbstlichen Gartenfest der SPD signiert Kanzler Gerhard Schröder, inzwischen anerkannt und beliebt, sein Buch »Und weil wir unser Land verbessern – 26 Briefe für ein modernes Deutschland«. In den Abendnachrichten sieht man ihn auf einer Gartenbank an einem Tisch sitzen, inmitten seiner Genossen, wo er seine Autogramme in die Bücher schreibt. Dann schaut er etwas erschöpft zur Seite und sagt zu einem Genossen: „Hömma, hol mir mal ‘ne Flasche Bier, sonst streik ich hier und schreib nicht weiter.“

Für Stefan Raab’s »tv-total«-Show ist das ein idealer Aufhänger für einen neuen Song. Der Song mit Schröders Originalworten war wieder mal Spitze. Ein echter Ballermann-Knüller ... oder Oktoberfest-Knaller – aber leider nix für einen Thriller.

Dem designierten Bundestrainer Christoph Daum wird am 20. Oktober aufgrund einer Haarproben-Analyse Drogenkonsum nachgewiesen. Der DFB erklärt einen Tag später die Vereinbarung, dass Daum Bundestrainer werden soll, für aufgelöst. Ausnahmsweise bewerbe ich mich nicht um die nun offene Stelle, allerdings nur, um meinen Bruder nicht unnötig in Verlegenheit zu bringen.

Am 7. November feierte Jenny das, was sie bereits zwei Mal in diesem Jahr ihren Geschwistern angesagt hatte: einen Kindergeburtstag. Sieben Jahre wurde sie alt und sie durfte sieben Freunde einladen. Ein letztes Mal veranstalteten wir das, was immer an den Geburtstagen ab dem vierten Lebensjahr gemacht worden war: eine Schnitzeljagd durch den Wald des nahegelegenen Ramsbergs – mit Schatzkarte, Geheimzeichen an Weggabelungen, Bäumen und Büschen.

Am Ende der Jagd wartete natürlich der gut versteckte Schatz: eine kleine Truhe, in der sich neben Süßigkeiten acht Halb-Edelsteine und acht kleine Bruchstücke aus Fossilienfunden aus der Grube Messel befanden. Jenny und ihre sieben Gäste losten dann aus, wer was bekam. An die Grube Messel bei Darmstadt hatte ich mich erinnert, weil ich dort zweimal in den Jahren 1989 und 1990 als Exkursionsleiter mit unseren GTU-Umweltkursen gewesen war. Inzwischen war sie als erstes deutsches Naturdenkmal in die Liste des UNESCO-Welterbes aufgenommen worden und man durfte sie nur noch im Rahmen einer geführten Tour besuchen.

Anfang Dezember kamen die Pokémon-Karten auf. Es handelt sich dabei um ein Sammelkartenspiel, das auf den Pokémon-Videospielen von Nintendo aufbaut, eine Art Rollenspiel, in dem sich der Spieler in einer Spielwelt fortbewegt und gegen andere Charaktere Kartenduelle mit den bekannten „echten" Karten und Regeln austrägt.

„Worin besteht eigentlich der Spaß?", fragte ich Luca, denn ich hatte weder Sinn noch Lustgewinn dieses Kartenspiels verstanden.

„Das ist nichts für deine Generation. Du bist zu alt dafür", antwortete er.

„Ah so", entfuhr es mir, obwohl ich mit bescheidenem Schweigen antworten wollte. *Vielen Dank für die ehrliche Antwort,* dachte ich und war heimlich froh, dass mich mein ehrwürdiges Alter von 40 Jahren vor diesem Mist bewahrte.

In Wien-Strasshof stand Natascha Kampusch in jener Zeit unter andauernder Beobachtung. Sie durfte keinen einzigen Schritt tun, ohne dass ihr Entführer ihn vorher befohlen hatte. Sie musste so stehen, sitzen oder gehen, wie Priklopil es wollte. Sie musste fragen, wenn sie aufstehen oder sich setzen wollte, bevor sie den Kopf drehte oder die Hand ausstreckte. Er schrieb ihr vor, wohin sie den Blick richten durfte, und begleitete sie selbst auf die Toilette. Sie wusste nicht, was schlimmer war. Die Zeit allein im Verlies oder die Zeit, in der sie keine Sekunde mehr allein war.

Die permanente Beobachtung verstärkte ihr Gefühl, in einem wahnsinnigen Experiment gelandet zu sein. Die Atmosphäre im Haus intensivierte diesen Eindruck zusätzlich. Hinter seiner bürgerlichen Fassade wirkte es, als sei es aus Zeit und Raum herausgefallen. Leblos, unbewohnt, wie eine Kulisse für einen düsteren Film. Von außen hingegen fügte es sich perfekt in die Umgebung ein: spießig, außerordentlich gepflegt, mit dichten Hecken um den großen Garten sorgsam von den Nachbarn abgeschirmt. Neugierige Blicke unerwünscht.

Strasshof ist ein gesichtsloser Ort ohne Geschichte. Ohne Ortskern und ohne dörflichen Charakter, den man bei einer Einwohnerzahl von rund 8000 Menschen erwarten könnte. Nach dem Ortsschild ziehen sich die Häuser geduckt im flachen Marchfeld an einer Durchgangsstraße und der Bahnlinie entlang, immer wieder durchbrochen von Gewerbegebieten, wie sie sich im billigen Umland jeder Großstadt finden. Schon der vollständige Ortsname, »Strasshof an der Nordbahn«, legt nahe, dass es sich hier um eine Siedlung handelt, die von der Anbindung an Wien lebt. Man fährt von hier weg, man fährt hier durch, aber ohne Grund nicht hierher. Die einzigen Attraktionen des Ortes sind eine »Denkmallokomotive« und ein Eisenbahnmuseum namens »Heizhaus«.

Vor hundert Jahren wohnten nicht einmal fünfzig Menschen hier. Die heutigen Bewohner arbeiten in Wien und kehren nur zum Schlafen in ihre Einfamilienhäuser zurück, die sich ansonsten monoton aneinanderreihen. Am Wochenende surren von Mai bis Oktober die Rasenmäher, die Autos werden poliert, und die gute Stube bleibt hinter zugezogenen

Stores und Jalousien im Halbdunkel versteckt. Hier zählt die Fassade, nicht der Blick dahinter. Ein perfekter Ort, um ein Doppelleben zu führen. Ein perfekter Ort für ein Verbrechen.

Der perfekte Ort für ein Verbrechen gegen das einzig übrig gebliebene genossenschaftliche Sozialismusmodell in Europa war Jugoslawien gewesen. Täter waren die Vereinigten Staaten von Amerika, die von ihr dominierte NATO samt dem neuen Deutschland unter Führung von Sozialdemokraten und Grünen. Mein Freund Hörbi, seine Frau Lizzy und ich saßen bei ihm zu Hause in der Wittelsbacher-Allee. Zuvor hatten wir in der Frankfurter Hochstraße wieder einmal einen südamerikanischen Gitarrenabend im Club Voltaire besucht. Nun schauten wir *Monitor*. Sechzehn Monate, bald zwei Jahre, waren seit dem Ende der völkerrechtswidrigen Intervention gegen die Bundesrepublik Jugoslawien vergangen. Erst jetzt erfuhr die Öffentlichkeit mit großer Verspätung mehr über das tatsächliche Kriegsgeschehen.

Zwei Autoren von *Monitor* konnten hochrangige Militärs der Bundeswehr und der NATO befragen. Jene waren direkt an den Kriegsvorbereitungen beteiligt gewesen. Überdies führten sie Gespräche mit dem Verteidigungsminister, Rudolf Scharping, und dem ehemaligen Sprecher der NATO, Jamie Shea, sowie mit Beratern der Regierung der USA. Hauptsächlich aber führten sie intensive Recherchen im Kosovo durch.

Besonders der deutsche Verteidigungsminister hatte eine entscheidende manipulative Rolle bezüglich der öffentlichen Meinung gespielt. Viele Zeugenaussagen und verheimlichte Lageberichte aus der Behörde Scharpings konnten die *Monitor*-Autoren als essentielle Beweisstücke vorweisen. Auch der berüchtigte Operationsplan »Hufeisen« war kein serbisches Werk, wie von der westlichen Kriegsbegründungs-Propaganda stets behauptet worden war. Nein, er war innerhalb des deutschen Verteidigungsministeriums entstanden! Infolgedessen beruhte der erste Einsatz deutscher Soldaten nach 1945 auf einer einzigen Lüge.

Wir saßen vor dem Fernseher und waren entsetzt.

Die Dokumentation der vom WDR produzierten *Monitor*-Sendung trug den Titel »Es begann mit einer Lüge – Deutschlands Weg in den Kosovo-Krieg«. Die Doku fasste es in 90 Minuten zusammen:

Am 24. März 1999 waren von Piacenza in Italien aus deutsche Kampfjets gegen das ehemalige Jugoslawien gestartet. Nach dem Zweiten Weltkrieg war dies der erste Kriegseinsatz Deutschlands. Im Beitrag wird es jetzt immerhin als schweres Fehlverhalten bezeichnet. Noch einmal hört man die schizophrenen Worte des Bundeskanzlers, die er zu Beginn des NATO-Bombenterrors öffentlich äußerte. Schröder rechtfertigt sich mit den Worten: „Wir führen keinen Krieg, aber wir sind aufgerufen eine friedliche Lösung im Kosovo auch mit militärischen Mitteln durchzusetzen."

Der Krieg der NATO gegen Jugoslawien dauerte ganze 78 Tage. Doch es handelte sich nicht nur um einen Kampf mit Bomben. Vielmehr war es zu einem „Krieg um die Bilder“ geworden. Es spielte eine bedeutende Rolle, wer die besseren Bilder vorzeigen konnte.

In dem Beitrag kamen auch Auszüge aus dem Film des ORB vom Sommer 1999 von Sascha Adameck mit dem Titel »Bomben auf Chemiewerke« vor. Hierin erklärte der britische General und ehemalige Befehlshaber der UN-Schutztruppe in Bosnien, Michael Rose: „Das Ziel war, die Militärmaschinerie Miloševićs auszuschalten und zu zerstören. Doch das endete in einem Misserfolg. Daraufhin erweiterte man die Liste der Ziele auf sogenannte zivilmilitärische Ziele, also Brücken, Straßen, Stromversorgung, Krankenhäuser und sogar Fernsehstationen.“

Die Nato zerstörte oder beschädigte 60 Brücken, 110 Krankenhäuser, 480 Schulobjekte, 365 Klöster, sämtliche Fernsehzentren, die Strom- und Wasserversorgung, 121 Industriebetriebe. 2500 Menschen fanden den Tod. Als besonders zynisches Kriegsverbrechen gilt bis heute neben dem Einsatz von über 30.000 Urangeschossen an über 80 Orten die vorsätzliche Bombardierung der großen Chemiezentren in Pančevo, Novi Sad und Bor. Am 4. April 1999, zwölf Tage nach Beginn der Luftschläge, trafen zum ersten Mal Raketen die Raffinerie von Pančevo. Das auslaufende Öl brannte zwei Wochen.

Am 6. April 1999 griffen Langstreckenbomber die ältere Ölraffinerie in Novi Sad an. 80.000

Tonnen Öl liefen aus, 20.000 Tonnen verbrannten. Eine riesige Wolke aus Ruß, Teer, Ölpartikeln, Schwefeldioxid und Stickoxiden lag über der Stadt.

[*Nur ein winziger Bruchteil davon löste im gesetzesstrengen Deutschland später den Dieselskandal aus und Debatten über jährliche Todesopfer.*]

Deutsche Soldaten „durften sich am Krieg beteiligen, um eine humanitäre Katastrophe" zu verhindern, so ließ die Regierung in Berlin fast lieblich verlautbaren. Hierbei stellte sich bloß eine Frage: War die Katastrophe überhaupt *vor* dem Angriff der NATO eingetreten? Eine enge Mitarbeiterin des UN-OSZE-Chefs William Walker sagte – stellvertretend für viele andere Beobachter vor Ort und unabhängige Analysten –, dass die humanitäre Katastrophe erst durch die Luftangriffe der NATO ausgelöst worden waren. Diese Tatsache war jedem aus der NATO, der OSZE und ihrer Beobachter-Gruppe durchaus bewusst. Somit begann der Krieg im Kosovo mit der Verdrehung von Tatsachen, mit der Verdrehung von Ursache und Wirkung.

Aber jetzt war die Wahrheit zumindest in einem spätabendlichen Monitor-Beitrag ans Licht gekommen.

Natascha Kampusch hatte sich in ihrem Kopf den Grundriss des Hauses, in dem sie gefangen gehalten wurde, zurecht gelegt. Das Haus selbst hatte einen Grundriss, der typisch war für einen Bau aus den frühen 1970er-Jahren. Im Erdgeschoss ein langer Gang, von dem aus eine Treppe ins Obergeschoss führte, links Bad und Toilette, rechts das

Wohnzimmer, am Ende des Ganges die Küche. Ein länglicher Raum, links eine Küchenzeile mit rustikalen Fronten aus nachgebildetem, dunklem Holz, am Boden Fliesen mit orange-braunem Blumenmuster. Ein Tisch, vier Stühle mit Stoffbezug, Prilblumen-Haken an den grauweißen Wandfliesen mit den dunkelgrünen Zierblumen neben der Spüle.

Das Auffälligste war eine Fototapete, die sich über die rechte Wandseite spannte. Ein Birkenwald, grün, mit schlanken Bäumen, die sich nach oben reckten, als wollten sie der drückenden Atmosphäre des Raumes entfliehen. Als die Zwölfjährige die Tapete das erste Mal bewusst wahrnahm, kam es ihr grotesk vor, dass jemand, der jederzeit hinaus in die Natur gehen konnte, der jederzeit das Leben spüren konnte, sich mit künstlicher, toter Natur umgab. Während sie verzweifelt versuchte, Leben in ihren toten Raum im Verlies zu holen. Und sei es nur in Form von ein paar abgezupften Blättern.

So oft musste sie den Boden und die Fliesen in der Küche schrubben und polieren, bis sie makellos glänzten. Nicht die kleinste Wischspur, nicht der kleinste Krümel durfte die glatten Flächen trüben. Wenn sie glaubte fertig zu sein, musste sie sich auf den Boden legen, um aus dieser Perspektive auch den hintersten Winkel kontrollieren zu können. Der Entführer stand dabei immer hinter ihr und gab Anweisungen. Es war ihm nie sauber genug. Unzählige Male nahm er ihr den Lappen aus der Hand und zeigte ihr, wie man »richtig« putzt. Er rastete jedes Mal aus, wenn sie eine schöne glatte Oberfläche mit einem fettigen Fingerabdruck beschmutzt hatte.

Und damit die Fassade des Unberührten, des Reinen zerstört hatte.

Am schlimmsten aber war es für das Mädchen, das Wohnzimmer zu putzen. Ein großer Raum, der eine Düsternis ausstrahlte, die nicht nur von den heruntergelassenen Jalousien herrührte. Eine dunkle, fast schwarze Kassettendecke, eine dunkle Wandpaneele, eine grüne Couchgarnitur aus Leder, ein hellbrauner Teppichboden. Dazu ein dunkelbraunes Bücherregal, in dem Titel standen wie »Das Urteil« oder »Nur Puppen haben keine Tränen«. Ein unbenutzter Kamin mit Schürhaken, auf einem Sims darüber eine Kerze auf einem schmiedeeisernen Ständer, eine Standuhr, der Miniaturhelm einer Ritterrüstung. Zwei mittelalterliche Porträts an der Wand über dem Kamin.

Wenn sie sich länger in diesem Raum aufhielt, hatte sie das Gefühl, die Düsternis würde durch ihre Kleider in jede Pore ihres Körpers dringen. Das Wohnzimmer schien ihr wie die perfekte Spiegelung der »anderen« Seite des Entführers. Spießig und angepasst an der Oberfläche, die dunkle Ebene darunter nur dürftig überdeckend.

Wolfgang Priklopil hatte in dem Haus, das seine Eltern in den 1970er-Jahren gebaut hatten, über Jahre kaum etwas verändert. Nur das obere Stockwerk, in dem sich drei Zimmer befanden, wollte er jetzt komplett renovieren und den Dachboden nach seinen Vorstellungen ausbauen. Eine Dachgaube sollte für zusätzliches Licht sorgen, der staubige Dachboden mit seinen nackten Holzbalken an der schrägen Decke mit Rigips-Platten verschalt und in einen Wohnraum umgewandelt werden. Für Natascha Kampusch begann damit ein neuer Abschnitt ihrer Gefangenschaft.

Die nächste Zeit sollte die Baustelle im Obergeschoss der Ort sein, an dem sie die meiste Zeit des Tages verbrachte. Priklopil selbst hatte keine geregelte Arbeit mehr, nur manchmal verschwand er, um mit seinem Freund Holzapfel »Geschäften« nachzugehen. Sie renovierten Wohnungen, um sie dann zu vermieten. Doch die Auftragslage war nicht besonders gut, und so beschäftigte sich der Entführer die meiste Zeit mit der Renovierung seines eigenen Hauses.

Das entführte Mädchen war seine einzige Arbeiterin. Eine Arbeiterin, die er bei Bedarf aus dem Verlies holen konnte, die Knochenarbeit verrichten musste, für die man normalerweise Fachkräfte kommen ließ, und die er »nach Feierabend« noch zum Kochen und Putzen nötigte, bevor er sie wieder in den Keller sperrte. Sie war damals eigentlich noch viel zu jung für all die Arbeiten, die ihr der Entführer aufbürdete.

Priklopil, der keine fremden Handwerker im Haus haben wollte, übernahm den gesamten Ausbau selbst und zwang Natascha, Dinge zu tun, die ihre Kraft bei weitem überstiegen. Sie schleppte mit ihm zusammen Marmorplatten und schwere Türblätter, zerrte Zementsäcke über den Boden, stemmte Beton mit Stemmeisen und Vorschlaghammer auf. Sie bauten eine Gaube ein, dämmten und verschalten die Wände, trugen Estrich auf. Sie verlegten Heizungsrohre und Stromkabel, verputzten die Rigips-

Platten, schlugen einen Durchbruch vom ersten Stock in das neue Dachgeschoss und bauten einen Treppenaufgang mit Marmorfliesen.

Advent und Weihnachten rückten näher, aber eine weihnachtliche Vorfreude empfand Natascha nicht, denn ihr fehlte der Außenbezug – jene Bilder, die wir aufnehmen, wenn wir durch weihnachtlich geschmückte Straßen gehen, vorbei an mit Sternen, Engeln und Weihnachtsmännern gestalteten Schaufenstern.

*

Am Tag, als der Klimagipfel der Vereinten Nationen in Den Haag ergebnislos endete, weil konkrete Maßnahmen zur Reduzierung der Treibhausgase nicht festgelegt wurden, am 25. November, holte ich den dicken Brief mit meinem zurückgesandten Manuskript aus dem Briefkasten. Die Manuskriptblätter waren glatt und machten den Eindruck, dass sie durch keine einzige Hand gegangen waren. Völlig umstandslos bedauerte der Heyne-Verlag, dass der von mir eingereichte Thriller bedauerlicher Weise nicht zu ihrem Verlagsprogramm passe. Sie wünschten mir viel Erfolg beim Versuch einen passenden Verlag zu finden.

Meine notarielle Absicherung des vollständig abgekupferten King-Manuskriptes hatte mich fünfzig Mark gekostet. Herausgeschmissenes Geld, völlig umsonst wegen fauler, überforderter oder unaufmerksamer Lektoren. Die Mitarbeiter in Heynes Lektorat hatten ihr eigenes, längst veröffentlichtes Buch »Langoliers«, das ich lediglich mit der erfundenen Nonsens-Überschrift »Ralfoliers« versehen hatte, nicht erkannt – eben deshalb, weil sie es sich wahrscheinlich überhaupt nicht angeschaut hatten.

Ab diesem Zeitpunkt wusste ich definitiv, dass ohne Vitamin B, ohne einen direkten Beziehungsdraht in einen renommierten Verlag, kein Schwein sich um eingeschickte Manuskripte kümmerte. Wann immer mir Freunde rieten, meine Bücher unbedingt an den Verlag XYZ einzusenden, die würden sie „ganz sicher verlegen“, antwortete ich: „Ich wäre schon mal froh, wenn die Einsendungen zumindest überflogen würden.“ Dann erzählte ich die Heyne-Stephen-King-Originalstory und unweigerlich folgten die Lachsalven.

So auch, als mich mein Freund Pit besuchte. Pit war ein Freund noch aus den Realschul- und späteren Gymnasialjahren. Wir hatten als Sechzehnjährige gemeinsame Zeiten am Badesee mit unserer Clique verbracht. Wir demonstrierten zusammen gegen den grausamen Vietnamkrieg der USA. Wir beiden hatten oft den Frankfurter Marshallbrunnen besucht, wo sich die damaligen pazifistischen Weltenbummler, Gammler, Provos und APO-Jünger trafen, um auf der Gitarre Donovan- und Joan-Baez-Lieder zu spielen.

Während ich schon in frühen Jahren journalistisch unterwegs war, studierte Peter Lehramt und wurde Grundschullehrer. Deshalb fand er großes Interesse an meinem »Nina N.«-Roman. Einiges bemängelte er: „Zu viele Stereotype!“, meinte er. Andererseits bekannte er: „Grundschule ist anders als

Gesamtschule – aber was du schreibst, meine Güte, das kann ich mir sehr gut vorstellen". Er las gerne und wir tauschten später, als wir an unterschiedlichen Orten lebten und arbeiteten, unsere Erfahrungen, Erlebnisse und Ideen telefonisch aus. Wir blieben stets in Kontakt.

Pit und seine Frau Guddi besuchten uns am zweiten Advent, und wir unterhielten uns – zugegeben über Umwege – über das Schreiben. Pit und ich tauschten anfangs Erinnerungen aus, während sich unsere Frauen in die Rolle der Zuhörerinnen gedrängt sahen. Wohl deshalb wollte Guddi mit einer in die Gegenwart führenden Frage die für sie gähnende Langeweile durchbrechen. Zu Recht! Aber da tauschte sie, wie ich noch heute vermute, den Teufel gegen den Beelzebub. Sie fragte nämlich: „Wie viel Zeit nimmt eigentlich dein Schreiben in Anspruch?". Und: „Wann hast du mit dem Schreiben von Romanen begonnen, war das nicht erst vor Kurzem?"

Während des Gesprächs mit Pit war mir aufgefallen, dass die Wahrnehmung, wie die Zeit verrinnt – ein Thema, das in einigen meiner Geschichten immer wieder auftaucht –, eine höchst individuelle Angelegenheit ist. Es stimmte, die Privat-Veröffentlichungen von »Partymord«, von »Stealth« und von »Der Boss und das Konsortium« schienen mir selbst noch nicht lange her zu sein – kaum mehr als ein rascher Blick zurück über die Schulter. Aber es gibt andere Möglichkeiten, die Jahre zu zählen, und manche sprechen dafür, dass auch nur fünf Jahre wahrhaftig eine lange Zeit sein können.

In Gedanken schweifte ich ab: 1995 flog die Kooperation zwischen der NATO und der italienischen Geheimloge P2 auf, und Lafontaine war noch SPD-Chef und das Klonschaf Dolly war in der Mache. Handys waren noch lange nicht »in«.

Internet-Recherchen für Privathaushalte waren nur schwer möglich, weil das *World Wide Web* noch nicht in ausgebautem Zustand existierte. Man schätzte, dass vor fünf Jahren das Internet lediglich drei Prozent der Informationsflüsse der weltweiten Telekommunikationsnetze ausmachte, während es jetzt, im Jahr 2000, mit 51 Prozent die Mehrheit des Informationsaustausches beherrschte.

Die ersten grauen Haare auf meinem Kopf waren noch nicht da. Meine älteste Tochter, Karola, war gerade zwölf Jahre alt geworden und hatte ihre erste Menstruation; ihr ein Jahr jüngerer Bruder Luca hatte seine erste ernsthafte Fußballverletzung und musste zwei ewig lange Monate an Krücken gehen. Und Jenny, die mit ihren eineinhalb Jahren wunderschöne Locken trug, war gerade mal von Windeln zu normalen Höschen übergewechselt.

Beruflich war ich für einen Hotelkonzern als Umweltbeauftragter tätig, und Emmas Vater, der von den Kindern geliebte Opa Sepp, der mit ihnen immer an den fränkischen Teichen angeln ging, war während eines Berlinbesuchs verstorben. Und Valentin Schweiger, der Sohn von Til Schweiger war gerade geschlüpft wie auch Joshua Kimmich, was meinen fußballbegeisterten Bruder sicher gefreut hätte, wenn er in die Zukunft hätte schauen können.

Die Zeit hat so eine seltsame, biegsame Eigenschaft, und fast alles, was geht, kommt wieder. Ein Dimensionsloch entfernt schlüpft das heraus, was das schwarze Loch gerade erst verschlungen hat. Wenn man in den Bus steigt, denkt man, dass er einen nicht weit bringt – vielleicht quer durch die Großstadt, nicht weiter –, und auf einmal ist man schon auf dem nächsten Kontinent. Finden Sie diesen Vergleich ein wenig naiv? Ich auch, aber der Knaller ist: Das spielt gar keine Rolle. Eines der grundlegendsten Rätsel der Zeit ist so komplex, dass selbst triviale Beobachtungen wie die, die ich gerade angestellt habe, eine merkwürdig schallende Resonanz bekommen.

Nun fand ich zurück zu meinen Gästen. Ich nahm Guddis Frage auf und sagte: „Eines hat sich im Lauf der vergangenen Jahre nicht geändert – was meines Erachtens der Grund dafür ist, dass es mir manchmal so vorkommt, als wäre überhaupt keine Zeit verstrichen: Ich mache immer noch dasselbe, ich schreibe Geschichten. Nebenher, zwischendurch und wann auch immer. Jetzt schreibe ich mit Erfolg und mit mehr Übung und mit mehr Talent als zuvor. Auch mit mehr Zeitaufwand denn je – aber immer mit großer Freude. Es ist für mich immer noch mehr als das, was ich kann. Es ist das, was ich liebe!“

Emma räusperte sich und Pit lächelte ein wenig zu auffällig.

„Lieben ist ein großer Begriff“, meinte Guddi.

„Oh, bitte, bitte verstehe mich nicht falsch – selbstverständlich liebe ich meine Frau …“ Ich schaute zu Emma, die jetzt genauso wie Pit lächelte. „Und ich liebe meine drei Kinder: Aber es ist mir eben immer noch ein großes Vergnügen, diese speziellen Seitengassen zu suchen, sie zu befahren und festzustellen, wer dort lebt, was sie machen, mit wem sie es machen und vielleicht sogar, warum sie es machen.“

„Deine Geschichten entführen dich also in andere liebevolle Gefilde?“, fragte Pit. Ich vermutete eine rhetorische Falle hinter dieser unschuldig vorgetragenen Frage und versuchte, meiner Antwort die richtige Intonation zu geben.

„So ähnlich. Jedenfalls finde ich immer noch Gefallen daran, wie seltsam das alles ist – und an den überwältigenden Augenblicken, wenn das Bild klar wird und Ereignisse sich zu einem Muster zusammenfügen. Und die Storys haben immer einen ziemlich langen Schwanz. Das Tier, das daran hängt, ist meistens recht schnell, und oftmals bekomme ich es nicht am Schwanz zu fassen, aber *wenn* ich es zu fassen bekomme, dann klammere ich mich daran fest – und das Gefühl ist wirklich großartig.“

„Du meinst jetzt deinen Thriller »maschendrahtzaun«, wie ich vermute“, sagte Guddi.

„Ja“, antwortete ich knapp, und die Gäste sahen mich eine Weile erwartungsvoll an.

Dann sagte ich: „Vorab noch eine Bemerkung zu einem anderen Tier – ein Tier mit einem kurzen Schwanz, das ich einfach nicht zu fassen bekam. Ich meine »Nina N.« und den Sturm im Wasserglas, den der Schulroman verursachte – all die vielen Missverständnisse, die keine hätten sein müssen, wenn es zu einem kritischen Dialog statt zu einem Lese- und Denkverbot gekommen wäre."

Emma holte uns in der Küche Tassen mit Nikolausmotiven und schenkte einen herben Adventsglühwein ein. Dazu reichte sie ihr selbstgebackenes Käsegebäck. Wir saßen in der Bibliothek. Die Kerzen auf dem Flügel, auf dem vor einer Stunde noch Karola die von ihrem Musiklehrer Witold Piwonski aufgegebenen Melodien geübt hatte, flackerten gemütlich und tauchten den Raum in eine besonders weihnachtliche Atmosphäre.

„Als ich im Januar diesen Jahres »maschendrahtzaun« veröffentlichte, war ich bereits seit einem guten halben Jahrzehnt im »Geschäft des Romanschreibens« tätig, war voll im Illusions-Business des schönen Scheins. Auf der jüngsten Wegstrecke, als ich durch einen Prozess, den ich immer noch nicht völlig verstehe, zum literarischen Schreckgespenst für Stefan Raab und seine Community geworden war, beflügelte mich ein außergewöhnliches Gefühl: die Gewissheit des Erfolgs. Manchmal veröffentlicht ein Schriftsteller ein Buch, das einfach von Natur aus Glück hat. Und ich glaube, mit »maschendrahtzaun« war es bei mir so."

„Bezeichnest du dich jetzt echt als Schriftsteller?", fragte Pit mit einem provozierenden Unterton.

„Ich vermeide es. Aber im Grunde ist es genau das, was ich tue: Ich schreibe Geschichten. Doch ich gebe dir recht: Bescheidener und zeitgemäßer klingt die Bezeichnung »Autor«. Für mich ist es sowieso kein wirkliches Thema, weil ich ja mein regelmäßiges

Einkommen noch immer als Angestellter einer Steuer- und Wirtschaftsprüfungskanzlei beziehe."

„Auch »Autor« klingt irgendwie nach einer großen Nummer", sagte Guddi, „aber die Hauptsache ist doch, du erreichst irgendwann dein erstrebtes Ziel, für deine Schreibarbeit ein auskömmliches Einkommen zu erhalten."

An diesem Abend übt unweit von Laubach, im benachbarten Villingen, eine Schlagerkapelle namens »Amigos«. Die Drei-Mann-Kapelle übt für ein Konzert, das sie demnächst in der näheren Umgebung geben wird. Sie besteht bereits seit 1970 und tingelte die ersten beiden Jahrzehnte durch Dörfer des Landkreises und hessische Kleinstädte. Später gaben die Band auch kleinere Konzerte in benachbarten Bundesländern. Band-Gründer waren die Brüder Bernd und Karl-Heinz Ulrich. Seit 1985 begleitete der Musiklehrer von Karola, Witold Piwonski, die Amigos am Keyboard.

Es ist kurz vor Mitternacht, als die Band ihre Übungsstunden im eigenen Villinger Tonstudio beendet. Sie haben erfolgreich einen neuen Song komponiert und heute mit einer Aufnahme abgeschlossen. Grund zu feiern. Witold ist mit einigen Gläsern Cola-Wodka, korrekter gesagt: mit Wodka-Cola, gut dabei. Eine Stunde später wankt er nach Hause, wo er sich ins Bett neben seine Frau legt.

Am Morgen wacht sie auf und Witold liegt mit offenen Augen regungslos neben ihr. Er atmet. Sie bekommt ihn nicht richtig wach und ruft den Notarzt. Witold Piwonski wird noch acht Jahre so im Wachkoma liegen. Er hat einen Schlaganfall erlitten.

Ein äußerst schweres Schicksal; es war zum Heulen. Karo trauerte sehr. Auch Luca, den Witold vor wenigen Monaten erst am Saxophon zu unterrichten begonnen hatte, war unglücklich, weil „oh Mann, so etwas so unerwartet kommen kann." Emma und ich waren ebenso todtraurig über Witolds Schicksalsschlag. Wachkoma! Was bekommt ein Mensch da noch mit?

Eine Woche nach dem tragischen Ereignis hatte uns Frau Piwonski angerufen und berichtet, was geschehen war. Sie und wir hofften, dass Witold durch die Infusionen bald schon den Schlaganfall überwinden und wieder relativ stabil am Alltag und vielleicht sogar an seinem alten Musiker-Leben würde teilnehmen können. Die Hoffnung schwand von Monat zu Monat, von Jahr zu Jahr.

Das Unglück hatte freilich auch weitreichende Konsequenzen für die Schlagerkapelle der Amigos. Denn Gitarrist Karl-Heinz Ulrich übernahm nun auch das Keyboard. Wenn schlagartig ein gravierendes Ereignis eintritt, dann zieht es Kreise. Es hat nicht nur für den Betroffenen Konsequenzen, auch der persönliche Umkreis ist betroffen.

Anders verhält es sich, wenn eine Reihe von gravierenden Ereignisse zur scheinbaren Normalität, zur Gewohnheit wird. Dann bleiben oftmals die unmittelbaren Konsequenzen aus. So war es im Fall der Ehefrau von Gustl Mollath, Petra, und all jener Banken, die in den neunziger Jahren haufenweise Bargeld sehr reicher Kunden vor dem deutschen Fiskus in der Schweiz versteckten. Gustl hatte seine Petra, die er doch so liebte, gewarnt: „Irgendwann kommen diese widerrechtlichen Schwarzgeldgeschichten ans Tageslicht, und dann bist du deinen Job los, deine Bank wird auffliegen und die Steuerfahnder besuchen uns. Bleib doch bitte sauber!"

„Das wird nicht geschehen", hatte sie ihm mit einer wegwerfenden Geste geantwortet, wie man jemandem antwortet, den man für inkompetent, wenn nicht gar für unzurechnungsfähig hält.

»Da wird nie was passieren« – das war in jenen Tagen ein weit verbreitetes Rechtsempfinden. Die Skrupellosigkeit, die Gustl seiner Petra als Charaktermangel zuschrieb, war den Banken schon damals eine zweite Natur. Und das nicht nur bei der *Hypo-Bank*, bei der Petra Mollath als Transfer-Expertin für die Schweiz tätig war, sondern bei den meisten deutschen Großbanken. Der von ihnen vermittelte Geldstrom in die Schweiz, nach Liechtenstein und nach Luxemburg setzte massiv 1993 ein, in zeitlichem Zusammenhang mit dem am 1. Januar 1993 in Kraft getretenen Zinsabschlaggesetz. Der Geldtransfer vollzog sich anonymisiert.

Gustl Mollath hielt die Summen, die seine Frau mit oder ohne ihn transferierte, in einem Büchlein akribisch fest. Es handelte sich um jene vielen, vielen Milliarden DM, die er später in seinen Eingaben und Strafanzeigen benennen wird. Zunächst nimmt jedoch niemand an dieser Entwicklung Anstoß. Große Banken bewerben mit ganzseitigen Anzeigen nicht mehr sich selbst, sondern ungeniert ihre Tochterbanken im Süden. Und sie zeigen dabei große Keckheit.

Die in Grünton gefärbten Annoncen der Dresdner Bank werben für eine »sichere Geldanlage« nun ausgerechnet bei der *Dresdner Bank Luxembourg S.A.* – das erregt das Interesse der Steuerfahndung in Düsseldorf und der dortigen Staatsanwaltschaft. Und so kommt es zur Durchsuchung der Dresdner Bank in Düsseldorf. Nach einer erfolglosen Beschwerde beim Landgericht ruft die Rechtsabteilung der Dresdner Bank, unterstützt durch eine Frankfurter Steuerrechtssozietät, erfolgsgewiss das Bundesverfassungsgericht an.

Groß angelegte Razzien bei Banken hat es bis dahin nicht gegeben. Der Ruf von Banken ist Mitte der neunziger Jahre noch frei von Tadel. Banken sind sakrosankt, weshalb der Düsseldorfer Durchsuchungsbeschluss noch als Unfall gilt, eine Karambolage, deren Schrott schnell aus dem Weg geräumt werden muss.

Doch die Eilentscheidung aus Karlsruhe fällt gänzlich anders als erwartet aus: Die Unterstützung der Bank bei der Anonymisierung von Geldtransfers nach Luxemburg lege den Schluss nahe, *»dass es sich bei den Beihilfehandlungen nicht um vereinzelte Taten handelte, sondern um aufgedeckte Teile einer geschäftsmäßig und in großem Umfang betriebenen Praxis der Verschleierung zum Zwecke der Erleichterung der Steuerhinterziehung«.*

Gustl Mollath liest eifrig Zeitungen, mit Vorliebe auch den Wirtschaftsteil. Er zeigt seiner Frau den Artikel mit dem Verfassungsgerichtentscheid. Sie zuckt die Schultern und fragt: „Willst du mich jetzt verpetzen?“

„Ich liebe dich und will dich und uns, unsere Beziehung vor Unheil bewahren. Geld ist nicht alles. Du verdienst in einer anderen Abteilung genug, um einen guten Lebensstandard zu haben. Bitte deinen Chef um Versetzung."

Sie lehnt ab: „Alle machen weiter wie bisher. Ich habe grünes Licht von oben. Das in Düsseldorf war die Ausnahme. Du kennst dich nicht im Bankengeschäft aus."

Sie besucht eine Freundin, von Beruf promovierte Psychiaterin, und schüttet ihr zum ersten Mal ihr Herz aus. Ihr Mann sei neidisch wegen des guten Geldes, das sie verdiene. Sie habe den Verdacht, dass er überhaupt nicht durchblickt und völlig gefangen ist in der kleinen kaputten Welt seiner Oldtimer-Restaurierungen. Die Psychiaterin tröstet sie erst einmal. Es gibt noch keinen Plan.

Spätestens seit dem Frühjahr 1994, seit der Entscheidung des Bundesverfassungsgerichts, wussten auch die Banken und ihre Mitarbeiter, dass die Ampel auf Rot stand. Wenn dennoch – nicht nur am Arbeitsplatz von Petra Mollath bei der *HypoBank* in Nürnberg, sondern bei allen Vermögensberatern bundesdeutscher Banken – weiterhin so getan wurde, als sei die Ampel für den anonymen Kapitalverkehr ins Ausland allenfalls auf Gelb geschaltet, so ist hierfür eine Wissenschaft verantwortlich, die fern davon ist, eine zu sein. Sie vollbringt jedoch große Leistungen darin, die Suggestion von Wissenschaftlichkeit zu verbreiten: die Strafrechtswissenschaft. Ihre Leistung war es, noch weitere sechs Jahre nach der Entscheidung des Bundesverfassungsgerichts den Anschein zu erwecken, Mitarbeiter von Geldinstituten, die ihren Kunden einen spurenlos bleibenden Kapitaltransfer ins Ausland ermöglichen, handelten straflos.

»Da wird nie was passieren« – das war nicht nur die Einstellung von Petra Mollath, sondern auch die Devise der Strafrechtswissenschaft, jedenfalls des überwiegenden Teils der ihr Zugehörigen. Mit einigem scheinjuristischem Bla-Bla und argumentativen Verrenkungen der akademischen Sonderklasse wurde den Bankmitarbeitern suggeriert, sie seien ja schließlich nicht verantwortlich für die Steuerehrlichkeit ihrer Kunden. Wie sollten also Bankangestellte wie Petra Mollath ihr Verhalten als strafbar einordnen, wenn selbst Strafrechtsprofessoren sie straflos sprachen?

Dieser Juristenspuk ist nun Ende des Jahres 2000 durch den 5. Strafsenat des Bundesgerichtshofs in Leipzig mit einem Mal beendet. In einem konkret verhandelten Fall eines Bankangestellten wird höchstrichterlich klargestellt, dass die Anonymisierung des Geldtransfers als Beihilfe zur Steuerhinterziehung strafbar ist. Seitdem gibt es keine Ausreden mehr. Von nun an kann etwas passieren.

Das Eheband zwischen Gustl und Petra Mollath dehnt sich immer mehr und beginnt zu zerreißen. Es ist der Beginn einer unsäglichen Reise des Gustl Mollath durch das wirre System einer total versagenden Justiz und einer noch schlimmer versagenden Psychiatrie, in dem er in absehbarer Zeit jahrelang hinter Gittern abgesondert schmoren wird.

*

Der 18. Dezember ist ein Montag, und in den Morgennachrichten höre ich, dass das Wahlkollegium der USA den Gouverneur des Bundesstaates Texas, den Republikaner George W. Bush zum 43. Präsidenten der Vereinigten Staaten gewählt hatte.

„Was stöhnst du so?“, fragt Emma, als ich mir einen Apfel kleinschneide, um ihn ins Müsli zu schnipseln.

„Ich denke daran, wie sich nun eine Gruppe Hardliner in Washington an die Arbeit machen werden, um die Welt in einen Konflikt hinein zu eskalieren.“

„Du denkst aber auch immer nur an das Schlimmste.“

„Ich denke nur das weiter, was andere bisher vorgedacht und in offiziellen Ankündigungen veröffentlicht haben.“

Der Vater des neu gewählten US-Präsidenten, ein Ölmagnat und ehemaliger CIA-Chef, hatte selbst das Präsidentenamt von 1989 bis 1993 innegehabt. Er hatte in den siebziger Jahren zudem den Direktorenposten des *Council on Foreign Relations* begleitet – eine weitere bedeutende Denkfabrik der amerikanischen Expansionisten.

Am Tag, als sein Sohn ins Präsidentenamt gehoben wird, freut er sich. Aber nach einem Moment der Nachdenklichkeit, stöhnt auch er kurz auf, und seine Frau Barbara fragt: „Hast du Bedenken, dass er es nicht schafft?“

George Herbert Walker Bush hat oft genug angedeutet, dass er seinen ältesten Sohn nicht für den klügsten Kopf in der Familie hält. Seinen Junior, George W. Bush, prägte dieser nagende väterliche Zweifel – von der Pubertät bis zum heutigen Tag. Mutter Barbara musste ihren Sohn oft gegen das harte Urteil seines Vaters in Schutz nehmen. Jetzt sagt sie: „Unser George wird das meistern. Er hat tüchtige Mitstreiter und Berater."

„Genau deshalb mache ich mir die größten Sorgen. Seine Berater, Donald Rumsfeld und unser guter alter Dick Cheney sind nicht mehr die Alten, die sie mal waren. Sie sind arrogant und eisenhart geworden. Ich befürchte, sie werden ihn nicht gut beraten."

„Aber es gibt mehr als die beiden. Die anderen werden schon für eine ausgewogene Politik zum Nutzen unseres Landes sorgen. Keiner von ihnen will unserem Land schaden!", wendet Barbara Bush ein.

„Die anderen, wie du sie nennst, gibt es so nicht. Es ist alles ein und dieselbe Clique. Die sind sich alle einig. Und das ist für die Umgebung eines Präsidenten nicht unbedingt sachdienlich. Die präsidiale Gruppe rund um Cheney, Rumsfeld, Wolfowitz und Bolton wird unseren George dominieren und ihn dorthin drängen, wo immer sie ihn hin haben wollen."

„Er kann sich durchsetzen, wenn er will. Ich kenne unseren Sohn."

Der Altpräsident lächelt diffus und sagt: „Man kann es nur hoffen."

„Es wird Zeit, den Christbaum zu besorgen", sagte Emma. Karola, Luca und Jenny waren hellauf begeistert. Ich hatte angenommen, dass zumindest die beiden ältesten keinen großen Wert mehr auf Weihnachts-Trallala legen würden. Aber wahrscheinlich hatte ich ihnen mein Weihnachts-Gen vererbt, denn sie bestanden darauf, an der Baumauswahl mitzuwirken. Mein Weihnachts-Gen tobte sich aus. Ich liebte die Weihnachtszeit in all ihrer Pracht und freute mich auf das Schmücken des Hauses und auf das „Schlagen des Christbaumes" und das Anbringen des Baumschmucks.

Am Wochenende brachen wir mit Zollstock, Axt und Säge bewaffnet auf, um einen Weihnachtsbaum zu schlagen. Der zuständige Förster, mein Freund Wolfgang, der Vater eines der ehemaligen Pfadfinderkinder, hatte uns ein Areal zugewiesen. Nach einigem Suchen und schweren Entscheidungen zwischen diesem oder jenem Baum, nach Ausmessen und Abschätzen und Betrachtungen von allen Seiten aus, fiel die Entscheidung. Anschließend kehrten wir in Michelbach in ein Gasthaus ein, wo es in uriger Atmosphäre einen urigen Aschenbraten gab. Ein uriges Weihnachtsfest stand ins Haus, alles also sehr urig.

Zuhause hörten wir uns eine mit Weihnachtsliedern untermalte Vortrags-CD an, die sich um die Geschichte des Weihnachtsbaumes drehte: „Lange bevor man Weihnachtsbäume kannte, wurden grüne Zweige aus den Winterwäldern geholt und zur Zeit der Wintersonnenwende an Häuser, Ställe und

Scheunen gehängt. Dieser Brauch, einer der vielen, in denen sich Heidnisches und Christliches vermischt, besteht heute noch.

Als dann aber der Weihnachtsbaum mit all seiner Kerzenpracht, mit Äpfeln, Nüssen und glänzendem Schmuck behangen – der von einem Jahr zum nächsten aufbewahrt wird –, Einzug in die Weihnachtsstuben hielt, wurde dies zum aufregendsten und feierlichsten Höhepunkt des Heiligabends. Und so ist es auch heute noch. Zum ersten Mal wurde 1605 in einer elsässischen Chronik von Weihnachtsbäumen berichtet, die in den Wohnungen Straßburgs aufgestellt und mit Papierrosen, Äpfeln, flachen Kuchen, vergoldeten Süßigkeiten und gebranntem Zucker behängt worden seien."

Damit war dann aber auch Schluss mit urig. Luca wollte nun, am Heilig Abend, endlich zum »Weihnachts-Event« kommen. Über solche Worte stolpere ich normaler Weise nur kurz, um sogleich einen sprachlichen Gegenangriff zu starten. Aber angesichts der feierlichen Situation schluckte ich die Bemerkungen hinunter, die mir auf der Zunge lagen. Ich schaute zu Emma hinüber, die mir zuzwinkerte. Wir hatten uns nämlich erst einen Tag zuvor über das Wörtchen »Event« unterhalten.

Ich hatte zu ihr gesagt: „Zu den unerträglichsten Begriffen deutscher Sprache gehört das Wort »Event«. Was hältst du von diesem neuen sprachlichen Dauerbrenner?"

„Was hießt hier bitte schön »deutsche Sprache«? Das ist doch kein Deutsch!" Emma schaute skeptisch drein.

„Es ist immerhin so, dass »Event« als Lehnwort sowohl im Deutschen Universalwörterbuch als auch im Rechtschreibduden steht. Das wäre schon schlimm genug, und meine Rede könnte hier mit dem übellaunigen Statement enden, dass es nicht für alles ein englisches Wort braucht, schon gar nicht solche wie »Event« oder »Statement«. Aber …“

Emma lachte laut auf. Ich vermutete wegen dem Statement. Dann fragte sie: „Aber was …? Was kommt da noch aus deinem Gedankenpool – oder ist Pool auch ein verfemtes Wort?“

„Was ich sagen will: Aber leider fängt mit dem Ritterschlag für das kümmerlich doofe Wort »Event« das ganze Unheil erst an, denn leider begegnet man ihm nicht nur im Wörterbuch, wo man so einen Begriff ja einfach als in der Dunkelheit zwischen zwei Buchdeckeln vor sich hin vegetierenden Quatsch ignorieren könnte, sondern überall.“

„Überall?“, meinte Emma. „Ich glaube, du übertreibst.“

„Glaube ich nicht. Inzwischen ist unser ganzes Leben ein einziges Event. Schreckliche Fernsehfilme mit Veronika Ferres heißen zum Beispiel nicht mehr »schreckliche Fernsehfilme«, sondern »Event«-Movies.“ Emma und ich erinnerten uns an die Ferres in »Die Geierwally«, in »Unser Lehrer Doktor Specht«, in »Das Superweib« und in »Das Findelkind«. Natürlich amüsierten wir uns bei diesen Erinnerungen, dann fragte Emma: „Was verstehst du unter Event-Movie?“

„Ein Event-Movie geht so: Veronica Ferres spielt eine Mutter, die durch die rauchenden Trümmer von Dresden, durch Stasi-Keller in Ostberlin, durch halb Westafrika irrt und ihr Kind, ihren Mann, einen Onkel, ihre Wohnung sucht. Dabei trifft sie auf Heino Ferch, Heiner Lauterbach, Michael Mendl, der einen ausgebombten Industriellen, einen Adligen, einen General spielt, und das alles nicht hat kommen sehen, nicht verhindern konnte, im Grunde ein guter Kerl ist. Ihre keimende Zuneigung wird von bösen Russen, Behörden, sinistren Knechten des globalen Kapitals torpediert, aber am Ende wird alles gut, und neben dem Kind, dem Mann, dem Onkel und der verlorenen Wohnung taucht außerdem ein Erblasser, die Wende, Christiane Hörbiger auf und verleiht dem Schluss des Films zusätzlichen Event-Charakter.

Diese Ereignisse werden ein paar Mal im Jahr heftigst betrailert – früher hieß es »beworben«. Und wie das Schicksal es fügt, finden sich immer ein paar Millionen Mitbürger, die das tatsächlich sehen wollen, obwohl man ja auch mal ein gutes Buch lesen oder sich das Holzbein polieren lassen könnte."

Das also war am Vortag unser ehelich-kommunikatives Abendbrot gewesen. Jetzt aber freuten sich unsere Kids auf das heiligabendliche Weihnachtsbescherungs-Event.

Wir zelebrierten es durch.

Und ich muss sagen, wir freuten uns alle.

Wir tauschten Geschenke.

Wir umarmten uns.

Wir bedankten uns gegenseitig.

Dann gab es Kartoffelsalat mit Frankfurter Würstchen. Draußen hatte es zu schneien begonnen.

Emma legte schnell eine CD ein, und schon erklang »Leise rieselt der Schnee«. Zwei Stunden später kehrte feierliche Ruhe ins traute Heim ein und wir ließen die Rollläden herunter; Energiesparen war angesagt. Wir zogen uns in die Betten zurück. Lange hatte ich nicht mehr so ein kuscheliges Weihnachten erlebt.

Silvester feierten wir bei den Stanis, unseren Frankfurter Freunden, den ehemaligen Nachbarn aus den Jahren, als wir noch meine alternden Eltern in der Bornheimer Stadtvilla umsorgten. Der Silvesternachmittag war angefüllt mit Fragen und Antworten, weil wir uns schon zwei Jahre nicht gesehen und nur gelegentlich mal kurz miteinander telefoniert hatten. Stanis hatten vier Kinder, wir drei. Wir Erwachsenen waren allesamt beruflich eingespannt. Jede Familie ging ihren eigenen Weg, hatte eigene Probleme zu lösen.

Das freundschaftliche Interesse äußerte sich in diversen Fragen und Antworten.

„Hat sich der Nina-N.-Tsunami gelegt?“

„Die Welle ist verebbt; jetzt fragen einige Leser nach der Fortsetzung.“

„Und? Gibt es die?“

„Die Geschichte war fertig erzählt. Aber Zeitreise-Romane könnte ich irgendwann mal anhängen.“

„Gab’s noch deftige Stefan-Raab-Entrüstungen, die deinen Raab-Persiflagen zum Erfolg verholfen haben?“

„Er ist ein Enthaltungskünstler geworden.“

„Finanziell okay? Hat’s was gebracht?“

„Ja. Sehr okay."

„Wollen wir Dinner for One gucken?"

„Keine Ahnung."

Das war jetzt die Antwort unserer Kids – ihre Lieblingsfloskel: Keine Ahnung.

„Dann lassen wir sie doch abstimmen."

„Du willst dich in die Hände der Knilche begeben?"

„Vier von sieben Knilchen sind schon Teenager."

„Egal, fragen wir sie."

So kam es, dass wir am ersten Ende des ersten Jahres des neuen Jahrtausends wieder einmal Butler James herumstolpern sahen. Aber das, liebe Leserinnen und Leser, kennen Sie inzwischen zur Genüge, falls Sie die vorherigen Zeitreise-Bände gelesen haben sollten.

„Was wurde eigentlich zum Wort des Jahres gekürt?", fragte Emma in die Runde.

Niemand, außer mir, hatte sich dazu vorher kundig gemacht, aber auch das war meine ganz persönliche Tradition, und wie aus der Pistole geschossen antwortete ich: „Schwarzgeldaffäre!"

Die Jugendwörter des Jahres hatte ich auch bereits ausgecheckt: »lol«, »checkt ein«, »checkt ab«, »geht steil«.

Und das Unwort des Jahres war die »national befreite Zone«. Oder auch genannt: die »zeckenfreie Zone«.

Mein Gott, in welches Jahrtausend waren wir da geraten!

2001

Seit dem 2. Januar haben wir endlich die volle Gleichberechtigung, denn endlich dürfen nun auch Frauen in der Bundeswehr den Dienst an der Waffe tun. Voll die feministische Verteidigungspolitik. So fortschrittlich, so gewaltfrei, so human. Tja, es gab kein dringenderes Problem als dieses.

Das heißt, ein dringenderes Problem gab es schon: In der ersten Januarwoche rief mich Anna in Ronnys Auftrag an. Ich müsse unbedingt am nächsten Tag in die Firma kommen. Es sei wichtig. Unbedingt. Dringend.

Nichts einfacher als das. Am nächsten Vormittag saß ich bei Anna im Büro und wartete die obligatorischen fünfzehn Minuten. Ich erkundigte mich nach ihrem Mann. Karl ging es besser, er habe die Chemo gut überstanden; er würde sogar nachher vorbei kommen. Vielleicht würden wir uns ja noch sehen.

„Weißt du worum es heute geht?", fragte ich Anna und machte eine Kopfbewegung in Richtung von Ronnys Büro.

Sie schaute mich mit großen Augen an: „Ach, das weißt du noch gar nicht? Der Chef wird's dir gleich sagen – du machst Karriere."

Dann klingelte auch schon der Hausapparat und Ronny war bereit. Die Duftwolke, die mich empfing, roch angenehm nach einer Zigarre, die ich bereits von Ronny kannte, Marke Havanna. Und,

Gott sei gelobt, es roch nicht nach diesem penetrantem Gauloises-Qualm, der seit Kurzem den fürchterlichen Rothändle-Gestank abgelöst hatte.

„Kara, das Amtsgericht Trier hat bei uns wegen eines Notgeschäftsführers angefragt. Eine Aufgabe für vielleicht vier bis sechs Monate. Ich habe an dich gedacht."

„Mal langsam, bitte. Worum geht es denn eigentlich?"

„Um eine Pumpenfabrik, denen der Geschäftsführer abhandengekommen ist. 352 Mitarbeiter, ein Betriebsrat, ein Prokurist, ein gekündigtes Dresdnerbank-Darlehen – seit Jahrzehnten ein florierendes Unternehmen. Aufträge sind genug da, ein exklusives Weltmarktprodukt im Angebot: eine exklusive Pumpe, die ätzende Säuren pumpen kann, ohne sich sofort aufzulösen. Du siehst – eine hochinteressante Herausforderung für jemanden wie dich."

„Von Pumpen hab' ich keine Ahnung."

„Ist auch nicht nötig."

„Muss ich die ganze Woche vor Ort sein?"

„Das entscheidet der Konkursrichter."

„Ist die Firma in Konkurs?"

„Nein, das nicht, aber ob amtsseitig ein Konkursantrag gestellt werden muss, muss eben der Notgeschäftsführer irgendwann entscheiden. Und gegebenenfalls mit einem späteren Konkursverwalter zusammenarbeiten."

„Ich muss das mit meiner Frau bereden."

„Ist ja klar. Ruf aber doch erst mal den Richter an und frag ihm Löcher in den Bauch."

„Hast du wieder mal Fischer getroffen? Kommt er noch her?“

„Nur wenn er sowieso in Frankfurt ist, lässt er sich hier blicken. Derzeit läuft ja der OPEC-Prozess gegen seinen Ex-Genossen Klein. Er hat da einen Zeugenauftritt und hat mir davon berichtet. Aber das ist eine andere Geschichte, jetzt ist mir die Pumpenfabrik wichtig – machen wir das und verleihen dich als Geschäftsführer? Oder lassen wir das?“

„Leiharbeiter – mal was Neues. Ich werde mich kundig machen und mich baldmöglichst entscheiden.“

Das Unternehmen hieß »Feluwa« und hatte seinen Sitz im abgelegenen Mürlenbach in der Vulkan-Eifel. Der bisherige Geschäftsführer war ein Franzose gewesen. Er war seit vier Wochen verschwunden und nirgendwo mehr auffindbar. Zuvor hatte er in seinem Mürlenbacher Büro eine Panikattacke bekommen, weil von heute auf morgen die Dresdner Bank, Feluwas Hausbank seit den 1960er-Jahren, sämtliche Kreditlinien gekündigt hatte. Immerhin ging es jährlich um schwankende Kreditlinien zwischen drei und fünf Millionen Mark. Noch niemals hatte es deswegen Schwierigkeiten gegeben, denn die ausgereichten Überziehungskredite entsprachen immer den ausstehenden Einnahmen aus zuverlässigen Fernostgeschäften. Es ging seit Jahrzehnten stets nur um überbrückende Vorauszahlungsdarlehen.

Der zuständige Richter hieß Marwick und sagte: „Herr Koenig, wenn Sie sich entschließen, dann bitte schnell, bevor die Belegschaft noch unruhiger wird. Vielleicht schaffen Sie es, eine neue Hausbank aufzutun, damit erst einmal die laufenden Kosten gedeckt sind."

„Ich habe Familie und muss natürlich meine Frau fragen, wie wir das stemmen können. Was schätzen Sie, wie oft ist meine Anwesenheit vor Ort nötig?"

„Die ersten drei Wochen würde ich zur Bestandsaufnahme Vollzeit im Betrieb verbringen. Danach haben Sie freie Hand und wahrscheinlich können Sie Ihre Anwesenheit auf vier Tage begrenzen."

Meine innere Entscheidung war gefallen: Ja, ich wollte der Pumpenfabrik helfen. Am Nachmittag überraschte ich meine Liebste mit dem Vorhaben. Emma war einverstanden. Wir informierten die Kids und dann zog ich samt Koffer in der zweiten Januarwoche nach Mürlenbach und quartierte mich in einem Gasthaus ein.

Außenminister Fischer wird als Zeuge im OPEC-Prozess von seiner Vergangenheit eingeholt. Aber anders als Ronny sagte, kommt unser HTG-Mandant nicht nach Frankfurt. Er bleibt „unabkömmlich" im Berliner Außenministerium.

Im Frankfurter Prozess kommen die unterschiedlichen Karrieren zweier Menschen zum Vorschein. Sie können divergierender kaum verlaufen: Der eine Ex-Terrorist drückt die Anklagebank im Frankfurter Landgericht, verfolgt abgemagert und mit verwittertem Gesicht, wie ihm der Staat den Prozess macht. Der andere räkelt sich auf der Regierungsbank, gibt sich staatstragend und genießt an der Seite des Kanzlers das Hantieren an den Hebeln der Macht.

Der 52-jährige Hans Joachim Klein ist des dreifachen Mordes im Zusammenhang mit dem OPEC-Überfall 1975 in Wien angeklagt. Der gleichaltrige Bundesaußenminister Joschka Fischer ist diese Woche als Zeuge geladen. Die Lebenslinien der beiden Männer kreuzen sich zum zweiten Mal. Einst kämpften sie Seite an Seite, heute treffen sich ein Sieger und ein Verlierer. Ein Vierteljahrhundert liegt dazwischen. Damals, als im Frankfurter Westend Straßenkämpfe um besetzte Häuser tobten, standen sie auf derselben Seite der Barrikaden und pflegten dasselbe Feindbild. „Meinen Freund Joschka", nennt Klein den Minister in einer Einlassung. Einige Beobachter meinen, einen zynischen Unterton herausgehört zu haben.

Joschka Fischer soll den Lebensabschnitt Hans Joachim Kleins vor dessen Abtauchen in den terroristischen Untergrund im Dezember 1975 ausleuchten helfen. Es geht um eine Zeit in Kleins Leben, die auch eine eher undurchsichtige in Fischers Biografie geblieben ist. Das Verfahren gegen Klein rückt die Vergangenheit des Außenministers ebenso wie die etlicher weiterer prominenter Ex-Spontis und grüner Politiker ins Blickfeld.

Frankfurt zu Beginn der 70er-Jahre: Klein und Fischer mischen in der „Putztruppe" mit, einer Schlägertruppe, die bei Hausbesetzungen und Demos zum Einsatz kommt. Mitten drin in der Randale: Joschka Fischer, den die linksintellektuelle Universitätsszene nach abgebrochener Fotografenlehre aus der schwäbischen Provinz in die Main-Metropole gelockt hatte und Hans Joachim Klein, gescheiterter Kfz-Lehrling, der im linken Milieu eine neue Heimat sucht.

Doch das Diskussionsniveau sprengt seinen Horizont. Er, der waschechte Prolli unter lauter Studies, der nicht über die gewandte Zunge eines Joschka verfügt, dafür aber wegen Autodiebstahls schon erste Knasterfahrung hat, will handeln statt schwafeln. Winfried Böse, ebenfalls aus der Frankfurter Szene und bereits ein führender Kopf der illegalen Revolutionären Zellen, rekrutiert ihn für den bewaffneten Kampf; er bringt ihn mit dem berüchtigten Terroristen Carlos sowie dessen palästinensischen Hintermännern in Kontakt und engagiert ihn schließlich auch für den Wiener OPEC-Anschlag, bei dem die Terroristen drei Menschen erschießen.

Während Klein in den bewaffneten Terrorismus abrutscht, bleiben Fischer und seine Freunde bei der leichten »Krawallerie«. „Genossen, schmeißt die Gewehre weg und nehmt wieder die Steine in die Hand", mit dem legendären Appell soll Joschka Fischer seinerzeit Genossen im Untergrund zur Umkehr gemahnt haben.

Die Bekanntschaft mit Klein schob Joschka Fischer zunächst selbst ins Visier der Terrorfahnder. Klein hatte 1973 eine Ladung Waffen, die aus einem Depot der US-Armee gestohlen worden waren, von einem Versteck ins andere gekarrt – mit einem VW-Variant, Kennzeichen: F-MS 641, der auf Fischer zugelassen war.

Eines der fraglichen Schießwerkzeuge tauchte 1981 bei der Ermordung des hessischen Wirtschaftsministers Heinz Herbert Karry, dem Vater meiner Exfreundin Vera, auf. Die Polizei zapfte Joschka Fischers Telefon an. Der richterliche Beschluss stützte „sich auf Umstände, die Josef Martin Fischer vor und nach der Tat in enge Nähe zu den Tätern bringen". Die Ermittler gelangten zu dem Ergebnis, dass Fischer mit der Mordtat nicht in Verbindung zu bringen war. Vera Karry, ihr Bruder Robin und auch ich konnten das Ermittlungsergebnis nicht nachvollziehen. Wie konnte es sein, dass eine Mordwaffe in Fischers Auto nicht mit der Mordtat in Verbindung zu bringen war? Was tat sie dort? Wie war sie dort hingekommen? Wer, was, wie, wann, wo?

Also blieben Fragen offen. Selbst wohlwollende Biografen und Kommentatoren weisen darauf hin, wie widerwillig und sparsam sich Joschka Fischer bislang zu jener Phase seiner steilen politischen Karriere eingelassen hatte. Wenn überhaupt, geschieht es eher flapsig oder kokettierend. Im Buch über seinen Fitness-Trip zu sich selbst schreibt er etwa: „Und auch – da sei nicht darum herumgeredet – meine linksradikalen siebziger Jahre in der Frankfurter Sponti-Szene und im Häuserkampf verlangten ein hohes Maß an körperlicher Fitness."

Nicht darum herumgeredet? Was heißt das: „körperliche Fitness im Häuserkampf"?

Ich hatte sämtliche Einlassungen Fischers zu seiner Vergangenheit gelesen, so in einem Interview: „Ich habe nie bestritten, dass ich fast zehn Jahre lang, auch unter Einsatz von Gewalt, die verfassungsmäßige Ordnung der Bundesrepublik umstürzen wollte.“ In einem anderen Gespräch: „Wir haben verhandelt und gleichzeitig zugehauen.“

Einsatz von Gewalt? Zugehauen? Konkreter will Fischer nicht werden. Ungeklärt ist bis heute etwa ein Vorfall während einer Demonstration nach dem Tod der RAF-Terroristin Ulrike Meinhof 1976, bei dem ein Polizist durch einen Molotow-Cocktail in Brand geriet. Fischer wurde damals vorübergehend festgenommen, vom Haftrichter aber wieder entlassen.

Heute jedenfalls, am Ende seines Dauerlaufs durch die Institutionen, joggt Joschka Fischer unter Polizeischutz durch den Berliner Tiergarten. Auch andere Veteranen des Straßenkampfs schweigen tapfer über die alten Zeiten, lassen sich auf ihren Karriereleitern nicht aus dem Gleichgewicht bringen. Ein „Schweigekartell“ nennt der „Tagesspiegel“ Fischers alten Frankfurter Klüngel.

Zu ihm gehörte auch Matthias Beltz. Der Kabarettist hat seine Schlagfertigkeit aus dem Szene-Sumpf mittlerweile in öffentlich-rechtliche TV-Kanäle umgeleitet. Sein geplanter Auftritt im OPEC-Prozess drohte fürs Publikum aber eine Enttäuschung zu werden. Bei seiner Vernehmung durch den Staatsanwalt schwieg sich der sonst wortgewaltige Beltz aus.

Minister Fischer dagegen, so eine Außenamts-Sprecherin, wolle „seinen Beitrag zur Wahrheitsfindung“ leisten. Zwar hätte er eine nichtöffentliche Vernehmung vorgezogen, doch das Gericht lehnte ab. Am Freitag entschied Richter Heinrich Gehrke, dass Fischer am Mittwoch in Berlin vernommen und seine Aussage per Videoleitung in den Frankfurter Gerichtssaal teleportiert werden solle. Dann müsste er seinem Ex-Kumpel Klein nicht mal in die Augen schauen.

Richter Heinrich Gehrke ist gegenüber Fischer nachsichtig. Es ist derselbe Richter, der noch zwei Jahre zuvor Monika Böttcher erbarmungslos und unsensibel bis zum Erbrechen befragt hatte.

Was einer wie Fischer, über den das Weiße Haus in Washington zauberhafter Weise seine schützende – oder drohende? – Hand hält, früher mal gemacht hat, ist eine Sache; wie er heute damit umgeht, eine ganz andere.

„Drohende Hand?", fragte mich Emma.

„Wenn einer in ein schwerwiegendes Delikt verstrickt ist, ist er erpressbar, das meine ich", antwortete ich.

Für Fischer bleibt seine Frankfurter Vergangenheit eine klebrige Angelegenheit. Vor vier Wochen wurde die Fragestunde des Bundestags nach einem Eklat abgebrochen. Fischers Staatsminister Ludger Volmer hatte eine CDU-Abgeordnete auf die Frage nach des Ministers Kontakten zu Klein angeblafft, den bereits bekannten Fakten sei nichts hinzuzufügen.

In Südafrika hatte der sympathisch auftretende Anlagebetrüger Jürgen Harksen vor einigen Jahren Kontakt zu einem hoch angesehenen Wirtschaftsprüfer bekommen, der zugleich Prüfer von Wirtschaftsprüferanwärtern war: Dieter Krummsiek. Harksens Liechtensteiner Statthalter, Freund und Strohmann Wotan hatte den Wirtschaftsprüfer vermittelt. Krummsiek meldete sich jetzt, fünf Jahre später, wieder bei Harksen, um sein damaliges Gutachten zugunsten des hochstapelnden Investors zu widerrufen. Da biss er jedoch bei Harksen auf Granit. Dabei hatte alles so harmonisch begonnen. Krummsiek kam damals mit seinem Partner auf Harksens Kosten erste Klasse angeflogen und begegnete seinem südafrikanischen Auftraggeber zunächst mit berufsüblicher Zurückhaltung. Zumal er Harksens Namen bereits aus wenig schmeichelhaften Zusammenhängen in der Presse kannte.

Gleichzeitig war er von Harksen als schillernde Person außerordentlich fasziniert. Harksen ließ ihn standesgemäß mit einer schwarzen 600er Mercedes Limousine plus Chauffeur und Bodyguards vom Rollfeld abholen – denn nach Dienstschluss arbeiteten die Polizisten der Kautionsstation, bei denen sich Harksen regelmäßig melden musste, mit Genehmigung privat als Bodyguards für ihn.

Das beeindruckte Dieter Krummsiek schwer.

In der pompösen Mietvilla *Acorns* fand der Empfang statt. Im Wohnzimmer befand sich ein Pool, dessen Panzerglas-Abdeckung sich auf Knopfdruck öffnete, sodass man ins Freie schwimmen konnte. Die Butler und Bodyguards umschwirrten die Gäste, es gab Lammbraten mit Butternut-Kürbis, dazu einen Cabernet-Wein namens »Meerlust«. Harksens Kinder und seine Anwälte waren auch da, die ganze Szenerie strahlte Seriosität und Idylle aus, so wie Harksen sich das Leben der Ewings auf der »Ponderosa« in der US-Seifenoper »Dallas« vorstellte.

Harksen kokettierte mit allerlei Nebenbemerkungen wie »Morgen gehen wir zu Mandela« et cetera. Nach einer halben Stunde machte Krummsiek einen kapitalen Fehler, indem er bekannte, dass er auch gerne bei Harksen angelegt hätte. Damit saß er bereits in der Falle und hatte ausreichende Symptome der Gierkrankheit vor seinem Doc präsentiert.

Nach dem Essen gingen sie nach oben ins Büro, denn Harksen wusste: Man muss die Beute erlegen, ehe sie sich über Nacht erholen kann. Beim Essen hatten sie noch über ein berufsübliches Honorar von 150.000 Mark gesprochen. Was sollte Harksen ihm nun zeigen? Etwa die schlecht gefälschten Barclays-Unterlagen? Oder die Dänischen mit all den Tippfehlern? Oder die Französischen? Am Ende entschied sich Harksen für die Unterlagen, die in London schon bei einer Reihe seiner Kunden als echt durchgegangen waren und von denen er annahm, dass sein Strohmann Wotan sie tatsächlich, wie er behauptete, für seine eigenen Kunden als Treuhänder verwaltete.

Nachdem Krummsiek dort alle Unterlagen ebenso flüchtig wie süchtig durchgeblättert hatte, sagte er: „Stellen Sie sich vor, Herr Harksen, Sie besitzen wirklich ungefähr eine Milliarde. Ich habe es selbst gesehen. Tolle Leistung, wie gut Sie sich selbst eingeschätzt haben."

Nun erhöhte sich Krummsieks Honorarwunsch um Faktor 30. Da Harksen noch nie ein Problem hatte, Geld auf dem Papier auszugeben, erschreckte ihn die Forderung wenig, auch wenn er nach außen zunächst protestierte: „Herr Krummsiek, Sie nehmen es aber vom Lebendigen."

„Herr Harksen, Sie müssen sich mal vorstellen, was für Kosten ich allein für die Haftpflichtversicherung habe. Außerdem kann ich Ihnen garantieren, dass Sie mit meinem Gutachten von allen Vorwürfen freigesprochen werden."

Krummsiek gehörte ab nun zu Harksens Jüngern. Aus ihrem Gespräch wurde ein offizielles Dokument, das Harksen – abzüglich von Krummsieks fünf Millionen Honorarforderung – ein Vermögen von 1,1, Milliarden Mark bescheinigte.

Zwei Wochen später kam Harksen zu ihm und beklagte sich über die geringe Wertschätzung, die Krummsiek seinen Träumen entgegenbringe. Mittlerweile duzten sie sich: „Sag mal, Dieter, ich glaube, ich habe mich verrechnet. Weißt du, ich habe Einlagen von 100 Millionen Mark, die ich mit Faktor 13 verzinsen muss, da bleibt ja am Ende für mich nichts mehr übrig, wenn ich alles zurückzahle. Für mich selbst müssen auch noch vierhundert bis fünfhundert Millionen übrig bleiben. Und auf die muss ich ja auch noch Steuern zahlen. Ich dachte, du wolltest mir bescheinigen, dass ich ein wirklich reicher Mann bin. Kannst du nicht nochmal eine halbe Milliarde oben drauflegen?"

„Kein Problem, Jürgen." Erstens war Harksen sein Freund, zweitens wollte er Geld von ihm, und drittens wusste er als Wirtschaftsprüfer ganz genau, dass die sogenannten Wertgutachten seiner Zunft meistens das Papier nicht wert sind, auf dem sie geschrieben werden. Zusätzlich beruhigte ihn Wotan mit der Feststellung, das gesamte zur Ausschüttung durch die Treuhändergruppe anstehende Vermögen betrage fünf oder sechs Milliarden Mark – da käme es auf die halbe mehr oder weniger für einen der Berechtigten doch nicht an, oder?

Das nahm Krummsiek zur Kenntnis und setzte es gleich um. In einem Memorandum, das von ihm mit einer Klebnotiz »verfasst von der KPMG Südafrika« versehen unters Anlegervolk gestreut wurde, erklärte er die Entstehung von Harksens Vermögen von 5,5 Milliarden Mark, indem er eine Variante seines Öl-Märchens zum Besten gab.

Statt aus vielen voneinander unabhängigen Quellen seinen Werdegang zu recherchieren, ließ er sich von Harksen spontan in die Feder diktieren, wie es zu dem sagenhaften Ölreichtum gekommen war. Harksen kettelte eine Märchenidee an die andere, und da es schon märchenhaft begonnen hatte, wunderte sich keiner, dass es märchenhaft weiterging.

Krummsieks damalige Gutachten hatten Harksen weitere sieben Mondjahre gebracht, denn nun war er der Garant von Harksens Bonität. Verunsicherte Kunden beschwichtigte er mit großer Zuverlässigkeit, auch nachdem er 1997 das Mandat niedergelegt hatte. Aufgrund einer Strafanzeige war der Wirtschaftsprüfer schließlich in Köln verhaftet worden. Im »Schweinetransporter« auf einer vierzehntägigen Reise von Haftanstalt zu Haftanstalt wurde vergeblich versucht, aus ihm ein Geständnis einer bewussten Fälschung des Wertgutachtens herauszupressen. Doch er blieb unbeirrt in seinem Glauben an das Phantom der Harksen Investments, obwohl er von seinen Honoraren bisher nur sechsstellige Brosamen von Harksen empfangen hatte.

Die beiden kommunizierten nur noch per verbaler Briefbombe.

„Jürgen, ich habe Zweifel an der Glaubwürdigkeit der Unterlagen, die du mir bisher präsentiert hast. Ich brauche fortgeschriebene Unterlagen, sonst muss ich widerrufen."

„Dieter, wie kannst du nur Zweifel haben! Die Unterlagen, die Wotan dir gab, sollen falsch sein? Du hast mir doch versichert, dass du dich auf deinen zahlreichen Prüfreisen von der Existenz meines Vermögensanspruchs überzeugt hast. Ich habe mich auf dein Urteil verlassen!"

„Du weißt genau, dass ich bei den Reisen geschummelt habe."

„Was, du schummelst? Und dafür willst du Geld von mir haben! Das ist ja ungeheuerlich!"

Dieter Krummsiek war Harksen durchaus sympathisch, weil er aus dem gleichen Holz geschnitzt war wie er – dem Holz des Märchenwalds. Schließlich brach der Kontakt zwischen den beiden Märchenonkeln ab – und sie sahen sich erst 2003 beim Prozess in Deutschland wieder.

*

In Lübeck lag Oberstaatsanwalt Heinrich Wille endlich ein lange erwartetes Gutachten vor. Noch immer ging es um den ungeklärten Todesfall des CDU-

Politikers Uwe Barschel. Da der für diesen Fall äußerst wichtige Zeuge Dirk Stoffberg auf mysteriöse Weise gemeinsam mit seiner Lebensgefährtin ums Leben gekommen war, lag nur die Videoaussage von Stoffberg vor. Prof. Dr. Dr. Wegener war beauftragt worden, eine gutachterliche Stellungnahme zu dem Videointerview abzugeben. Wegener stand dazu die schriftliche deutsche Übersetzung des in englischer Sprache geführten Interviews zur Verfügung. Er hatte außerdem Gelegenheit mit dem Interviewer, dem Zeitungsredakteur Peter F. Müller, bei der Staatsanwaltschaft Lübeck zusammenzutreffen. Er befragte ihn dabei nach den Umständen des Interviews. Außerdem wurde sodann in Gegenwart von Peter F. Müller das Videoband des Interviews vorgespielt. In seinem 23-seitigen Gutachten kam Prof. Wegener in seiner aussagepsychologischen Beurteilung unter anderem zu folgenden Feststellungen, die Heinrich Wille zu seinen Akten nahm:

»Inhaltsanalytisch sind die Angaben des S. während des Interviews durch eine ausreichende Detaillierung gekennzeichnet: Namen, Organisationen, Ziele und Vorgänge werden in größerer Zahl genannt. Die Darstellung der Waffenhändlerszene und der Geheimdienstaktivitäten erscheint in seiner Darstellung konsistent und ohne Widersprüche innerhalb des gezeichneten Bildes. Die eigene Kompetenz als Kenner der Situation wird durch mehrfache Erwähnung eigener Teilnahme an Aktivitäten, durch die Erwähnung von Freunden aus verschiedenen Diensten und durch den Hinweis auf das angeblich zu Unrecht erfolgte Beschuldigtwerden untermauert.

Die deutliche Verdeckungstendenz und die Tendenz zu einer streng zensierten Selektion im Antwortverhalten erscheinen angesichts der Thematik und der Gesamtsituation verständlich und der Erwartung entsprechend. Der Befragte hat diese Tendenz mehrfach offen zum Ausdruck gebracht. Eine Tendenz zur Dramatisierung und zur Extremisierung wird nicht deutlich, vielmehr bleibt die Darstellung insgesamt sachlich und ohne erkennbare affektbedingte Verschärfung.

Während die Angaben des S. über die Gesamtsituation in Genf durch die Darstellung eigener Teilnahme und durch konkret und bestimmt dargestellte Vorgänge und Beteiligte angereichert sind, werden alle Angaben betreffend B. auffallend distanziert und unpersönlich abgegeben.

An keiner Stelle wird von persönlichen Kontakten mit B. gesprochen, vielmehr wird auf andere Informanten oder auf das allgemeine Wissen verwiesen. Auch hinsichtlich der Todesumstände werden keine präzisen Darstellungen bestimmter Umstände gegeben, vielmehr nur Vermutungen und Hinweise auf parallel liegende andere Todesfälle.

Diese auffallende Diskrepanz zwischen der Darstellung von Details aus der Waffenhändler- und Geheimdienstszene einerseits und den Aussagen, die B. betreffen, lässt sich einerseits durchaus aussagepsychologisch positiv interpretieren:

Offensichtlich ist S. nicht der naheliegenden Versuchung erlegen, angesichts des besonderen Interesses des Interviewers an dem Verhalten und den Todesumständen des B. persönliche Beziehungen, Gespräche oder Beobachtungen über B. zu konfabulieren. Angesichts seiner umfangreichen Kenntnisse des Milieus in Genf und der Eloquenz wäre dies dem Befragten wahrscheinlich ohne große Schwierigkeiten möglich gewesen. Er hat von dieser Möglichkeit keinen Gebrauch gemacht und damit Zurückhaltung und Verzicht auf sensationelle Dramatisierung bewiesen.

Andererseits legt dieses Antwortverhalten jedoch die Annahme nahe, dass die Informationen über B. nicht auf eigene direkte Beobachtungen des B. zurückgehen, sondern Berichten Dritter entstammen. Diese Annahme wird auch gestützt durch die oben genannte widersprüchliche und inkonsistente Darstellung der Anreisemotive des B. nach Genf.

Insgesamt wird aussagepsychologisch daher davon ausgegangen, dass S. in seinen Angaben während des Interviews keine Falschinformationen vorsätzlich eingeführt hat, sondern um eine Beschränkung auf tatsächlich Erlebtes oder Gehörtes bedacht war.

Die Angaben betreffend B. gehen jedoch mit großer Wahrscheinlichkeit nicht auf eigene Beobachtungen, sondern auf Informationen von dritter Seite zurück. Eine vorsätzliche Entstellung dieser Informationen durch S. erscheint wenig wahrscheinlich.«

Heinrich Wille fertigte eine Aktennotiz an, die er dem Gutachten beifügte: »Nach dem Ergebnis der gutachterlichen Stellungnahme des Prof. Dr. Dr.

Wegener ist also davon auszugehen, dass Stoffberg in dem Interview keine vorsätzlich falschen Angaben gemacht hat. Des Weiteren ist darauf hinzuweisen, dass der Gutachter die auffallende Diskrepanz zwischen der Darstellung von den teils aus der Waffenhändler- und Geheimdienstszene einerseits und den Aussagen andererseits, die Barschel betreffen, aussagepsychologisch durchaus positiv interpretiert. Von Stoffberg wird die Person des Robert (Bob) Gates benannt, die Dr. Uwe Barschel telefonisch nach Genf bestellt haben soll. Robert Gates war nach hiesigen Erkenntnissen zur damaligen Zeit ein hochgestellter Mitarbeiter des CIA, später wurde er Direktor des CIA.«

Der jetzige CIA-Chef hieß George Tenet; seit Juni 1995 war er stellvertretender Direktor der CIA, am 11. Juli 1997 war er einhellig durch den Senat der Vereinigten Staaten zum Direktor ernannt worden. Sobald eine neue Regierung die Washingtoner Administration übernimmt, wird der CIA-Direktor normalerweise ersetzt. Tenet hingegen arbeitete nun auch nach dem Ende der Regierung Clinton unter George W. Bush weiter. Das war dem Umstand geschuldet, dass er in den letzten beiden Jahren bereits eng mit Bushs Beratern, der konspirativ operierenden Clique um Rumsfeld, Cheney, Wolfowitz, Bolton und Colin Powell geheime Pläne ausgeheckt hatte.

Tenet, ideologisch ein Neocon wie die anderen, malte eine Bedrohungskulisse des internationalen

Terrorismus an die Wand. Als Hauptfeinde der USA bezeichnete er den Iran und die Gruppe Al-Qaida.

„Hier wird ein Popanz aufgebaut und eine Geisterarmee ins Leben gerufen", meinte Hörbi, als wir uns über die neue aggressive Außenpolitik der Washingtoner Neokonservativen unterhielten.

„Popanz?", fragte ich.

„Die suchen einen handfesten Vorwand, um ihr neues Weltbild voranzutreiben – die USA im heldenhaften Kampf für die freie Welt. Dazu will man einen Großteil seiner Verbündeten so eng wie möglich hinter sich scharen. Das gelingt nur mit einem ausgeklügelten Feindbild."

Am 3. Februar bekräftigt der Oberfalke der neuen US-Regierung die Bestrebungen nach Expansion. Auf der internationalen Konferenz für Sicherheitspolitik erläutert US-Verteidigungsminister Donald Rumsfeld seine Pläne zum Aufbau einer nationalen Raketenabwehr. Sie soll ihren Anfang mitten in Europa nehmen. Er verspricht, die europäischen Bündnispartner in das Konzept einzubinden. Aber sie werden vor vollendete Tatsachen gestellt. Und das Land im Osten? Die Russische Föderation und ihr junger Präsident sind tief enttäuscht.

Mitte Februar greifen die USA und Großbritannien grundlos irakische Luftwehrabstellungen bei Bagdad an. Ein Probelauf. Die UNO schweigt und schaut zu.

Helmut Kohls Luftabwehr in Form eines ehrrührigen Ehrenworts trägt Früchte. In der CDU-Parteispendenaffäre wird das Ermittlungsverfahren gegen den Exkanzler gegen Zahlung von 300.000 D-Mark eingestellt.

Ende März protestieren in den neuen Bundesländern die Ärzte mit Praxisschließungen und Kundgebungen gegen die Gesundheitspolitik der Bundesregierung. Sie kritisieren die zu niedrigen Arzneimittelbudgets und die sinkenden Honorare.

Ich hatte in Mürlenbach meine Arbeit aufgenommen, hatte mich bei der Belegschaft und dem Betriebsrat vorgestellt, hatte den Prokuristen, Herrn Schmidt, kennen gelernt, der mir einen ebenso schwierigen wie schmierigen Eindruck machte.

In den späten Abendstunden, wenn ich mich im Gasthaus von den vielen neuen Eindrücken erholte, las ich mich durch die zahlreichen alten Broschüren der Feluwa GmbH hindurch und machte mich mit der Betriebsgeschichte vertraut.

Mich beeindruckte als erstes, dass die Firma eine Eigentümergesellschaft der 352 Betriebsangehörigen war. Vor einem halben Jahrzehnt, als die Firma einmal aufgrund weltwirtschaftlicher Verwerfungen wackelig dastand und der damalige Eigentümer kein Kapital investieren wollte, hatte der Betriebsrat den Vorschlag gemacht, eine Genossenschaft ins Leben zu rufen, die die Eigentümeranteile übernehmen und neue Investitionen tätigen sollte.

So war es dann auch gekommen. Der Alteigentümer trat in die Reihen der Mitarbeiter zurück und die Belegschaft sammelte Kapital ein, verzichtete ein Jahr lang auf ein Zehntel des Gehaltes und steuerte das Betriebsschiff bei schwierigem Wellengang durch die Stürme der Weltmeere.

Schon bald stach mir eine Geschichte ins Auge, die ich an einem der Folgetage mit dem Vorsitzenden des Betriebsrates, einem 60-jährigen Mann, der seit seinem 14. Lebensjahr hier im Betrieb arbeitete, erörterte.

„Herr Alt, wer hat damals in den 1960er-Jahren diese tolle Pumpe erfunden, mit der man sogar allerlei Chemie-Lösungen gefahrlos pumpen kann?"

„Das war der damalige leitende Ingenieur, Herr Fellau."

„Ich habe in den Geschäftsberichten über die Betriebsvergangenheit gelesen, wurde aber nicht schlau aus dem Verlauf dieser Erfindung, die lediglich als großes Standbein der Firma herausgestellt wurde."

„Ja, diese Erfindung hat uns das Tor in die große Welt der chemischen Industrie geöffnet. Gerade in Asien haben wir damit einen beträchtlichen Marktanteil erobert."

„Arbeitet Herr Fellau noch in der Firma? Ich habe nichts mehr über ihn in den Geschäftsberichten gelesen."

„Das ist kein Wunder. Man hat versucht, ihn aus dem Betriebsgedächtnis zu löschen. Aber ich erinnere mich noch sehr gut an ihn und an das Zerwürfnis zwischen ihm und dem damaligen Eigentümer der Feluwa. Und zwar war das so …"

Der Betriebsratsvorsitzende erzählte die Eifersuchtsgeschichte zwischen zwei Dickköpfen. Der größte Dickkopf war wohl der Alteigentümer, der inzwischen nicht mehr in der Firma tätig war. Er hatte es damals nicht vermocht, seinem Ingenieur für dessen hervorragende Erfindung in angemessener Weise zu danken und ihn mit in die Kapitalgesellschaft aufzunehmen. Fellau bestand darauf, in Anbetracht seiner Erfindung mit fünfzig Prozent als Mitgesellschafter aufgenommen zu werden.

Der alte Chef winkte müde ab. Fellau schlug einen Kompromiss vor: Er wolle zumindest Dreißig-Prozent-Gesellschafter werden. Wieder winkte der Alte ab. Da drohte Fellau damit, dem Alten die Konzession für die Erfindung zu entziehen. Aber der lachte nur und verwies auf den Angestelltenvertrag, in dem festgeschrieben war, dass Erfindungen im Rahmen des Anstellungsverhältnisses automatisch in das Eigentum der Firma übergehen. Außerdem sei das Patent bereits beim Münchner Patentamt auf die Firma angemeldet. Er, Fellau, habe nichts mehr zu melden. Er solle sein Bündel nehmen und weiterziehen.

„Das war verdammt gemein!“, sagte ich, als mir der Betriebsratsvorsitzende diese Geschichte erzählte.

„… und verdammt undankbar.“

„Und was wurde aus diesem Ingenieur?“

„Soweit ich es verfolgen konnte, engagierte er sich anschließend in einer metallverarbeitenden Firma – aber mehr weiß ich auch nicht. Und hier ist Herr Fellau seitdem nicht mehr aufgetaucht.“

Als ich am nächsten Tag wichtige Kredit-Telefonate mit Banken, darunter mit der einstigen Hausbank, der Dresdner Bank, führte, hörte ich immer wieder ein Argument: „Tut uns leid, aber wir haben uns aus dem Segment der Einzelkunden und der Mittelstandsbetriebe zurückgezogen. Unser Hauptaugenmerk legen wir auf innovative Geschäftsfelder, die wir im Bereich neuer Technologien und der Börsenaktivitäten des Neuen Marktes sehen."

Letztlich hatte ich bei der örtlichen Sparkasse Glück, die auch die Hausbank für die meisten der 352 Feluwa-Mitarbeiter war. Der Sparkassendirektor und ich wurden uns innerhalb von nur vier Wochen einig, und schon lief alles in ruhigerem Fahrwasser.

Was aber heißt »alles«? Und was bedeutete »ruhigeres« Fahrwasser? Ein Meister im Gerüchte streuen war der besagte Prokurist, den ich immer wieder dabei ertappte, wie er unsachgemäße und nicht mit mir abgesprochene Informationen in die Welt setzte. Dazu benutzte er zwei ihm treu ergebene Vorarbeiter, die er zum Beispiel wissen ließ, dass „der neue Geschäftsführer beabsichtige, die Firma in den Konkurs zu führen."

Ich stellte ihn zur Rede, und er wand sich glatt wie ein Aal: „Nein, so habe ich das weder gesagt noch gemeint. Mir ging es nur darum, auf die Gefahr hinzuweisen, dass wir unbeabsichtigt in die Nähe eines Konkurses geraten könnten."

Mit dieser Art von Gerüchten und Angstmache ging es wochenlang weiter. Für die Belegschaft hatte ich deshalb an zwei Tagen in der Woche Sprechzeiten von jeweils zwei Stunden eingeräumt. Schmidt wollte das verhindern und fand das „übertrieben". Das würde der „Seriosität einer Geschäftsführung" nicht dienlich sein. Wozu man sich als Leiter des Betriebes denn rechtfertigen müsse und so weiter.

Meine Sprechstunden waren im Betrieb tatsächlich eine Neuerung, von der seit Anfang an rege Gebrauch gemacht wurde. Meine Sprechstunden waren beliebt. Ich klärte auf. Ich erklärte. Ich sagte, wenn irgendwo ein kleiner Brandherd aufloderte und wo und wie man löschen musste, betonte aber auch, wie hoffnungsvoll es stand. Und dass wir wieder eine Bank hatten, die alle Zwischenfinanzierungen anstandslos übernahm.

Die Menschen waren verunsichert. Die ständigen Gerüchte, die immer wieder von Schmidt ausgingen, taten ihr übriges. Ich wollte herausfinden, was es damit auf sich hatte. Schmidt musste ja irgendwas damit bezwecken. Aber was?

Die Sprechstunden wurden teilweise zu einer Art Psychotherapie für jene Mitarbeiter, die nicht mehr wussten, wem sie glauben sollten. Eines Tages kam ein Pärchen in mein Büro, beide zwischen Mitte und Ende Zwanzig. Sie arbeiteten beide in der Produktion.

„Herr Koenig, wir sind ganz durcheinander. Man sagt, dass die Firma dieses Jahr wahrscheinlich nicht überlebt. Aber sehen Sie, es ist so …“, sagte der Mann und deutete auf den Bauch seiner Frau, „… wir erwarten unser zweites Kind. Wir haben erst vor zwei Jahren, als uns der vorherige Geschäftsführer Zuversicht vermittelte, einen Kredit aufgenommen und ein Eigenheim gekauft. Wenn wir hier unseren Arbeitsplatz verlieren, dann … wir wissen nicht, wie es weiter gehen soll …“

Die Frau begann zu weinen. Der Mann fuhr fort: „Wissen Sie, es gibt in der Umgebung von 100 Kilometern weit und breit keinen Arbeitgeber, bei dem wir eine vergleichbare Arbeit finden könnten. Was sollen wir bloß machen? Wir müssen doch unsere Schulden abbezahlen!"

Die Sache des Pärchens ging mir sehr nahe. Schon in den Tagen zuvor hatte ich ähnliche Schicksale erfahren und war nun bereits geübt im Trösten. Ich sagte, wie es war: „Es besteht überhaupt kein Grund, am Fortbestehen der Feluwa zu zweifeln. Die Kredite stehen. Und das Wichtigste: die Aufträge sind vorhanden. Nach jetzigem Auftragsstand haben wir für die nächsten drei Jahre Arbeit. Es gibt keinen Grund zum Verzweifeln. Und bitte: Glauben Sie keinen Gerüchten – wer immer sie in die Welt setzt. Fragen Sie mich. Für meine Antworten stehe ich gerade! Und noch etwas: Selbst wenn aus formaljuristischen Gründen irgendwann Konkurs angemeldet werden müsste, so würde das noch lange nicht das Ende von Feluwa bedeuten. Das verschafft eher wirtschaftspolitischen Spielraum – aber darüber müssen wir uns heute noch nicht den Kopf zerbrechen. Darüber entscheidet letztlich das Konkursgericht."

Meine Tage in Mürlenbach waren erfüllt mit Arbeit und all den deutschen Tugenden, die unweigerlich dazu gehören: Fleiß, Beharrlichkeit und Vertrauen in die eigene Kraft. Donnerstagsabends reiste ich zurück nach Laubach und freute mich auf ein langes, erholsames Wochenende bei meiner Familie.

Es war immer wie das Eintauchen in eine völlig anders geartete Welt. Eine Welt jenseits des Horizonts. Hier herrschten völlig andere Maßstäbe, jedenfalls was den Kontinent betraf, auf dem Sohn Luca lebte – von wegen Fleiß und Beharrlichkeit. Wahrscheinlich ist es nur der im Tierreich fehlenden Schulpflicht zu verdanken, dass der Koalabär als faulstes Lebewesen der Welt gilt. Der Koala hängt täglich locker mal zwanzig Stunden rum und tut nichts. Einfach nichts. Das würde unser Sohn Luca problemlos toppen, aber er muss zwischendurch in die Schule.

Auf der Toilette habe ich eines meiner Lieblingsmagazine ausliegen. Es heißt MAD, ist ein Satire-Magazin und auf seinem Titelblatt prangt mit schöner Regelmäßigkeit ein grinsendes Gesicht mit Segelohren, Sommersprossen und Zahnlücke: Alfred E. Neumann. Er ist ebenso wie der längst verstorbene Herausgeber des Magazins, William Gaines, derzeit das Idol unseres Sohnes. Von Gaines wird erzählt, er habe sich jahrelang in einem Rollstuhl herumschieben lassen, und zwar nicht, weil er gebrechlich gewesen sei, sondern aus reiner Faulheit. Das entspricht genau Lucas Vorstellung von einem perfekten irdischen Dasein.

Unser Faultier kann nicht aufräumen, weil es keinen Bock auf den Stress hat. Es kann nicht ans Telefon gehen, weil das Klingeln ihn unter Leistungsdruck setzt. Luca hätte gerne Pfeffer in der Sauce, akzeptiert diese aber auch ungepfeffert, wenn er die Pfeffermühle selbst holen muss. Er ist fauler als ein Faultier in den Baumkronen des tropischen Regenwaldes von Peru um die Mittagszeit.

Am Freitagmorgen steht er abmarschbereit im Flur. Ich sage, dass es klug sei, eine Jacke anzuziehen. Antwort: „Die Schule ist doch nur um die Ecke."

Ja, das stimmt, aber es gibt auch noch die Pausen. Und den langen, langen Heimweg samt all der Umwege beim Bäcker und an der Metzgerei vorbei.

Neue Antwort: „Meine Jacke ist oben, und bis ich die geholt habe, ist der Schultag vorbei."

Unser Haus ist zwar groß, aber keineswegs vergleichbar mit Schloss Bellevue in Berlin oder dem Petersdom in Rom. Man kann eine Jacke holen und innerhalb einer halben Minute zurück sein. Das allerdings nur, wenn man sich beim Gehen bewegt. Und Pubertiere bewegen sich so wie Faultiere in Peru um die Mittagszeit, also so gut wie nicht, jedenfalls nicht sichtbar.

Luca ist eine wahre Größe wenn es ums Chillen, Relaxen, Entspannen, Ausruhen, Kräfte sammeln, Runterkommen, Zeittotschlagen und einfach mal ums nix machen geht. Es handelt sich dabei übrigens nicht um dieselbe Tätigkeit in acht Varianten, sondern laut Luca um völlig unterschiedliche Verrichtungen, die ich im Gegensatz zu ihm nicht recht zu unterscheiden vermag. Luca ist allerdings der Meinung, dass nicht er, sondern ich nicht ganz normal sei.

Vielleicht hat er ja recht. Ich werde mit zunehmendem Alter immer tüchtiger. Ich betreibe neben meiner Tätigkeit als Geschäftsführer einer mir eigentlich fremden Pumpenfabrik, die mir allmählich ans Herz gewachsen ist, einen Verlag, schreibe weiter nebenher Prosa, interessiere mich für Politik und Wirtschaft, treibe Fitnesssport, manage telefonisch die Immobilienfonds im Osten und stelle hierfür Berichte zusammen.

Eigentlich schrecklich, denn ich kann mich durchaus an Gespräche mit meinen eigenen Eltern erinnern, in denen sie mir »sinnlose Faulheit«, »unproduktives Herumlungern mit langhaarigen Landstreichern am Marshallbrunnen« vorgeworfen hatten. Ich nahm dies 1967 müde zur Kenntnis und ging mit meinem Schulfreund Pit, auch so ein langhaariger Herumlungerer, auf die Zeil, wo wir im Hertie-Café zwei Stunden am Strohhalm einer Cola nuckelten und darüber sinnierten, wie wir der Leistungsgesellschaft ein Schnippchen schlagen könntten.

Ich war damals mindestens so schlimm wie Luca heute. Aber das würde ich ihm gegenüber nie zugeben. Natürlich weiß ich, dass alles wieder mit den Hormonen und diesem ganzen Entwicklungsterror zu tun hat. Aber es ist momentan kaum vorstellbar, dass sich aus unserer lethargischen Amphibie eines Tages eine engagierte und flinke Person pellen könnte, die, der Gesellschaft zum Nutzen und der eigenen Natur zum Trotz, Dinge anfängt und zu Ende führt.

Neulich teilte er seiner Schwester mit, er könne kein Ei kochen, da er nicht wisse, wann man es ins Wasser gebe. Sie sagte ihm, man könne es sowohl ins kalte als auch ins kochende Wasser legen. Nach einer Viertelstunde kam er zurück und fragte, wann denn so'n Wasser koche. Karola sah nach und stellte dann erst mal den Herd an.

Als ich das dem befreundeten Frankfurter Arzt, unserem Ex-Nachbarn, erzählte, klärte der mich darüber auf, dass es sich um ein Paradebeispiel nicht miteinander verknüpfter Synapsen handele. Alles also völlig normal.

Gestern wollte ich gerade ins Bett, als mich ein schwaches Stimmchen aufhielt. Es rief mich. Flehentlich. Ich ging also ins Zimmer meines Sohnes, der im Bett lag und mich mit einem Blick ansah, gegen das sich Bambis Gesichtsausdruck wie der eines Taliban-Anführers ausnahm. Ob ich ihm mal eben die Tasse vom Schreibtisch reichen könne. Er hatte tatsächlich darauf gewartet, bis jemand an seinem Zimmer vorbeiging, nur um nicht selbst aufstehen zu müssen.

„Du tickst wohl nicht ganz richtig", sagte ich und schämte mich sofort für diese unflätigen Worte. Wenn meine Frau diese Worte zu hören bekäme, stünde mir ein langer Vortrag über vorbildliche Sprache gegenüber unseren Vorbild heischenden Kindern ins Haus.

„Ich ticke absolut richtig, aber ich leide am Asperger-Syndrom und fühle mich nicht in der Lage, einfachste Verrichtungen zu erledigen."

Da wusste ich, welchen Stoff sie gerade in Bio durchnahmen. Ich erklärte ihm, dass er ganz sicher unter dem Gaines-Syndrom leide, und erzählte ihm, dass die Rollstuhlfahrerei des Mr. Gaines nicht gut für den MAD-Herausgeber ausgegangen sei, denn irgendwann habe dieser wirklich nicht mehr aufstehen können.

Luca antwortete: „Das ist ja sehr interessant. Aber wenn du schon in meinem Zimmer rumstehst, kannst du mir auch die Tasse vom Schreibtisch geben."

Ich war so perplex, dass ich es tat. Darauf er: „Na also. Geht doch."

Manchmal fühle ich mich meinen Kindern hoffnungslos unterlegen.

Es war Ende April, und im Zusammenhang mit der CDU-Spendenaffäre wurde erneut eine Transaktion des Ex-Schatzmeisters Walther Leisler Kiep von einer Million Mark bekannt. Das Geld stammte vom Schweizer CDU-Schwarzgeldkonto »Norfolk«, das 1992 aufgelöst worden war. CDU-Geschäftsführer Willi Hausmann erklärte, er habe die „politische Bedeutung der Überweisung unterschätzt" und die Parteiführung nicht umfassend informiert. Leider, leider. Die Menschen hörten schon kaum mehr hin.

Samstagabend fand im Club Voltaire ein »Peter-Handke-Abend« statt. Hörbi und Pit, die ich beide lange schon nicht mehr getroffen hatte, hatten sich unabhängig voneinander bei mir gemeldet und gefragt, ob ich mitkommen würde. Peter Handkes Literatur hatte schon immer mein Interesse geweckt, und da sich die Thematik zudem um den vergangenen Jugoslawien-Krieg drehte, sagte ich zu.

„Kommt Peter Handke an diesem Abend?", fragte ich Hörbi.

„Nein, das nicht, aber Kurt Gritsch wird von einem der Mitbegründer des Clubs, Heiner Halberstadt, zu Handke interviewt. Gritsch ist ein italienischer Autor und bekannter Historiker, der in der Schweiz lebt und sich mit Handkes Positionen zum Jugoslawien-Krieg intensiv auseinandergesetzt hat. Das wird interessant, glaub mir – und es hat den Vorteil, dass man Handke nicht selbst lesen muss."

Puh, das war wahrlich kein gutes Argument, aber ehrlich gesagt, hatte ich in jenen Wochen wirklich keine Zeit, um mich mit Handkes Buch »Eine winterliche Reise zu den Flüssen Donau, Save, Morawa und Drina oder Gerechtigkeit für Serbien« zu beschäftigen. Also trafen wir drei uns in der Hochstraße in Frankfurt und bestellten uns bei Else die obligatorischen Butterbrezeln mit einem Glas Apfelwein.

Heiner Halberstadt führte in den Abend ein, stellte Kurt Gritsch vor und wies darauf hin, dass Gritschs Recherchen zu Peter Handke in prominente Hände gelangt seien: Ein Jury-Mitglied des Nobelpreis-Komitees hatte die Arbeit von Gritsch genutzt und in den Entscheidungsprozess einfließen lassen.

„Heute wollen wir von Ihnen, Herr Gritsch, gerne erfahren, wie Sie den Umgang der Medien mit dem Schriftsteller Peter Handke einordnen", hob Halberstadt an. „Denn über Handke ist ja eine Flut von Verdächtigungen und Vorwürfen hereingebrochen, seitdem man ihm den Literatur-Nobelpreis verliehen hat."

„Jedenfalls rate ich insbesondere den Journalisten, das Werk von Handke zu lesen und zwar mit der zugegebenermaßen schwierigen Annahme, der andere könnte Recht haben."

„Herr Gritsch, viele Medien haben an dem Literaturnobelpreisträger Peter Handke kein gutes Haar gelassen. Können Sie das nachvollziehen?"

„Peter Handke hat durch seine proserbische Sichtweise auf die jugoslawischen Zerfallskriege die gängige Erzählung vieler westlicher Leitmedien, wonach Belgrad der Aggressor und die anderen Konfliktparteien die Angegriffenen waren, herausgefordert. Zugleich hat er zahlreiche Leitmedien, Journalisten und Intellektuelle für ihre einseitige antiserbische Parteinahme in den jugoslawischen Zerfallskriegen kritisiert. Das haben ihm viele nicht vergessen. Interessant ist, dass kaum ein Medium, das nun Handke angreift, neue Argumente bringt."

„Sondern?"

„Im Wesentlichen werden die alten Positionen und Inhalte der 1990er-Jahre wiederholt. Die Positionen wirken festgefahren, eine echte Auseinandersetzung, ein Nachdenken über Peter Handkes Literatur, aber auch über die Konfliktberichterstattung von damals, findet nicht statt. Das ist schade, denn hier bleibt eine Chance ungenutzt, die Darstellung der jugoslawischen Zerfallskriege kritisch zu reflektieren."

„Was viele wahrscheinlich nicht wissen: Ihre Recherchen zu Peter Handke wurden von einem Jury-Mitglied des Nobelpreis-Komitees genutzt und mit in den Entscheidungsprozess einbezogen. Wie kam es überhaupt dazu, dass Sie sich so intensiv mit Handke auseinandergesetzt haben?"

„Wir haben Ende der 1990er-Jahre an der Universität Innsbruck darüber diskutiert, ob es nun richtig oder falsch sei, militärisch in den Kosovo-Konflikt einzugreifen. Das Hauptargument der Befürworter war ja, dass man einen drohenden Genozid an der albanischen Bevölkerung verhindern wolle. Das leuchtete ja auch ein. Ich wollte aber nicht akzeptieren, dass ich deshalb nun für einen Angriffskrieg und für Bombardierungen sein musste. Es musste doch noch einen anderen Weg geben.

Und dann war da noch Peter Handke, der 1999 unverdrossen Serbien verteidigte und die NATO kritisierte, obwohl er dafür mancherorts für unzurechnungsfähig erklärt wurde. Ich beschloss also, tiefer zu graben und mich, als damaliger Student der Germanistik und Geschichte, nun mit Handke und dem Jugoslawien-Krieg zu beschäftigen."

„Was waren Ihre Gedanken, als Sie gehört haben, dass Handke den Literaturnobelpreis bekommt?", wollte Halberstadt nun wissen.

„Es hat mich nicht überrascht. Peter Handke hat ein literarisches Oeuvre von über 100 Werken – Romane, Erzählungen, Theaterstücke, Hörspiele, Drehbücher, Lyrik, Übersetzungen – hervorgebracht, das für sich steht.

Er ist ein Meister der Sprache, das anerkennen auch alle Kritiker. Er hat auch bis heute immer wieder wichtige Literaturpreise für bestimmte Werke bekommen, und er orientiert sich nicht am Mainstream, stellt unbequeme Fragen, verstößt auch mal gegen die politische Korrektheit. Er ist ein großer Intellektueller, gerade weil er sich nicht den Erwartungshaltungen beugt.

Würden wir Konsensfähigkeit anstelle von künstlerischer Tiefe prämieren, wäre unsere Literatur bald wesentlich ärmer, weil angepasster. Was Handke vorgeworfen wird, ist ein politischer Aspekt, es ist seine einseitig Serbien-freundliche Haltung in den Balkankriegen und seine, nach Meinung der Kritiker, zu wenig distanzierte Haltung zu Slobodan Milošević. Aber sein Werk steht, unabhängig der literarischen Debatten dazu, über diesen Meinungsverschiedenheiten."

Halberstadt fragte nun konkreter nach der Medienkritik: „Wie angesprochen: Medien haben die Verleihung des Preises an Handke, aber vor allem auch Handke selbst, sehr scharf kritisiert. Würden Sie uns bitte erklären, was der Kern der Kritik ist?"

„Der Kern der Kritik ist, dass Handke die Schuldfrage an der Zerstörung Jugoslawiens anders beurteilt als das Gros der deutschsprachigen Leitmedien."

„Wie haben die Medien damals berichtet?"

„Die Berichterstattung polarisierte in den 1990er-Jahren sehr stark. Sie unterschied in serbische Täter und kroatische und bosnische Opfer, später albanische. Grautöne blieben in dieser Schwarz-Weiß-Interpretation ausgespart.

Dazu kam, dass die Medien über das Narrativ der serbischen »Bad Guys« hinaus auch schablonenhaft über Jugoslawien berichteten. Das empörte Peter Handke, diese Sprachbilder brachten ihn dazu, dem negativen Serbien-Bild ein anderes Bild entgegenzusetzen, das zwar nicht erfunden war, aber doch manches anders gewichtete.

Viele Journalistinnen und Journalisten wiederum interpretierten Handkes Rückzug auf das Poetische im Zusammenhang mit Serbien als Revisionismus in Bezug auf die Berichterstattung und warfen dem Dichter deshalb vor, serbische Verbrechen auszublenden.“

„Ist denn etwas an dem Vorwurf dran?“, fragte der Moderator.

Gritsch sah Handke durchaus auch kritisch: „Dieser Vorwurf ist für seine Werke teilweise zutreffend, weil Handke dort zwar über das Negative nachdenkt, es aber nicht in den Mittelpunkt rückt. Andererseits ist es das Recht eines jeden Menschen, seinen Blickpunkt frei zu wählen. Und genau darum ging es Handke, um das Recht auf den eigenen Blickpunkt.

Interessant ist, dass es durchaus nicht nur die Sturheit des Dichters ist, die eine andere als die traditionelle Sichtweise auf die jugoslawischen Zerfallskriege entwirft, sondern dass es auch Fakten gibt, die seine Sichtweise stützen. Das bedeutet nicht, dass sich damit die Rolle von Gut und Böse umdreht, aber es zeigt, dass das alte Schwarz-Weiß-Bild durch ein neues mit unterschiedlichen Schattierungen ersetzt werden muss.

Doch während die Geschichtswissenschaft Schritt für Schritt die Konflikte und Kriege auf dem Balkan aufarbeitet, weigern sich viele Leitmedien bis heute, ihre eigene, nachgewiesen einseitige Rolle zu reflektieren. Deshalb ziehen sie jetzt wieder mit denselben Vorurteilen gegen Handke los, die sich schon in der Debatte um sein Buch »Eine winterliche Reise zu den Flüssen Donau, Save, Morawa und Drina oder Gerechtigkeit für Serbien« 1996 finden."

„Um mal stellvertretend eine Kritik anzuführen, die aus der *Frankfurter Rundschau* stammt : »Mit dem, was Peter Handke zu den Kriegen und Massakern in Kroatien, Bosnien-Herzegowina und im Kosovo schrieb, hat der soeben mit dem Literaturnobelpreis geehrte Schriftsteller bis heute die Propaganda des Milošević-Regimes übernommen. Im Diskurs von Verschwörungstheoretikern werden oft rhetorische Fragen aneinander gereiht, aber nicht beantwortet.

Diese Fragen dienen dazu, angebliche Manipulationen aufzudecken. Genauso machte es Handke in seinem im Jahr 1996 erschienenen Text »Eine winterliche Reise zu den Flüssen Donau, Save, Morawa und Drina oder Gerechtigkeit für Serbien«."

Halberstadt fragte nach: „Haben Sie dem etwas entgegenzusetzen?"

„Wer Augen hat, der sehe. Hier werden Behauptungen aufgestellt, die danach im Zirkelschluss bewiesen werden. Erst die behaupteten Manipulationen und die behauptete verschwörungstheoretische Herangehensweise Handkes lassen die Schlussfolgerung logisch erscheinen, Handke habe die Propaganda des Milošević-Regimes übernommen. Es gibt zahlreiche medienwissenschaftliche Publikationen, die nachweisen, dass die Berichterstattung vieler NATO-Länder über Jugoslawien einseitig und voreingenommen war.

Dazu finden sich Fakten, keine Verschwörungstheorien, es genügt ein Blick in die damaligen Berichte. Und vor allem sollten die Kritiker Handkes Werke lesen, genau lesen: immer mit der Annahme, der andere könnte Recht haben. Es gibt in Handkes Werken zu Jugoslawien durchaus Dinge, die kritisiert werden können, aber der Pauschalvorwurf der Übernahme serbischer Propaganda ist nicht nachweisbar."

„Was meinen Sie: Warum gehen viele Medien so mit Handke ins Gericht?"

„Bei bestimmten Printmedien sehe ich eine einseitige Kontinuität in der Berichterstattung, einerseits in Bezug auf Handke, sowie andererseits in der Jugoslawien-Berichterstattung. Teilweise schreiben Journalistinnen und Journalisten, die Handkes Jugoslawien-Äußerungen seit acht oder mehr Jahren kritisieren, immer wieder in derselben Weise. Teilweise verändert sich die Berichterstattung aber offenbar deswegen nicht, weil es die ideologische Orientierung des Mediums verbietet, das eine NATO-kritische Sichtweise ablehnt.

Ich sehe hier wenig Bereitschaft, den eigenen Standpunkt zu reflektieren, und dementsprechend auch wenig Weiterentwicklung in der Debatte. Bedenkt man, dass Peter Handke viele deutschsprachige und internationale Leitmedien, Journalisten und Autoren wegen ihrer schablonenhaften und stereotypen Jugoslawien-Berichterstattung gerügt hat, dann ist die harsche Ablehnung seines Standpunkts bei den Kritisierten wenig verwunderlich."

„Inwiefern hat Handke die Medien damals denn kritisiert? Was hat er gesagt?“

„In »Gerechtigkeit für Serbien« bezeichnet er FAZ-Journalisten als »Tendenzkartätschen« und die Zeitung als »zentrales europäisches Serbenfressblatt«. Er wirft dem SPIEGEL, der ZEIT, Le Monde, Liberation, Le Nouvel Observateur, der New York Times und vielen anderen vor, sie hätten über Jahre »immer in dieselbe Wort- und Bildkerbe« gedroschen – was sich übrigens leicht verifizieren lässt, wenn man die entsprechende Jugoslawien-Berichterstattung anschaut – und seien deshalb »auf ihre Weise genauso arge Kriegshunde wie jene im Kampfgebiet«. Insofern war es nicht verwunderlich, dass viele Medien angesichts dieser massiven Schelte – die so unbegründet nicht war –, den Autor attackiert haben.“

„Medien, die also beleidigt reagieren? Das ist nicht gerade professionell.“

„Es wäre wünschenswert, wenn das journalistische Verständnis von professioneller Arbeit um den Aspekt der Reflexion erweitert werden könnte. Aber, wie gesagt, Handkes Kritik war auch entsprechend harsch, und in einigen Interviews hat er hier noch mehr zugespitzt.

Trotzdem bleibt es eine Tatsache, dass viele der Angegriffenen übersehen haben, dass Handke in »Gerechtigkeit für Serbien« explizit den Typus des Kriegsberichterstatters als »Feldforscher« lobt. Was er ablehnt, sind die »Fernfuchtler«, die Leitartikler, die fernab eines Konflikts ihre Urteile fällen und

Konfliktparteien in Gut und Böse einteilen, anstatt differenziert zu berichten.

Was mich etwas verwundert, ist, dass hier seit rund zehn Jahren keine Veränderung in der Wahrnehmung des Dichters und seines Anliegens feststellbar ist.“

Dazu sagte Halberstadt: „Drei Jahre nach »Gerechtigkeit für Serbien« begann die NATO mit der Bombardierung Jugoslawiens, dem sogenannten »Kosovo-Krieg«. Peter Handke hat auch diese Berichterstattung und insbesondere den Angriff explizit kritisiert. Lassen Sie uns nochmal auf Ihre Forschung zum Kosovo-Krieg eingehen. Sie haben ja die Berichterstattung der Medien analysiert. Hatte Handke recht? Was haben Sie denn damals rausgefunden?“

„Peter Handke lag auf jeden Fall nicht so falsch mit seiner Kritik an der Kosovo-Berichterstattung. Ich habe einerseits die Feuilletondebatten und andererseits die Konfliktberichterstattung untersucht. Für die Feuilletondebatte habe ich alle Beiträge, die in den deutschen Leitmedien FAZ, Süddeutsche Zeitung, taz, ZEIT und SPIEGEL zwischen Kriegsbeginn 24. März und Kriegsende 10. Juni zum »Kosovo-Krieg« veröffentlicht wurden, ausgewertet.

Die Konfliktberichterstattung habe ich, vom Beginn des Bürgerkriegs im Kosovo im Januar 1998 bis zum Ende der NATO-Luftangriffe im Juni 1999, punktuell analysiert. »Punktuell« bedeutet, dass ich wichtige Ereignisse wie zum Beispiel das serbische Massaker in Prekaz im März 1998, das unbewiesene serbische Massaker von Orahovac und die albanischen Morde an Serben im selben Zeitraum Juli/August 1998 analysiert habe. Ebenso habe ich das Holbrooke-Milošević-Abkommen vom Oktober 1998 oder das mutmaßliche Raak-Massaker von Januar 1999 auf die Wahrnehmung in den deutschen und westlichen Printmedien hin untersucht."

„Haben Sie noch etwas in Ihren Fokus gerückt?"

„Ja, ich habe auch Propagandaphänomene wie zum Beispiel den sogenannten *Hufeisen-Plan* zur angeblichen systematischen Vertreibung der Albaner aus dem Kosovo untersucht und die Erzählungen der Zeitungen analysiert."

„Wie war die Berichterstattung?"

„Sie war weder ausgewogen noch neutral, sondern stark Serbien-kritisch. Man hat an das Feindbild Serbien, das aus dem Bosnien-Krieg stammte, angeknüpft, und in diesem Sinne wurde der Kampf zwischen der kosovo-albanischen Miliz UÇK und serbischen Anti-Terror-Einheiten nicht als Bürgerkrieg interpretiert, sondern als »serbisches Vertreibungs- und Vernichtungsprogramm« – so formulierte es zum Beispiel die NZZ.

Obwohl UNO-Generalsekretär Kofi Annan immer von einem »Bürgerkrieg« gesprochen hat, der eine politische Lösung brauche, und obwohl er wiederholt Beweise für serbische *und* albanische Verbrechen vorgelegt hat, waren in der Berichterstattung Albaner die Opfer und Serben die Täter, mehr noch: Sie wurden als »neue Nazis« dargestellt, indem wiederholt diskursive Anspielungen auf den Holocaust gemacht wurden und Slobodan Milošević zum »neuen Hitler« stilisiert wurde.

Es zeigt sich, dass auch 1998/99 wieder einseitig berichtet wurde, wie es Gabriele Vollmer von der Uni Münster in ihrer Dissertation 1994 bereits für die deutsche Konfliktberichterstattung über den Bosnien-Krieg nachweist. Im Bosnien-Krieg war, so Gabriele Vollmers Fazit, tatsächlich ein serbisches Feindbild aufgebaut worden, erreicht »durch eine Einseitigkeit der Berichterstattung zugunsten der Slowenen und Kroaten«. Dasselbe kann über die Kosovo-Berichterstattung von 1998/99 gesagt werden."

„Gibt es noch einen weiteren Bestandteil Ihrer Untersuchung?"

„Ich habe auch noch die Feuilleton-Debatte rund um die Frage untersucht, ob die NATO-Intervention ein moralisch gerechtfertigter Angriff, ein »gerechter Krieg«, sei. Dazu habe ich alle Intellektuellen gezählt, die mit ihrer Meinung zum Krieg (gerechtfertigt, ungerechtfertigt, unentschlossen) in den deutschen Leitmedien FAZ, Süddeutsche Zeitung, taz, ZEIT und SPIEGEL in der Zeit der NATO-Intervention von 24. März bis zum Ende am 10. Juni 1999 erwähnt wurden. Rund 30 Prozent der Dichter und Denker waren für die Intervention, fast 60 Prozent dagegen und der Rest unentschlossen.

Wertet man dann die Essays und Interviews von Intellektuellen aus, welche in den einzelnen Medien publiziert wurden, zeigt sich ein völlig anderes Bild: FAZ und SPIEGEL gaben Kriegsbefürwortern fast doppelt so viel Platz. Der SPIEGEL nannte zwar jede Menge Kriegsgegner unter den Intellektuellen, diskreditierte diese jedoch häufig in der Darstellung. Die ZEIT lag mit ihrer Anzahl der Kriegsbefürworter (35 %) zwar nicht eklatant über der tatsächlichen Menge von 30 Prozent, erweckte aber, da sie im Verhältnis nur die Hälfte der Interventionsgegner repräsentierte, den Eindruck, es herrsche eine gleichmäßige Verteilung unter den Meinungen. Anstatt rund 14 % skeptischer oder unentschlossener Argumentationen druckte sie 32 %, also nahezu jede dritte Meinung, die sich positiv zum Luftkrieg äußerte.

Die *Süddeutsche Zeitung* räumte den Interventionsbefürwortern etwas mehr Platz als den Kriti-kern ein, womit sie letzten Endes also den Pro-Stimmen verhältnismäßig gesehen doppelt so viel Raum einräumte. Einzig die *taz* kam den tatsächlichen Prozentsätzen mit 31 für die Interventionisten und 59 für die Gegner nahe – allerdings war die Konfliktberichterstattung der *taz* äußerst NATO-freundlich.

In allen anderen Zeitungen kamen die Befürworter des Bombenangriffs also überdurchschnittlich oft zu Wort, in einigen gar drei- bis viermal so häufig wie Kriegsgegner. Hier wurde also ein NATO-freundliches Bild erzeugt, das nicht der Wirklichkeit entsprach, und die Leserinnen und Leser mussten den Eindruck gewinnen, dass die Dichter und Denker des Landes mehrheitlich den Krieg, den die NATO als »humanitäre Intervention« verstanden haben wollte, befürworteten. Das Gegenteil war der Fall.“

Nach dem Interview wurde noch eine Diskussionsrunde abgehalten, aber Pit, Hörbi und ich wollten nach Hause. Irgendwie waren wir müde. „Man ist nur noch enttäuscht über die Art und Weise, wie man die Meinungen der Menschen im Land manipuliert“, sagte Pit. Dass er zwanzig Jahre später selbst zu den manipulierten Mitbürgern zählen würde, dass er völlig NATO-konform und unkritisch sämtliche Kriege dieses Interventionsbündnisses verteidigen und mich als Verschwörungstheoretiker bezeichnen würde, war zu diesem Zeitpunkt völlig undenkbar.

Anfang Mai erreichte der Benzinpreis eine Rekordhöhe. Ich zahlte an der Tankstelle auf dem Weg nach Mürlenbach 2,23 D-Mark für den Liter Superbenzin, Diesel kostete 1,69 D-Mark.

Für „ausgesprochen pfiffig“ hielt F.D.P.-Generalsekretär Guido Westerwelle die Idee seiner Partei, an einer Berliner Tankstelle eine Stunde lang Benzin zu Preisen „wie vor 30 Jahren“ zu verkaufen. Damit werde der tankenden Öffentlichkeit mal vor Augen geführt, dass Autofahrer nicht die „rasenden Melkkühe“ der Nation seien.

Wie nun, so fragte ich mich während der ganzen Fahrt in die Vulkan-Eifel, sehen die denn aus: „rasende Melkkühe“? Pfiffig? Beziehungsweise wie kann man Kühe melken, die rasen? Und rasen Kühe überhaupt? Meiner Erfahrung nach stehen Kühe vielmehr unbeachtet auf der Wiese und käuen längst Gegessenes wieder. Und damit sollte sich Herr Westerwelle doch weiß Gott auskennen. Muh!

Die nächste Abzocke wurde gerade im Bundestag beschlossen. Es nannte sich »Reform des Rentensystems«. Benannt nach dem unseligen SPD-Arbeitsminister Walter Riester sah die »Riester-Rente« eine Ergänzung des bestehenden Umlagesystems durch eine staatlich geförderte private Altersvorsorge vor.

Dass die staatliche Förderung im Grunde zu einhundert Prozent in den Taschen der großen Privaten Versicherungsgesellschaften und damit in den Taschen eines zwielichtigen Carsten Maschmeier landeten, kam erst einige Jahre später zum Vorschein. Inzwischen war Herr Riester längst in Maschmeiers Finanzunternehmen AWD ein- und aufgestiegen. Viele Wähler vertrauten gutgläubig der Abzocke, weil die »Reform« auf eine SPD-Grüne-Initiative zurückging.

Nur die wenigsten von ihnen bekamen mit, dass der ehemalige Gewerkschafter und SPD-Bonze Riester ebenso wie sein Kollege Bert Rürup, der das unsolide Rentenkonzept zugunsten der Finanzindustrie verfeinerte, von einer wichtigen Antikorruptions-Kommission harsch kritisiert wurden.

Die geschäftlichen Verbindungen von Riester und Rürup zu Maschmeiers Finanzdienstleister AWD bezeichnete *Transparency International* als »Parade-Beispiel für politische Korruption«. Aber weder in den TV-Nachrichten noch in der Presse machte dies die Runde, und so blieben die Rentner vor einer zeitigen Ernüchterung verschont – genauer gesagt: für die folgenden drei Wahlperioden. Dann erst flog die Nutzlosigkeit der Riester-Rente für die

Rentner auf. Aber für Herrn Maschmeier waren es zwischenzeitlich sehr ergiebige Jahre gewesen, in denen er sein Vermögen vervierfachte.

In Italien gewann Mitte Mai der von der NATO protegierte bisherige Oppositionsführer Silvio Berlusconi, dank seiner mit Geheimdienstmitteln gekauften Massenmedien, die italienischen Parlamentswahlen. Der Medientycoon ist laut *Transparency International* das in Europa schlimmste Beispiel für Missbrauch wirtschaftlicher Macht, für Bestechung und Bestechlichkeit, für den Verfall demokratischer Sitten. Sein sogenanntes Mitte-Rechts-Bündnis erreichte in beiden Kammern die absolute Mehrheit – ab jetzt hieß es im ehemals linksdemokratischen Italien, dem Land der demokratischen italienischen Arbeiterbewegung: Marsch frei in die parlamentarische Autokratie, eine Art NATO-Demokratie – militarisierte Politstrukturen, Pyramiden-Wirtschaft, in der der Stärkere gewinnt und der Staat nichts zu sagen hat; ökonomisch gesehen: eine Monopoldemokratie.

In Berlin offenbarte sich unterdessen eine neue Parteispendenaffäre, und der in die Kritik geratene Chef der CDU-Fraktion im Berliner Abgeordnetenhaus, Klaus Landowsky, musste zurücktreten.

Dagegen gab es vom Schlachtfeld der Fußballberichterstattung endlich wieder einmal etwas Positives zu berichten. Durch einen Treffer in der Nachspielzeit gegen den HSV (1:1) wurde Bayern München Deutscher Fußballmeister. Die Mannschaft von Schalke 04, die zum Ende der regulären Spielzeit nach einem 5:3 Sieg gegen die Spielvereinigung

Unterhaching glaubte, die Meisterschaft erlangt zu haben, musste sich mit der Vizemeisterschaft begnügen.

„Sie hat bei mir aber den Titel »Meister der Herzen« gewonnen", sagte mein Bruder, als er mir von diesem weltbewegenden Ereignis höchst aufgeregt berichtete.

Ein weltbewegendes Ereignis wurde an ganz anderer Stelle schon lange vorgedacht. Man darf vordenken, man muss sogar vordenken. Und eine große Nation muss wohl Vorsorge treffen, damit ein Ereignis, das die Welt bewegen, ja erschüttern könnte, nicht eintritt.

Die Regierung der Vereinigten Staaten unter George W. Bush hat mit Verteidigungsminister Donald Rumsfeld, Sicherheitsberater John Bolton, Außenminister Colin Powell, Vizepräsident Richard Cheney und dem stellvertretenden Verteidigungsminister Paul Wolfowitz ein Team von Global Playern an der Spitze ihres Sicherheitsapparates, deren Aufgabe seit der radikal-konservativen Regierungsübernahme einem weltumspannenden Schachspiel gleichkommt.

Sie haben sich schon oft getroffen. Sie sind sehr vertraut im Umgang miteinander. Vertrauen, eine gleichartige Ideologie und Geheimnistuerei zeichnen ihre Treffen aus. Nichts aus ihrem Kreis darf nach außen dringen. Niemand außer ihnen passt mehr in diese Gruppe hinein. Es ist der »inner circle« der Macht. Sie haben noch nicht einmal ihren Chef in sämtliche ihrer Pläne eingeweiht. Er hört jedoch auf sie, denn sie sind seine einzigen Kompetenzträger. Er vertraut ihnen blind, auch wenn er später seinem Vater, dem alten Ex-Präsidenten, gegenüber betonen wird, dass er sämtliche Entscheidungen stets alleine und nur für sich und im Sinne des Landes getroffen habe.

Bushs fünf Berater treffen sich Anfang Juni im State Departement. Das Außenministerium hat seinen Sitz in Washington D.C., 2201 C Street NW. Chef des Hauses ist Collin Powell. Er ist, wie alle anderen, eng mit den Geheimdiensten verbandelt und hat eine vierzigjährige militärische Karriere durchlaufen. Er ist General und war lange vor der jetzigen Regierung bereits als US-Sicherheitsberater für das Weiße Haus tätig.

Sie treffen an diesem Tag eine folgenschwere Entscheidung. Ab diesem Zeitpunkt wird der Begriff von »der Gefahr für die ganze Welt«, die allem Anschein nach von Al-Quaida ausgeht, die US-Medien und die gesamte Informationssphäre der NATO-Staaten beherrschen.

In New York, unweit des Hudson River, steht der World Trade Center Komplex. Er besteht aus sieben hochgeschossigen Gebäuden, wobei Gebäude 1 und 2 mit jeweils 110 Stockwerken die beiden höchsten Gebäude sind, gefolgt von WTC 7 mit 47 Geschossen. Der WTC-Komplex ist eingehegt zwischen der Liberty Street im Süden, der Weststreet am Hudson, der Vesey Street im Norden, wo WTC 7 steht, und der Church Street im Osten. Das World Trade Center liegt im Financial District, dem Zentrum der Finanzwelt von New York City, an der Südwestspitze des Bezirks Downtown Manhattan.

Bushs verschwörerische Fünferbande hat eine Menge Probleme zu lösen. Es geht um komplexe Planungen. Man wird wochenlang nichts von ihnen in der Öffentlichkeit hören. Außerhalb der medialen Aufgeregtheiten über eine neue Terrorgefahr namens Al-Quaida und ihrem Anführer, einem Osama Bin Laden, bricht eine verdächtige Ruhe über die Weltpolitik herein, die der unheimlichen Stille vor dem schlimmsten Sturm in der Weltgeschichte gleicht.

In diesem Sommer unterteilt der Präsident der Vereinigten Staaten von Amerika die Welt in eine Achse des Bösen und in eine Koalition der Willigen.

Sehr merkwürdig. Noch ist nichts geschehen und doch wird schon an einer Koalition der Willigen gebastelt. Wozu eine Koalition? Wozu willig? Und wer ist auf der Achse des Bösen als das Schreckgespenst für die freie westliche Welt vorgesehen?

Im Juli halten mehrere weiße Lieferwagen – Zeugen sprechen später von vier Wagen – auf der Zufahrt zum WTC-Komplex. Nichts außergewöhnliches. Nach einer Weile fahren sie zur Tiefparkebene weiter. Zirka sechs bis acht Männer in Handwerker-Overalls betreten den Komplex. Die Lieferwagen tragen das Firmen-Emblem der »Urban Moving Systems«. Schon in einem Vierteljahr wird sich herausstellen, dass »Urban Moving Systems« eine Scheinfirma des israelischen Geheimdienstes Mossad ist, und auch die „Handwerker“ der Firma werden durch Zufall identifiziert werden.

Donald Rumsfeld hält eine CIA-Liste mit mutmaßlichen Terroristen in Händen, als die regierungsamtliche Fünferbande eine ihrer konspirativen Treffen abhält. Es geht um die Zusammenstellung von gesuchten potenziellen Al-Quaida-Verdächtigen. Inzwischen halten sich bereits alle der auf Rumsfelds Verzeichnis gelisteten Terroristen ungehindert auf dem Territorium der USA und sogar auf streng gesichertem amerikanischem Militärgelände auf.

Es sind dies: Satam Suquani, Waleed Alshehri, Wail Alshehri, Mohammed Atta, Abdulaziz Alomari, Khalid al-Mihdhar, Majed Moqed, Nawaf al-Hazmi, Salem al-Hazmi, Hani Hanjour, Marwam Al-Shehhi, Fayez Rashid, Ahmed Alghamdi, Hamza Alghandi, Mohand Alshehri, Saeed Alghamdi, Ahmad Haznawi, Ahmed Alnami, Ziad Samir Jarrah.

Normalerweise wird Personen, die auf dieser CIA-Liste stehen, das Recht aberkannt, die Vereinigten Staaten zu besuchen, aber für diese »Terroristen« war es überhaupt kein Problem, in das Land ein- und auszureisen. Sie besuchten sogar verschiedene Militärgelände, ohne Pseudonyme zu verwenden. Wie später ein hochrangiger Offizier des Pentagons vor der Untersuchungskommission bestätigen wird, erhielten in diesen Sommermonaten verschiedene Terroristen auf den US-Militärbasen Fort Bragg und Fort Benning ihre Ausbildung.

Auf diesen Basen werden zukünftige Mitarbeiter der CIA und anderer Geheimdienste rekrutiert, und das macht es sehr wahrscheinlich, dass diese »Terroristen« in Wirklichkeit auf der Gehaltsliste der CIA standen. Sie dienten nur als Ablenkung, um die wahren Schuldigen an den kommenden Ereignissen zu verbergen. Aber greifen wir der Geschichte nicht vor.

Immer häufiger taucht jetzt der Name »Osama Bin Laden« in den amerikanischen und transatlantischen Übersee-Medien auf. Es wirkt wie eine orchestrierte Melde-Lawine. *Bin Laden* baut Al-Quaida auf. Der Kopf hinter Al-Quaida: *Osama Bin Laden*. Der Islamist *Bin Laden* baut Afghanistan und Irak zur Brutstätte des Terrors aus. *Bin Laden* hat Amerika den Krieg erklärt.

Nichts davon ist wahr.

Reine Propaganda. Aber wozu?

„Wer ist dieser Bin Laden?", fragte mich Emma.

„Was weißt du über diesen Osama Bin Laden?", fragte ich Hörbi.

Ich fragte im Archiv der *Frankfurter Rundschau* nach, wo mir der Hauptarchivar, der gute alte Karl, noch vertraut war. Ich bemühte meine US-Kontakte am Wissenschaftszentrum Berlin. Ich fragte im Archiv der *FAZ* nach, wo mir eine neue Mitarbeiterin bereitwillig Einsicht in Artikel von US-Zeitschriften gewährte. Kopieren ja, aber nur gegen Gebühren. „Keine Frage, ich bezahle natürlich. Vielen Dank für Ihre Bemühung!" Ich fragte Ronny Löcher in den Bauch, der mir versprach, Joschka Fischer zu fragen. Ich suchte im World Wide Web. Es war mühselig.

Osama wurde in Dschidda in Saudi-Arabien als jüngstes von 52 Kindern geboren. Seine Eltern gehörten zu einer Bauherren-Dynastie, die von seinem Vater aufgebaut worden war. Die Saudi-Bin-Laden-

Gruppe wurde im Frühjahr 2001 auf ein 13-Milliarden-Vermögen geschätzt. Es ist das größte Bauunternehmen im Land und ein Gigant im Bereich der Telekommunikation. Bereits im Alter von dreizehn Jahren erbt Osama Bin Laden 80 Millionen US-Dollar, nachdem sein Vater bei einem Hubschrauberabsturz ums Leben gekommen war.

In den 1970er-Jahren war er ein gern gesehener Gast in den Nachtclubs von Beirut, dem damaligen Paris des Nahen Ostens. Es wurde behauptet, dass er später von seiner Familie und seinem Land verstoßen wurde, aber Saudi-Kenner wissen es besser. Osama hatte immer noch ein ausgezeichnetes Verhältnis zu seinen zwanzig Brüdern.

Im Jahr 1980 schloss er sich den Gegnern der kommunistischen Regierung in Kabul an, die Russland gegen die terroristischen Krieger Gottes zu Hilfe gerufen hatte. Bin Laden wurde Mitglied der von der CIA geführten und finanziell wie militärisch geförderten Mudschahedin. Die Hoffnung auf einen unabhängigen sunnitischen Gottesstaat lockte junge und strenggläubige Muslime aus der ganzen arabischen Welt zu den antikommunistischen Trainingslagern.

Als Osama Bin Laden sich entschloss, nicht-afghanische Lager und die der Mudschahedin zu vereinigen, reagierte seine Familie begeistert. Mit Hilfe von Ingenieuren aus dem Familienunternehmen wurden eine weitverzweigte Infrastruktur und Lagerplätze für die religiösen Kämpfer geschaffen. Basierend auf einem Vertrag mit der CIA bauten Osama Bin Laden und sein Familienunternehmen unter anderem einen später weltweit bekannten Tunnelkomplex im Wert von mehreren Milliarden US-Dollar.

Dieser von Washington und Saudi-Arabien finanzierte Komplex im Norden Afghanistans, der berühmte Tora Bora Komplex, diente als einer der wichtigsten Waffen- und Trainingslager sowie als medizinisches Zentrum der Mudschahedin. Der einfache Kämpfer wusste wahrscheinlich nicht, dass er im Grunde für die Vereinigten Staaten und gegen die Russen kämpfte, aber die Führung war sich dieser Tatsache bewusst. Die Amerikaner pumpten über eine Milliarde Dollar in Waffen und Ausrüstung der bewaffneten Gruppen. Der gleiche Betrag wurde von den Saudis zur Verfügung gestellt..

Osama Bin Laden wurde als Finanzier dargestellt, aber im Grunde fungierte er als ein finanzieller Strohmann. Er regelte den Zahlungsverkehr aus Großbritannien und den Vereinigten Staaten durch die *BCCI Bank*, die »Bank of Credit and Commerce International«, von der Geheimdienste oftmals Gebrauch machten und bei der Osama Bin Laden und sein Bruder Salem Bin Laden ein Konto unterhielten.

Scheich Salem Bin Laden war auch ein Gesprächspartner und Geschäftsfreund des amerikanischen Präsidenten, George W. Bush. Beide besaßen Aktien von *Zapatta-Oil und Arbusto Ltd.* Die Familie Bin Laden investierte durch Salem Bin Laden in George W. Bushs Ölgesellschaft »Harksen Oil & Gas«. Eine der Schlüsselfiguren der berüchtigten

BCCI Bank, Abdullah Baksh, war Vorstandsmitglied von Bushs »Harksen Oil & Gas«.

Nach dem Tod von Salem Bin Laden wurde seine Rolle von dem Bankier Chaled Bin Mahfouz übernommen, der eng mit der königlichen Familie von Saudi-Arabien verwandt war. Von diesem Moment an fungierte er als Vermittler für die Geldströme, die von den USA in Richtung Osama Bin Laden flossen. Osama Bin Laden wurde also von der CIA finanziert und konnte seit zwanzig Jahren als Asset des amerikanischen Geheimdienstes betrachtet werden.

Jetzt, im Sommer 2001, investieren die Familien Bin Laden und Bush gemeinsam in die *Carlyle Group*, einen der größten Waffenhändler der Welt. Dieses Unternehmen wurde im Jahr 1987 von David Rubinstein gegründet und von Frank Carlucci geleitet, ehemals Nummer zwei der CIA und Verteidigungsminister. Die Gruppe besteht aus achtzehn Partnern und einem geheimen Investor. Die *Carlyle Group* beschäftigt sich mit dem Erwerb und der Übernahme von Unternehmen aus der Waffen- und Raumfahrtindustrie und ist eng mit der Regierung von George W. Bush verbunden. Sie hat großen Einfluss auf die Organisationsstruktur und auf das Budget des US-Verteidigungsministeriums unter Rumsfeld. Die fünf Präsidentenberater, die derzeit eine Menge an Planungs-Stabsarbeiten zu leisten haben, sind ausgewiesene Lobbyisten der *Carlyle Group*.

Die Erhöhung des Rumsfeld-Etats hat eine unmittelbare positive Auswirkung auf die Gewinne der Familien Bin Laden und Bush. Bush senior und der ehemalige Premierminister von England, John Major, sind Vorstandsmitglieder der *Carlyle Group*. Eine Tochtergesellschaft von *Carlyle* ist die »United Defense Industry Inc.«, ein Fabrikant von Abschussrampen für Marschflugkörper auf US-Kriegsschiffen, Artilleriegeschützen und Bradley Panzern. Im August empfängt die Familie Bin Laden im saudischen Dschidda den Vater des amtierenden US-Präsidenten, George H. Bush senior, sowie den ehemaligen Außenminister der Vereinigten Staaten, James Baker, und den Ex-Verteidigungsminister und derzeitigen *Carlyle*-Chef, Frank Carlucci. Der Anlass sind Waffengeschäfte. Bald wird es rundum explodieren: Munition wie Gewinne.

So weit war ich in der Ermittlung der Sachlage vorangekommen.

In Nürnberg kommt Gustl Mollath weiter in Sachen der vielen Millionen in die Schweiz verschobenen Schwarzgelder der »HypoBank«-Kunden, für die seine Frau Petra zuständig ist. Er notiert akribisch die Summen, die sie verschiebt. Als er wieder einmal seine Frau zur Rede stellt und auf die Unrechtmäßigkeit ihres Handelns hinweist, kommt Petras Bruder ihr zu Hilfe und droht dem Ehemann seiner Schwester mit Handgreiflichkeiten.

Gustl Mollath lässt sich nicht darauf ein, resigniert aber auch nicht. In sich gekehrt, gibt er seiner Frau noch eine Frist von sechs Monaten. Dann, endlich, will er sie vor die Wahl stellen – Fortführung der Schwarzgeldgeschäfte oder Fortführung der Ehe.

In Lübeck war Oberstaatsanwalt Heinrich Wille beim Abspielen des Zeugen-Videobandes stutzig geworden. Der Zeuge Dirk Stoffberg, inzwischen mysteriös zu Tode gekommen, hatte ausgesagt, Uwe Barschel wolle nach Kanada. Diese eher beiläufige Bemerkung war es, die Wille beim Ansehen des Videobandes elektrisiert hatte.

Denn tatsächlich gab es entsprechende Pläne Uwe Barschels, die nur seinem engsten Familienkreis und seinem persönlichen Referenten bekannt waren. Stoffbergs Bemerkung ließ Rückschlüsse auf profunde Insiderkenntnisse zu. Bei allen Fragezeichen aufgrund der Persönlichkeit Stoffbergs wäre allein dies Anlass gewesen, seinen Angaben eine hohe Beachtung zu schenken. Sie hätten nach einer nochmaligen intensiven Befragung wichtige Ermittlungsansätze bieten können.

Wille veranlasst – im Rahmen der Rechtshilfe – eine Anfrage bei der CIA. Man antwortet mit viermonatiger Verzögerung: „Aus grundsätzlichen Erwägungen wird die CIA irgendwelche Behauptungen über geheime Beziehungen weder bestätigen noch dementieren."

„Du siehst heute unglücklich aus", sagte Willes Frau beim Abendessen.

„Ich *bin* unglücklich, ich sehe nicht nur so aus."

„Aber warum?"

„Weil ich nahe an einer Lösung bin, aber genau weiß, dass es mir wahrscheinlich nicht gelingen wird, den gordischen Knoten zu zerschlagen."

„Du bist nicht der Mann, der aufgibt …", tröstet sie ihn.

„Ich gebe nicht auf. Verschiedene Spuren haben das Augenmerk meiner Ermittlungsgruppe auf einen möglichen Zusammenhang des Falles Barschel mit der »Iran-Contra-Affäre« gelenkt. Der Journalist Hubert S. hatte bereits darauf hingewiesen. Wir haben uns die offiziellen Unterlagen hierzu beschafft. Es ist durchaus vorstellbar, dass es einen direkten Bezug des Todes Uwe Barschels zu diesem mysteriösen Waffendeal gibt. Stoffberg war ein wichtiger Zeuge. Aber die CIA blockt."

„Also bist du letztlich der Meinung, dass Barschel mit dem internationalem Waffenhandel in Verbindung stand?"

„Der Begriff »Waffenhandel« ist zu vordergründig und zu spektakulär. Geprägt wurde er von den Medien. Es geht nämlich nicht nur um Waffen, sondern schlechthin um den Handel mit Embargo-Gütern, also Gütern, die laut UN-Beschlüssen oder anderen politischen Entscheidungen nicht in bestimmte Regionen und an bestimmte Länder geliefert werden durften."

*

Im August wird Jenny eingeschult. Sie kann es kaum erwarten. Schließlich ist Karola ihr zehn Jahre und Luca neun Jahre voraus.

„Kann ich die noch einholen?", fragt sie mich.

„Beginnen wir mit dem Einfachen", sage ich und deute zu meiner Frau, die eine lange Liste vor sich liegen hat.

„Also, was wir brauchen ist eine Bastelschere, abgerundet, zwei Hefte DIN A4, ein Bleistiftspitzer mit Dose, Radiergummi, Borstenpinsel in den Stärken 4, 8 und 12, ein Stehsammler …" liest Emma von der Liste ab.

„Das ist langweilig!", ruft Jenny. „Steht da nicht etwas Schöneres auf dem Zettel? Was ist mit der Schultüte?"

Emma setzt die Lesebrille ab. „Aber Mäuschen, die Schultüte ist schließlich selbstverständlich."

Aber so selbstverständlich ist die Schultüte offenbar gar nicht. Denn als Jenny mit ihrer Mutter am Nachmittag einkaufen geht, da läuft Emma einfach an den vielen Schultüten vorbei und kauft all die langweiligen Dinge wie Stifte und Hefte und Radiergummis.

„Hier sind die Schultüten!", ruft Jenny.

„Das hat noch Zeit, Jenny, erst einmal müssen wir die wichtigsten Dinge besorgen, und dann suchen wir in aller Ruhe eine Schultüte aus."

Kurz bevor sie zu Hause ankommen, begegnet ihnen Frau Schmidt von nebenan. „Na, Jenny, bald ist es so weit, nicht wahr? Hast du denn schon eine Schultüte?"

„Nein", sagt Jenny. „Mama meint, das hat noch Zeit."

Frau Schmidt schüttelt sorgenvoll den Kopf. „Das denkt man immer. Als mein Neffe in die Schule kam, da gab es schon Tage vorher keine Schultüten mehr, jedenfalls keine anständigen. Aber ich hatte natürlich rechtzeitig eine gekauft." Sie lächelt stolz.

„Wie schön für Ihren Neffen", sagt Emma und geht mit Jenny weiter.

Als Emma und ich in der Küche das Abendessen vorbereiten, klingelt das Telefon. Jenny nimmt ab. Vielleicht ist es Oma Greta. Nein, es ist Monika, Mamas jüngere Schwester. „Na, Jenny-Schulkind, hast du denn schon eine Schultüte?“, fragt auch sie.

„Nein!“, ruft Jenny. „Mama meint, sie kauft sie erst später. Aber dann gibt es keine mehr, sagt Frau Schmidt.“ Jenny schluchzt.

„Nicht weinen, Süße“, sagt Monika. „Schultüten kauft man sowieso nicht, die muss man selber machen. Gib mir mal deine Mama.“ Jenny bringt das Telefon zu uns in die Küche.

„Was sagst du? Ich soll basteln? Na, du machst mir vielleicht Spaß, wann denn bitte?“ Emma klingt ziemlich verärgert, aber ich ahne, dass sie es nur spielt.

Ich wuschele Jenny durch die Haare. „Zeig mir doch mal, was Mama heute alles für die Schule gekauft hat.“

Jenny geht mit mir in ihr Zimmer, obwohl sie viel lieber weiter zugehört hätte. Vielleicht kann Monika ihre Mutter ja doch noch überreden, eine Schultüte zu basteln. „Papa? Kann Mama basteln?“, fragt Jenny und öffnet ihren Schulranzen.

Ich ziehe einen Tuschkasten heraus. „Wow, zweistöckig! So einen hab ich mir früher immer gewünscht.“ Dann sehe ich Jenny an. „Deine Mama kann Tango tanzen, Schlittschuh laufen – sogar rückwärts! –, den weltbesten Pflaumenkuchen backen, Lampen aufhängen. Aber ich weiß nicht, ob sie basteln kann.“ Das ist natürlich gelogen, denn wenn jemand in der Familie gut basteln kann, dann sie.

Doch Jenny bekommt einen Schrecken: „Ich bekomme nie eine Schultüte!“, ruft sie verzweifelt.

„Wie kommst du denn darauf?“, frage ich mit Unschuldsmiene.

„Weil Mama mir keine kauft und basteln kann sie auch keine!“

Ich hebe Jenny hoch und schwenke sie durch die Luft. „Eine Runde Fliegen gefällig?“

Eigentlich mag Jenny das, aber heute nicht. „Runter! Lass mich runter!“

„Ich rede mit Mama, das wird schon“, sage ich beruhigend. Jenny hockt sich auf den Boden und legt alles ordentlich in den Ranzen zurück. Die Stifte, den Tuschkasten, die Federtasche, die Pinsel, den Anspitzer mit Dose. Aus der Küche sind Stimmen zu hören, laute Stimmen.

„Fängst du jetzt auch mit dieser blöden Schultüte an?“, faucht mich Emma an. „Ich werde eine besorgen, es sind schließlich noch drei Wochen!“

Was ich antworte, kann Jenny nicht verstehen. Wenn Emma laut wird, werde ich immer ganz leise. Jetzt rufe ich frohgemut: „Abendessen ist fertig!“

„Wann kaufen wir die Schultüte, Mama?“, fragt Jenny am nächsten Morgen. Und das tut sie auch am übernächsten und am überübernächsten Morgen. Sie tut es so lange, bis Emma der Kragen platzt. „Du bekommst eine Schultüte, Jenny, das verspreche ich dir, aber hör endlich auf, mich damit zu nerven.“

Und als Jenny schon wieder anfangen will zu weinen, sagt sie: „Außerdem darfst du gar nicht dabei sein, wenn ich sie aussuche, das soll schließlich eine Überraschung werden."

Überraschung? Benni aus dem Kindergarten hat seine schon längst, und er erzählt allen, dass sie zwei Meter hoch ist und so viel wiegt wie ein Bagger. Und ein Bagger ist auch drin, einer, auf dem man richtig sitzen und die Schaufel auf- und zuklappen lassen kann. Jenny weiß zwar nicht, ob das stimmt – wie soll der kleine Benni so eine schwere Schultüte tragen? Aber auch Lisa hat ihre Schultüte schon. Sie ist rosa mit vielen grünen Kleeblättern drauf. Die sollen Glück bringen. Alle haben eine Schultüte, nur Jenny nicht. Sie wird bestimmt als Einzige an dem großen Tag ohne dastehen.

Eine Woche vor der Einschulungsfeier ruft Oma Greta an, um zu fragen, wie es ihrer Lieblingsenkelin geht. Jenny sagt dann jedes Mal: „Du hast doch nur eine, Oma."

Und Oma antwortet: „Ja, aber selbst wenn ich hundert Enkelinnen hätte, wärst du mir trotzdem die liebste."

Jenny lacht dann immer. Nur heute nicht. Sie erzählt Oma von ihrem großen Kummer. „Deine Mama vergisst bestimmt nicht, dir eine Schultüte zu kaufen", versucht Oma, sie zu trösten. „Aber sie hat viel zu tun, das weißt du doch, meine Kleine." Natürlich weiß Jenny das.

„Dein Papa kann die Schultüte doch auch besorgen", sagt Oma.

„Papa muss morgen wieder zur Pumpenfabrik. Da muss er wichtige Aufgaben machen. So ähnlich wie Schulaufgaben. Er hat keine Zeit, sagt er."

Ich höre ihre Sätze und wundere mich, denn das hatte ich gar nicht gesagt. Ich hatte gesagt, dass ich das nicht kann, weil ich Sorge habe, dass Jenny die Schultüte nicht gefällt. Denn sie darf die Tüte ja vorher nicht sehen, weil es sonst keine Überraschung mehr ist.

„Mach dir keine Sorgen“, sagt Oma Greta. „Alles wird gut.“

Und dann ist er da, der große Tag. Jenny ist so aufgeregt, dass sie noch nicht einmal ihr Lieblingsmüsli runterbekommt. Emma bürstet ihr die Haare und flicht sie zu zwei Zöpfen, die Jenny schon fast auf die Schulter reichen. „Die roten Spangen oder die blauen mit den Pünktchen?“, fragt sie.

„Die blauen“, sagt Jenny. „Mama, wo ist die Schultüte?“

Emma runzelt die Stirn. „Schultüte? Was denn für eine Schultüte?“ Dann schlägt sie sich an den Kopf. „Himmel, die hab ich ja ganz vergessen!“

Erst bekommt Jenny einen Schreck, aber Mamas Mundwinkel zucken so seltsam, dass Jenny ihr nicht glaubt. Bestimmt macht sie nur Spaß.

Auch Karola und Luca lächeln so komisch. Sie gehen heute mit zu Jennys Einschulung. Das Theater mit der Schultüte haben sie schon lange hinter sich – so lange, dass sie sich nicht einmal mehr erinnern können. Aber ich weiß noch, dass es das gleiche Theater war.

Es klingelt. „Das ist bestimmt Oma!“, ruft Jenny und rennt zur Tür. Doch es ist nicht Oma, sondern Frau Schmidt, die alte Nachbarin. Sie drückt Jenny eine Schultüte in die Hand. Sie ist ziemlich groß, und man kann nicht mehr erkennen, ob sie grün oder blau ist. Es sind Fußballspieler drauf. Das Krepppapier ist eingerissen.

„Das ist die von meinem Enkel. Sie lag im Keller und ist ein wenig staubig“, sagt Frau Schmidt. „Vielleicht ist das nicht unbedingt die Richtige für ein Mädchen, aber besser als nichts. Oder hast du jetzt doch eine?“ Sie schaut neugierig in den Flur.

„Vielen Dank, Frau Schmidt“, sagt Emma und nimmt ihr die Schultüte ab. „Das ist sehr nett von Ihnen. Wir geben sie Ihnen natürlich zurück.“

„Ich hab Äpfel reingetan. Aus meinem Schrebergarten“, sagt Frau Schmidt. „Äpfel sind gesund.“

„Vielen Dank“, sagt Emma noch einmal und schließt vor Frau Schmidt die Tür. Ich bin gerade aus dem Schlafzimmer gekommen und knöpfe mir mein Hemd zu.

„Was ist das denn für ein hässliches Teil?“

Emma lacht. „Die hässlichste Schultüte von allen!“

„Da fällt mir übrigens was ein.“ Ich gehe ins Schlafzimmer, und als ich zurückkomme, habe ich eine Schultüte in der Hand. Bei ihr kann man die Farbe gut erkennen. Ein knalliges Rot. Und oben drin steckt ein buntes Windrad. „Ich hab extra eine Tüte gekauft, auf der nichts drauf ist“, erkläre ich. „Keine Elfen, keine Dinos, keine Ponys, weil ich nicht wusste, was dir gefällt.“

Wenn Jenny ehrlich ist, dann hätte sie sich eine Schultüte gewünscht, die nicht einfach nur rot ist. Ich drücke sie Jenny in den Arm. Die Schultüte ist ziemlich schwer.

„Was ist da drin? Süßigkeiten?“

„Nichts zum Naschen“, räume ich ein. „Holztiere für deinen Bauernhof.“

„Wo hast du die denn die ganze Zeit versteckt?“, fragt Emma erstaunt.

„Im Schlafzimmer hinter den Wintermänteln“, sage ich lächelnd. Und wieder klingelt es.

Und wieder ist es nicht Oma, sondern Mamas Schwester Monika. Mit einer Schultüte! „Selbst gebastelt“, sagt Monika stolz. Die Schultüte ist nicht ganz so groß wie meine. Sie ist ein wenig schief und über und über mit Clownsgesichtern beklebt. Jenny mag keine Clowns, aber das sagt sie nicht, weil sie Tante Moni nicht traurig machen will.

„Na, wie findest du sie?“

„Ich finde sie … lustig“, sagt Jenny. Sie hebt die Tüte hoch. „Die ist ja ganz leicht.“

„Sie ist mit Wolle gefüllt“, sagt Monika. „Ich zeig dir gern, wie man strickt oder häkelt.“

Als es ein drittes Mal klingelt, steht endlich Oma Greta vor der Tür.

„Und noch eine Schultüte!“, ruft Emma.

„Ich wusste ja nicht, ob du es rechtzeitig schaffst“, sagt Oma. Omas Schultüte ist gelb, und es sind lauter Blumen drauf. Das Krepppapier ist mit einer großen blauen Schleife zugebunden. „Die Kekse darin hab ich extra für dich gebacken“, flüstert Oma ihrer Enkelin zu. „Mandelplätzchen und Zimtschnecken.“ Jenny umarmt Oma.

Mama räuspert sich. „Eigentlich müsste ich beleidigt sein, weil mir anscheinend keiner von euch zutraut, dass ich es schaffe, eine Schultüte zu besorgen. Aber …“, sie öffnet den Besenschrank, „aber nun ja … trara! Hier ist sie.“

Es ist die schönste Schultüte, die Jenny je gesehen hat. Nicht zu groß und nicht zu klein. Sie ist blau. Aber nicht irgendein Blau. Es schimmert und leuchtet wie das Meer. Oder der Himmel nach einem Gewitter. Schimmern und leuchten tun auch die vielen bunten Sterne, mit denen die Tüte übersät ist. Es sieht aus wie ein kleines Feuerwerk. Oben ist sie mit türkisfarbenem Seidenstoff verschlossen, nicht mit langweiligem Krepppapier. Vorsichtig nimmt Jenny die Schultüte in den Arm. Sie fühlt sich richtig an. Nicht zu schwer und nicht zu leicht. Einfach perfekt. Jenny will auch gar nicht wissen, was drin ist, sonst ist es ja keine Überraschung mehr.

„Und?“, fragt Oma. „Welche nimmst du mit?“

Nacheinander schaut Jenny die Schultüten an.

Die große rote von Papa.

Die ein wenig schiefe mit den Clownsgesichtern von Tante Monika, die fröhlich gelbe von Oma Greta, ja, und auch die eingestaubte mit den Fußballern und dem eingerissenen Krepppapier.

„Die lässt du natürlich hier“, sagt Emma. Jenny betrachtet die Schultüte von Frau Schmidt. Die Fußballspieler sehen irgendwie traurig aus, so als ob sie wüssten, dass sie gleich wieder im Keller landen werden. Und auch die Clownsgesichter auf der Tüte von Tante Monika scheinen die Mundwinkel zu verziehen, so als wollten sie sagen: „Nimmst du uns etwa nicht mit?“

Die Blumen auf Omas Schultüte lassen die Köpfe hängen und das Rot auf der von Papa wird blass und blasser. „Die müssen alle mit“, sagt Jenny entschieden. „Alle fünf!“

Ich trage eine Schultüte, Emma, Karola und Luca tragen je eine und Jenny trägt die schönste Schultüte von allen. Die Sterne funkeln und leuchten. Aber auch die anderen vier Schultüten sehen fröhlich aus. Die Fußballspieler kicken den Ball ins Tor, die Clowns schneiden Grimassen, die Blumen recken sich der Sonne entgegen, und das Windrad dreht sich ratternd im Wind. Da kommt Lisa mit ihrer Glückskleetüte im Arm auf Jenny zu. Und was hat sie da in der anderen Hand? Eine kleine, die aussieht wie das Kind der großen, genauso rosa und mit vielen Kleeblättern übersät. Jenny ist fast ein wenig neidisch.

„Die Verkäuferin meinte, die ist für die jüngeren Geschwister“, sagt Lisas Mutter.

„Aber ich hab ja keine!“, sagt Lisa und hält Jenny die kleine Schultüte hin.

„Die ist für mich?“, fragt Jenny erstaunt. „Echt?“

Lisa nickt. „Ich hab gedacht, die schenke ich dir, weil du gesagt hast, du bekommst keine.“

„Wohl eher zu viele“, sagt Lisas Mutter und lacht.

Jenny strahlt. „Fünfeinhalb Schultüten sind genau richtig.“

*

Was ist alles genau richtig? Wenn ein Mann seine Frau an die Unrechtmäßigkeit von Steuerhinterziehung erinnert? Wenn hohe Staatsbedienstete einen terroristischen Anschlag planen, um die Weltordnung neu zu gestalten? Wenn ein Staat im Staat entsteht und ein Eigenleben entwickelt? Wenn ein Hochstapler sich im Knast besinnt und bei den Heiligen der Letzten Tage schwört, niemals mehr psychiatrischer Klinikchef werden zu wollen?

Oder wenn ein Investmentbetrüger das große Geld bei den Reichen einsammelt, um es ebenso großzügig in seiner Umgebung unter die Menschheit zu verteilen? Wenn man sich an die kopierten komischen Geschichten eines hauptberuflichen Komikers ranhängt und dessen Geschäftsidee ungeniert kopiert und eine Viertelmillion macht? Wenn man lausige Geschichten über die deutsche Bildungskatastrophe in einen Krimi verpackt? Wenn man Justizskandale skandalös findet und zum Thema eines Romans macht?

Was dient der Demokratie? Was der freien Rede und Literatur, was der Kunst und Kultur? Was ist richtig, was falsch? Darf man Menschen für höhere Werte opfern? Wenn ja, wie viele? 1000? 2000? 3000? Was sagt der Internationale Strafgerichtshof zu Terrorakten, die von Staaten begangen werden? Was ist alles genau richtig?

Es war in der ersten Septemberwoche des Jahres 2001. Ich war auf dem Weg nach Mürlenbach, auf dem Beifahrersitz saß mein guter Kollege Karl, der Wirtschaftsprüfer. Ronny, unser Chef, hatte uns gebeten, eine Entscheidung in Sachen Feluwa zu treffen. Schmidt, der intrigante Prokurist, hatte es doch tatsächlich vermocht, eine Rechnung aufzumachen, der zu Folge das Unternehmen überschuldet sei und der guten Ordnung halber Konkurs angemeldet werden müsse. Er hatte den gesamten Betriebsrat fuchtig gemacht. Hinter meinem Rücken hatte er sogar bereits Marwick, den klugen und vorsichtigen Konkursrichter, belabert.

Karls Aufgabe sollte darin bestehen, der angeblichen betriebswirtschaftlichen Schieflage auf die Schliche zu kommen. Wir waren bereits seit einer Stunde unterwegs, und Karl fragte mich zu meinen literarischen Plänen aus. Das war eines seiner Lieblingsthemen während unserer langen Autofahrten: „Was schreibst du gerade? Was bezweckst du mit deiner Schreiberei? Kannst du damit irgendetwas bewirken? Verdienst du damit wirklich etwas oder verlierst du dabei nur gutes Geld und strapazierst deine zarten Nerven? Was geht derzeit als Thema in deinem Kopf herum?"

„Wenn ich heute beginnen würde, einen Thriller zu konzipieren, dann würde ich als Thema ein Attentat wählen. Und der Hauptprotagonist wäre natürlich der Attentäter."

„Ein Attentäter als Romanfigur?"

„Ja. Der Romantitel wäre zum Beispiel: »Das Attentat«. Dem Thriller würden zwei Fragen zugrunde liegen: Kann ein politischer Attentäter eventuell eine Berechtigung für seine Tat haben? Und wenn ja, könnte er dann der Held eines Buches sein? Könnte er der Gute sein?"

„Du hast ja wieder einmal Ideen!"

„Diese Idee erfordert meiner Meinung nach als Gegenspieler einen gefährlich labilen und zugleich fanatisch zielstrebigen Politiker – einen Menschen, der die politische Karriereleiter erklimmt, indem er der Welt ein vergnügliches, leutseliges Gesicht präsentiert, und der die Wähler für sich einnimmt, weil er sich weigert, das Spiel auf die übliche Art zu spielen. Er muss entweder ein verbrecherischer Hardcore-Idiot oder ein kapitalbesessener reinrassiger Imperialist sein. Und zugleich ein aufgesetzter Mittelklassepolitiker."

„Wie würde dein Held konkret aussehen?"

„Der Held, nennen wir ihn einmal Johnny, ist ebenfalls ein alltäglicher, leutseliger Kerl, nur dass es bei Johnny nicht aufgesetzt ist. Das Einzige, was ihn von anderen Menschen unterscheidet, ist seine infolge eines Unfalls im Kindesalter erworbene Fähigkeit, in die Zukunft zu sehen.

Als Johnny bei einer Wahlkampfveranstaltung dem eiskalten Donald Rumsfeld die Hand schüttelt, hat er eine Vision, dass Rumsfeld irgendwann Präsident der Vereinigten Staaten wird und den dritten Weltkrieg auslöst. Johnny gelangt zu der Überzeugung, dass es nur eine Möglichkeit gibt, dies zu verhindern, nur eine Möglichkeit für ihn, die Welt zu retten: Er muss Rumsfeld eine Kugel in den Kopf jagen. Nur in einer Hinsicht unterscheidet sich Johnny von anderen gewalttätigen, paranoiden Mystikern: Er *kann* wirklich in die Zukunft sehen."

„Aber behaupten das nicht alle?"

„Was mich dabei reizt, ist diese sperrige Ausgangssituation, die ein Verbrechen voraussetzt: Ich überlege mir also, es könnte funktionieren, wenn ich Johnny zu einem ehrlichen, anständigen Jungen mache, nicht zu einem Säulenheiligen. Das gleiche gilt für Rumsfeld, nur andersherum: Er müsste von Natur aus böse sein und dem Leser Angst einjagen, und zwar nicht nur, weil die Gewalt ständig unter seiner glatten Oberfläche köchelt, sondern weil er ein so verdammt sachlich-einnehmendes Wesen hat.

Man erkennt nicht direkt seine Verbindung zum organisierten Verbrechen der Rüstungsindustrie und der Wallstreet, aber man ahnt, dass er ein gewiefter Fuchs ist. Man hält ihn für einen schlauen Fuchs. Und man traut ihm – weil er hochreligiös auftritt – nicht zu, dass er bereit ist, Zigtausende Menschen in Kriegen zu opfern, damit sich seine Vorstellung von der Welt durchsetzt."

„Also so eine Art Hitler?"

„Nein, nein! Um Gottes Willen. Das wäre nicht zeitgemäß. Ich will, dass der Leser in einem fort denkt: »Dieser Typ ist irgendwie normal und doch ist er vollkommen von der Rolle – wieso merkt das denn keiner?« Die Tatsache, dass Johnny den Regierungsberater Donald Rumsfeld durchschaut, wird den Leser stärker auf Johnnys Seite ziehen, denke ich."

„Das kannst du als Autor aber schlecht abschätzen. Die Romanfigur des Rumsfeld könnte Stärke ausstrahlen, die den Leser fasziniert."

„Wenn wir den zukünftigen Attentäter kennen lernen, geht er gerade mit seiner Freundin zur Kirmes, fährt Karussell und schießt ihr an der Bude Plastikrosen. Was gibt es Normaleres oder Sympathischeres? Dass er kurz davor ist, Sarah einen

Heiratsantrag zu machen, macht ihn nur noch sympathischer."

„Du schaffst einen sympathischen amerikanischen Staatsbürger, der dennoch bereit ist, jemanden zu killen?"

„Genau. Aber es kommt noch heftiger. Als Sarah ihm später vorschlägt, sie sollten zur Krönung des schönen Tages zum ersten Mal miteinander schlafen, antwortet Johnny in typisch amerikanischer Mittelklassemanier, er wolle damit bis zur Hochzeit warten. Das verbindet ihn in all dieser scheinheiligen Religiosität übrigens mit seinem späteren Opfer."

„Wandelst du da nicht auf einem schmalen Grat?"

„Na ja, ich will, dass die Leser in Johnny einen aufrichtigen und ernsthaft verliebten Jungen sehen, einen ehrlichen Kerl, keinen verklemmten Prüden. Ich würde seine hehren Grundsätze ein wenig mildern, indem ich ihn mit einem kindlich-schlichten Humor ausstatte. Er begrüßt Sarah mit einer im Dunkeln leuchtenden Halloweenmaske. Die Maske funktioniert hoffentlich auch in symbolischer Hinsicht. Johnny erscheint als Monster, als er später das Gewehr auf den Präsidentschaftskandidaten Donald Rumsfeld richtet.

»Sehr witzig«, sagt Sarah vor der Schießbude zu ihrem maskierten Freund und lacht. Und als die beiden in Johnnys altem VW Käfer von der Kirmes nach Hause fahren, ist Johnny Smith unser Freund geworden. Er ist ein durchschnittlicher Amerikaner, der auf ein glückliches Leben hofft, so ein Typ, der einem die Brieftasche mit dem ganzen Geld zurückgäbe, wenn er sie auf der Straße fände, oder der anhält und beim Reifenwechsel hilft, wenn er dich mit einem Platten am Straßenrand stehen sieht.

Seit John Fitzgerald Kennedy in Dallas erschossen wurde, ist der große Buhmann für Amerika ein Mann mit einem Gewehr, der an erhöhter Stelle lauert. Diesen Mann würde ich zum Freund des Lesers machen."

„Weil du etwas gegen Kennedy hast?"

„Im Gegenteil! Ich glaube weder an eine Einzeltäterschaft, noch daran, dass Kennedys Tod dem Zufall geschuldet war. Im Gegensatz zu Kennedy wäre mein Attentatsopfer ein durch und durch böser Bube und kein Publikumsliebling. Es wäre jemand, der Schlimmes anrichten will und der den Tod verdient hat."

„Puh, das ist ein schwerer Stoff, den du dir da vornimmst."

„Ja, Johnny zu konstruieren ist schwer. Einen Durchschnittsmenschen lebendig und interessant zu machen, ist niemals leicht. Donald Rumsfeld würde mir leichter von der Hand gehen – wie die meisten Schurken. Und es wird mir ein Vergnügen sein, seine gespaltene, gefährliche Persönlichkeit herauszustellen. Viele Jahre, bevor er in Washington Karriere macht, ist Rumsfeld als junger Handlungsreisender unterwegs und verkauft den Landwirten im Mittleren Westen Bibeln. Als er auf eine Farm kommt, wird er von einem knurrenden Hund bedroht. Rumsfeld bleibt freundlich und lächelt – immer der leutselige Kerl, bis er sicher ist, dass niemand zu

Hause ist. Dann sprüht er dem Hund Tränengas in die Augen und tritt ihn tot."

„Das alles hast du als Roman bereits entworfen und willst es schreiben?", fragte Karl mit einem ungläubigen Seitenblick zu mir, während wir uns Mürlenbach und seiner Pumpenfabrik näherten.

„Nein, das habe ich gerade eben als Gedankengerüst entworfen. Und jetzt geht es zurück nach vorn – hinein in die Realität harter Zahlen und pumpender, pochender Herzen. Hier hängt das Schicksal von 352 Menschen am seidenen Faden."

Was würde uns der Rest des Jahres bescheren? Wäre ich den betrieblichen Intrigen gewachsen? Würde ich die Firma retten können, diese kleine Welt in der großen, eingebettet zwischen den Jahrmillionen alten Vulkankratern der Eifel?

Würde Karl den Krebs endgültig besiegen? Würde die Menschheit all die offenliegenden Krebsgeschwüre besiegen, Krieg, Hochmut, Armut, Hunger, Ungleichheit? Würden unsere Kinder in eine friedlichere Welt hineinwachsen? Würde die ehemalige Bildungshochburg Deutschland Bestand haben? Welche Rohstoffe stünden uns zur Verfügung – außer Bildung?

Sollte ich wirklich einen Polit-Thriller schreiben? *Das Attentat?*

***

Statt einer Nachbemerkung
ein Poem von Heidrun Gemähling

Zeitreise

Geradeaus
beständig
ohne Halt
machtvoll
getrieben

fährt die Zeit
durchs Leben

erobert Augenblicke
greift nach Sekunden
vereint sie zu Minuten
bewirkt die Stunde
formt den Tag
die Woche
den Monat
das Jahr

berührt
die Zukunft
drängt gelassen
weiter in das Unendliche.

Dank

Wer kann schon alles allein bewerkstelligen? Zu vielfältig sind die Aufgaben und Probleme, denen man sich als Autor von Zeitreise-Romanen ständig gegenüber sieht. Ich freue mich über jeden Rat und Hinweis meiner Partner*in, meiner Freunde, meines Lektors und meiner graphischen Helfer.

Am Ende dieser Zeitreise-Serie plane ich einen Band herauszugeben, in dem alle beteiligte Romanfiguren und die verwendete Literatur gewürdigt werden.

Sich zu bedanken, ist mehr als Höflichkeit. Man zeigt damit Respekt und Anerkennung. In diesem Sinne bedanke ich mich bei Markus Bender, bei Anja, Alexandra, Steffi, Peter und vielen Freunden und Unterstützern aus der Sphäre der sogenannten sozialen Medien.

Ihr Stefan Koenig
im Frühjahr 2023

Falls es Sie interessiert …

… weitere Bücher von Stefan Koenig

Worum es geht in:

»2034«

Der dystopische Roman spielt 10 Jahre nach Corona, 50 Jahre nach Orwells 1984 und 100 Jahre nach Gröfaz, dem Größten Führer aller Zeiten. Es ist eine Fortsetzung der Orwellschen Schreckensvision. (*DER SPEIGEL* vom 20. August 2031: »Dennoch lädt die Story immer wieder zum Schmunzeln ein, beispielweise, wenn die erzählende Ich-Person gelähmt und scheintot auf dem kalten Stahltisch liegt und erleben muss, wie die Pathologen sich fachmännisch über seine Zerteilung Gedanken machen.«)

2034 leben wir in einer sterilen Demokratie, einer Art digitalem 1984. Noch nie habe ich so viele Menschen so mundtot erlebt. Ich selbst war scheintot und lag auf dem kalten Stahltisch der Pathologie. Deutschland war wieder einmal gespalten. Im Norden herrschte ein rigoroses Regime – und *ER* war wieder da. Im Süden hatte sich das Land zu einer komfortabel-digitalen Diktatur unter Karl Lauterbach gemausert. Vielleicht erinnern auch Sie sich, wie es dazu kommen konnte. Alles begann mit diesem Virus. Damals, als ich hilf- und reglos auf dem Seziertisch lag und der Pathologe mit seiner Geflügelschere vor meinen starren Augen herumfuchtelte.

Worum es geht in:
»Freie Republik Lich – 2023«

Lich, 2023. Fast hätte die Pandemie zum Bürgerkrieg geführt. Bevor es dazu kam, zerfiel die Bundesrepublik Deutschland in drei Teile: die Südstaaten, den Nordost- und den Westbund. Nur uns, in Deutschlands Mitte, hatten die Generalstäbe vergessen. Für sie waren wir Niemandsland. Wir machten das Beste daraus und riefen die Freie Republik aus. Und Arnold Aurora, dieser charismatische junge Mann in Jesuslatschen, wurde unser Staatschef. Nun mussten wir sehen, wie wir mit dem Logistikmonster klarkamen. Die Wüst AG hatte einen starken Sicherheitsdienst engagiert. Aber wir hatten eine kluge Verteidigungsministerin und eine tapfere Bürgerwehr – und dann kam plötzlich dieser schreckliche Nebel ... zum Glück!

»Der Thriller bewegt sich zwischen beißender Satire und grausamer Realpolitik. Nichts für schwache Nerven« (MAZ, 31. März 2033)

Worum es geht in:

Sturm über Lich - 2022

Die Natur spielt verrückt. Und so erzählt man sich in einer geheimnisvollen Villa auf einem Hügel in Lich gleichfalls verrückte Geschichten – das Grauen über Lich kam mit dem Logistikmonster, da ist man sich sicher. Aber die Zusammenhänge bleiben im Unklaren. Mit einem schrecklichen Wintersturm im Januar 2022 bricht von einem Tag auf den anderen ein weiteres Unheil über die liebliche Kleinstadt in der Mitte Deutschlands herein. Neben der Naturkatastrophe bestimmen plötzlich auch Mord, Intrigen und dämonische Kräfte das Leben der Bewohner. Das Böse scheint von einem Fremden, Niko Lamor, auszugehen. Denn dieser Mensch, wenn er denn einer ist, stellt eine Forderung, die den Bürgern schleierhaft bleibt …

Mit »Sturm über Lich – 2022« erweitert Stefan Koenig seinen fiktionalen Thriller »Freie Republik Lich - 2023« um eine literarische Verarbeitung von politischer Moral und hausgemachter Klimakatastrophe.

Worum es geht in:

Der Fremde – Lich, 19. Januar 2022

Es handelt sich um die Fortsetzung von »Sturm über Lich«. Ein Jahrhundertsturm wütet. Und ein Fremder, ein unheimlicher Mensch – wenn er denn ein Mensch ist – hält eine Kleinstadt in Atem. Er verfügt über das Talent eines dämonischen Zauberers mit der Gabe, die Bürger gegeneinander auszuspielen und Misstrauen und Zwietracht zu säen. Ist er auch der Urheber eines monströsen Zerstörungsprojektes, das sich als Logistikmonster darstellt? Die Gemeinschaft der Bürger wird auf eine harte Probe gestellt.

Stefan Koenigs neuer Roman »Der Fremde« gleicht einer postmodernen Parabel, versetzt mit Elementen eines mystischen Thrillers – und dreht sich um politische Doppelmoral, um Schuld, um Sühne und um Naturdesaster, von denen wir seit 40 Jahren wissen und die uns heute fluten. Überraschung? Überraschend nimmt Koenigs Geschichte eine Wende, als der jung erscheinende, gut aussehende Fremde sein wahres, uraltes Gesicht zeigt.

Und er hat ein Auge auf die Kinder der Gemeinde …

Die realistischen Zeitreise-Romane …

… berichten in einem interessanten Spannungsbogen von den Jugendbewegungen, von Aufbegehren und Anpassung, von Revolte und Niederschlagung, von Erfolg und Misserfolg der aufeinanderfolgenden Generationen von Mitte der 1960er Jahre bis zur Mitte der 1990er Jahre. Die Fortsetzung bis zur Gegenwart ist geplant.

Worum es geht in:

Sexy Zeiten – 1968 etc.

Der erste Band dieser realen Zeitreise-Serie ist eine Reise in die bewegte Jugendzeit der jungen Bundesrepublik in den Jahren 1966 bis 1969. Aus dem Inhalt: Wie wir aufwachten * Schmetterlinge in der Arktis * Kiesgrubenromantik * Schüler & die liebe Schule * Wer nicht verkehrt, lebt verkehrt * Love & Peace * Demo macht Spaß * Revolutionäres Kamasutra * Nicht allein das ABC bringt den Penis in die Höh‘ * Wie wir bangten, wie wir hofften * Auf nach Holland! * Sexy Rauchbomben * Berlin, der Schah & Benno Ohnesorg * Hair – das Musical * Medizin für Vietnam * Woodstock * Liebesgutscheine zum Geburtstag.

Worum es geht in:

Wilde Zeiten – 1970 etc.

Im ersten Band der Zeitreise-Serie, *»Sexy Zeiten – 1968 etc.«*, habe ich unser jugendliches Aufbegehren in seinen Anfängen geschildert, zum Teil eine individuelle, teils eine Familien- und im Ganzen eine gesellschaftliche Geschichte. Geschichte in Form eines Romans. Nun reisen wir von den Sechzigern weiter in die erste Hälfte der Siebziger Jahre. Auch hier erleben wir den Protest in all seinen Variationen. Und wir verspüren bereits erste gesellschaftliche Veränderungen – einige von uns gingen auf den großen Hippie-Trail, andere versanken im Studium von Marx und Engels, engagierten sich in Kirchen, Kinderläden, Verbänden und Parteien.

Einige standen, wie könnte es anders sein, abseits. Der Vietnam-Krieg – Antrieb unserer Rebellion – ging zu Ende. Die Politik trieb Wandel durch Handel und wurde etwas weniger aggressiv. In diesem Moment wurde die alte Bundesrepublik bunter. Das allgegenwärtige Grau blätterte ab und eine andere Fassade kam zum Vorschein. Was bewegte uns damals?

(*Neue Zeitung:* »Eine spannende Reise durch die Zeit der Gutgläubigen, der Hippies, der Studenten und Ausreißer«)

Worum es geht in:

Crazy Zeiten – 1975 etc.

Mitte der Siebziger Jahre – eine spannende Zeit & eine Zeitreise mit einem persönlichen Spannungsbogen … Was und wer spielte alles eine Rolle auf der großen Bühne der Weltkultur und Politik? Und speziell bei uns im geteilten Deutschland? Im Westen: Rio Reiser * Hare Krishna * Pop & Folk * The Kelly Kids, wie sie sich damals noch nannten * Dutschke & sein Attentäter * Hippies Revival * Heroin & der Tod auf Raten * Liebe contra Sex * RAF & Terror * Beckenbauer wurde Kaiser * Christiane F. * Ilja Richter * Schmidt-Schnauze * Pink Floyd & das rosa Schwein * Whyl & Brokdorf * Udo Lindenberg * Und im Osten? Wolf Biermann & die AKW Rheinsberg & Greifswald * Nina Hagen hatte den Farbfilm vergessen & die Weltjugendfestspiele waren over.

In diesem Band schildert Stefan Keonig anschaulich und ergreifend die Geschichte des Scheiterns eines Hippie-Mädchens, das von Zuhause ausgbüxte, um in Marokko die wahre Liebe, das wahre freie Leben zu finden, aber dann den Tod durch Heroin fand.

Worum es geht in:

Bunte Zeiten – 1980 etc.

Punks & der New Wave Tsunami * Dead Kennedys & San Francisco * Earthquake & Donuts & American Love * Frequenz ist Trumpf & Rollerblades in L.A. * Der Weihnachtsmann von Hawaii * Verfolgung auf mexikanisch * Kuhfladen & Crazy Pilze * Berliner Instandbesetzung & Rebellion * Da, Da, Da & die Deutsche Welle * Fitzcarraldo & das Schiff auf dem Berg * Der verrückte Kinski & der Bierglas-Wurf * Bullen sind lieb & Uschi Obermaier ist einsam * Rocky Horror Picture Show * Das Rockpalast-Festival * Flick & Kohl & Sweet Spendenland * Bahnhof Zoo & Heroin * Der alternative Bauernhof & Rio Reiser * Otto & die Ottifanden

Dieser Zeitreiseband spielt zu einem großen Teil in den Vereinigten Staaten von Amerika und erzählt von einer großen Reise und großartigen, aber auch tragischen Erlebnissen in einer großartig erscheinenden Welt, die dem Scheckbuch, der oberflächlichen Freundlichkeit, aber auch der echten Herzlichkeit, dem Kaugummi und der Plastikkultur gewidmet ist.

Worum es geht in:

Rasante Zeiten – 1985 etc.

Die 1980er Jahre. Die Spät-68er wurden erwachsen. Peter Maffay und die DDR-Band Karat ließen uns über sieben Brücken gehen. Udo Jürgens sang »Adler sterben«, und Rio Reiser hielt dagegen mit »Alles Lüge«. Madonna und Michael Jackson starteten sexy durch. Trendy und überlebenswichtig wurde das Thema Umweltschutz. Uwe Barschel überlebte seine Beziehungen zum organisierten Waffenhandel nicht. In Genf, dem Drehpunkt der Politmafiosi, lag er tot in der Badewanne. Die CIA trieb ihr Unwesen, aber die Stasi geriet in Verdacht. Die Corona-Krise von damals war die Nuklearkatastrophe von Tschernobyl. Wir kauften säckeweise Milchpulver. Verstrahlte Frischmilch, cäsiumbelastetes Gemüse und Obst waren tabu. Nie wieder wollten wir eine solch schlimme Krise erleben. Aber wir tanzten trotzdem.

Ein Band der Katastrophen? Weiß Gott nicht! Immer wurde auch gelacht, gehofft, gebangt, freudig an Alternativen gearbeitet – die Probleme der Vorjahre erforderten das Denken nach vorne. Aber da waren auch andere Kräfte am Werk, beharrende Kräfte. Kräfte mit großen Interessen.

Worum es geht in:

Blühende Zeiten – 1989 etc.

Das Jahr 1989. Irgendwas veränderte sich. Irgendwas rumorte. Hier wie dort. Im Privaten. Im öffentlichen Raum. Herzflimmern. Die Mauer fiel, die Mauer blieb. Dann diese Treuhand. Es gab Verrat. Und die Wendehälse. Und die Kalte-Kriegs-Gewinnler. Die Im-Stich-Gelassenen. Die falschen Versprechungen. Die Tricks. Die Morde. Die Verschwörungen. Dann die Folgejahre. Und die Folgen. Blühende Landschaften? Unsere Kinder wurden älter und alte Probleme blühten neu auf. Manche von uns wurden arbeitslos. Einige machten Karriere. Viele hatten zu viel um die Ohren. Andere wussten den Tag nicht zu füllen. Wir hörten Musik und schalteten ab, wenn es zu heftig wurde. Wir suchten neue Kontakte, fanden neue Freunde und manche teilten die Welt neu auf. In Ossis und Wessis. Aber die alte Teilung blieb – in Oben und Unten. In eine Welt des Friedens und eine des Krieges. In Reich und Arm.

Ein System stürzte zusammen. Ein anderes System wähnte sich im Vorteil. Und nutzte ihn schamlos aus. Der östliche Machtblock löste sich auf. Nicht so die NATO. Die USA dehnten ihre Militärbasen auf neue Länder aus. Aber auch die hoffnungsfrohe Vereinigungskultur dehnte sich weltweit aus. Friedenslieder bekamen einen neuen hoffnungsvollen Klang.

Worum es geht in:

Neue Zeiten – 1990 etc.

Die Jahre zwischen 1990 und 1993. Alles war neu. Hoch wurde gepokert. Hoch wurde gestapelt. Was war Treue wert? Wo war die treue Hand der Treuhand? Wer schützte wen? Und wem gehörte das Volkseigentum? Video-CD's waren auf dem Vormarsch. Die DM-Armee marschierte gen Osten. Alles wurde teurer, dafür bunter. Eine neue Kälte zog ein. Aber die heiße Liebe war nicht totzukriegen. Love & Peace waren aktuell wie nie. Udo Lindenberg besang die »Bunte Republik Deutschland«. Und die Wendehälse reckten ihre Hälse empor und konnten sie nicht vollkriegen. In Leuna liefen tausende Arbeitslose zu den Ämtern. Unsere Kinder fanden neue Helden. Ein Hippiefestival erlebte ein Revival. Die Flower-Power-Geister von Burg Herzberg feierten weit über Mitternacht. Das erste Wacken fand statt – in Wacken.

Hoffnung auf ein besseres Leben, auf Reisen, auf die Entdeckung einer neuen Welt – all das auf der einen Seite des friedlich abgetragenen Eisernen Vorhangs. Auf der anderen Seite: Verlustängste, Vorbehalte, erst die heimliche, dann die lauter werdende Forderung nach einer neuen Mauer – die Wessis im Wahn eines Besitzstandverlustes.

Worum es geht in:

Verflixte Zeiten – 1994 etc.

Es schien, als versickerten die Jahre zwischen 1993 und 1996 in den unterirdischen Kanälen der Geschichte. Aber so war es nicht. Das neue Deutschland plusterte sich auf. Es mischte sich ein ins Weltgeschehen. Nach innen mimte der Staat den starken Mann. Hoffnung und Arbeitslosigkeit stiegen gleichermaßen. Die Wirtschaft schmierte ab. Das politische und wirtschaftliche System verflochten sich mehr und mehr miteinander. Unsere privaten Probleme blieben. Musik und Kultur versüßten uns den Alltag. Unser Glück, unsere Liebe, unsere Partner und Kinder gewannen an Bedeutung. Im irischen Honeybridge trafen sich alte Freunde aus aller Welt. Ein Mann aus der Freundesrunde, ein junger Mann, litt unter Depressionen und stand am Rand der atlantischen Klippen. John und Mara retteten ihn. Und viele retteten so manches, was im Großen und Ganzen unterzugehen drohte.

Stefan Koenig gelingt ein imposantes Zeitgemälde, dem es an Spannung, Information und erzählerischer Sanftmut wie Empörung nicht mangelt.

Worum es geht in:

Schöne Zeiten – 1997 etc.

Die guten alten 90er-Jahre. In diesem Band nähern sie sich dem Ende. Aber die Zeit zwischen 1996 und 1999 hat noch viel zu bieten.
Gute Musik.
Und tolle Bands.
Aber auch schwere Jungs.
Und eine Rechtschreib-Reform.

Fußballfieber und starke Konzerte. Aber auch Auftragsmorde. Und Tic Tac Toe. Schuldsprüche und Freisprüche. Dazu Hochstapeleien und falsche Ärzte. Und die Entführung einer Zehnjährigen in Wien. In Bonn schlug Helmut Kohls letzte Stunde. Es schien als bewegten wir uns damals im Spinnennetz der Geheimdienste wie auch im Netz politischer Korruption. Dabei war für uns nur die Liebe von wahrem Interesse. Und die Friedenssehnsucht.

Wieder gelingt Stefan Koenig ein eindrucksvolles Zeitgemälde, das er in effektvollen und dennoch realistischen Farben, von mausgrau bis kunterbunt, zeichnet. Eine deutsche und zugleich persönliche Saga, spannend und informativ.

Geplante Folgeromane in der Zeitreise-Serie:
Blendende Zeiten – 2001 etc. (ab Dezember 2023)
Komische Zeiten – 2005 etc. (ab April 2024)

Bisher erschienen von Stefan Koenig
außerhalb der Zeitreise-Serie:

*

Freie Republik Lich – 2023
Fantastischer Zeitreise-Roman, Band 8, 412 Seiten

*

Sturm über Lich – 2022
Fantastischer Zeitreise-Roman, Band 9, 432 Seiten

*

Der Fremde – Lich, 19. Januar 2022
Fantastischer Zeitreise-Roman, Band 10, 248 Seiten

*

2034
Fantastischer Zeitreise-Roman, Band 11, 368 Seiten

*

Mollath, Frau Merkel und ich
Psycho-Roman, 2015, 344 Seiten
Nur noch über den Verlag erhältlich

*

Tag 1 - Als Gott entstand
Woher wir kommen. Wer wir sind.
Ideengeschichte der Menschheit, 2018, 512 Seiten

Stefan Koenig

Nina N.

Ein Roman der Jahrtausendwende

Als die achtunddreißigjährige Alice nach sechs Jahren Haft den siebzehnjährigen Tom kennen lernt, hat sie bereits ihre neue Identität – als Nina Nowak. Die willensstarke Frau, von deren Schicksal niemand ahnt, taucht mit illegalen Mitteln in eine ihr unbekannte Berufswelt ein. Aus Not und aus Sehnsucht nach einer verborgenen Liebe lässt sie sich auf das »Abenteuer Schule« ein. Aus der Schauspielerin wird eine geschätzte Sport- und Physik-Lehrerin. Tom zuliebe setzt sie ihre magische Begabung ein und traut sich an Einsteins Raum-Zeit-Theorie heran.

In einem Schriftsteller-Seminar befreundet sie sich mit der siebenundzwanzigjährigen Nora. Und Nora lernt das Trauma ihrer neuen Freundin kennen. Gerüchte über die beliebte Lehrerin entstehen. Auch wenn diese schließlich zerplatzen, so erschweren sie doch Ninas Weg.

Die Frauenfreundschaft hilft lindern, aber der entscheidende Schritt bleibt aus. Der Alltag eines dubiosen Schulgeschehens scheint Ninas Problem zu überdecken. Bis Nina bei Tom und seinem Vater Leo einzieht – Ninas Schulamtsvorgesetztem. Ein Pulverfass an Gefühlen entsteht. Plötzlich taucht auf dem Höhepunkt ihrer schulischen Karriere ein dunkler Schatten aus ihrer Vergangenheit auf und zwingt zum Handeln.

Wird sie durch Mauern gehen? Wird sie die Kraft finden, den Justizirrtum von damals aufzuklären?

Aber da gibt es noch eine Doppelgängerin, die ungeschminkte Nina Nowak. Sie ist ebenfalls Lehrerin – allerdings in einer siebzig Kilometer entfernten Großstadt. Als sie plötzlich verschwindet, beginnen die polizeilichen Ermittlungen ...

»3033«

Stefan Koenigs neue fantastische Zeitreise
Erhältlich ab August 2023

Worum geht es?

Elon Musk suchte 2023 einen neuen PR-Mitarbeiter für seine Gigafactory im brandenburgischen Grünheide. So lernten wir uns kennen. Okay, insoweit bin ich vielleicht als Berichterstatter befangen. Aber sei's drum, es gibt Schlimmeres. Einzelheiten hierzu erfahren Sie im ersten Kapitel. Dann nahm er mich mit nach Muskland bei LA und ins Silicon Valley, wo ich Mark Zuckerberg, Jeff Bezos, das Scheidungspärchen Bill und Melinda Gates, Larry Page, Peter Thiel, George Soros, Warren Buffet und die Brüder Charles und David Koch das erste Mal in meinem Leben traf. Mehr dazu schildere ich Ihnen im zweiten Kapitel.

Ich berichte Ihnen aus dem Jahr 3033, vergessen Sie das bitte nicht. Damals, vor 1011 Jahren, hatte ich nicht im Traum daran gedacht, mit dieser durchaus netten Hyänen-Bande einmal gemeinsam aus einem tausendjährigen Kälteschlaf aufzuwachen. Eigentlich wollten wir nur 100 Jahre schlafend überbrücken. Bis sich zumindest das Kapital der American Big Five ohne ihr Zutun vertausendfacht hatte.

Wir entschlossen uns also zu einem kalkulierbaren Abenteuer, dem ich als Autor und Protokollant beiwohnen sollte. Sie wissen schon: Kryonik! Aber als man uns auftauen wollte, funktionierte die Sache mit der Energie nicht mehr so, wie damals, als man uns einfror.

Eine Notschaltung, die uns nicht nach 100, sondernd erst nach rund 1000 Jahren zurückholte, war unsere Rettung. Doch die Welt, die wir nach 1011 Jahren sahen und erlebten, war nicht die, die wir erwartet hatten.

Niemand von uns, Elon Musk vielleicht ausgenommen, war in jenen Jahren der neuen Kryo-Konservierungstechniken fantasiebegabt genug, um sich das Ausmaß der globalen Veränderungen vorzustellen, die uns nach der Wiederauferstehung erwarteten – einschließlich der Veränderungen der Menschheit, wenn man hier noch von Menschheit sprechen konnte. Was dies betrifft, so erfahren Sie die Einzelheiten im vorletzten Kapitel.

Im letzten Kapitel geht es um das Überleben unseres exklusiven US-Clubs in einer Welt der kalten künstlichen Intelligenz und des heute von Klaus Schwab angedachten Transhumanismus. Die Menschen, die uns in 1011 Jahren begegnen, sind nicht mehr die Menschen, die wir von heute kennen; es sind gefühllose Roboter. Und sie haben uns in einen Zoo gesteckt – einer Art archäologischem Museum. „Prost Mahlzeit", hab' ich mir gedacht. „Wie kommen wir hier bloß wieder raus?" Aber war das überhaupt erstrebenswert bei der kaputten Welt da draußen?

Und in den Kapiteln dazwischen? Da erfahren Sie, wie es zum gemeinsamen Vorhaben der Hyänen-Bande gekommen war, was sich die mächtigen amerikanischen Tycoons vorgenommen hatten und weshalb ich mich mit ihnen einfrieren ließ. Es war ein Abschied vom Leben lange vor unserem Tod.

***

Zum Autor:
Stefan Koenig (Pseudonym), geboren in Frankfurt am Main, Volontariat als Verlagsredakteur, Studium der Philosophie, Politik-, und Verwaltungswissenschaft in Berlin, Berkeley und Frankfurt am Main, 18-monatiger Forschungsaufenthalt in den USA, danach freier Journalist, 10 Jahre als Unternehmer in der Erwachsenenbildung tätig mit dem Schwerpunkt Ökologie und Umweltinformatik sowie als Unternehmens-Consultant und seit 1998 als Autor von Sach- sowie Foto- und Kinderbüchern und Romanen tätig, lebt in Laubach.